Você (não) é o homem da minha vida

Tradução de
ELIANE FRAGA

2ª edição

EDITORA RECORD
RIO DE JANEIRO • SÃO PAULO
2022

CIP-BRASIL. CATALOGAÇÃO NA PUBLICAÇÃO
SINDICATO NACIONAL DOS EDITORES DE LIVROS, RJ

P893v
2ª ed.

Potter, Alexandra, 1970-
 Você (não) é o homem da minha vida / Alexandra Potter; tradução de Eliane Fraga.
 – 2ª ed. – Rio de Janeiro: Record, 2022.

 Tradução de: You're the one that I don't want
 ISBN 978-85-01-09666-1

 1. Ficção inglesa. I. Fraga, Eliane. II. Título.

15-20847

CDD: 823
CDU: 821.111-3

TÍTULO ORIGINAL: YOU'RE THE ONE THAT I DON'T WANT

Copyright © Alexandra Potter 2010

Texto revisado segundo o novo Acordo Ortográfico da Língua Portuguesa.

Todos os direitos reservados. Proibida a reprodução, no todo ou em parte, através de quaisquer meios. Os direitos morais da autora foram assegurados.

Direitos exclusivos de publicação em língua portuguesa somente para o Brasil adquiridos pela
EDITORA RECORD LTDA.
Rua Argentina, 171 – Rio de Janeiro, RJ – 20921-380 – Tel.: 2585-2000,
que se reserva a propriedade literária desta tradução.

Impresso no Brasil

ISBN 978-85-01-09666-1

Seja um leitor preferencial Record.
Cadastre-se e receba informações sobre nossos lançamentos e nossas promoções.

Atendimento e venda direta ao leitor:
sac@record.com.br

Para o meu querido Barney

AGRADECIMENTOS

Agradeço à minha agente maravilhosa, Stephanie Cabot. Um muito obrigada também a Sara Kinsella e Isobel Akenhead, assim como a todos da Hodder pelo apoio e entusiasmo. Agradeço, mais uma vez, aos meus pais e à minha irmã Kelly, que foram incríveis como sempre. Eu realmente não poderia lidar com esse negócio de escrever romances sem vocês!

Agradeço também ao imenso grupo de amigos que tenho dos dois lados do Atlântico: Beatrice, Sara, Dana, Pete, Melissa, Rachel, Matt, Tricia, Georgie, Kate e Bev, por terem me encorajado e me feito sorrir, inspirando-me, sem nunca me mandar calar a boca quando começava a falar de enredos, personagens e prazos finais...

E finalmente uma menção especial a Barney, que fica sentado ao meu lado enquanto escrevo. Nunca existiu melhor fonte de inspiração. Um brinde aos projetos futuros, rapaz.

Prólogo

Veneza, Itália, 1999

O calor do verão cria um brilho no ar, que faz Veneza parecer uma obra de Canaletto. O domo da basílica de São Marcos se ergue acima dos prédios em tom pastel, com suas pinturas descascadas e uma elegância provocada pela passagem do tempo. Os *vaporetti* passam zunindo. Os turistas se amontoam. Em meio à multidão, crianças correm pela praça, dispersando os pombos. Nos cafés, homens em ternos elegantes e óculos escuros de grife fumam seus cigarros. Um guia carregando um guarda-chuva fala de história para um grupo de turistas alemães.

E, nesse cenário, surgem dois jovens. Eles traçam um caminho sem pressa pelas vias de pedra, ela com a mão no quadril coberto pelo jeans do garoto, ele com o braço no ombro nu e cheio de sardas da companheira. Ela toma um sorvete e ri de alguma piada, enquanto ele dá uma tragada no cigarro, gesticula e faz caretas.

Somos Nathaniel e eu. Levantamos da cama uma hora atrás e passamos o domingo em Veneza como sempre passamos os domingos na cidade: tomamos um espresso, depois um sorvete, e nos perdemos no emaranhado de vielas que cruzam o labirinto de canais. Passei o verão inteiro aqui e ainda me perco. Saindo da praça, dobramos uma esquina, e outra, e mais outra, até que nos deparamos com um mercado onde eram vendidas umas peças bem coloridas de Murano e algumas máscaras venezianas.

— Ei, que tal esta aqui?

Quando me viro, vejo Nathaniel segurando uma máscara em frente ao rosto. Ela possui enormes penas cor-de-rosa e é toda coberta de lantejoulas douradas. Ele então faz uma reverência absurdamente exagerada.

— Combina com você — digo e dou uma risadinha.

— Está rindo de mim? — Nathaniel afasta a máscara do rosto e franze o cenho.

— De você? Jamais! — respondo simulando indignação, e ele faz cócegas no meu nariz com as penas.

— Pensei em comprar para minha mãe. — Nate devolve a máscara para seu lugar de origem e pega outra. Desta vez é uma bem grotesca, com o nariz comprido e curvo e olhar malvado. — E que tal esta?

— Não. A primeira, sem dúvida — opino com um arrepio.

— Tem certeza?

— Tenho. — Tento imitar a pronúncia americana de Nate, mas meu forte sotaque de Manchester faz com que eu soe ridícula, e ele ri da minha péssima tentativa.

— O que eu faria sem você? — pergunta Nate, sorrindo. — Embora eu ache que nós precisamos melhorar esse seu inglês americano.

— É melhor que o seu sotaque britânico — protesto.

— Está bem, amor, vejamos — replica Nate num sotaque misto de Cockney e Lancashire. Caio na risada quando ele me abraça e me silencia com um beijo. — Ruim? — Ele finge estar sentido.

— Péssimo — respondo, com uma seriedade fingida, quando ele se vira para pagar pela máscara.

Em uma pequena área banhada pelo sol, sorrio de felicidade. Por um momento, observo Nate dando uma tragada no cigarro enquanto negocia com o vendedor. Depois, afasto o olhar e contemplo o mercado. Não quero comprar nada. Já tenho todos os presentes, mas olhar não faz mal...

Pouso os olhos numa barraca. Escondida num canto escuro, não é exatamente uma barraca, e sim uma mesa de armar, mas o que atrai minha atenção é o velho sentado atrás dela. Ele usa um chapéu de feltro surrado e óculos escuros de armação grossa equilibrados sobre o nariz, e examina algo sob a luz de uma pequena luminária. Curiosa, afasto-me de Nathaniel e me aproximo para ver o que o velho está fazendo.

— *Buon pomeriggio bello come sei oggi.* — Ele me dirige o olhar.

Eu o cumprimento com um sorriso tímido. Sou péssima em falar outras línguas. Mesmo após quase três meses em Veneza estudando a arte renascentista, meu italiano não passa de "por favor", "obrigada" e "Leonardo da Vinci".

— *Inglese?*

— Sim. — Confirmo com a cabeça e meus olhos encontram os dele, que brilham maliciosamente.

— O que uma garota bonita como você faz aqui sozinha?

Ele sorri, revelando dentes manchados por quarenta anos de vício em charutos. Estende a mão para pegar um que queimava num cinzeiro próximo e traga, satisfeito.

— Ah, eu não estou sozinha. — Meneio a cabeça e faço um sinal indicando Nate, que aguarda a máscara ser embrulhada. Logo em seguida, ele acomoda o embrulho sob o braço, caminha na nossa direção e, num gesto natural, me abraça.

— Ah, jovens apaixonados. — O velho faz um gesto de aprovação quando Nate e eu nos olhamos e sorrimos, envergonhados. — Tenho exatamente o que vocês precisam.

Quando nos viramos, vemos que o velho tem na mão o que aparenta ser uma moeda antiga.

Fico meio confusa.

— Hum... obrigada — agradeço sorrindo, perguntando-me o que ele está pretendendo, e logo entendo. O velho quer nos dar dinheiro! Parecemos tão duros assim? Tudo bem, somos estudantes, Nate está um pouco largado com seu jeans surrado, e meu vestido já viu dias melhores, mas mesmo assim. — Na verdade, estamos bem — explico, pronta para dar o braço a Nate e arrastá-lo para longe dali, quando o homem coloca a moeda num pequeno aparelho e a parte ao meio.

Observo enquanto ele faz um buraco em cada uma das metades, através do qual passa um cordão de couro. Em seguida, triunfante, as ergue, e elas balançam penduradas nos cordões como dois pingentes.

— Para vocês — oferece ele sorridente —, porque são como a moeda — explica. — Duas metades de um todo.

Observo as extremidades recortadas das meias-moedas, como se fossem duas peças de um quebra-cabeça. Sozinhas, não passam de uma moeda quebrada. Juntas, porém, formam um todo perfeito.

— Ah, que romântico — murmuro, virando-me para Nathaniel, que me observa e sorri. Fico meio sem graça. — O quê? Você não acha? — pergunto, cutucando-lhe as costelas.

— Claro que sim — concorda Nate e ri. — Eu não digo sempre que você é a "minha outra metade"?

— São só três mil liras — diz o velho.

Viro-me para ele e vejo a mão estendida.

— Até o romance tem um preço — graceja Nathaniel, pegando a carteira no bolso da calça.

E eu, que achava que o velho estava sendo romântico, percebo que sou uma tola, pois o tempo todo ele só queria nos vender alguma coisa. Sinceramente, sou uma idiota. Antes que eu consiga protestar, contudo, Nathaniel entrega-lhe uma nota e coloca um dos cordões no pescoço.

— Veja, nunca mais poderemos nos separar — brinca Nate, colocando a outra metade no meu pescoço. — Aonde você for eu também vou.

Apesar da tentativa dele de ser engraçado, meu humor piora imediatamente. Dentro de algumas semanas deixaremos a Itália e retornaremos às nossas respectivas faculdades, e isso me apavora. Desde que nos conhecemos, conto os dias que nos restam.

— Ei. — Ao ver minha expressão, Nate me abraça. — Podemos fazer aquela coisa toda de namoro a distância. — Ele me tranquiliza, adivinhando na hora o que passa pela minha cabeça. — Vamos nos escrever. Eu posso telefonar...

Penso nas minhas acomodações em Manchester. Nem tenho uma linha de telefone fixo, que dirá um celular. E as cartas podem ser românticas nos livros, mas na vida real não poderão substituir os momentos em que aninho o rosto no pescoço de Nate, enquanto divido com ele uma enorme tigela de *gelato* de pistache numa tarde de domingo, ou rio de seu horrível sotaque britânico.

— Acho que sim — concordo, tentando parecer corajosa.

Não quero estragar o presente preocupando-me com o futuro, mas é como se uma enorme nuvem negra estivesse pairando, apenas esperando para descer.

— Se vocês quiserem ficar juntos, podem fazer isso.

Encontro o velho italiano nos observando, pensativo.

— Acho que não é tão simples assim — protesto, mas ele me interrompe.

— Não, é muito simples — insiste o velho com firmeza. — Vocês querem ficar juntos?

Nathaniel vira a cabeça para o lado como que pensando sobre a pergunta.

— Hum... O que você acha? — pergunta ele para me provocar, e eu o belisco, brincando. — Opa, acho que isso é um sim, nós queremos. — Ele ri e se vira de novo para o vendedor.

— Pois então... — O velho dá de ombros e dá uma tragada no charuto.

— Temos de voltar para nossas casas — explico.

— Onde vocês moram?

Nathaniel me abraça mais apertado.

— Lucy mora na Inglaterra...

— E Nate é americano — completo a frase.

— Mas vocês estão em Veneza — retorque o velho, aparentemente inabalável. — Aqui não é preciso dizer adeus. Podem ficar juntos para sempre.

Eu acabo concluindo que ele é mesmo um velhinho muito simpático. E um romântico meio antiquado.

— Bem que eu queria. — Forço uma risada e aperto a mão de Nate. — Mas é impossível.

Inesperadamente, o italiano solta uma boa gargalhada.

— Não! Não! Não é *impossível* — protesta ele, batendo na mesa com a mão aberta. — Vocês não conhecem a lenda da Ponte dos Suspiros?

Nathaniel franze a testa.

— Está se referindo à ponte aqui em Veneza?

— Sim, ela mesma! A própria! — exclama o velho, animado.

— Mas qual é a lenda? — pergunto, intrigada.

Como um mágico esperando o rufar dos tambores antes de fazer aparecer um coelho, o velho faz uma pausa momentânea para causar o efeito dramático. Silenciamos, e ele começa a falar.

— A lenda é muito famosa — informa ele, sério. Sua voz tem um tom respeitoso, um temor reverente reservado a igrejas e museus, e quase sou obrigada a sufocar uma risada. — Segundo ela, se vocês se beijarem numa gôndola sob a ponte, na hora do pôr do sol, no instante em que os sinos da igreja tocarem...

— Nossa, eles não facilitam para nós — sussurra Nathaniel no meu ouvido, brincando, mas eu o afasto.

— Sim? — insisto, virando-me para o velho. — O que acontece?

Ele traga o charuto com mais força e exala uma nuvem de fumaça que sobe e forma uma cortina, anuviando-lhe o rosto. Quando ela se desfaz, os olhos escuros encontram os meus. Apesar do calor sufocante, de repente um calafrio percorre minha espinha, e sinto meus braços se arrepiarem. O velho se inclina e se aproxima. Sua voz é quase um sussurro.

— Vocês viverão um amor eterno. Ficarão unidos para sempre, e nada — diz ele, seus olhos voltando-se para Nathaniel e depois para mim —, *nada* jamais poderá separá-los.

— Nada? — repito, com a voz praticamente inaudível.

— *Niente*. — Ele confirma com um aceno de cabeça, cheio de convicção. — Ficarão juntos para sempre, para a eternidade.

Rio, nervosa, e aperto o pingente junto ao calor do peito.

— Então, gostou? — O velho aponta para o colar.

— Ah... sim — respondo imediatamente com um aceno de cabeça.

Ele sorri, estendendo a mão com o troco, e, quando o pego, seus dedos ásperos roçam os meus.

— *Grazie* — murmuro, conseguindo dizer uma das poucas palavras que sei em italiano.

— *Prego*. — Ele sorri cordialmente, inclinando o chapéu.

Em seguida, Nathaniel apoia o braço em meu ombro, nós nos viramos e nos afastamos pelo mercado. Caminhamos apenas poucos passos quando ouço a voz do velho italiano.

— Lembrem-se, *niente*.

Olho para trás. Mas o curioso é que ele não está mais lá. Sumiu, engolido pela multidão. Como se tivesse simplesmente desaparecido no ar.

Capítulo 1

*Todo mundo procura sua alma gêmea.
Faça nosso Teste do Amor e descubra:
Ele é a sua?*

Ah, como essas coisas são ridículas.

Passo os olhos pelo teste da revista. Há uma foto de um casal se olhando nos olhos, típicos pombinhos apaixonados, decorada com desenhos de cupidos e corações. Ora, *por favor*. Como se alguém pudesse descobrir se o sujeito é sua alma gêmea respondendo a perguntas bobas de múltipla escolha.

Como, por exemplo:

Meu namorado e eu somos como...
a) Batman e Robin
b) Posh e Becks
c) Lindsay Lohan e bronzeado artificial

Fala sério, que ridículo!

Sou empurrada por alguém que tenta chegar ao pequeno espaço ao meu lado. Ergo os olhos e percebo que paramos numa estação. Examino o vagão lotado. É a hora do rush numa tarde de sexta--feira, e estou sentada esprimida no metrô, virando as páginas de uma revista que achei no assento. As portas se fecham, e quando o trem parte com uma sacudidela violenta, volto para a revista. E para aquele teste imbecil.

Viro a página sem interesse. É um artigo sobre celulite. Fecho a cara.

Talvez o teste idiota não seja *tão* ruim afinal. Enquanto passo os olhos na seção de *detox*, penso que deve ser mais engraçado do que ler sobre como se livrar do aspecto de casca de laranja nas coxas. Embora, francamente, eu não acredite que *seja possível* livrar-se de coxas cheias de furinhos. Todo mundo tem celulite. Até as modelos famosas!

Ou pelo menos é nisso que prefiro acreditar.

Examino mais de perto a fotografia granulada que um paparazzi tirou da bunda de Kate Moss de biquíni, ampliada um milhão de vezes. Para dizer a verdade, não consigo ver nenhum furinho de fato. Nem muita bunda. No fundo, olhando para essa foto, não tenho muita certeza de que Kate Moss *tem* bunda.

De repente me dou conta do que estou fazendo: estou sentada. Em público. Num vagão do metrô de Nova York. Com a cara enfiada na fotografia de uma nádega esquerda. Ou será a direita? Contenho-me. Tenha dó, Lucy. E você achou que o teste era ridículo?

Rapidamente volto para ele. Percebo que não foi preenchido. Ah, que diabos. Tenho mais cinco paradas.

Procuro na bolsa algo com que escrever e encontro uma caneta esferográfica.

Muito bem, vamos lá...

1. Quando você pensa nele, sente um frio na barriga?
    a) Sempre
    b) Às vezes
    c) Nunca

Eu não diria que é propriamente um frio na barriga. Faz tanto tempo que o frio já deve ter congelado. Agora transformou-se em dor. Não como aquela horrível dor de dente de quando arranquei minha obturação no cinema com uma bala de caramelo... Estremeço só de lembrar. Não, é mais uma pontada de dor. Um sofrimento ocasional. Vou de b) Às vezes.

2. Há quanto tempo gosta dele?
a) Menos de seis meses
b) Um ano
c) Mais de um ano

Volto no tempo. Nós nos conhecemos no verão de 1999. Eu tinha 19 anos. Portanto, são... Enquanto meu cérebro faz as contas, sinto um baque ao me dar conta da realidade. E imediatamente entro na defensiva, como se tivesse levado um soco.

Está bem, então são dez anos. Qual é o problema? Dez anos não significam nada. Minha mãe conhece meu pai há quarenta anos.

Sim, mas sua mãe está casada com ele, diz uma vozinha na minha mente.

Ignoro-a e rapidamente marco a opção c). Certo. Próxima pergunta.

3. Você consegue se imaginar casada com esse homem?
a) 100%
b) 50%
c) Zero

Ah, essa é fácil. É zero.

Na verdade, eu diria que as chances de me casar com ele são menores que zero. Mas tudo bem. Não tenho problema nenhum com isso. É assim que as coisas são e pronto.

Está certo, no passado, *talvez* eu tenha pensado nisso. E talvez por um momento eu tenha me imaginado num vestido branco (na verdade, era mais gelo, de renda antiga, com mangas compridas e decote em coração), e ele de cartola e fraque, os cabelos louros revoltos e os tênis All Star surrados aparecendo por baixo da calça. Dançando nossa primeira dança sob as estrelas ao som de "No Woman, No Cry", de Bob Marley, nossa música preferida. Partindo para a lua de mel no velho trailer de Nate...

Volto à realidade e percebo que estava distraidamente desenhando um coração em torno do a) 100%. Droga. Por que fiz isso? Irritada, pego a caneta e começo a riscar a resposta furiosamente. Não que isso signifique alguma coisa para mim. Nem que esteja no meu subconsciente.

De repente, vejo que estou riscando com tanta força que rasguei a página.

4. Seus amigos acham que você está obcecada por esse homem?

Meu corpo se retesa na defensiva.
Penso nele de tempos em tempos, mas não diria que sou *obcecada*. De jeito nenhum. Quero dizer, não estou perseguindo ele ou algo assim. Nem mandando trilhões de mensagens pelo Facebook. Tampouco o procuro incansavelmente no Google.
Está bem, eu confesso. Já o procurei no Google uma vez.
Talvez duas.
Ah, está certo, então perdi a conta ao longo dos anos. Mas e daí? Quem não foi para casa e procurou no Google o homem que ama?
Espera aí — eu acabei de usar aquela *palavra que começa com A*?
Do nada, meu estômago se revira como uma panqueca. Desviro-o imediatamente. Eu não quis dizer nada disso! Este teste idiota está me fazendo pensar todo tipo de coisa.
Marco a opção b) Não.
Enquanto o trem número seis faz seu trajeto pela zona residencial, continuo com o questionário. As perguntas ficam cada vez mais ridículas, mas servem para passar o tempo. Já estou na última...

10. Que filme descreve melhor seu relacionamento?
   a) Love story
   b) Desencanto
   c) A Hora do Pesadelo

Subitamente me dou conta do aviso sonoro — "Rua 42, Grand Central" — e percebo que cheguei à minha estação.

Guardo a revista na bolsa e tento educadamente abrir caminho pelo vagão superlotado. Claro que ninguém sai da frente. Desde que me mudei de Londres para Nova York, algumas semanas atrás, comecei a perceber que todos os meus "me desculpe", "com licença" e "perdão" caem em ouvidos moucos.

Não que os nova-iorquinos sejam rudes. Pelo contrário, considero-os um dos povos mais amigáveis e calorosos que já conheci. Só que nosso modo terrivelmente britânico de pedir desculpas por tudo não tem nenhum efeito. Eles não entendem por que estamos nos desculpando. Para ser sincera, metade das vezes *eu* não entendo por que estou me desculpando. É simplesmente algo que costumo fazer, um hábito. Como entrar no Facebook a cada cinco minutos.

Ontem, por exemplo, enquanto atravessava a rua, um homem se chocou comigo e derramou café em mim, da cabeça aos pés. E veja se dá para entender: fui *eu* quem pediu desculpas! Sim, eu! Cerca de um milhão de vezes! Embora a culpa fosse completamente dele, que falava ao telefone móvel sem olhar para onde ia.

Desculpe, quero dizer *telefone celular* — bem, agora estou em Nova York.

Diante desse pensamento, sinto um arrepio na espinha. Não posso evitar. Toda vez que me pego olhando para os arranha-céus sobre a minha cabeça, ou atravessando a Broadway a caminho do trabalho, ou chamando um desses táxis amarelos típicos (o que só fiz uma vez, pois estou dura, mas enfim), parece que estou num filme. Faz seis semanas que cheguei a Nova York, e ainda não consigo acreditar que é verdade. Quase espero ver Carrie, Miranda, Charlotte e Samantha de braços dados, deslizando na minha direção.

Saio da estação do metrô e paro na faixa de pedestres para examinar o pequeno mapa de Manhattan que guardo na bolsa. Algumas pessoas têm uma espécie de GPS embutido, como os gatos. Elas podem ser deixadas em qualquer lugar e encontram o caminho de casa. Eu, não. Eu me perco no restaurante. Certa vez, passei meia hora perambulando por um bufê de saladas enquanto tentava encontrar o caixa. Desde então não consigo encarar salada de repolho.

Viro o mapa de cabeça para baixo e em seguida o desviro. Estou pasma. Combinei de sair para um drinque depois do trabalho, mas não faço ideia de onde fica o bar. Dou uma olhada no emaranhado de ruas. Na *teoria*, tudo parece muito simples, mas, na hora da verdade, estou sempre me perdendo. Como se já não fosse suficientemente difícil, aqui em Nova York há ruas Qualquer Coisa Leste e ruas Qualquer Coisa Oeste. Isso confunde tudo. Quero dizer, como diabos você vai saber qual é qual?

Olho para um lado e para o outro, e, frustrada, desisto e lembro do meu versinho. É muito comum eu parar de repente no meio da rua e recorrer a isso. Sabe como é: "Nunca Lamba Salada de Ovos", Norte, Leste, Sul, Oeste e tal.

— Como é?

Viro-me e vejo outro pedestre ao meu lado esperando para atravessar. Ele me dirige um olhar questionador, o cenho franzido sob o boné de beisebol.

Ah, meu Deus, eu recitei aquilo em voz alta?

— Hum... — Eu me atrapalho, constrangida. — Nunca... ande de sapatos novos — emendo apressada, indicando o boneco vermelho do sinal luminoso — enquanto o homenzinho não indicar que é seguro atravessar.

O pedestre me encara sem expressão.

— Claro — diz ele, desconfiado.

Ele tem um sotaque nova-iorquino realmente forte, e percebo que carrega o que parece ser uma grande câmera de vídeo e um microfone felpudo. Pergunto-me o que está fazendo. Deve ser um filme ou algo realmente interessante.

Diferentemente de mim, que recito expressões mnemônicas ridículas e tagarelo sobre a segurança nas ruas. Penso nisso e fico vermelha de vergonha. Totalmente sem graça, desvio o olhar e rezo para o sinal mudar.

— Ah, *agora* podemos atravessar — anuncio, aliviada, e, com um sorriso estranho, afasto-me e propositalmente me misturo à multidão.

Nova York é assim. A cidade tem uma energia incrível que atrai todas essas pessoas interessantes. Vire uma esquina e se deparará com um set de filmagem, ou um camelô vendendo bijuterias estranhas, ou um grupo de artistas de rua fazendo passos de hip-hop incríveis. Nunca se sabe o que acontecerá.

Às vezes, tarde da noite, quando vejo o Empire State acender-se em diferentes cores, sinto uma onda de animação. Uma expectativa. Parece *mágica*. Quase tenho que me beliscar. Para uma garota que vem lá do subúrbio de Manchester, é puro conto de fadas.

Só que, neste conto de fadas específico, falta uma coisa.

Passo em frente a uma série de restaurantes e observo os casais aconchegados em jantares românticos. Por ser uma noite quente de verão, os restaurantes abriram as portas e espalharam mesas nas calçadas. Sinto um aperto no peito.

Mas logo afasto a sensação.

Era uma vez um príncipe encantado, mas nós não vivemos felizes para sempre. Contudo, como já disse antes, estou bem quanto a isso. Faz muito tempo, e eu segui em frente. Na verdade, desde então saí com um monte de caras.

Talvez não tenha sido um monte, mas alguns. E um ou outro foram muito legais. Meu último namorado, Sean, é um exemplo. Nós nos conhecemos numa festa e saímos por dois meses, mas não foi uma relação muito séria. Quero dizer, ele era divertido, e o sexo não era ruim. Só que...

Está bem, eu tenho essa teoria. Todos sonham em encontrar sua alma gêmea. É uma busca universal. No mundo inteiro, milhões de pessoas procuram seu verdadeiro amor, seu *amore*, sua *âme soeur*, aquela pessoa especial com quem passarão o resto da vida.

Eu não sou diferente.

Mas isso não acontece para todos. Alguns passam a vida inteira procurando e nunca encontram essa pessoa. É como uma loteria.

Se, por algum milagre, você for uma das pessoas privilegiadas e encontrar a sua cara metade, o que quer que você faça, não a deixe escapar. Isso não acontece duas vezes. Almas gêmeas não são como ônibus, não vai passar outra daqui a pouco. É por isso que se diz que só há uma, gêmea. Caso contrário, teríamos almas trigêmeas, quadrigêmeas, e por aí vai.

Então acho que talvez isso não seja para mim. Porque, veja bem, eu *tive* sorte. Encontrei minha alma gêmea, mas depois a perdi. Eu estraguei tudo ou ele estragou tudo. No fim das contas, não faz diferença. Os detalhes não importam.

Além do mais, não sou infeliz. Como é que costumam dizer? É melhor ter amado e perdido do que nunca ter amado. Para falar a verdade, quase nem penso mais nisso.

Ainda assim...

Às vezes, quando menos espero, alguma coisa me faz lembrar dele, de nós, de muito tempo atrás. Pode ser algo aleatório como um teste numa revista ou sem importância como uma mesa de restaurante na rua. E às vezes não consigo parar de imaginar como minha vida seria se nós tivéssemos dado certo. E se ainda estivéssemos juntos? E se tivéssemos vivido felizes para sempre? E se, e se, *e se*...?

Há ocasiões em que chego a imaginar como seria revê-lo. O que é uma maluquice. Faz tanto tempo que nem sei se o reconheceria.

É bem possível que, se eu cruzasse com Nate na rua, nem perceberia que era ele.

Ora, a quem estou tentando enganar? Eu identificaria Nate num instante. Até mesmo no meio de uma multidão.

E quer saber de outra coisa? Lá no fundo, eu sei que, se o encontrasse de novo, sentiria exatamente o mesmo.

De qualquer modo, isso seria dificílimo de acontecer, não é? Faz dez anos que o vi pela última vez. Uma década inteira. Um outro milênio. Quem sabe onde ele está ou o que está fazendo?

Mais adiante, um letreiro em néon interrompe meus pensamentos. *Scott's*. Encontrei! É esse o bar! Tomada pelo alívio, corro para lá.

Como eu disse, a gente tem apenas uma chance, e tive a minha.

Tiro esses pensamentos da cabeça e abro a porta.

Capítulo 2

Lá dentro, a iluminação é bem fraca, e o ambiente está cheio de gente que saiu do trabalho para a happy hour. É um daqueles barezinhos superlegais de Nova York que se vê nos filmes e na televisão. Várias mesas ficam espremidas em seu interior, e, ao longo da parede, há um bar de madeira escura com chopeiras de metal polido e centenas de garrafas de bebidas diferentes arrumadas em fileiras.

Sentada junto ao balcão, empertigada, vejo uma mulher num terninho de risca de giz, que escreve sem parar no seu BlackBerry. Com os cabelos louros num corte curto e bem marcado, e uma pasta imponente de couro preto sobre o banco ao lado, ela se destaca em meio à multidão relaxada do começo da noite. Pense em Michael Douglas como Gordon Gekko em *Wall Street*, e depois imagine uma versão feminina mais altiva.

Essa é minha irmã mais velha, Kate. Ela tem cinco anos a mais que eu, mas parece ter vinte pelo modo como me trata, como se eu fosse uma criança. Se bem que Kate está acostumada a mandar nas pessoas. Não tem um, mas *dois* assistentes trabalhando para ela.

Kate trabalha num importante escritório de advocacia em Manhattan, especializado em fusão e compra de empresas. Pessoalmente, não faço ideia do que seja isso, muito menos tenho a capacidade de compilar relatórios de cem páginas sobre o assunto e ganhar causas que valem milhões de dólares.

Mas minha irmã sempre foi a inteligente da família. Passou sete anos estudando para ser médica e, logo que se formou, mudou de ideia e foi estudar de novo para ser advogada. Como se não fosse nada de mais.

Juro que já sofri mais que isso para escolher o sanduíche que ia comer de almoço no Prêt-à-Manger.

Kate herdou toda a inteligência, e eu, toda a criatividade. Pelo menos isso é o que mamãe gosta de me dizer, embora às vezes me pergunte se não é só uma tática para me alegrar um pouco depois de eu me sair mal em mais uma prova de matemática. Enquanto os logaritmos me confundiam (e ainda confundem — será que alguém pode fazer o favor de me explicar *o que* exatamente é um logaritmo?), desenhar e pintar eram minha segunda natureza, e acabei entrando na faculdade de arte.

Após três anos maravilhosos de muito pintar, eu me formei e me mudei para Londres. Tinha grandes sonhos. Teria uma carreira incrível como artista, exposições em galerias por todo o país, meu próprio atelier num loft superdescolado em Shoreditch...

Quero dizer, na verdade, não, eu não teria.

Para começar, você tem ideia do preço dos lofts em Shoreditch?

Eu também não tinha. Bem, vou lhe contar. Eles custam uma *fortuna*.

Isso não teria sido tão ruim se eu tivesse conseguido vender minhas obras. Pelo menos poderia ter juntado uma grana. Em mais ou menos uns oitenta anos, mas ainda assim, teria sido *possível*.

Mas a verdade é que eu nunca vendi nenhuma das minhas pinturas. Aliás, vendi uma, para o meu pai, por cinquenta libras, e só porque ele insistiu em me dar meu primeiro pagamento.

Acabou que foi também o meu último. Após me endividar mais e mais ao longo de seis meses, fui obrigada a desistir da pintura e procurar um emprego. Consequentemente, meus sonhos de ser artista terminaram por não passar disto: sonhos.

Mas deve ter sido melhor assim. Eu era jovem, inocente e sonhadora. É provável que nunca fosse conseguir mesmo.

Pedindo licença através da multidão, me dirijo para o bar.

Depois disso, consegui empregos temporários, só que foi difícil. Não sei datilografia nem sei arquivar nada, mas finalmente tive sorte e arranjei um emprego numa galeria de arte no East End. Comecei como apenas uma recepcionista, mas, com o passar dos anos, galguei meu caminho e parei de atender o telefone para trabalhar com novos artistas, organizar exposições e auxiliar os compradores nas suas coleções. Por fim, poucos meses atrás, recebi um convite para trabalhar numa galeria em Nova York.

É claro que agarrei a oportunidade. Quem não o faria? Nova York é onde o mundo da arte está no momento, e seria uma oportunidade excelente para a minha carreira.

Porém, para ser absolutamente franca, não foi esse o único motivo de eu ter decidido fazer as malas para me mudar do apartamento que dividia com outra pessoa e voar cinco mil quilômetros, atravessando o Atlântico. Foi em parte para me recuperar do meu último namoro, em parte para escapar da perspectiva de mais um horrível verão britânico, mas principalmente para sair um pouco da rotina.

Não me entenda mal, adorava meu trabalho, meus amigos, minha vida em Londres. Só que... Ultimamente eu tinha uma sensação estranha, como se alguma coisa estivesse faltando. Como se estivesse esperando minha vida começar e algo acontecer.

O problema é que eu não sei exatamente o quê. Minha irmã continua concentrada em seu BlackBerry e ainda não me viu. Desde que vim para Nova York, estou hospedada na casa dela e de Jeff, seu marido. Eles têm um apartamento de dois quartos no Upper East Side e está sendo ótimo. Além de, digamos, *desafiador.* Vamos colocar nestes termos: eu nunca fiquei em um alojamento de quartel do exército, mas tenho a sensação de que deve ser parecido. Mas sem o chão de madeira encerada e a televisão de tela plana.

Tão logo lhe contei que me mudaria para cá, Kate me enviou uma lista de regras da casa. Minha irmã é muito organizada. Ela prepara listas imensas e marca o que já foi feito, item por item, com marcadores de texto especiais. Não que eu esteja dizendo que ela é neurótica ..

Pelo menos não na cara dela.

Somos opostas em tudo. Ela é loura; eu sou morena. Ela gosta de economizar; eu gosto de gastar. Ela é superarrumada; eu sou extremamente bagunceira. Eu até tento manter tudo limpo e organizado. Na verdade, estou *sempre* arrumando, mas por alguma estranha razão parece que isso só faz com que as coisas fiquem mais desorganizadas.

Kate também insiste em ser pontual, enquanto eu sempre me atraso. Não sei por quê. Procuro fazer tudo na hora certa. Já tentei todos os artifícios possíveis — começar 15 minutos antes da hora, adiantar os relógios, usar dois relógios de pulso — mas ainda termino me atrasando.

Como agora, por exemplo.

Acabo de ouvir o sinal de aviso de que recebi uma mensagem no celular. Rapidamente pego o aparelho na bolsa. Vou lhe contar um segredo. Tenho um pouquinho de medo da minha irmã.

Clico no pequeno envelope na tela.

Mais cinco minutos e mato você.

Certo, talvez eu tenha muito medo.

— Está atrasada.

Sento-me no banco ao lado, e Kate nem sequer desvia os olhos do BlackBerry. Em vez disso, continua respondendo a um e-mail, com um vinco acentuado no meio da testa, como os das pernas de sua calça.

Kate sempre usa calça comprida. Creio que a única vez em que *não* a vi de calça comprida foi no dia de seu casamento, cinco anos atrás. E isso só porque mamãe ficou arrasada quando descobriu que ela usaria um terninho ("Mas é um Donna Karan", protestou Kate) e disse que os vizinhos pensariam que a filha dela era lésbica. O que parece meio ridículo, considerando que ela estava se casando com Jeff.

— Eu sei, sinto muito — desculpo-me apressadamente enquanto lhe beijo o rosto. — Você me conhece, não tenho nenhum senso de direção.

— Nem de horário — lembra Kate, clicando em enviar com o polegar e virando-se para mim em seguida.

Kate está pálida, embora o dia esteja ensolarado e faça 24 graus do lado de fora. Ela raramente sai na rua. Durante a semana, sempre fica em sua mesa no escritório refrigerado, e nos fins de semana..

É, ela costuma trabalhar também.

— Admito que sou culpada — concordo com um aceno de cabeça e faço uma expressão de remorso. — Qual é a pena? Dois anos? Cinco?

Ela sorri mesmo sem querer.

— Não é minha especialidade, mas vejamos... Nenhuma condenação anterior? Há atenuantes? — Ela tamborila os dedos na bancada do bar. — É provável que você escape com uma advertência e um acordo de bom comportamento.

— Só isso? — Começo a rir.

— Mais uma multa — acrescenta Kate, erguendo uma das sobrancelhas.

— Uma multa? — Franzo o cenho. — De quanto?

— Hum... — Ela toca a ponta do nariz com o dedo indicador, como sempre faz quando está pensando. — Três drinques. A dez dólares cada um. Calculo que trinta dólares resolvam. — Minha irmã sorri para mim astuciosamente. — Mais a gorjeta, claro.

Ela é uma negociadora difícil. Agora sei como vence aqueles casos multimilionários.

— Espera, três drinques?

— Você, eu e Robyn — explica.

— Ah, Robyn também veio? — pergunto, surpresa, olhando ao redor à sua procura.

— Ela foi ao banheiro. — Kate faz um sinal indicando os fundos do bar, de onde, naquele instante, vejo surgir uma garota alta de cabelos ondulados usando uma bata tie-dye. Seu rosto se abre num amplo sorriso quando me vê.

— *Minha queriiidaaaa!* — grita Robyn, acenando como uma louca e se encaminhando às pressas para onde estamos, aparentemente sem perceber as pessoas que atropela ao rumar em nossa direção numa linha reta. Ela parece a forma humana de um míssil guiado por calor.

A cena me diverte. Uma recepção um pouco diferente da de minha irmã.

De braços abertos, ela me envolve numa nuvem de óleo de patchouli e num tilintar de pulseiras de prata amontoadas em seus braços sardentos.

Qualquer um vendo Robyn me cumprimentar pensaria que somos velhas amigas, mas só nos conhecemos há uma semana, quando respondi ao anúncio em que ela procurava alguém para dividir o apartamento. Vou me mudar neste fim de semana. Após algumas semanas das regras da casa de minha irmã — "1) Uso de escova de dentes elétrica não é permitido após as 22h." Aparentemente isso a acorda, e ela gosta de ir para a cama às 21h30 para se levantar às 5h e ir à academia. Sim, é isso mesmo. *Cinco horas da manhã* —, percebi que estava na hora de me mudar dali para meu próprio espaço.

Talvez "espaço" não seja o termo correto. "Armário de vassouras" seria uma descrição mais precisa. Nova York pode ser emocionante, mas vem com um custo enorme, e meu salário só me permite pagar por três metros quadrados de um prédio de quatro andares sem elevador no Lower East Side.

Ainda assim, o mais importante é ser todo meu. Na verdade, de Robyn. Mas quer saber? Vejo o Empire State da minha janela!

Ou melhor, *mais ou menos*. Não é exatamente da janela do *meu* quarto. A minha vista é uma parede de tijolos, uma escada de emergência e um grafite bem interessante. Mas dá para vê-lo do quarto de Robyn. Se nos dependurarmos da janela e olharmos para o lado. Ele está lá com certeza. Eu garanto.

— Não achei que você conseguiria vir — digo, ofegante, finalmente me libertando do abraço.

— Meu último cliente cancelou — explica Robyn, ainda com um sorriso no rosto.

Já percebi que os americanos passam muito tempo sorrindo, mas ainda não descobri se eles são felizes mesmo ou se é uma desculpa para mostrarem os dentes. Robyn tem dentes perfeitos, brancos e alinhados. Como as teclas de um piano.

— Disse que tinha medo de agulhas. O que complica um pouco as coisas, considerando que sou acupunturista.

— Homens e esse medo de espetadas — ironiza Kate.

Eu sufoco uma risada, mas Robyn não percebe o senso de humor de minha irmã.

— Pois é — comenta ela com sinceridade e o semblante sério. — Acho que os homens têm um limiar muito menor com relação a dor. As mulheres suportam a agonia do parto, as cólicas menstruais...

— A cera depilatória nas virilhas — acrescenta minha irmã.

— Sem falar na dor emocional — continua Robyn, ignorando-a. — Nós sentimos tudo com mais intensidade. Outro dia, por exemplo, eu estava assistindo a *Oprah* e teve uma seção inteira dedicada a pessoas que comem para compensar...

Olho para Kate. Com as sobrancelhas erguidas, ela fita Robyn com um misto de horror e descrença. Fico muito preocupada. Minha irmã não é o tipo de pessoa com quem se conversa sobre emoções. Ela não é emotiva. A única vez que a vi levemente perturbada foi quando recebeu uma nota 99 numa prova de química.

— O marido da mulher tinha fugido com a melhor amiga dela, e ela engordou noventa quilos comendo cupcakes. Vocês acreditam? Ela ficou tão arrasada que usou cupcakes para tentar não sofrer. Eram cupcakes de morango no café da manhã, cupcakes de chocolate no almoço, cupcakes de creme de limão no...

— Muito bem, então o que vamos beber? — pergunto, interrompendo-a e mudando o assunto antes que todas nós morramos de sede.

— Uísque sour — diz minha irmã sem hesitar nem um instante.

— Robyn? — Tendo obtido a atenção do barman, viro-me para ela esperando a resposta.

— Hum, não tenho ideia — responde ela, ofegante, inspirando pela primeira vez em cinco minutos. — Deixe-me ver. Estou com vontade de beber o quê? — Inclinando a cabeça para o lado, pensativa, Robyn enrola um cacho dos cabelos castanhos no dedo. — Alguma coisa doce...

— Um lemon drop? — sugere o barman, com um amplo sorriso.

Ela franze o nariz.

— Mas não muito doce.

— Nesse caso, que tal um mojito?

— Ah! — Robyn dá um gritinho de alegria. — *Adoro* mojito!

— Ótimo. — O barman estende a mão e pega um punhado de folhas de hortelã, o pilão e o almofariz.

— Mas não hoje — acrescenta ela em seguida, balançando a cabeça, decidida.

O barman deixa de lado o pilão, com os dentes trincados.

— Esta noite quero algo um pouco diferente — continua Robyn, animada. Atrás de nós uma fila se forma, mas ela continua falando, totalmente distraída.

— Talvez um martíni? — O barman entrega-lhe um cardápio. — Temos vários tipos. Como o martíni com gengibre.

— Hmm, isso parece delicioso... — elogia Robyn.

Alívio toma o rosto do barman.

— Mas o de romã também — comenta ela, lendo o cardápio.

— Nossa, são tantos, e todos parecem deliciosos. Ah, olhe, e esse de lichia? Tem gosto de quê?

— De lichia — diz Kate friamente.

Robyn olha para ela, assustada.

— Na verdade, acho que vou querer só um copo de vinho — diz ela apressada, devolvendo o cardápio para o barman. — Qualquer um branco. Não sou exigente — acrescenta, evitando o olhar de minha irmã.

— E eu quero uma cerveja — peço, sorrindo. Nunca gostei muito de drinques. Eles me deixam bêbada.

— Num instante. — O barman pega uma coqueteleira.

— Ah, só mais uma coisa... — Na ponta dos pés, Robyn se debruça sobre o balcão e examina o barman sob a luz. — Qual é o seu nome?

Sou pega de surpresa. Meu Deus! Ouvi dizer que as mulheres americanas são seguras de si quando se trata de convidar os homens para sair, mas isso chega a ser descarado.

— Brad. — Ele sorri e se exibe com a coqueteleira numa leve imitação de Tom Cruise em *Cocktail*. — Por que, quer meu número também?

Robyn faz uma expressão de desapontamento.

— Não, obrigada. — Voltando à posição original, ela suspira. — Só se seu nome fosse Harold.

— Quem é Harold? — pergunto, sem entender.

— Não sei. — Ela dá de ombros. — Esse é o problema.

— Se você está procurando uma pessoa desaparecida, tenho ótimos contatos no Departamento de Polícia de Nova York — sugere Kate, querendo ajudar.

— Minha irmã é casada com um policial — explico.

— Verdade? — Robyn arregala os olhos. — Que emocionante!

— Não exatamente. — Kate ri. — Você não conhece Jeff.

— Ou Harold — lembra o barman, que ouvia atento, aparentemente incomodado por ter sido desdenhado em favor de um completo estranho com nome de tio velho.

— Ainda não, mas sei que ele existe — declara Robyn plenamente convicta. — Uma vidente me contou.

— Você se consultou com uma *vidente?* — Kate olha para ela sem acreditar.

— Há cerca de um ano — confirma Robyn, séria. — Ela disse que eu encontraria minha alma gêmea e que devo ficar atenta a um Harold — explica, segurando apertado o pingente de cristal cor-de-rosa pendurado no pescoço. — Quando se trata de amor, só preciso ter fé e confiança no poder do universo.

Olho para Kate. Ela faz tudo para conter seu cinismo.

— Ela disse como é esse Harold fisicamente?

Robyn faz uma pausa e, dissimuladamente, vê se não há ninguém ouvindo, como se temesse que alguém pudesse ouvir e roubar a informação altamente secreta, encontrando seu Harold primeiro. Satisfeita por não achar nenhum perigo, sussurra com ar conspiratório:

— Alto, moreno e bonito.

Pelo canto do olho, vejo o barman suspirar.

— Ah, nossa, por essa eu não esperava — observa Kate, debochada, revirando os olhos.

— Seus pedidos — interrompe o barman, colocando três drinques na nossa frente. — São 28 dólares.

— Eu pago — aviso, pegando a bolsa. — Esta rodada é por minha conta. — Procuro a carteira, mas a bolsa está tão cheia que não a encontro. Bolsas grandes podem *parecer* algo da moda, mas só servem para as mulheres carregarem um monte de bobagens.

Tiro uma embalagem de brownie de chocolate, um brilho para lábios todo empoeirado, o bilhete do metrô... Droga. Tem que estar aqui em algum lugar. Sacudo a bolsa sobre o colo, viro-a para um lado para enxergar melhor, e, de repente, ela cai no chão e todo o conteúdo se esparrama.

— Ai, droga, deixa que eu ajudo! — exclama Robyn. Ela se debruça no chão e me ajuda a pegar as coisas. — Ah, o que é isso?

Ela tem na mão a revista que eu estava lendo no metrô.

— Nada — respondo, pegando a revista, tarde demais. Robyn já abriu na página do teste.

Ela começa a ler em voz alta:

— Todo mundo procura sua alma gêmea. Faça nosso Teste do Amor e descubra: Ele é a sua? — Robyn me olha com os olhos bem abertos, toda entusiasmada. — Ai, eu adoro essas coisas!

— Por que isso não me surpreende? — observa Kate, pagando ao barman por mim.

Dirijo-lhe um olhar de gratidão.

— É só uma bobagem — comento, vermelha de vergonha.

— Mas você fez o teste! — Robyn me contradiz, balançando a revista no ar para comprovar.

Ah, Deus. Agora me sinto uma completa idiota.

— Estava entediada no metrô, sabe como é.

Procuro manter um tom despreocupado na voz, sem olhar para Kate. Certa vez, quando ainda era adolescente, Kate me pegou lendo meu horóscopo e o de Ricky Johnston, por quem eu tinha uma queda desde sempre. Passou meses caçoando de mim por conta disso.

Anos mais tarde, nada mudou.

— Pode me dar isso. Vou jogar fora.

Dou uma risada desconfortável e estendo a mão para pegar a revista, mas Robyn já está debruçada sobre o teste e o lê atentamente, com os olhos semicerrados de tão concentrada.

— E então, quantos pontos você fez? Ele era sua alma gêmea? — Ela me fita ansiosa para saber.

— Veja bem, eu detesto ter de contar isso a você, mas essa história de alma gêmea não existe — declara Kate, rejeitando a ideia. — É pura tolice.

Robyn fica tão desapontada quanto uma criança de 6 anos que acabou de saber que a Fada do Dente não existe.

— Mas você é casada — protesta ela imediatamente. — E o seu marido?

— O que tem ele? — replica Kate com serenidade. — Eu amo Jeff, não me entenda mal, mas não diria que é minha alma gêmea.

— Não? — pergunta Robyn numa voz sufocada.

— Não. — Minha irmã dá de ombros, indiferente, e toma um gole de seu drinque. — Mas eu posso dizer que ele é muitas outras coisas — acrescenta ela, rindo.

Robyn parece chocada.

— E você, Lucy? — Ela se vira para mim, desesperada. — Qual é sua opinião? Você acredita que temos uma alma gêmea, não é?

Eu hesito.

— Bem, eu...

— Ah, desculpe! — Robyn de repente leva a mão à testa. — Estou sendo muito insensível. — Ela me olha cheia de remorso. — Sua irmã mencionou que você terminou um namoro recentemente. Falei sem pensar.

— Está falando de Sean? Ah, não foi nada sério — me apresso em afirmar.

— Ele não era a sua alma gêmea? — indaga Robyn intencionalmente, sem olhar para minha irmã.

Vem à minha mente a imagem de Sean usando Crocs vermelhos. Ainda que tudo tivesse dado certo, aqueles Crocs sempre ficariam entre nós.

— Não, ele não era — respondo, sorrindo, mas lá no fundo sinto uma dorzinha no coração.

— Ah, não se preocupe! — Ela me anima, acariciando minha mão. — Tenho certeza de que a encontrará.

— Esse é o problema. Eu já a encontrei — digo, melancólica.

Kate praticamente rosna ao meu lado.

— Ah, Deus, o cara da ponte, não.

— O nome dele era Nathaniel — retruco, encarando minha irmã. Ela revira os olhos, impaciente.

— Lucy, quando vai esquecer esse cara e partir para outra?

— Já parti — respondo na defensiva. — Tive milhares de namorados.

— Mas ainda está obcecada por ele.

— Não estou!

— Então por que fez esse teste idiota?

— Qual é o problema? Isso não significa nada!

— Ah, não?

Robyn olha para mim e para Kate alternadamente, como se acompanhasse um jogo de tênis.

— **Ei, vocês duas!** — exclama, estendendo as mãos cheias de anéis de prata para interromper o que ameaça se transformar numa de nossas brigas de irmãs.

Acredite, nós duas somos boas nisso.

— Alguém poderia me explicar?

Kate e eu trocamos olhares. Constrangida, Kate volta a atenção para seu drinque.

Sobro eu, que hesito.

— E então? — Robin espera alguma atitude de minha parte.

— Ah, não é nada — murmuro, sem interesse.

— Isso não parece mesmo não ser nada — observa Robyn, erguendo as sobrancelhas. — Vai, quero todos os detalhes sórdidos.

Penso em resistir, mas a cerveja percorre um caminho morno pelo meu corpo e minhas defesas começam a ceder.

— Eu preciso lembrar a você que meu trabalho é enfiar agulhas nas pessoas? — Robyn me dirige seu olhar mais ameaçador, que não podia ser menos ameaçador, mas enfim...

Engulo em seco e minha mente volta ao passado.

— Era o verão de 1999. Eu tinha 19 anos e estudava arte na Itália, em Veneza — começo a falar rápido, as palavras se embolam ao escapar de minha boca. Só quero acabar logo com isto. — O nome dele era Nathaniel. Era um americano de 20 anos que estudava os pintores da Renascença no programa de verão de Harvard. Depois, voltei para Londres, e ele, para os Estados Unidos...

— Você pulou a parte da ponte — interrompe Kate.

Lanço-lhe um olhar furioso por ter interrompido meu discurso, mas ela finge estar concentrada no drinque como se não tivesse dito nada.

Viro-me de novo para Robyn.

— Desculpe, eu adiantei um pouco as coisas. Primeiro devia contar como tudo começou. — À medida que a lembrança toma conta de mim, meu coração começa a apertar, e eu respiro fundo para acalmar a voz. — Vou contar a lenda da Ponte dos Suspiros...

Capítulo 3

— Nossa, que romântico. — Robyn suspira alto.

Quando termino de contar a história, eu me volto para o bar. Com os cotovelos apoiados no balcão e o queixo nas mãos, Robyn tem uma expressão estranha e sonhadora. Como se estivesse numa espécie de transe.

Logo percebo que ela não é a única. Várias pessoas no bar interromperam suas conversas e se inclinaram para ouvir. Ao notar a plateia que atraí, sinto uma pontada de inibição e olho ao redor, ficando sem jeito ao perceber um grupo de garotas numa mesa atrás de mim que aguardam ansiosamente a continuação.

— E então, vocês se beijaram sob a ponte? — pergunta uma delas, com os olhos cheios de rímel arregalados.

Sinto o rosto queimar de tanta vergonha. Nunca fui uma pessoa de falar em público, e, de repente, aqui estou discursando para um bar inteiro de Nova York.

— E então? — incentiva sua amiga ruiva, segurando o copo de martíni junto ao peito, ansiosa.

Volto àquela noite, muitos anos atrás.

— Nós não tínhamos dinheiro suficiente. Naquela época estávamos totalmente duros...

Ouve-se um suspiro generalizado de desapontamento.

— Mas Nathaniel subornou um gondoleiro com um pouco de maconha — termino, rindo da lembrança do jovem italiano de camisa listrada, chapado e risonho.

— E ele levou vocês?

Ouço uma voz masculina e ao me virar vejo um tipo forte, com aparência de bancário, de camisa desabotoada e o nó da gravata desfeito. A esperança em seu rosto é evidente.

— Parem de interromper. Deixem que ela conte a história! — pede outra pessoa em voz alta.

— Nós nos encontramos na hora do pôr do sol — continuo, e uma imagem do céu cor de tangerina aparece em minha mente. Era um pôr do sol fantástico. Faixas multicoloridas iluminavam o céu num resplendor de cores, cobrindo os prédios antigos de Veneza num brilho ardente. Não foi o primeiro nem o último pôr do sol que assisti, mas nenhum me pareceu tão especial. — E ele nos levou, remando, para o canal.

Vejo a mão de Nate me ajudando a entrar na gôndola, sinto seu braço sobre meus ombros, nós dois aconchegados sobre as almofadas de veludo gastas, ouço a água batendo contra as margens do canal.

— Quando os sinos começaram a tocar, chegamos à ponte...

Por um breve instante, estou de volta bem ali. Os ecos distantes da vida veneziana enchem o ar quente da noite, e olho para Nate, que afasta os cabelos de meu rosto, e nós dois rimos como um casal de jovens apaixonados. Porque é o que somos: um casal de jovens apaixonados.

— Você acha que isso vai mesmo funcionar? — pergunta Nate, enrugando os cantos dos olhos ao sorrir.

Engolindo uma risada, observo seus olhos azuis, as manchas cinza-escuro em volta da íris, e os cílios muito claros. Quero absorver cada detalhe, não esquecer nada.

— Espero que sim — respondo.

Aninho o nariz em seu pescoço e sinto o cheiro da camiseta velha e do casaco de couro cru de segunda mão. Apesar do calor da noite, Nate insistiu em usá-lo, como sempre.

— Você não acha que isso é algum golpe do velho, e que nós vamos ser assaltados embaixo da ponte?

— Assaltados? — pergunto e ergo a cabeça para fitá-lo. — Por quem?

Nate indica o gondoleiro com um gesto, seu rosto retorcido em uma expressão fingida medo.

— Você está maluco — protesto, achando graça.

— Você diz isso agora, mas... — Nate aproxima a boca de meu ouvido e sussurra: — Nunca assistiu a O *poderoso chefão*? — Ele passa um dedo pela garganta e faz um som asfixiado.

Caio na risada e lhe dou um soco nas costelas.

— Ai! — grita ele, caindo contra a almofada. — Que mão pesada, essa sua. Tenho que ter cuidado. — Nate segura minha mão fechada.

— Aham — concordo com um aceno de cabeça, encontrando seus olhos.

— Muito cuidado. — Ele começa a esticar meus dedos lentamente e traça as linhas da palma da minha mão com as pontas dos dedos.

Encosto-me na almofada, desfrutando a sensação dos dedos de Nate acariciando os meus, sentindo o clima mudar como uma brisa de verão. Seu toque é leve como uma pluma, suave, mas seu efeito sobre mim é como mil volts percorrendo minhas veias. Agora sei o que as pessoas querem dizer quando falam de eletricidade entre duas pessoas. É como se alguém tivesse acabado de me ligar direto num cabo elétrico. Sinto-me viva. Como se tivesse passado os primeiros 19 anos de minha vida dormindo e enfim acordado quando conheci Nate.

— Ei, está ouvindo?

A voz de Nate me traz de volta. Sua cabeça está inclinada, os olhos procuram o ar em volta dele, e um sorriso se abre aos poucos em seu rosto.

— O que... — começo a falar, mas ele me interrompe cobrindo meus lábios com um dedo.

— Shh, ouça.

O ar quente da noite envolve-nos com sua suavidade, seu cheiro de vinho tinto e de pizza fresca, de cigarros e de loção pós-barba, mesclados aos sons de uma música, de vozes e de uma mulher no apartamento acima lavando pratos...

E de algo mais.

À distância, ouço algo. Depois, ouço mais perto. Será...? Poderiam ser...?

— *Sinos* — murmuro, com um repentino estremecimento. Olho de novo para Nate. Seus olhos brilham de alegria.

— É isso aí. — Ele sorri, e meu estômago parece estar cheio de borboletinhas. — *Está acontecendo.*

Com o suave repicar dos sinos sendo levado pela brisa, erguemos os olhos e vemos a ponte mais à frente. Como um arco majestoso sobre o canal, ela brilha com a luz dourada do sol, o mármore branco parecendo uma pintura exibindo o sol que se põe. Faixas vermelho-alaranjadas mescladas com tons de marrom-avermelhado e ocre criam um arco-íris trêmulo refletido na água. Nós nos aproximamos lentamente, ansiosos, cheios de alegria, risos, amor...

Cada vez chegando mais perto...

E agora o gondoleiro fica na sombra, e nós passamos sob a ponte. Pouco a pouco. Temos poucos segundos. Nossos olhos se encontram. Nossas risadas silenciam. A brincadeira para. *Tudo para.*

Naquela fração de segundo, tudo fica mais devagar. Como um filme entrando em câmera lenta, o quadro congela. Somos apenas eu e Nate. Nós dois. As únicas pessoas que existem no mundo inteiro.

Duas metades de um todo... Vinda do nada, a voz do velho italiano surge na minha cabeça e sinto um tremor subir-me a espinha. *Vocês viverão um amor eterno. Ficarão juntos para sempre e nada jamais poderá separá-los.* Ao mesmo tempo em que a voz dele ecoa dentro de mim, o ar esfria de repente e sinto calafrios nos braços.

Algo está diferente. Há uma energia. Uma certeza. Uma sensação poderosa ao meu redor que não sei descrever. É como... como...

Olho para Nate. Ele se inclina para mim... Os sinos repicam... O céu está resplandecente... Minha respiração fica presa no peito e tenho a sensação de que vou explodir com a alegria do momento, enquanto Nate me puxa para si e diz que me ama.

Mágico. É o que me parece ser.

Parece mágico.

— E?

Volto bruscamente à realidade e vejo o barman estático atrás do bar, segurando as bombas de chopp enquanto aguarda, ansioso.

Um calor me envolve.

— E nos beijamos — respondo simplesmente.

É como se o bar inteiro estivesse segurando a respiração. De repente ouve-se um suspiro geral de alívio. Há até mesmo uma leve onda de aplausos, e alguém, em algum lugar, solta uma exclamação de alegria.

— E o que aconteceu depois? — pergunta Robyn, ansiosa.

Ela está feliz. Assim como o resto da plateia, percebo, olhando ao redor. Ao que parece, todos adoram uma história de amor.

Faço uma pausa e retomo a linha de pensamento. Sinto o momento logo se dissipar, voltando a desaparecer no passado, engolido pelo presente. Como a própria Veneza, que é engolida pela água.

— Era o fim do verão, então ele voltou para Harvard, e eu, para Manchester — esclareço, casualmente. — Trocamos muitas cartas, às vezes um telefonema ou outro, quando tínhamos condição de pagar. Naquela época era muito caro telefonar para o outro lado do Atlântico, e eu nem tinha internet. — Dou um sorriso melancólico. — Namoramos à distância durante quase um ano... — Faço uma pausa. Vejo que todos aguardam ansiosos o grande final feliz.

Sinto um nó na boca do estômago.

— E então? — A ruiva com o copo de martíni está quase fora de si.

De repente, sinto um enorme peso de responsabilidade pelas esperanças de todos. Não quero desapontá-los. No entanto...

O nó passa à minha garganta. Mesmo agora, tanto tempo depois, não consigo pensar nisso sem uma sensação que me esmaga o peito.

A sensação de não conseguir respirar, como se estivesse nadando sob a superfície da água e meus pulmões fossem explodir.

Lembro-me como se fosse ontem. Eu acabara de me formar e dormia no sofá de uma amiga em Londres, enquanto procurava um atelier para alugar. Era verão. Lembro-me de ver muitos miosótis no parque a caminho de casa e de me perguntar se essas flores existiam também nos Estados Unidos. E, enquanto me inclinava para colher um, pensei em passar a ferro suas lindas pétalas azuis e, de alguma forma, enviá-las para Nathaniel.

Minha amiga gritou para mim quando abri a porta de entrada. Ela estava no corredor e me estendia o telefone com um sorriso nervoso no rosto. Era um telefonema dele, de Nathaniel, meu namorado americano. Corri e peguei o aparelho da mão dela, tentando desemaranhar os fios que tinham se torcido em torno de minha mão, quase sem ar de tanta ansiedade por falar com ele, poder contar todas as novidades, ouvir sua voz.

Mas, no instante em que ouvi sua voz, eu soube. Naquela fração de segundo, eu soube.

Voltando a mente para o bar, respiro fundo para manter estável a voz trêmula e dizer, o mais calma e indiferente possível:

— Nós terminamos. Ele se casou com outra.

A plateia suspira. Robyn cobre a boca com a mão. Outra garota parece muito desapontada.

— Não pode ser! — protesta o barman sem acreditar.

Kate, que até esse momento se mantivera em silêncio, confirma com um aceno de cabeça, em parte solidária, em parte porque já ouviu a mesma história um milhão de vezes.

— Mas foi — diz ela com naturalidade, respondendo por mim.
— Vi no *New York Times*. Foi assunto de uma página inteira.

Todos no bar suspiram. Sinto todos os olhos sobre mim e concentro-me na minha cerveja. Bebo o líquido cor de âmbar e tento bloquear as lembranças e emoções que não param de girar dentro de mim... Ele dizendo que lamentava, que essa coisa de longa distância não estava funcionando, que conhecera outra pessoa, que não queria me fazer sofrer, mas que tudo acontecera tão rápido... Eu deixando o fone cair, como se as pernas cedessem, e por fim despencando no chão do corredor, como se meu coração tivesse se partido ao meio igual àquele pingente de moeda ridículo que ele comprara para mim...

Ei, já chega. Paro com aquilo rapidamente. Estava sendo levada pelos meus pensamentos de novo. Ele está no passado, e é lá que deve permanecer.

— Vejam só, é isso que acontece quando acreditamos nessa bobagem de contos de fadas de amor eterno — digo, logo me recuperando. E, colocando o copo de volta no balcão, forço um sorriso. — E então, quem vai beber mais um drinque?

Capítulo 4

O fim de semana vem e vai num alvoroço de mudança e de fazer e desfazer malas. São necessárias várias viagens para transportar tudo do apartamento de Kate para o de Robyn. Acredite, teria sido preciso muito mais, não fosse por minha irmã e suas listas obrigatórias. De prancheta na mão, ela organizou tudo com uma precisão militar, o que não foi fácil, considerando que minhas duas malas haviam se transformado em cerca de oito sacos plásticos de lixo cheios de coisas minhas. Juro que parecia mágica. Quanto mais eu guardava, mais achava para guardar. Correção: mais minha irmã achava para guardar.

Ela parecia ser alguém do *CSI* vasculhando o apartamento com pente-fino. Descobriu pés de meia debaixo do aquecedor, a escova de dentes na cozinha (não pergunte, eu também não sei como foi parar lá), um DVD de pilates dentro do gravador. Eu havia comprado o tal DVD num ímpeto de entusiasmo. Segundo a propaganda no verso da caixa, num tempo muito curto, toda a ondulação disforme acima da cintura do meu jeans aparentemente se transformaria no que a instrutora animada de corpo perfeito chamava de "espartilho de aço".

Digo "aparentemente" porque, acredite, duas semanas depois, não há nada sob minha camiseta que lembre *remotamente* um espartilho, seja de aço ou de qualquer outro material. Admito que só fiz uma aula do DVD. Duas, se contarmos que pulei as partes maçantes.

Para ser sincera, lá no fundo, eu tinha esperanças de que pudesse esquecer o DVD "acidentalmente" na casa de Kate. Dessa forma, teria uma desculpa para não fazer a aula. Mas eu não estava levando em conta os talentos de cão farejador de minha irmã, e, quando eu menos esperava, o DVD foi ejetado de seu esconderijo e acrescentado à minha montanha de coisas.

Felizmente Robyn estava por perto para me ajudar a desfazer toda a bagagem no local de destino. Sua abordagem era um pouco diferente da de Kate, mais na seguinte linha:

1. Rasgar um saco de lixo.
2. Jogar tudo espalhado pelo chão.
3. Em seguida passar horas escolhendo coisas ao acaso, com exclamações do tipo "Ah, o que é isto?" (meu novo banho de espuma da Sephora, com aroma de cobertura de bolo. Ah, eu *amo* a Sephora. É minha nova casa espiritual), "Uau, posso experimentar isto?" (uma echarpe prateada com lantejoulas que comprei na Topshop séculos atrás e nunca usei, mas ainda insisto em levar comigo toda vez que vou para longe, para o caso de *desta vez* eu ter uma vontade incontrolável de usar uma echarpe prateada com lantejoulas), e "Ah, meu Deus, essa é mesmo você?" (meu antigo álbum de fotografias, em especial uma foto de quando eu era adolescente, atravessando minha fase gótica, e só usava delineador líquido e tinha os cabelos tingidos de preto).

Logo descobri que Robyn é o que os romances chamam delicadamente de "loquaz". Na vida real, isso significa que ela nunca para de falar. Nem por um instante, ao longo do fim de semana, ela pareceu inspirar algum ar. Se não fosse comigo, com a mãe em Chicago ou com os vários amigos, era com os cães adorados, Jenny e Simon, que a seguem aonde vai, com as cabeças inclinadas para o lado e os olhos suplicantes, esperando que petiscos caiam de seus bolsos.

Ambos são vira-latas resgatados por Robyn num abrigo de animais. Simon é baixo e gordo e ronca como um porco. Jenny é mais magra, mais peluda e tem dentes horríveis. Robyn os ama como se fossem seus filhos. Pela maneira como os trata, quase faz crer que ela mesma os pariu. Quando Simon não está fazendo acupuntura para a artrite das pernas, ou Jenny não está comendo ervas chinesas para suas alergias, eles estão sentados no sofá, de barriga para cima, assistindo a *Oprah*, enquanto Robyn faz carinho neles.

Oprah é para Robyn o que o Papa é para um católico. Armada com uma tigela de pipoca e o controle remoto, ouve muito séria o que a apresentadora fala sobre infidelidade, enxuga lágrimas durante a entrevista com um casal cujo gato morreu de câncer e faz um gesto de aprovação para o sofá quando a apresentadora aparece usando um jeans colado ao corpo e anuncia que perdeu nove quilos. Em 48 horas, cobrimos sexo, amor e perda de peso. Quando a manhã de segunda-feira chega, fico aliviada em deixar Oprah para trás e sair para o trabalho.

Embora Robyn tenha me garantido que o episódio de hoje à noite, sobre um homem que se casou com um urso, será "um dos bons".

Eu trabalho numa galeria de arte no SoHo cujo nome é Number Thirty-Eight, e agora, no meu novo endereço, posso ir a pé, o que significa mais vinte minutos de sono.

Quero dizer, esse era o plano.

Na prática, contudo, meu horário piorou, pois continuei dormindo depois que o alarme tocou, e os vinte minutos extras se transformaram em quarenta.

Isso significa que preciso sair de chinelo e correr como uma louca (o que é meio contraditório. Quero dizer, falando sério, você já *tentou* correr de chinelo?).

— Bom dia.

Passo a mão pelos cabelos ainda úmidos após a ducha para dar um ar de arrumado e abro a porta de vidro da galeria. Meu coração martela no peito, sinal de que preciso fazer as aulas daquele DVD, se não para os meus pneuzinhos, ao menos para que eu não tenha um ataque de coração antes dos 35 anos.

— Luzy! — ressoa uma voz alta vinda do escritório nos fundos da galeria, anunciando o aparecimento da Sra. Zuckerman, minha chefe, também conhecida como Magda. Pela potência de suas cordas vocais, você esperaria encontrar alguém com mais de 1,80m de altura e noventa quilos. Ao contrário disso, Magda é uma mulher loura diminuta, que não mede mais de 1,50m, apesar do salto altíssimo e do penteado esmerado que chega a 13 centímetros do couro cabeludo, como se fosse um monte de feno dourado. — Que bom vê-la!

Vestida da cabeça aos pés de Chanel, ela atravessa a galeria acompanhada de seu cão maltês miniatura. Quando me alcança, segura meu rosto com firmeza com os dedos cobertos de diamantes e planta um beijo de batom de cada lado.

É assim que Magda me recebe todas as manhãs. É um pouco diferente do curto "olá" de Rupert, meu antigo chefe em Londres, ao qual me acostumara, mas ele estudara em Gordonstoun e fora colega do príncipe Charles. Costumava andar pela galeria empertigado, como se mantivesse o cabide no paletó do terno, e usava um anel no mindinho com o brasão dos antepassados ou algo assim.

Sempre que alguém entrava na galeria usando um brasão, ele brincava, como se aquilo fosse algum código secreto e eles pudessem se comunicar telepaticamente através do anel.

Magda é a antítese daquela mentalidade antiquada do sistema de classes britânico. Uma judia exuberante, com um sotaque acentuado apesar dos trinta anos em Nova York, ela não liga para detalhes. Chama guardanapo de lenço, ou diz "O quê?", em vez de "Como?" ou "Pode repetir?" (tudo o que aprendi com Rupert, que parecia assumir o papel de Henry Higgins frente à minha Eliza Doolittle).

Em vez disso, tudo para Magda é de extremos e exageros. Por que chamar uma espada de espada quando se pode chamá-la de algo completamente diferente? E de preferência escandaloso. Ela fala usando pontos de exclamação e sempre me diverte com suas histórias bizarras, seja sobre uma sobremesa incrível ("A torta de maçã estava inacreditável!"), seus três ex-maridos ("Ele era terrível, *terrível!*") ou a vez em que ela foi presa ("Eu disse ao policial, 'Por que não posso quebrar a janela dele? Ele quebrou meu coração. É uma questão de justiça!'").

Assim como acontece com queijos fortes e com Russell Brand, ou se ama ou se odeia Magda.

Felizmente meu caso foi a primeira opção.

— Está com fome? Já tomou café? — Sem esperar por resposta, ela mergulha a mão na enorme bolsa Louis Vuitton e retira um imenso saco de papel cheio do que parece ser tudo o que existe numa padaria. — Comprei *bagels* de gergelim, de sementes de papoulas, de cebola...

— Obrigada, mas só quero um café. — Sorrio para ela e estendo a mão para a cafeteira. — Nunca fui de comer muito pela manhã.

Magda me fita como se eu tivesse dito que sou uma alienígena vinda do espaço.

— Você não toma café da manhã? — Ela arregala os olhos de espanto.

Aliás, Magda sempre tem um certo ar de espanto. De início, eu achava que ela estava permanentemente surpresa com as coisas, mas depois notei que suas sobrancelhas são muito mais altas que o normal. Resultado, suspeito eu, de algum "retoque".

Nos Estados Unidos, isso não se refere a aperfeiçoar uma obra, mas a uma cirurgia plástica para esticar as rugas do rosto, executada por um homem usando um jaleco branco em algum endereço chique na Quinta Avenida.

— Ah, em geral não.

Magda balança a cabeça com violência.

— Mas isso é horrível! — exclama ela, socando o balcão com o punho para dar ênfase. — *Horrível!*

Juro que você pensaria que ela acabara de saber que sua família inteira morrera no mar, e não que sua funcionária não toma café da manhã.

— De verdade, não há problema. Não estou com tanta fome assim.

É inútil explicar, pois Magda não me ouve.

— Você precisa comer. Deve comer para sobreviver — insiste ela, dramática.

Abro a boca para protestar. Acredite, eu como, minhas coxas são prova disso. Você se lembra daquele filme, *Os sobreviventes dos Andes*, em que os sobreviventes de um desastre de avião precisam comer uns aos outros para sobreviver? Pois bem, esses passageiros poderiam viver muitos meses, talvez anos, das minhas coxas.

Pela expressão determinada de Magda, porém, percebo que não adiantaria usar esse argumento. Rendo-me e pego um *bagel* de semente de papoula.

A expressão de Magda imediatamente se transforma de trágica para cômica, como uma dessas máscaras de teatro.

— Está bom, não? — Ela dá uma risada de prazer.

— Humm, sim, delicioso — concordo com um aceno de cabeça.

— Tenho cream cheese e *lox* na geladeira.

Aprendi que em Nova York *lox* significa salmão defumado.

— Não, obrigada — murmuro com a boca cheia de pão.

— Quer que eu torre?

— Humpf. — Balanço a cabeça, negando.

— Tenho mel. Gosta com mel?

Ainda estou mastigando.

— Manteiga de amendoim? Picles?

Eu não imaginava que era possível comer *bagels* com tantos recheios diferentes, e tenho certeza de que Magda continuaria sugerindo outros se eu não me forçasse a engolir para dizer:

— Ah... está delicioso assim mesmo. — E quase engasguei ao falar.

— Humm, está bem. — Ela faz um barulho com a língua, relutando. — É importante ficar forte para manter o ritmo de trabalho, pois teremos um dia *muito* cheio. Chegarão umas pinturas novas de um artista incrível de Columbia. Ah, as cores! — Ela bate nos lábios com as unhas vermelhas.

Só de ouvir menção das pinturas, sinto o mesmo jorro de entusiasmo de quando vejo o trabalho de um artista novo. Uma sensação semelhante à de quando era pequena e corria para a sala no Natal para ver meus presentes sob a árvore. Um sentimento de ansiedade seguido da descoberta de algo novo e maravilhoso.

Estou certa de que as pinturas serão fantásticas. A opinião de Magda quando se trata de maridos e janelas quebradas pode ser discutível, mas quando o assunto é arte, ela tem um ótimo instinto.

Olho ao redor. Ela administra esta galeria há mais de vinte anos, quando a recebeu no divórcio do segundo marido, um magnata com muitas propriedades. Ela própria admite que não teve nenhuma educação formal na área de arte e entrou no ramo por acaso, comprando o que lhe agradava, o que lhe provocava um sorriso. Sua abordagem não ortodoxa é muito especial.

Quando se pensa em galerias de arte, é comum imaginar aqueles lofts brancos imensos e imponentes, com vários andares, mas a Number Thirty-Eight fica no porão transformado de uma mansão. A maior parte das pessoas passa por ela a caminho de lojas de estilistas famosos e nunca pensam em olhar para baixo na calçada e ver através das grades e das janelas. Elas nunca percebem uma pintura abstrata fantástica de um artista novo ou uma série de litogravuras que fazem parte de nossa mais recente exposição.

Mas se você por acaso passar por nós e dedicar uns momentos da sua agenda ocupada para olhar para o interior, vai querer voltar. Pois, ao contrário das galerias grandes e austeras, no instante em que entrar na Number Thirty-Eight e ouvir a música alta, verá que se trata de uma maneira totalmente nova de vivenciar arte.

Esqueça o silêncio e a obrigação de falar baixo. Magda é adepta de ter sempre música tocando (seu gosto é eclético. Na semana passada era "La Bohème"; hoje, é Justin Timberlake), com café feito na hora e uma pipoqueira.

— Vir aqui é como ir ao cinema — explica ela para o público curioso que entra e se vê sendo perguntado se quer pipoca doce ou salgada. — Aqui se pode fugir da rotina, se divertir, usar a imaginação. E, melhor ainda, nada de Tom Cruise!

A antipatia de Magda por Tom Cruise ("Se ele pulasse no meu sofá, eu o *mataria*!") só é igualada em intensidade por sua paixão pela arte e seu desejo de torná-la acessível a todos. Seu mantra é: "Lembre, olhar é sempre de graça", e seu entusiasmo é tão contagiante que as pessoas não têm escolha, são atraídas por ele. Estou aqui há poucas semanas, mas já notei *habitués* que vêm só para visitar e apreciar a arte, sem nenhuma pressão para comprar. É diferente de todas as galerias particulares em que trabalhei.

— E decidi...

Volto a me concentrar em Magda, e ela se interrompe para criar uma pausa dramática.

— Sim? — Fico tensa. Estou aprendendo depressa a esperar o inesperado.

— Que está na hora de fazermos uma exposição. Mostrarmos nosso talento. Abrirmos as portas. — Ela abre os braços. — Devemos nos impor diante dessa crise horrível! — reclama ela, torcendo o nariz.

— Uau, quero dizer, que ótimo! — exclamo, entusiasmada, porém um pouco hesitante. — É uma excelente ideia.

Fico aliviada, embora não demonstre. A atitude magnânima de Magda com relação à arte pode ser louvável, mas não somos o MoMA, nem o Whitney. Na verdade, precisamos *vender* algumas peças para permanecermos abertos. Nas seis semanas em que estou trabalhando aqui, as vendas têm sido fracas ao ponto de serem nulas, e já comecei a me preocupar com meu emprego.

Só consegui este trabalho porque Rupert conhece Magda dos tempos do Studio 54, da década de 1970, quando morou aqui por um breve período de tempo. Quando ele soube que ela precisava de ajuda, me indicou. Sabia que eu não recusaria a oportunidade de trabalhar numa galeria em Nova York.

— Além do mais, devo a Magda um grande favor — confidenciou-me ele, cheio de mistérios, recusando-se a dizer que favor era esse.

Não que eu tivesse tentado convencê-lo a me dizer. Para ser sincera, o simples fato de descobrir que Rupert, com seu blazer azul-marinho de botões dourados e seu anel no mindinho, costumava rebolar numa discoteca famosa no mundo inteiro já era suficiente.

— Teremos vinho, champanhe... — continua ela, e logo franze a testa. — Bem, talvez não champanhe, mas um espumante nós poderemos oferecer. — Graças aos seus arranjos de divórcio generosos, Magda é uma mulher muito rica, mas também é simples. — Quero dizer, quem sabe identificar a diferença? — Ela olha para mim com as palmas das mãos estendidas.

Fico tentada a responder que são justamente as pessoas que gastam milhares de dólares em arte, mas ela já passou para outro tema.

— E a comida, nós precisamos ter muita comida — diz Magda, pegando um *bagel*, depois pensando melhor e o devolvendo ao lugar.

Apesar de ela querer que todos os outros comam, não me lembro de já ter visto alguma coisa passar pelos suspeitos lábios carnudos de Magda.

— Você se refere a canapés?

Magda olha para mim, desconfiada.

— O que é isso?

— Ah, por exemplo, miniquiches — sugiro. — Ou então você poderia servir comida japonesa. Sempre é mais fácil.

— Ora! Comida japonesa! — Ela franze o nariz em sinal de desaprovação. — Não entendo essa história de comida japonesa. Essas pecinhas de peixe cru e bocadinhos de arroz.

— Em Londres, nós servimos comida japonesa e saquê numa exposição e foi um sucesso — tento encorajá-la. — Recebemos muitos elogios.

— Não. — Ela balança a cabeça em negativa. — Serviremos almôndegas.

Por um instante, pensei ter ouvido errado.

— Almôndegas? — repeti, sem acreditar.

A ideia de convidar as pessoas para uma mostra numa galeria e servir almôndegas era inédita no mundo da arte. Tento imaginar Rupert comendo almôndegas enquanto admira uma aquarela com Lady Fulana de Tal.

Estranhamente, não consigo.

Para dizer a verdade, acho que Rupert teria um ataque cardíaco à simples *menção* de uma almôndega.

— Sim, eu mesma as prepararei com minha receita especial — decreta Magda, decidida. — Ficarão maravilhosas. Minhas almôndegas são famosas. — Ela faz uma pausa. — O que, não acredita?

Retorno ao presente e vejo Magda olhando para mim, indignada.

— Ah, bem, sim, claro que sim — afirmo. — São deliciosas, com certeza!

Com os braços cruzados, Magda me analisa, as narinas dilatadas. Ela me lembra um pouco um boi no estouro da boiada. Sei disso porque cresci perto de uma fazenda, e havia um boi que quase pisoteou até a morte um passante que ousou cortar caminho pelo pasto.

Neste momento, sinto-me um pouco como o sujeito em questão.

— Almôndegas, *humm...* — Eu demonstro entusiasmo pela ideia, buscando algo para dizer sobre almôndegas e tentando desesperadamente descartar a lembrança das refeições escolares. — Ah... hum... são bem cheias de carne!

Cheias de carne? É isso, Lucy? É só isso que você consegue dizer?

Contraio os músculos, mas Magda não parece desconfiar de nada. Ao contrário, abre um leve sorriso, e fica visivelmente mais relaxada.

— São as minhas preferidas — acrescento.

Vou me empolgando.

— É mesmo? — Magda incha o peito amplo.

— Sem dúvida — confirmo, cruzando os dedos nas costas. — Na verdade, eu poderia comer almôndegas todos os dias.

Agora que comecei, não consigo parar.

— Verdade? — Magda está radiante.

— Ah, sim. Aliás, se alguém me dissesse: "Lucy Hemmingway, você só poderá comer uma coisa pelo resto da vida", não seria chocolate ou sorvete. Ah, não — digo, levando a mão ao quadril e balançando o dedo de modo teatral. Sinto-me como quando fiz o papel da órfã Annie no teatro da escola.

"Dinâmica" foi como o jornal local me descreveu. Minha mãe tem o recorte da matéria emoldurado no banheiro do andar térreo, ao lado de uma foto minha como Annie. Aliás, ela é deplorável. Estou de aparelho nos dentes e com uma peruca ruiva toda cacheada, aos 13 anos de idade. Não é uma visão bonita nem algo que eu goste de ver toda vez que uso o banheiro.

Foi esse o motivo pelo qual passei toda a minha adolescência sem deixar que meus namorados entrassem em casa, ainda que estivessem loucos para fazer xixi.

— Não. Sabe o que seria, Sra. Zuckerman? — pergunto, abrindo os braços.

Agora estou no modo mímica, com gestos de mão e expressões faciais exageradas. Até que estou me divertindo. Talvez o teatro amador tivesse sido adequado para mim.

Isto é, se eu realmente fosse capaz de atuar.

— Não. Conte-me — murmura Magda, ansiosa.

— Almôndegas! — declaro, dramática. — Nada além de almôndegas!

Está bem. Talvez eu tenha exagerado demais nessa.

Para minha surpresa, porém, Magda faz uma expressão de felicidade como se todos os seus Natais tivessem chegado ao mesmo tempo. Ou, melhor dizendo, os Chanucas.

— Ah, Luzy. — Com a mão pequenina incrustada de diamantes, cortesia dos ex-maridos, ela segura a minha. — Se ao menos você fosse judia, eu imploraria que se casasse com meu filho mais moço, Daniel. Nada me deixaria mais feliz.

— Ah... hum, obrigada. — Sorrio de modo incerto, sem saber como devo receber o elogio.

Magda descobriu minha condição de solteira nos primeiros trinta minutos do meu primeiro dia de trabalho. No meio do dia, ela já me questionara sobre toda a minha história amorosa desde a escola primária, e, na hora de fechar, declarara que todos os meus ex-namorados eram uns idiotas.

— Vocês formariam o casal perfeito — diz ela, enfiando a mão na enorme bolsa, de onde tira um objeto semelhante a uma sanfona, que ela abre como um acordeão. Ele está cheio de fotografias de sua família. — Veja! Aqui está ele! — Ela joga uma foto para mim.

Eu a fito com o rosto momentaneamente paralisado de choque. Pense em Austin Powers usando um solidéu.

— Eu sei, ele é bonito, não é? — Ela sorri, interpretando minha reação de forma errada. — Veja esses olhos verdes! E esse sorriso! Algum dia você já viu um sorriso assim?

— Hum... nossa. — É o que consigo dizer, procurando um ângulo positivo. Mas logo desisto.

Ora, francamente. Não sou uma mulher superficial. Sei que a aparência não é tudo e o que conta é a personalidade, mas... Olho de novo para a foto e os dentes gigantes de coelho.

Tudo bem, pode me acusar de ser superficial.

— E também é arquiteto! — Magda fica tão inflada que temo que exploda de orgulho maternal.

— Nossa — repito.

Ao que parece, meu vocabulário encolheu e agora só tem uma palavra. Não que Magda tenha percebido. Ela está muito ocupada sorrindo diante da fotografia do filho e polindo-a com a manga.

— Mas é uma pena vocês dois não poderem se casar. A fé judaica é transmitida pela mulher. — Magda suspira fundo, sentida. — É maravilhoso para o feminismo, mas não para você e Daniel — diz ela voltada para mim, com tristeza no olhar.

— Eu compreendo.

Faço um aceno de cabeça, séria, embora no fundo eu seja pura alegria. Como se pequeninos fogos de artifício explodissem dentro de mim. Sempre fui ateia, mas agora, de repente, minha fé foi renovada.

— Sinto muito. — Magda ainda balança a cabeça.

— Não faz mal. De verdade, eu compreendo. — Tento aparentar uma tristeza imensa, enquanto sufoco um sorriso que aumenta de intensidade no meu íntimo. — Eu vou sobreviver.

A qualquer momento, vou começar a cantar Gloria Gaynor.

— É um crime uma garota como você ser solteira. Um crime! — repete Magda, socando de maneira passional a mesa da recepção. — Mas não se preocupe — afirma ela depressa. — Pode deixar que eu cuidarei disso.

Um sinal de alarme ronda o ar.

— Cuidará do quê?

— Casei meu irmão e três primos. Minha família me chama de Magda, a casamenteira.

Ah, meu Deus, isto não pode estar acontecendo. Já é ruim ter amigos que tentam nos casar, *mas a chefe?*

— Cheguei a encontrar uma pessoa para Belinda, filha de minha irmã. Um médico do Brooklyn muito simpático. E esse foi difícil — confidencia Magda, baixando o tom da voz. — A garota é vegetariana radical e se recusa a depilar as pernas. Ora, convenhamos. — Ela joga as mãos para o ar. — Eu lhe disse: "Belinda, não estamos na Alemanha. Compre uma gilete!"

Eu sou como um coelho paralisado de medo diante dos faróis acesos de um carro.

— Acredite, seus dias solitários estão contados — promete ela, lançando-me um sorriso triunfante.

Eu a fito, perplexa. Eu nunca quis tanto ter um namorado quanto neste momento.

— Hum... ótimo — balbucio. — Que sorte a minha!

Magda sorri para me consolar.

— Bem, não compensa o meu Daniel, mas é o melhor que posso fazer. — E então, lançando mais um olhar prolongado para a foto do filho amado, Magda fecha a sanfona de fotografias. — Está bem, chega de falar de amor. Precisamos retornar ao trabalho.

Capítulo 5

Felizmente não tenho tempo para pensar sobre o fato de ter escapado por um triz de Daniel ou sobre quem quer que Magda queira me arranjar, pois o resto da manhã se passa numa confusão de preparativos para o evento da galeria.

Há muitas coisas a fazer. Como sempre, Magda quer que tudo seja feito neste exato instante, e que a data seja marcada para esta sexta-feira.

— *Esta sexta-feira?* — pergunto quase gritando, em pânico.

— Prefere quinta? — foi sua resposta.

E o que mais me apavora é que Magda não parece estar brincando.

Assim, enquanto ela anda pela galeria nos saltos de 12 centímetros dando ordens, eu começo a organizar as coisas. Em primeiro lugar, o mais importante. Preparo uma lista:

1. Fazer a lista de convidados.
2. Enviar os convites.
3. Escrever material promocional.
4. Contratar o bufê.
5. Contratar equipe de garçons.
6. Pendurar os quadros que já estão prontos para a mostra

Veja bem. Eu posso não ter nascido com o gene de organização como minha irmã Kate, mas não sou *totalmente* inútil nesse assunto. Admito que preferiria ter um pincel na mão a um mouse, e, sim, ainda digito com dois dedos (está bem, *um* dedo), e é verdade que, até recentemente, eu achava que planilha era uma ilha plana (convenhamos que faz sentido), mas qual é a dificuldade de listar tudo o que é preciso fazer e depois marcar cada tarefa completada?

Satisfeita comigo mesma, volto a olhar para minha lista superorganizada na tela do computador. Ei, espere aí, eu terei de fazer tudo isso? Até o fim desta semana?

Merda.

7. Entrar em pânico.

Mas não agora. Isso terá de esperar até mais tarde, pois concluo que está na hora do almoço quando a cabeça de Magda aparece no escritório dos fundos para me lembrar de que está na hora de comer. *De novo.* Juro que ela poderia substituir meu relógio. Às 13h, ela me manda para a Katz's, nossa delicatéssen local, para seu pedido costumeiro de um sanduíche de *pastrami* no pão de centeio e *kneidlach*, um prato típico da culinária judaica. Se bem que, com aquele corpinho tamanho 36 e a cintura de vinte centímetros, eu desconfio que Valentino, seu maltês, é quem coma a maior parte.

A Katz's é uma instituição nova-iorquina que existe desde sempre. Para turistas e para quem é novo na cidade, como eu, é famosa pelo orgasmo fingido de Meg Ryan em *Harry e Sally: Feitos um para o outro*. Aconteceu bem no meio da delicatéssen. Há inclusive uma seta que indica a mesa exata em que foi filmado.

— Ah, adoro aquela cena.

Pego uma comanda e viro-me para Robyn, que acabou de aparecer entre um paciente e outro para me encontrar com um molho de chaves que mandou fazer. Ela trabalha na Tao Healing Arts em Chinatown, não muito longe daqui.

— Já os homens não têm a mesma opinião. — Ela sorri, pega outra comanda e me segue até o balcão, onde, como sempre, nos deparamos com uma longa fila. — Isso os amedronta. Eles acham que mulheres que fingem são como a Fada do Dente. Nós não existimos.

Dou uma risada. Quando Robyn não está citando Oprah, ela consegue ser muito engraçada.

— Tendo dito isso, eu nunca precisei fingir.

Paro de rir no mesmo instante.

— Não? — Minha voz sai mais alto que o pretendido.

— Não, eu não. — Balançando a cabeça, decidida, ela se aproxima. — Sou rápida no gatilho. — Ela estala os dedos e estremeço um pouco.

— Oi? — pergunto, confusa.

— Ah, sabe como é, respondo ao menor estímulo — responde Robyn com alegria. — E quanto a você?

Ela me olha com aquela confiança resplandecente e feliz que, nos americanos, parece sair pelos poros.

— Ah, hum. Só algumas vezes — minto, empurrando os óculos escuros de volta para cima da cabeça e sacudindo os cabelos, como sempre faço quando quero fugir de um assunto. Ora, não vou admitir para a Srta. Rápida no Gatilho que não consigo lembrar qual foi a última vez que senti alguma coisa, certo? — Às vezes, quando estou um pouco cansada.

— Já experimentou a massagem sensual? — sugere Robyn, querendo ajudar.

Isso é outra mania dos americanos — eles são sempre absolutamente sinceros. Com os ingleses como eu, esta conversa já teria caído em piadas obscenas e provocações, como a tarde que passei numa livraria com Kate, há poucos dias, rindo das ilustrações de *Os prazeres do sexo*. Ela queria comprar o livro para dar de presente, mas depois de ver as fotos do hippie de barba longa e pernas finas, teve medo de aquilo ter um efeito negativo na vida amorosa dos amigos. Por fim, comprou um conjunto de facas para churrasco.

Mas eu sou uma adulta, não uma adolescente. Deveria ser capaz de conversar sobre orgasmos e sexo sem ter uma atitude imatura e sem fazer piadas tolas, digo a mim mesma com firmeza. Quero dizer, não sou tão infantil assim.

— Isso de fato pode ajudá-la a entrar no clima.

— O quê? No clima do amooor? — brinco, fazendo minha melhor imitação de Barry White.

Robyn me fita séria, sem piscar.

— Tenho umas ervas chinesas que servem para isso.

— Para quê? — pergunto, fingindo examinar o cardápio, embora, depois de seis semanas almoçando ali, já o conheça de cor.

— Perda de interesse no sexo, falta de libido...

— Não há nada de errado com a minha libido — respondo de pronto, e logo fico vermelha de vergonha. — Muito obrigada, mas está tudo bem, sério.

— Sabe, é importante entrar em contato com a sua sexualidade — insiste ela, falando sem rodeios. — Vocês britânicos são muito tensos. Nunca vão conseguir gozar com essa atitude.

— Mas eu consigo gozar — retruco, indignada.

A fila de pessoas na minha frente vira-se para olhar para mim. Sinto meu rosto arder e ficar cor de beterraba.

— Só que faz algum tempo que não tenho uma boa transa — sibilo em tom defensivo, dando um passo à frente.

— Somos duas, querida — murmura uma garçonete de cerca de 50 anos, com uma travessa de sopa nas mãos.

— Quanto tempo é algum tempo? — insiste Robyn com ar preocupado.

— Ah, você sabe...

Dez anos, *surge uma vozinha na minha cabeça*. Dez anos desde a Itália. Desde Nathaniel. Desde a última vez em que você fez sexo fantástico, arrebatador, surpreendente.

— Alguns meses — respondo com firmeza. Bem, isso é ridículo. Devo ter tido orgasmos depois de Nate. E quanto a Sean...? E antes dele houve Anthony... Ou mesmo o lance com o escocês nas minhas férias na Espanha aos 25 anos. Não me recordo do nome dele, mas lembro-me de que fazia um barulho esquisito quando fazíamos sexo, uma espécie de guincho...

Ah, Deus. É verdade. Faz dez anos. Dez anos sem um orgasmo. *Bem*, não exatamente.

— Masturbação não conta, aliás — diz Robyn, interrompendo meus pensamentos.

— Não?

A esperança na minha voz é notória.

— Não. — Robyn balança a cabeça, os olhos brilhando de tanto que se diverte. Em seguida, de repente, ela parece ter um pensamento, e seu rosto se enche de compreensão. — Ah, meu Deus, é *ele*, não é? — Robyn fala numa voz baixa. — Ele foi a última vez.

— Quem? — Tento me fazer de desentendida. Sou terrível. Annie foi meu único papel bom.

— O cara da Itália. Seu amor eterno. *Sua alma gêmea.*

Colocando assim, soa mais que ridículo. Soa patético.

— Não seja tola. Ele não é meu amor eterno. — Dou uma risadinha de desprezo.

— Mas você disse.

— Ei, moça!

Nossa conversa é interrompida por um grito alto, e, quando olho, encontro um homem mal-humorado atrás do balcão com uma carranca para mim. É o mesmo que me serve todos os dias. Nunca o vi sorrir nem o ouvi resmungar mais que umas poucas palavras. Ele joga a cabeça careca para trás. Aprendi que este é o sinal para eu fazer o pedido.

— *Kneidlach* e um sanduíche de *pastrami* no pão de centeio — peço.

Sou envolta por uma emoção de prazer. Minha nossa, olhe só para mim, pareço uma verdadeira nova-iorquina falando. Pastrami *no pão de centeio*. E pensar que, não muito tempo atrás, eu comprava sanduíches naturais prontos.

O homem mal-humorado resmunga e começa a cortar pedaços grandes de *pastrami*.

— Ah, e um sanduíche de atum com queijo derretido — acrescento.

Como você pode ver, meus dias de sanduíche natural ficaram para trás mesmo. Descobri que atum com queijo derretido é *a* maior delícia. Quem teria imaginado que queijo derretido sobre atum podia ser uma combinação tão perfeita?

Ele me olha de cara feia, anota alguma coisa numa folha de papel que guarda na roupa e retorna para o monte de *pastrami* que cortara.

— Obrigada — agradeço com um amplo sorriso e me volto para Robyn, que está com dificuldade para decidir o que pedir. — Olhe, eu disse muitas coisas naquela noite — comento, tentando mudar o rumo do assunto. — Por exemplo, que ele se casou com outra mulher, lembra-se?

Ela me observa por um instante como se estivesse me analisando.

— Sabe, se você não consegue alcançar o orgasmo, pode ser porque ainda está apaixonada por outra pessoa — sugere ela, enfática.

— Que parte do "ele é casado" você não entendeu? — pergunto com a mesma ênfase.

Robyn abre a boca para protestar, depois pensa de novo e, sentindo-se derrotada, suspira, relutante.

— Ah, que horrível. Era uma história tão romântica — reclama ela com tristeza.

— A de *Romeu e Julieta* também! — retruco, enquanto nos dirigimos para o caixa. — E também não teve um final muito feliz. — Entrego minha comanda.

— São 22 dólares e 45 centavos — diz o caixa, anotando o valor.

— Já não nos encontramos antes?

Enquanto vasculho a bolsa, olho para cima e vejo Robyn lançar um sorriso de anúncio de pasta de dente para o homem que está atrás da caixa registradora. Digo homem, mas ele não deve ter mais de 20 anos. Muito alto e desajeitado, de cabelos pretos e um bigode ralo, ele sorri, nervoso.

— Já? — pergunta, incerto.

Parece um pouco assustado. Como se fosse se meter numa encrenca.

— Seu nome é Harold, certo?

— Hum... não, é Anthony. Você deve ter me confundido com outra pessoa.

— Ah, sinto muito, foi um engano. — Robyn desculpa-se com um sorriso e vira-se de novo para mim. O sorriso na mesma hora desaparece de seu rosto. — Droga, ele até que era bonitinho.

— Então ainda não desistiu disso?

— Claro que não! — Robyn parece surpresa por eu chegar a fazer uma pergunta dessas. — Se é meu destino, não deixarei de procurar até encontrá-lo. Se eu estou procurando minha alma gêmea, a minha alma gêmea com certeza também está procurando por mim. — Seus olhos verdes brilham de determinação. — Sei que você deve me achar uma maluca...

— Não, não acho — contesto um pouco rápido demais.

— Mas às vezes é preciso ter fé, confiar no universo. Acreditar no poder do pensamento positivo e nas leis de atração. É como O *segredo*. Você já leu?

— Não, acho que...

— Pois bem, eu li do começo ao fim — continua Robyn — e comprei o DVD. Foi incrível. Sério, fiz um quadro de visualização e tudo.

— O que é isso?

Robyn olha para mim, sem acreditar.

— Você não sabe o que é um quadro de visualização?

— Hum...

Sinto-me como quando eu tinha 10 anos e alguém me perguntou, no meio do pátio da escola, se seu sabia o que era uma ereção.

— Não exatamente. — Tento blefar. — Eu deveria?

— Ah, meu Deus. Claro! — exclama Robyn com os olhos arregalados. — É um instrumento de visualização que ativa a lei universal da atração para começar a transformar seus sonhos em realidade.

— Certo, entendi. — Confirmo com um aceno de cabeça, sem entender nada.

Mais ou menos como quando eu tinha 10 anos e perguntei à minha irmã o que era uma ereção, e ela, depois de rir até cansar, explicou que é como chamamos o pênis quando fica duro.

Só que eu não sabia o que era um pênis.

— Na verdade, é muito simples. Você pega um quadro de cortiça, corta figuras ou palavras de revistas ou de qualquer outra coisa e faz uma montagem com tudo o que quer na sua vida — explica Robyn com entusiasmo. — É meio divertido. Você deveria experimentar.

— Hum, talvez. — Não quero ferir os sentimentos dela, mas, francamente. Um teste numa revista é uma coisa, mas um *quadro de visualização?* Kate teria um ataque. — Só que não faz o meu estilo.

— Lucy, você precisa deixar de ser tão negativa — censura Robyn.

— Não estou sendo negativa — protesto. — Sou inglesa. Nós não usamos quadros de visualização ou livros de autoajuda. Pelo menos não em público — acrescento, pensando nos dois livros escondidos na minha estante.

— Pois deveriam. — Robyn estala a língua e me olha com pena.

— Moça?

O caixa me devolve o troco.

— Ah, obrigada. — Pego o dinheiro com ele, guardo na bolsa e me viro para Robyn. — Desculpe, mas eu simplesmente não acredito nessas coisas.

— Esse é o seu problema. — Robyn dá de ombros. — Não acreditar.

Pego a embalagem para viagem no balcão e a abraço junto ao peito, meio na defensiva.

— Nem tudo pode ser explicado ou entendido, Lucy. — Robyn passa alguns cachos por trás da orelha e me olha, séria. — Às vezes é preciso confiar no poder misterioso do universo, numa energia superior, numa força espiritual, em algo maior que nós. — Seus olhos brilham e seu semblante transmite tanta convicção que, por um instante, quase vacilo em meu ceticismo. — Você apenas tem que acreditar. E eu acredito que, nesse mundo enorme, com todos esses bilhões de pessoas, se duas pessoas estiverem destinadas a ficar juntas, elas ficarão juntas...

À medida que Robyn fala, algo dentro de mim faísca. É meu lado que antes também acreditava nisso, que antes pensava que Nate e eu estávamos destinados a ficar juntos, que havia encontrado minha alma gêmea neste mundo enorme.

— Segundo as leis da atração, você atrai aquilo em que mais pensa. Neste caso, é só uma questão de esperar Harold aparecer.

Mas você enterrou esse seu lado há muito tempo, digo a mim mesma com firmeza, me afastando daquele pensamento. *Está lembrada?*

— Então conte-me — digo, mudando o rumo da conversa —, se você está esperando Harold por todo esse tempo, desde quando você não goza?

Sem esquecer nada, ela recita:

— Fazem treze meses, dezoito dias e... — Robyn examina o relógio. — Umas dez horas. Acho bom Harold se apressar e aparecer logo.

Revirando os olhos, ela se volta para o homem mal-humorado, que continua esperando para anotar o pedido.

— Na verdade, esqueça o frango. Vou querer o mesmo que ela. — E, voltando-se para mim, ela deixa escapar um risinho preso na garganta. — Eu sempre quis dizer isso.

Quando retorno à galeria, sou recebida por uma pilha de caixotes de madeira e um carpete de bolas de isopor que escaparam das caixas e se esparramaram por todo o chão. Enterrada até os joelhos no meio disso tudo está Magda, batendo os braços como um pássaro que não consegue voar. Ela se vira ao me ouvir entrar.

— Você voltou! — exclama ela, animada, um pouco ofegante e com o rosto brilhando de suor. Sua alegria de viver, contudo, continua imaculada. — Tenho ótimas novidades!

A ansiedade toma conta de mim. Ah, Deus, o que será agora? Só estive ausente por meia hora.

— Verdade? — Eu me preparo para o que está para acontecer, pois, com Magda, pode ser qualquer coisa.

— Enquanto você estava fora, algo maravilhoso aconteceu.

Você tirou as almôndegas do cardápio? Seu filho, Daniel, anunciou que era gay? Daniel Craig finalmente descobriu que eu existo e telefonou para perguntar se poderia me levar para jantar numa limusine? E ele vai usar *aquela* sunga para mim por baixo do terno?

Está bem, eu admito, essa é uma fantasia secreta que tenho.

— Um homem entrou aqui e comprou nossa coleção inteira de Gustav.

— O quê? A coleção inteira? — Está bem, então não é Daniel Craig, mas de fato é um grande negócio. A coleção de Gustav consiste em várias obras grandes de um artista alemão cujas pinturas são vendidas por milhares de dólares.

— Tudo! — Magda abre os braços. — Aconteceu muito rápido. Ele entrou, olhou tudo por alguns minutos e então, bum! — Bolas de isopor voam pelo ar.

— Bum?

— Ele disse que queria comprar tudo. Assim, sem mais nem menos. Nem sequer perguntou o preço.

— Nossa.

Tento imaginar comprar uma coleção inteira de arte sem perguntar o preço, mas não consigo. Na verdade, não consigo imaginar comprar *nada* sem antes saber quanto custa. Eu examino até o preço do xampu antes de colocar na cesta de compras.

Por outro lado, não sou uma pessoa que compra arte. Estou sempre no negativo, atrasada nos cartões de crédito e sem dinheiro antes do fim do mês. Tentei aprender a fazer um planejamento de gastos, mas também tentei aprender a tocar piano e sou péssima em ambos.

Quero dizer, o que exatamente significa "fazer o balancete do talão de cheques"? E qual seria o motivo para eu querer fazê-lo?

— Nossa, é uma boa notícia — digo, com certo alívio por finalmente termos vendido alguma coisa.

— E ele pagou com um American Express preto — confidencia Magda com o tipo de sussurro de admiração que você usaria se visse Madonna na lanchonete da esquina.

— Isso é bom? — indago, inocente, sentando num banco e desembrulhando meu sanduíche de atum com queijo derretido.

Magda fica perplexa.

— Você é solteira e não sabe essas coisas?

— Hum... não. Deveria? — pergunto enquanto dou uma mordida.

Ela respira fundo.

— Luzy! Como você vai encontrar um marido rico se não souber o que procurar?

— Não estou atrás de um marido rico — retruco, indignada, assumindo meus princípios feministas.

— Ora! — exclama Magda com desprezo. — Toda mulher está à procura de um marido rico.

Engulo em seco.

— Nenhum dos meus namorados era rico — esclareço em minha defesa. — Aliás, com meu último namorado, era eu quem pagava tudo!

Rá! Pronto, agora quero ver o que ela diz.

A expressão de Magda é de incredulidade.

— E você acha que isso é uma boa coisa?

Colocado assim, sinto meus princípios feministas vacilarem.

— Bem, isso... hum... dá independência.

Viu só? Eu sabia que havia uma boa razão para não sair com um homem rico.

— Independência? — Magda abana a mão para afastar a palavra como se fosse uma mosca irritante. — Que tolice é essa de independência? O que você é, algum país africano?

Sinto-me enrubescer.

— Você precisa esquecer todas essas bobagens — continua ela com firmeza. — Precisa esquecer sobre romance, química e o tamanho do... — Ela interrompe a frase e dobra o dedo mindinho.

Percebo que meu rosto, que já está vermelho, fica mais rubro ainda. Não estou acostumada a ter esse tipo de conversa com meus chefes. Rupert e eu costumávamos falar sobre os preços das propriedades londrinas e sobre o que aconteceu na novela.

— Você precisa procurar três coisas.

— Eu sei, eu sei, personalidade, senso de humor... — começo a citar, mas Magda me interrompe com um suspiro de menosprezo.

— De acordo com quem? Um site de relacionamentos? — Ela faz uma careta. — Não, não, não. É muito simples. Cartão de crédito, relógio, sapatos.

Observo estupefata enquanto ela cita e conta nos dedos.

— Número um: cartão de crédito. Não é Visa ou MasterCard. — Ela franze o nariz como se algo cheirasse mal. — Só American Express. E não é o verde!

— Por quê? O que há de errado com o verde? — pergunto, antes que consiga me conter.

— Porque você quer o preto — responde ela com firmeza. — O preto não tem limite de crédito. O preto é perfeito para quando você quer fazer compras na Bergdorf Goodman.

Abro a boca para dizer que nunca fiz compras na Bergdorf Goodman, mas penso melhor e resolvo não falar nada.

— Dois: relógio. — Ela faz uma pausa. — Rolex ou Cartier são ambos excelentes.

— E Swatch? — pergunto, olhando para o meu relógio. É de plástico amarelo-vivo e o tenho desde sempre.

— Swatch é um prédio de quatro andares e sem elevador no Queens — avisa ela com voz ameaçadora.

— Ah, certo. — Faço um aceno de cabeça e rapidamente cubro o meu com a manga da blusa.

— Três: sapatos. — Magda cruza os braços e me fita com olhos redondos e brilhantes. — Que tipo de sapato seu último namorado usava?

Oh-oh.

— Crocs — arrisco uma resposta, cautelosa.

Magda parece estar a ponto de ter um ataque cardíaco.

— Os sapatos de jardinagem de plástico? *Com os buracos?*

Sinto meu rosto enrubescer de vergonha. E nem era eu que usava aquilo.

— Eles devem ser feitos à mão. De couro. E italianos.

Não creio que eu tenha algum dia *conhecido* alguém que use sapatos de couro italiano feitos à mão. Isto é, fora Rupert, mas ele é gay. Daí sua paixão por Pat Butcher.

— E quanto ao amor? — resolvo perguntar. — Ele não deveria fazer parte da lista?

— Acredite-me, quando você encontrar um homem com todos os três itens, se apaixonará por ele — decreta Magda, encaminhando-se para uma pintura presa na parede. — Agora me ajude. Precisamos embrulhar rápido esses quadros. Ele quer que sejam entregues hoje.

— Hoje? — Olho de relance para todos os caixotes de embrulho e minha animação inicial arrefece. — Ele não pode esperar até amanhã?

Fico um pouco irritada. Quem esse camarada pensa que é, entrando aqui com seu cartão American Express preto, como se fosse o dono do lugar?

Olho para nossas paredes, agora quase vazias. Colocando dessa forma, parece que ele é, na verdade.

— E quero que você vá com o pessoal da entrega para garantir que tudo chegue em segurança — continua Magda, ignorando meu último comentário. — Eu iria, mas preciso visitar minha tia Irena. Ela vai se mudar para uma casa de repouso. É uma instituição de qualidade, não é ruim. Disse a ela: "Irena, isso está mais caro que meu apartamento na Park Avenue." — Magda revira os olhos. — De qualquer modo, você terá de ir sem mim. Sozinha — acrescenta ela, com ar misterioso.

De repente, eu entendo tudo. Magda está querendo me arranjar um namorado.

— Ah, não, Magda — começo a protestar, mas ela não me deixa acabar.

— Número quatro: aliança. Ele não estava usando uma. — Os olhos de Magda brilham com malícia, e, com ar de satisfação, ela me passa um rolo de plástico-bolha.

Capítulo 6

No final da tarde, todas as pinturas cuidadosamente embaladas estão sendo armazenadas num caminhão de entrega. Quando o último caixote de madeira desaparece na carroceria do veículo, Magda vira-se para mim.

— O porteiro assinará o recebimento dos quadros, mas eles devem ser entregues na cobertura do cliente. Você deverá aguardar a chegada dele. Por causa do seguro, entende?

— Mas, se alguém assina o recebimento, com certeza...

Magda me silencia exibindo a palma da mão.

— Você terá de esperar — repete ela num tom que demonstra que o assunto não é negociável.

Fico em silêncio. Sei que não adianta argumentar. Ela está determinada a me arranjar um namorado, pondero, então relutantemente assumo meu lugar no banco da frente, ao lado do motorista E, depois do filho dela, Daniel, não tenho ilusões.

— Estão todos prontos?

O sotaque forte do Queens me interrompe enquanto eu me afundava em um estado generalizado de melancolia por estar sozinha, beirando os 30 anos e à mercê de gente cheia de boas intenções, como amigos, parentes, e agora minha chefe, querendo me arranjar qualquer coisa que tenha um pênis e um coração batendo.

Ergo os olhos.

Estou mais animada. Estava tão distraída que até agora não havia notado o motorista, mas ele é uma gracinha. Tem a cabeça raspada, olhos castanhos e os dentes muito brancos. São tão brancos que parecem reluzir contra a pele escura. E veja esses braços! Afasto os olhos para os bíceps que se projetam sob a camiseta como duas melancias enormes quando ele segura o volante. Caramba, não acho que já tenha visto braços assim na vida real. Parecem ter sido roubados de *Rambo*, ou de *Rocky*, ou de um dos filmes de Stallone, e tem uma tatuagem fantástica de um dragão.

Droga, estou secando o motorista.

— Hum, sim... Tudo pronto — respondo com um amplo sorriso.

— Luzy.

Viro-me bruscamente e vejo Magda à minha janela, com uma expressão de desaprovação no rosto. Sem pensar, olho para os pés do motorista. Ele está usando um Nike.

Ora, e daí? Não estou em busca de um marido. Indignada, olho de soslaio para o pulso vazio e constato que ele não está de relógio. Também não estou atrás do marido de ninguém, penso, antes de notar que ele *está* usando uma aliança.

Lá se vai meu interesse.

— E lembre-se de me telefonar — instrui Magda. — Quero saber se tudo chegou lá em segurança.

— Telefonarei — respondo, obediente, quando o motorista liga a ignição.

— E certifique-se..

Felizmente a voz de Magda foi engolida pelo barulho do motor.

Acenando em despedida quando o caminhão parte, observo pelo espelho lateral a figura de Magda cada vez menor, e, pela primeira vez no dia de hoje, me permito uma um pouco de empolgação. Não posso acreditar. Eu, Lucy Hemmingway, responsável por alguns dos melhores trabalhos de arte. Representando a galeria. É uma grande responsabilidade e uma ótima oportunidade para me ajudar a subir na carreira.

E mais, terei a oportunidade de ver por dentro uma cobertura de verdade em Nova York! Com porteiro e tudo!

Rindo sozinha, baixo o vidro e observo Manhattan, enquanto eu e milhares de dólares em pinturas começamos nossa jornada rumo à zona residencial.

O tráfego está congestionado e, antes de chegarmos ao parque, paramos e voltamos a andar várias vezes, e Mikey, o motorista, com um dos braços para fora da janela, grita palavrões para taxistas e gesticula. No caminho, ele banca o comentarista. Sabe inúmeras histórias sobre cada distrito que atravessamos.

— O SoHo tem esse nome porque fica ao sul de Houston, e o vizinho Tribeca recebeu esse nome pelo formato: *Tri-angle Be-low Ca-nal*, o triângulo embaixo do canal, sacou? Não tinha nada além de um bando de armazéns abandonados, até que Robert de Niro criou o Festival de Filmes de Tribeca. Greenwich Village só é chamado de Village. Sempre foi o canto favorito da boemia. Está vendo aquele café na esquina? Jack Kerouac e Bob Dylan costumavam passar ali.

Faz calor e o clima está úmido, e, olhando pela janela, vejo Manhattan passar lentamente por nós.

— Agora, a Union Square. Cara, aqui era asqueroso, cheio de traficantes, mas agora tudo anda em ordem. Foi onde Roosevelt nasceu. Incrível, hein? Agora, Chelsea, que é famoso por ser onde Sid Vicious matou Nancy Spungen.

À medida que nos encaminhamos para o norte da ilha, antigos armazéns de tijolos com várias saídas de emergência de ferro fundido, que parecem aderir à parede como se fossem heras, dão lugar a elegantes casas de pedra em tom castanho-avermelhado, com degraus largos e maçanetas e puxadores de metal polido. Raios de sol penetram através dos intervalos entre os prédios altos, e as fachadas das lojas começam a mudar, de lojas de bugigangas, mercados movimentados e livrarias ecléticas, para sofisticadas lojas de grife e restaurantes caros.

Os bairros melhoram em aparência, assim como as pessoas. Dos rapazes desarrumados, em jeans gastos, piercings e camisetas dos White Stripes, passeando pelas lojas de discos na Canal Street para as mães louras de rabos de cavalo levando carrinhos de bebê com tração nas quatro rodas e cafés para viagem no Upper West Side, e os bandos de corredores e pessoas andando de patins em zigue-zague, entrando e saindo do Central Park.

— E aqui estamos...

Em meio a uma fanfarra de buzinas, o caminhão balança ao parar diante de um prédio muito alto e moderno na frente do parque.

— Chegamos? — Baixo a cabeça para passá-la pela janela e estico o pescoço feito um ganso para ver.

— Isso aí — responde Mikey, assentindo com a cabeça e lançando um amplo sorriso na minha direção. Ele olha para o prédio e assobia. — Muito chique.

Eu olho mais adiante para o toldo verde-escuro, o quadrado de tapete que se derrama sobre a calçada e a porta de vidro e metal polido através da qual um porteiro uniformizado aparece e se apressa para nos receber.

Nossa. É como chegar no Savoy ou coisa parecida.

— Tem certeza de que isso não é um hotel? — grito para Mikey, que já pulou do caminhão e abre a porta traseira com um barulho alto.

Ele ri da minha reação.

— Não, é assim que algumas pessoas vivem, senhora.

Sinto uma pontada de nervosismo. Deus, isso é luxo de verdade. Saio do caminhão, nervosa, puxo a saia para baixo e rapidamente aliso os cabelos que ficaram armados com o calor. É outra diferença entre mim e Kate. Enquanto ela tem cabelos grossos e louros, os meus são finos e castanhos.

Juro que tenho a cor de cabelo mais sem graça do mundo. Nunca esquecerei a primeira vez que pintei os cabelos. Comparei-os com uma tabela de tintas na farmácia, aquelas em que são umas mechinhas de cabelo de cada cor, e adivinhe só. Não era nem castanho-claro nem castanho-escuro; era castanho-médio. Pode haver uma descrição mais desanimadora?

Daí em diante passei a passei a pintar os cabelos sempre. Eles já foram cor de caramelo, de canela, de azeviche e de todas as tonalidades entre essas. Num período complicado, na fase dos 25 anos, resolvi experimentar algo diferente e pintei de rosa-chiclete. Atualmente sou castanho-mogno, uma cor muito sensata e madura.

— Boa tarde. Vocês são da galeria?

Viro-me para o porteiro. Ele usa uniforme completo — um traje verde-escuro acompanhado de quepe e luvas brancas — e acena a cabeça com vigor.

— Oi, sim — respondo com um sorriso largo para disfarçar meu nervosismo, até que percebo que ele não está sorrindo, e que eu estou fazendo papel de idiota. Rapidamente adequo minha expressão à dele, muito formal. — Lucy Hemmingway... hum... coordenadora sênior.

Acabei de inventar isso. Na verdade, minha função não tem um título.

— Estou aqui para supervisionar a entrega e instalação de uma coleção de obras de arte.

Quero parecer profissional. Como alguém que tem controle total de todas as situações. Alguém eficiente, organizado e, digamos, basicamente como minha irmã Kate.

Eu não quero — repito, não quero — parecer alguém cujo método para solucionar problemas é ignorá-lo e esperar que deixe de existir, ou alguém que só escreve listas para perdê-las, ou que, uma vez, ao receber um convite via e-mail para o aniversário de uma amiga, clicou no "responder a todos" e perguntou-lhe se ainda estava transando com o ex.

— Ah, sim — diz o porteiro, sério. — Fui instruído para esperá-los. — Ele empurra os óculos meia-lua para o topo do nariz e desvia os olhos para os quadros que Mikey retira do caminhão e coloca num carrinho de mão. — Devo levá-los para a cobertura.

Sinto um frio na barriga. É aquela coisa de cobertura outra vez. Você pode tirar uma garota de um apartamento apertado em Earl's Court, mas não tirar o apartamento apertado da garota.

— Por favor, queiram me acompanhar.

Mikey fica responsável por empurrar o carrinho, e eu, obediente, sigo o porteiro. Atravesso a porta de entrada que dá num grande saguão de mármore, com uma fonte de água corrente, sofás botonê de couro e vasos enormes com arranjos de flores exóticas que obviamente custam uma fortuna.

— O elevador é logo adiante.

Procuro aparentar total indiferença, fingir que não estou impressionada, mas viro a cabeça de um lado para outro como se fosse uma coruja. É um pouco diferente da minha portaria, que tem um caminho de obstáculos de bicicletas, carrinhos de bebê dobráveis e uma pilha enorme de correspondência para ser distribuída. E isso *antes* de começar a subir os três andares de escada para o nosso apartamento, meu e da Robyn. Aliás, os degraus são tão íngremes que, em comparação, faz parecer fácil subir pelas laterais das pirâmides maias de Chichén Itzá, no México.

— Nossa, que lugar fino! — exclama Mikey, assobiando de trás do carrinho. — Deve ter gente famosa morando aqui, não é?

— Receio que eu não esteja autorizado a fornecer esse tipo de informação — responde o porteiro, inflexível.

Mikey olha para mim e murmura:

— Madonna.

Abro um sorriso sem querer e seguro uma risadinha.

À nossa frente, vejo um elevador cujas portas estão quase se fechando.

— Ah, olhe — digo, indicando o elevador. — Bem na hora. — Dirijo-me para ele, mas o porteiro me impede.

— A cobertura tem um elevador particular

— Ah, é mesmo?

Ele dobra a esquina, onde outro elevador nos aguarda.

Caramba. Existe luxo e *luxo*.

Talvez Mikey tenha razão e a Madonna realmente more aqui.

Louca de ansiedade, entro no elevador. Ficamos um pouco apertados e precisamos nos espremer quando a porta se fecha. O porteiro pressiona o botão num gesto cerimonioso com o dedo coberto pela luva branca, e nós começamos a subir num ritmo constante, cada vez mais alto. Sinto um frio na barriga à medida que ganhamos velocidade. Estamos subindo muito mesmo, hein? Meus ouvidos já estão até estalando.

Tento engolir para desentupi-los. Não, ainda estão fechados. Eu sei, talvez se eu bocejar... Cubro a boca com a mão e dou uns bocejos dignos de um hipopótamo, mas nada. Os ouvidos continuam entupidos. Tanto que não consigo ouvir nada.

Pelo canto do olho, observo o porteiro. Ele me olha com expectativa, como se tivesse feito uma pergunta e aguardasse a resposta. Droga. Procuro parecer o mais natural possível e dirijo-lhe um sorriso confiante, de quem sabe exatamente o que está fazendo, e não de alguém que não consegue ouvir nada porque os ouvidos estalam sem parar.

Francamente, assim você poderia imaginar que eu nunca entro em elevadores.

E não entra mesmo, diz uma voz interior. *Você detesta elevadores.*

Minha coragem se esvai. Com tudo o que vem acontecendo, eu havia conseguido evitar isso, mas agora a velha ansiedade se aproxima. Ainda assim, não é nada de mais. Não é como se eu tivesse uma fobia ou algo parecido. Só prefiro usar a escada.

Desde o dia em que ficou presa num elevador na faculdade de arte e precisou ser resgatada pelo corpo de bombeiros.

Sinto certo pânico, mas ignoro. Ficarei bem. Muito bem. Aquele era um elevador velho no centro acadêmico da Manchester Poly. Isto aqui é Nova York, a terra dos arranha-céus. Aqui se usa elevador o tempo todo.

Estes elevadores são iguais a todos, só com roupagem americana, e você tem medo de elevador. Tem pesadelos com os cabos se rompendo e você despencando num mergulho mortal.

Respiro mais lentamente e olho fixo para a frente. Estou sendo ridícula. Aposto que, se contasse a um nova-iorquino que estava com medo, ele me consideraria maluca.

Olho para Mikey para recobrar minha confiança, mas ele olha para o chão e murmura algo ininteligível. Percebo que traz uma pequena cruz de ouro pendurada no pescoço. E a agarra com força.

Droga.

Isso não é bom. Isso não é bom. Isso...

De repente, o elevador para, e as portas se abrem automaticamente.

Uau.

Meu medo se esvai na hora quando me deparo com uma vista incrível do Central Park. À minha frente, até onde os olhos alcançam, há um vasto tapete de árvores. Ele segue sem interrupção, como se alguém tivesse acabado de colocar um grande pedaço da região campestre inglesa no meio de Manhattan.

— Minha nossa.

Quando entramos no apartamento, com suas janelas imensas que vão do chão ao teto, viro-me para Mikey. Ele se segura ao carrinho como que para se apoiar.

— Não me dou bem com lugares altos, fico tonto — murmura ele irritado, com uma expressão nauseada, olhando para a linha do horizonte e para os arranha-céus que agora estão na nossa altura.

— Eu recomendaria deixar os caixotes aqui no hall do elevador — diz o porteiro ao fundo. — Assim, eles não obstruirão a passagem.

— Claro, boa ideia — concorda Mikey, que, na ânsia de sair dali, logo se abaixa para tirar os caixotes.

— É muito importante não fechar a passagem — continua o porteiro, sério. — Normas de incêndio, sabe como é.

— Ah, sim — respondo, distraída, e observo tudo ao meu redor. Meu Deus, este lugar é imenso.

Nossa. Parece que ouço a voz de Lloyd Grossman. *Quem mora num lugar desses?*

— Incêndio? — repete Mikey, com a voz meio sufocada. — Alguém falou em incêndio?

Ele começa a descarregar o carrinho mais depressa, e seus bíceps movem-se rápido como pistões.

E branco. Tudo é branco, percebo, olhando ao redor: os tapetes, os sofás, as paredes. Fico nervosa só de olhar. Como se fosse ter um impulso repentino de atirar uma taça de vinho tinto pela sala.

Não que eu tenha o costume de atirar taças de vinho tinto em qualquer lugar, mas tenho fama de derramar coisas de vez em quando. Não que eu seja desajeitada, é só...

Ah, quem estou querendo enganar? Se eu morasse aqui, teria de comprar ações da Vanish.

De qualquer modo, não preciso me preocupar com isso, reflito, pensando no meu apartamento apertado no centro, com suas cores conflitantes e a mistura eclética de Oriente e Ocidente de lojas baratas. O que significa alguma coisa, suponho.

— Gosto de arte — diz o porteiro.

Olho para ele.

— Ah, é mesmo? — pergunto educada.

— Van Gogh é o meu preferido — conta ele. — Tem alguma obra dele aí? — Ele indica os quadros com um sinal de cabeça.

— Hum, não. — Sorrio, me desculpando.

O semblante do porteiro murcha de desapontamento.

— Bem, já terminei meu serviço — interrompe Mikey, endireitando-se. Ele retira uma fatura do bolso traseiro e a estende para que eu assine.

— Ótimo. Obrigada. — Rabisco minha assinatura e devolvo o papel.

— Ok. Vou indo. — Ele volta para o hall do elevador e fica com o carrinho ao lado da porta fechada, aguardando o porteiro. Mikey me lembra do cachorro de meus pais quando está na hora de sair para um passeio, sentado em frente à porta, desesperado para ir.

— Se me dá licença, senhorita... — O porteiro pigarreia, ajusta o chapéu na cabeça e entra no elevador, como um piloto ingressando na cabine de voo. — Qualquer problema, é só interfonar para a portaria. — Ele aperta o botão repetidas vezes com a mão coberta pela luva branca. — Virei imediatamente.

E, com isso, ele e Mikey desaparecem atrás da porta de correr. Ouço o zunido do elevador descendo, cada vez mais silencioso, até que não há mais ruído algum.

Capítulo 7

Tudo bem, e agora?

A sós na cobertura, fico imóvel por um momento, olhando ao redor. É possível que o dono demore muito para voltar. O que vou fazer?

Do nada, surge na minha cabeça a imagem de Macaulay Culkin em *Esqueceram de mim*, correndo enlouquecido de cômodo em cômodo, abrindo armários e pulando em camas.

Não que eu vá fazer o mesmo, claro. Sou uma profissional de 29 anos, não uma criança de 8.

Dito isso, eu adoraria dar uma bisbilhotada rápida... Quero dizer, dar uma olhada no apartamento.

Hesitante, atravesso o corredor e entro na sala de estar espaçosa, ainda maravilhada diante da vista sensacional de 360 graus. Bem diferente da vista do meu apartamento, reflito, observando o Empire State logo ali, como se alguém o tivesse deslocado especialmente — um pouco para a esquerda, um pouco para a direita — para ficar exatamente diante da janela.

E pensar que fiquei toda animada para esticar o pescoço e ter aquela vista da janela de Robyn. Chego a ficar envergonhada. Isto é como ter lugares na primeira fila do espetáculo.

Finalmente desvio os olhos daquela vista e continuo caminhando pelo apartamento, com muito cuidado, mas, após alguns passos, um pensamento me vem à cabeça. Um lugar chique como este deve ter um sistema de segurança muito sofisticado. E se houver câmeras, e eu estiver sendo vigiada? Estou num tapete felpudo do mais puro branco, com meu chinelo velho e sujo... Olho para os pés, horrorizada, e logo dou um passo atrás, exceto que um deles parece ter ficado grudado. Espere, o que é...

Chiclete.

No tapete felpudo branco.

Merda.

Fico de joelhos e pego a pequena massa oleosa e cinzenta. Eca. É grudenta e nojenta. Tento tirar com mais empenho, mas ela se misturou ao tapete e não sai. Sinto uma pontada de pânico. Droga! Já sei, quem sabe se eu usar minha tesoura de unha... Procuro na bolsa. Carrego tanta bobagem que talvez eu tenha uma... Ótimo, encontrei!

Começo a escavar os tufos de pelos com uma das lâminas. Se eu conseguir raspar isso... Com muito cuidado, trabalho em cada tufo, limpando um a um, até que, após alguns minutos, só restam uns dois tufos pequenos e mais difíceis. Eu sei, e se eu cortá-los fora? Ninguém jamais perceberá. Ficará tão bom quanto um novo...

Droga. Um buraco.

Eu fiz um buraco!

Com o coração acelerado, paro de fazer minha topiaria frenética e fito o tapete, paralisada de pavor. O buraco me olha de volta. Ah meu Deus, Lucy! Você fica sozinha cinco minutos e *é isso que acontece?*

Numa tentativa desesperada, tento eriçar os pelos com os dedos, mas não adianta — definitivamente existe um espaço onde deveria haver mais tufos. É quase como um remendo pelado.

Até que tenho uma ideia. Que tal se eu fizesse uma espécie de penteado sobre a careca?

Usando os dedos, começo a trabalhar, arrumando os tufos sobre o buraco, mas não é fácil. Eles insistem em voltar para o lugar de origem, como se fossem pequenas molas, e eu os aplano com a mão, para em seguida cobri-los com mais outros fios... Deus, agora sei como Donald Trump se sente. Exasperada, continuo puxando um tufo para cá, outro para lá, até que finalmente parece que cobri todo o buraco. Pronto, agora é só ficar assim.

Volto a remexer a bolsa, retiro uma latinha de spray para cabelo e lanço um jato generoso sobre o tapete. Perfeito. Ninguém seria capaz de perceber.

Triunfante, examino minha obra. Fico satisfeita comigo mesma. Evitei um desastre! Ainda assim, é melhor eu me sentar e esperar a chegada do dono. Talvez assim seja mais seguro. Afinal, não quero causar mais nenhum acidente.

Caminho descalça até o sofá e sento na beira de uma almofada, com cuidado para não amassá-la. Sobre a mesa de centro, há revistas cuidadosamente arrumadas em leque, bem na minha frente, mas resisto à tentação de folheá-las. Não vou tocar em nada, lembra? Eu vou me limitar a ficar aqui sentada, esperando o dono chegar. Sem mover um músculo.

Assim, apenas leio os títulos — *Variety, Hollywood Reporter, Vanity Fair*... Na minha mente, ouço de novo a voz de Lloyd Grossman dizendo: *Quem mora nesta cobertura deve trabalhar em cinema*. Fico nervosa. Ah, será alguém famoso? Achava que seria um banqueiro velho e chato... Mas talvez seja um diretor importante. Ou até mesmo um ator.

Não, Magda teria me contado, digo logo a mim mesma.

Não teria?

Intrigada, olho ao redor em busca de pistas, mas não vejo nenhuma foto, objeto decorativo ou correspondência fechada que possa indicar alguma coisa. Será que eu encontraria um sinal no resto do apartamento...

Resisto por aproximadamente cinco segundos.

Então, minha curiosidade vence, levanto-me do sofá e me dirijo pé ante pé aos quartos. Há caixas de mudança por todos os lados. Isso explica muita coisa. A pessoa que mora aqui acabou de se mudar, concluo, bancando a detetive. Sinto uma repentina afinidade com meu cliente misterioso. E me pergunto se ele também é novo na cidade.

Dou uma olhada nos guarda-roupas. Encontro uma fileira de ternos elegantes pendurados organizadamente em diversos tons de cinza. Abaixo, há vários pares de sapatos. Pego um deles. É de couro. Não resisto e examino a sola: "Made in Italy." Uma onda de euforia me toma. O que obviamente é ridículo, digo a mim mesma. Como se me interessasse pela origem dos sapatos dele.

Guardo logo o sapato e sorrateiramente visito os dois banheiros. Grandes, brancos, de mármore, eles estão vazios, exceto pela escova de dentes elétrica e duas caixinhas de lentes de contato descartáveis. Por fim, chego à cozinha planejada.

Nervosa, olho ao redor. Minha falta de habilidades culinárias é uma espécie de piada recorrente na família. Kate chama meu estilo de cozinhar de "um, dois, três, ping", em referência ao som do micro-ondas. O que é *meio* cruel (certa vez, fiz bolinhos congelados *e* eles ficaram deliciosos). Admito que considero cozinhas um pouco assustadoras. Elas têm uma quantidade enorme de equipamentos, utensílios e ingredientes que não faço ideia de para que servem.

Veja esta, por exemplo. É aterrorizante. Tem bancadas de aço inox, aparelhos modernos, um fogão intimidador com milhares de botões diferentes. Esse modelo se chama Wolf. Não é medonho? E tem essa geladeira enorme. Para que alguém precisa de uma geladeira desse tamanho? Dou uma olhada por dentro. Não há nada nas prateleiras, exceto algumas garrafas de água gasosa, um saco de laranjas orgânicas, um galão de iogurte grego com zero por cento de gordura e um pouco de quinoa.

Quinoa? O que é isso? Leio o pacote. "Um grão da antiguidade, repleto de qualidade e nutrição."

Caramba, o dono deste apartamento realmente é saudável. Cadê o chocolate? As sobras do restaurante? A Diet Coke?

Hum, na sua geladeira, Lucy.

Com uma pontada de culpa, rapidamente fecho a porta. Comprarei alguns grãos antigos da próxima vez que for no mercado, digo a mim mesma. Ainda assim, chocolate não é *prejudicial* à saúde. Uma vez li um artigo numa revista sobre a quantidade de ferro que tem e... esqueci o resto. Faz séculos que li o artigo.

Ao sair da cozinha, decido voltar para a sala e para o meu lugar no sofá. O tédio me consome. Não encontrei nada muito interessante, e a cobertura começa a deixar de ser novidade. Além disso, estou cansada, o dia foi longo. Adoraria ir para casa agora, entrar na banheira e me aninhar no sofá para assistir o episódio de *Oprah* sobre o homem que pensa que é um urso, gravado por Robyn. Achei engraçado quando ela me contou a respeito, mas agora começo a achar interessante.

Com um bocejo, volto pelo corredor e me deparo com uma estante de livros. Não a vira antes, mas, como tudo no apartamento, ainda está vazia. Ao lado há duas caixas de papelão entreabertas. Sem dúvida cheias de livros, suponho. Fico de joelhos, levanto as abas de papelão que fecham uma delas e dou uma olhada.

Não há muita coisa para se ver. Apenas pilhas de livros, como imaginara. Distraída, folheio umas autobiografias políticas, vários guias turísticos, alguns romances de John Grisham com páginas marcadas com dobras, um livro sobre pintores renascentistas... Paro, com o interesse aguçado, diante de um livro pesado de capa dura. Retiro-o da caixa, apoio no colo e começo a folhear. *Michelangelo, Leonardo da Vinci, Botticelli...*

Passo os olhos por cada pintura. É como ver fotografias de velhos amigos. Em algumas, acho o trabalho do pincel incrível; em outras, a luminosidade; há ainda aquelas que considero sentimentais demais, ou religiosas demais.

Quando viro a página, fico pasma.

Retrato de um músico, de Ticiano.

Fixo os olhos no rosto que me fita, e minha mente volta à primeira vez que vi essa pintura. Eu tinha 19 anos e passeava pela Gallerie dell'Accademia, em Veneza, com um guia na mão e o fone de ouvido obrigatório que não funcionava, quando me deparei com ela escondida num canto escuro.

Foi amor à primeira vista.

Com cabelos pretos compridos, despenteados, afastados do rosto, barba, olhos tristes muito expressivos, a fronte bem-marcada e um olhar decidido, ele era um dos homens mais bonitos que eu já vira.

E, para completar, era músico! Isso era típico em mim. Sempre tive uma queda por músicos. Mostre-me um homem de barba com um violão, e, pronto, fico atraída na hora. Evan Dando dos Lemonheads, o trágico Kurt Cobain, até mesmo Thom Yorke do Radiohead, todos eles me deixam de joelhos bambos.

Volto no tempo. Lembro como se fosse ontem: numa pequena área banhada pelo sol, eu olhava para ele, paralisada, acreditando ter encontrado o homem ideal, mas que lamentavelmente não era real. Fazia parte do meu curso de história da arte — não a atração, claro — passar o verão na Itália. Chegara poucos dias antes, mas já me apaixonara cerca de um milhão de vezes: pelos pratos bem-servidos de massa com trufas pretas, os prédios em tom ocre desbotado, as maravilhosas *piazzas*, o barulho da água batendo suavemente nas margens dos canais..

E agora por aquela pintura.

— Cara maneiro, hein?

Ouvir uma voz atrás de mim foi o que finalmente me levou a afastar os olhos. Do contrário, não sei por quanto tempo teria permanecido ali, deleitando-me com a habilidade de Ticiano como pintor e aproveitando a temperatura amena da galeria depois do calor escaldante do meio-dia lá fora. Essas poucas palavras, pronunciadas num sotaque americano, levaram-me a perceber que não estava sozinha e me virei, esperando...

Pensando bem, não sei ao certo o que esperava. Nada, na verdade. Apenas mais um turista com uma câmera e um guia nas mãos. Afinal, a cidade estava repleta deles. Devo ter me irritado pela interrupção enquanto sonhava acordada.

E foi assim que vi Nathaniel pela primeira vez.

Cabelos compridos e despenteados. Louro. Jeans e uma camiseta. All Star.

E eu soube naquele instante.

No segundo que levei para examiná-lo na sombra em que se encontrava a alguns centímetros de mim, com as mãos nos bolsos e um sorriso malandro no rosto, fui atingida por algo inesperado, repentino, diferente de tudo o que jamais experimentara. Foi como um raio. Uma sensação de certeza tão forte que me fez balançar.

Os italianos chamam isso de *colpo di fulmine*. Amor à primeira vista.

Era isso. Ele era minha alma gêmea.

Que barulho foi esse?

Volto à realidade e desvio os olhos do livro. Ouço uma espécie de zunido... Atordoada, inclino a cabeça para o lado, querendo descobrir de onde vem. É daquele lado, na direção do corredor, concluo, olhando para as caixas de pinturas amontoadas contra a parede e para o elevador bem ao fundo.

Droga.

O elevador.

É dali que vem o som.

Tão logo chego a essa conclusão, vejo a luz ao lado do elevador se acender e ouço um barulho semelhante a um assobio.

Entro em pânico. Ah, droga, droga, droga. Deve ser ele, o cliente. *Ele chegou!*

Levanto-me de um pulo e o livro cai do meu colo para o chão com um estrondo surdo. Apresso-me para pegá-lo, ao mesmo tempo em que puxo a saia e arrumo os cabelos atrás da orelha. Quero parecer uma profissional arrumada, não alguém que passou a última hora bisbilhotando o apartamento.

Devolvo o livro à caixa, viro-me e vejo as portas de correr se abrirem. Está tudo bem, não entre em pânico. Tudo está sob controle. Simplesmente aja com naturalidade. Sim, bem normal.

Só há um problema: não há nada sequer *remotamente* normal em estar na cobertura de um estranho enquanto ele sobe pelo elevador privativo.

Antes de mais nada, olho para o porteiro, vejo o uniforme verde-escuro que já me é familiar, e então uma pessoa surge de trás dele. Alto, levemente calvo, usando um terno e óculos escuros, ele examina a correspondência que tem nas mãos enquanto sai do elevador. Observo quando o porteiro desce de novo no elevador, e então volto a olhar para o proprietário da cobertura.

— Olá. — Apresso-me em me apresentar, tentando não parecer tão nervosa quanto me sinto. — Sou da galeria.

De repente, ciente da minha presença, ele desvia o olhar e apoia os óculos escuros na cabeça. Ao fazê-lo, vejo uma expressão de surpresa em seus olhos. Olhos azul-claros com pontinhos cinzentos em torno da íris.

É como se um caminhão de dez toneladas tivesse acabado de se espatifar no meu tórax.

Ah, meu Deus, não pode ser.

Simplesmente não pode ser.

Nathaniel?

Capítulo 8

— Lucy?

Por um breve instante penso que vou desmaiar. Enquanto minha mente entra em espiral, tento dizer a mim mesma que me enganei. Não é ele, é a iluminação me pregando uma peça. Quero dizer, deve haver um milhão de pessoas cujos olhos têm manchas cinzentas em torno da íris, certo?

Certo?

Mas aquela voz não tem erro. É a mesma que ouvi naquele dia na galeria. É aquela voz que fez com que eu me virasse e me apaixonasse à primeira vista.

— Ah, nossa. Lucy, é você mesmo?

É também aquela voz que terminou o namoro pelo telefone.

— Oi, Nathaniel.

Eu pretendia parecer indiferente, calma e controlada, mas a voz saiu um pouco rude e professoral. Pelo menos são palavras, pronunciadas em voz alta. É melhor do que ficar chocada, sem palavras, como na verdade estou me sentindo.

Aliás, retiro o que disse. Não sei se consigo sentir alguma coisa. É como se meu corpo inteiro estivesse formigando, uma sensação estranha, como se eu flutuasse, a mesma de quando operei as amígdalas e o anestesista me mandou começar a contar de trás para frente.

— É você mesmo! Por um instante, achei que estava vendo coisas! — O rosto de Nate se abre num sorriso, enrugando os cantos dos olhos.

Essas rugas são novas, não posso evitar de notar. Ele não tinha rugas antes. E os cabelos estão muito mais curtos e começam a rarear nas têmporas.

— Eu estava pensando: não pode ser, é impossível!

Consigo vê-lo falar, gesticular, mas é como se estivéssemos separados por uma barreira invisível, uma espécie de escudo impenetrável. Olho para essa figura de terno cinzento que está na minha frente com ar distante e certa descrença.

Ele está diferente, mais velho. Foram-se a jaqueta de camurça barata e os cabelos louros compridos e despenteados; o rosto cheio do adolescente desapareceu para revelar maçãs do rosto marcadas e um queixo muito mais quadrado. Mas ainda é Nathaniel. *Ainda é Nate.*

Enquanto penso tudo isso, meu coração dá um pulo. Eu rapidamente sufoco qualquer sentimento. Não, digo a mim mesma, não comece a ter ideias.

— Desculpe, ainda não deixei você falar, não é? — Ele ri, largando a correspondência de lado e passando a mão nos cabelos. — Então me conte, como você está? O que tem feito? O que faz aqui?

De repente percebo que, apesar do terno caro da moda e da aparência de um bem-sucedido homem de negócios, Nate está nervoso. Deve ser um choque para ele também chegar do trabalho e me encontrar no hall de entrada da sua casa depois de dez anos, como um fantasma do passado.

— Eu trouxe seus quadros — consigo dizer.

— Meus o quê? — Confuso, ele olha de maneira distraída para as caixas amontoadas com cuidado num canto, sem parecer registrar o que falei.

— A coleção de Gustav — continuo, mantendo a voz uniforme.

É estranho, como se um robô tivesse tomado conta do meu corpo. Estou aqui, firme, falando numa voz esquisita, meio mecanizada, sobre arte, enquanto a verdadeira Lucy sacode os braços no ar e grita: *Ai, meu Deus, ai, meu Deus, ai, meu Deus.*

Por um instante, ele parece fitar as pinturas totalmente perplexo. Em seguida, desfranze a testa e se vira para mim numa espécie de momento "eureca".

— Você trabalha na galeria — diz ele, tranquilo, e vejo que tudo começa a se encaixar.

— Sim, acabei de me transferir de um salão de exibição em Londres — confirmo com um aceno de cabeça, ainda fazendo minha imitação de R2-D2. — Sou a coordenadora sênior. — Ao menos isso soou impressionante quando falei para o porteiro.

— Ah, é mesmo? — Nathaniel parece um pouco impressionado.

— É um trabalho muito bom — acrescento, de repente precisando me justificar. — Organizo exposições, trabalho de perto com artistas novos, lido com clientes...

— Mas o que aconteceu com as suas próprias pinturas? Eu pensei...

— Ah, isso faz muito tempo — digo com ar de desprezo, interrompendo-o e olhando para baixo para examinar meus pés, que de repente se tornaram muito interessantes. — E quanto a você? — pergunto, mudando de assunto. — O que tem feito?

O que tem feito? Ah, meu Deus, Lucy, que espécie de pergunta idiota é essa? Parece que está dependurada na cerca do jardim, conversando com o vizinho, e não com o seu primeiro amor, a quem não vê há dez anos e nunca esqueceu.

Não, eu não acabei de pensar isso.

— Ah, você sabe, uma coisa e outra — responde ele. Seus olhos brilham em busca dos meus, e sinto algo se agitar dentro de mim. Como cubos de gelo quando começam a derreter. Escorregando, rachando, estalando.

— Bem, essas coisas devem ser muito bem-sucedidas — replico, mostrando a cobertura ao redor.

— Ah, isso. — Nate dá de ombros com modéstia. — É só alugada.

— É mesmo? — comento, tentando parecer indiferente, como se alugar coberturas imensas em Manhattan fosse algo que faço com frequência. Quando não estou ocupada alugando um quarto num apartamento apertado no centro da cidade, claro.

Por dentro, contudo, sinto uma pontada de insegurança. É óbvio que Nate subiu na vida, enquanto eu ainda fico dura ao fim de cada mês.

— Moro em Los Angeles, mas agora estou me mudando para cá por causa do trabalho — acrescenta ele para explicar.

— Não me diga que você está trabalhando com cinema — digo animada, e logo enrubesço. — Vi as revistas. — Sinalizo vagamente na direção da sala de estar.

— Tevê. — Nate faz uma expressão quase de pesar. — Sou produtor.

— Ah, que ótimo. — Tento parecer convincente, mas não sei se isso é mesmo ótimo ou não.

De qualquer modo, é impressionante. Todos sempre querem trabalhar na tevê, não é? Isto é, menos eu. Eu sempre quis trabalhar com arte.

— É bom... — Ele faz um aceno de cabeça e não fala mais nada.

Faz-se uma pausa estranha, e, por um instante, nós ficamos ali, nos encarando no hall de entrada. Sinto o espaço entre nós lotado de perguntas e emoções.

— Ah, perdão, acabei de perceber, nem ofereci uma bebida ou qualquer coisa... — começa a se desculpar Nate, esfregando as têmporas.

— Ah, não se preocupe.

— Creio que não tenho muita coisa, só umas garrafas de água.

E aquela coisa engraçada, quinoa, penso eu, lembrando-me do embrulho na geladeira.

— Por que não saímos para tomar alguma coisa? — sugere ele de repente. — Colocar a conversa em dia?

Sou tomada de surpresa. Sair para tomar alguma coisa? *Eu e Nate?*

— Ah, bem... — Confusa, tento me esquivar. — Não sei...

— Há um lugarzinho ótimo na esquina — insiste ele, animado. — E então, vamos?

Nate me fita com ar de expectativa, um grande sorriso no rosto, e, do nada, fico indignada. Ora, não posso acreditar. Ele acha que vou sair correndo com ele para um barzinho aconchegante e ficar de conversa mole? Depois do que aconteceu? Eu deveria dispensá-lo.

Deveria, mas é claro que não vou.

— Vou pegar minha bolsa.

Eu imaginei este momento um milhão, um trilhão de vezes: encontrá-lo de novo por acaso. O que eu diria, qual seria minha aparência, exatamente como aconteceria. Eu estaria maravilhosa, *claro*, usando meu jeans justo, com os cabelos num dia bom (aliás, meus cabelos nunca têm dias bons, eles têm dias de "pelo menos não estão encaracolados" e de "ufa, a franja ainda não encolheu"). Ah, e estaria de braço dado com algum homem incrível.

Não que eu precise de um homem para me sentir bem, mas, convenhamos, chega de princípios feministas. Quando você se depara com o amor da sua vida que se casou com outra, não quer estar sozinha e usando as roupas sem graça de trabalho, ou chinelos que fazem suas pernas parecerem curtas e grossas demais.

Sentada num banco de bar, passo a mão nas pernas, constrangida. Eca, estão peludas. É quando me lembro que não as depilei.

— Quero dizer, quais as chances disso acontecer?

Puxo a saia para baixo e olho para Nathaniel por cima da mesa. Com as mangas da camisa dobradas, sentado à minha frente, ele balança a cabeça sem acreditar.

Estamos num pequeno bistrô francês na esquina da rua de Nate, tomando vinho tinto. Não costumo beber vinho tinto. Não gosto muito. Deixa minha língua esquisita, assim como quando como ruibarbo. Mas fiz aquilo que sempre se faz quando se está um pouco nervosa: eu disse que beberia o que ele fosse beber, e Nathaniel então pediu uma garrafa.

Isso levou vinte minutos, pois primeiro ele quis experimentar tudo da carta de vinhos, fazendo um movimento rotatório com cada taça para girar o vinho, depois cheirando. É evidente que conhece muito sobre vinho, diferente de mim. Eu não sei nada.

— É meio que uma coincidência mesmo. — Aceno a cabeça e bebo um bom gole.

Estou absurdamente nervosa. Como se fosse meu primeiro encontro com alguém.

Logo afasto esse pensamento.

— Só meio. — Ele concorda com a cabeça e revira os olhos. — É incrível. Eu sempre me perguntei se algum dia veria você de novo.

— É mesmo? — pergunto numa voz que é mais como um guincho.

— Ah, sim — diz ele, baixando os olhos para a taça de vinho, meio constrangido.

Sinto um aperto no peito e um frio na barriga. Ele pensava em mim. Durante todo esse tempo, ele pensava em mim. Sinto uma espécie de validação. Todo esse tempo sempre me perguntei. *Sempre tive esperança.*

— Você alguma vez pensou em mim? — Nate ergue os olhos e me dirige um olhar penetrante.

De novo, meu estômago faz um giro completo.

— Às vezes. — Dou de ombros, tentando parecer indiferente.

Está bem, é uma mentira, mas não vou admitir a verdade agora, certo? Que não consigo *parar* de pensar nele.

— Verdade? — Nate parece satisfeito. — Eu achava que você poderia ter me esquecido totalmente.

— Pode acreditar, eu tentei. — Consigo dar um meio-sorriso, e ele enrubesce.

— Pois é, eu não agi bem no final, não é?

— Ah, eu não sei. — Tomo mais um gole do vinho, saboreando-o enquanto desce para o estômago, acalmando meus nervos. — Nós éramos muito jovens, e relacionamentos à distância nunca dão certo, não é mesmo? Foi como as coisas costumam ser. Inevitável, no fim das contas. E terminar com alguém nunca é fácil.

Ei, alô, desde quando eu desenvolvi essa atitude supermadura?

— Eu fui um canalha, sejamos realistas. — Nate dá um sorriso triste.

— Está bem, você foi um canalha — concordo.

Ele ri, enrugando o rosto, e não consigo evitar de rir também. É estranho, mas, depois de todo esse tempo, todos os anos, de tanto eu me perguntar, a antiga dor parece se esvair, e tudo se resume a mim e Nate sentados no bar, como dois velhos amigos tomando um drinque. Talvez seja verdade que o tempo é um grande remédio.

Ou talvez seja apenas o vinho tinto.

— Então... — diz ele.

Eu o observo enquanto gira a haste da taça de vinho, como se estivesse pensando em alguma coisa. E nesse instante eu percebo: *Nate não está usando aliança.* O pensamento me atinge como uma flecha. Em algum lugar no fundo da minha mente eu me lembro vagamente de Magda mencionar isso, mas não prestara muita atenção — ela falava sobre um estranho. Pelo menos, eu *acreditava* ser um estranho.

Fixo os olhos naquele dedo sem anel. Talvez ele tenha tirado a aliança e esquecido de recolocar. Ou a tenha perdido. Ou talvez ele seja um desses homens que não usam aliança, como meu pai, que avisou à minha mãe quando se casaram que nunca usara joia nenhuma e não iria começar por ter se casado. Creio que ele chegou a usar a palavra "bichinha", mas, quanto menos se falar sobre isso, melhor.

Enquanto penso em tudo isso, lá no fundo, a esperança explode no meu peito como fogos de artifício.

— Diga...

Volto dos meus devaneios e vejo Nate olhando para mim.

— Há quanto tempo você está em Nova York?

A conversa parece ter se afastado de terras perigosas e retornado à alegria e jovialidade. Sinto um alívio.

— Não faz muito tempo, algumas semanas. — Tomo um gole do vinho.

Não deixe que ele a veja de olho no dedo da aliança, surge uma vozinha na minha cabeça. Assustada, me apresso em desviar o olhar.

— Então é tão nova na cidade quanto eu. — Nate sorri. — O que está achando?

— Adoro. — Eu sorrio e estendo a taça para que ele me sirva outra dose.

É muito importante não perguntar se Nate continua casado. Devo parecer despreocupada. Como se não estivesse curiosa. Como se não tivesse pensado nisso em anos.

— Sim, é uma cidade fantástica. Venho muito a trabalho, mas nunca tinha morado aqui.

— Ah, é mesmo?

Como se nunca tivesse procurado a mulher dele no Google para ver como ela é.

— Sim, por isso estou meio ansioso para explorar, sentir como a cidade é de verdade, ao invés de bancar o turista.

Sem descobrir nada. Nem mesmo uma foto ruim. Quero dizer, ela deveria estar pelo menos no Facebook.

— E então, como é a vida de casado?

É como um míssil. Lançado da minha boca sem nenhum aviso, ele vai na direção de Nate e faz um pouso de emergência no bar. Por um instante, tenho a sensação estranha de estar totalmente desconectada da cena, uma observadora, uma espectadora inocente.

E então a realidade me acerta em cheio.

Ah, meu Deus, eu não disse aquilo. Eu não fiz isso.

Merda. Merda. *MERDA*.

Faz-se uma pausa enquanto Nathaniel toma um gole do vinho. É como o instante entre a colisão e o impacto. Aquela fração de segundo de atordoamento em que você se prepara para o inevitável.

Nate deposita a taça no balcão do bar e olha nos meus olhos.

Por favor, não diga que é maravilhosa. Cruzo os dedos sob a mesa do bar. Quero dizer, você pode dizer que é boa e que está feliz e tudo mais, e ficarei feliz, de verdade, mas, por favor, não siga falando sobre o quanto é maravilhosa, e sobre o quanto *ela* é maravilhosa.

— Nós estamos nos divorciando.

Agora é Nate que me lança um míssil. *Bum.* Bem direto.

Olho para ele sem acreditar. Estava preparada para inúmeras respostas diferentes, mas não para essa. *Nunca para essa.*

— Ah, sinto muito — digo de imediato, procurando algo apropriado para falar, mas, por dentro, estou pasma. E não só isso. Uma vibração de alegria secreta surge como o abalo secundário que se segue ao terremoto.

— Obrigado. — Nate me dirige um sorriso melancólico. — Foi melhor assim. Beth e eu nunca deveríamos ter casado.

Meu rosto não vacila. Tento não parecer interessada, mas cada célula do meu corpo é como um receptor finamente ajustado.

— Conheci Beth quando ela estava no segundo ano da faculdade. Ela era o meu oposto: exuberante, confiante, a atração de todas as festas... Nós brigávamos como loucos.

Quando ele me dá essa informação, tento imaginar. *Nate? Brigando como um louco?* Mas não consigo. Ele sempre foi tão educado e gentil, tão calmo. Não creio que algum dia o tenha visto perder a paciência.

— Nós tínhamos apenas um ano de casados quando ela saiu de casa. Pensando agora, acho que deveríamos ter desistido ali.

— Por que não desistiram? — pergunto sem pensar, mas logo tento consertar e acrescento: — Quero dizer, se vocês não estavam se entendendo.

— Não sei. Acho que eu não queria decepcionar ninguém. Nós tivemos uma festa enorme de casamento... — A voz dele vai se perdendo, sem jeito.

— Eu sei. Vi no *New York Times.*

— Você viu? — Ele parece surpreso e sem graça.

Assim como eu, por admitir que tinha visto.

— Minha irmã, Kate, mora aqui e viu. Foi ela que me mostrou.

A verdade é que ela recortou a notícia e me mandou por correio, achando que era melhor eu saber toda a verdade. No fundo, eu sabia que a intenção de Kate ao me mostrar a foto do casamento era que eu finalmente deixasse de sonhar com Nate e seguisse em frente com a minha vida, esquecendo tudo sobre ele. E funcionou. Mais ou menos.

— Parecia uma festa divertida — digo com um amplo sorriso e acabo com o conteúdo da minha taça.

Juro que acabei de me transformar na Srta. Maturidade. Olhe para mim! Controlada e calma, nem um pouquinho enciumada ou angustiada. É incrível. Sinto-me nobre. Magnânima.

E um pouquinho bêbada, percebo de repente.

— Foi um grande casamento. Tivemos trezentos convidados no Ritz-Carlton de São Francisco.

— Uau! — exclamo, não pelo tamanho da lista de convidados, mas porque não posso acreditar que estou sentada aqui, conversando sobre o casamento de Nate, *com ele*. É simplesmente bizarro.

— Acredite, eu nem conhecia metade deles. Ainda não conheço — continua, balançando a cabeça. Ele pega a taça de vinho e me encara, pensativo. — Enfim, chega de mim. E você? Quem é o sortudo?

Sinto meu rosto ruborizar e, por um breve instante, penso em inventar um homem, mas logo decido dizer a verdade. Nate e eu nunca mentimos um para o outro, e não faz sentido começar agora.

— Não tenho ninguém — respondo, evitando o olhar dele e mirando meu copo vazio.

— O quê? — Agora é ele que parece não acreditar. — Por que não?

Porque nunca esqueci você, porque ninguém jamais chegou nem perto, porque você era quem eu queria, sussurra uma vozinha no meu interior.

Em vez disso, limito-me a dar de ombros.

— Acho que ainda estou esperando a pessoa certa.

Todo aquele vinho em um estômago vazio me deixa meio tonta, e o bar começa a balançar. Ergo os olhos e encontro os de Nate.

— Uma sábia decisão — comenta ele, pensativo. — Eu deveria ter feito o mesmo.

Faz-se uma pausa enquanto nos olhamos. Nenhum dos dois fala. Sou só eu, ou alguma coisa está acontecendo aqui? *Alguma coisa vai acontecer aqui?*

Em algum lugar do meu corpo, algo começa a pulsar.

— Você voltou a Veneza?

Sinto um aperto no peito e minha respiração fica presa na garganta.

— Não, nunca. — Consigo responder, tentando manter a voz firme. — E você?

Os olhos dele não se afastam dos meus.

— Um milhão de vezes — responde Nate num murmúrio.

Essa revelação me surpreende. *Eu não imaginara isso.* Sou inundada por uma emoção, e, por um instante, é como se estivesse em suspensão, sem saber o que ele dirá a seguir, em que direção estamos indo.

— Eu me casei com a mulher errada, Lucy.

A voz de Nate, embora baixa, é clara e serena. Começo a cambalear. Ah, meu Deus, não posso acreditar... não posso... Ao ouvir essa confissão surpreendente, fico chocada, surpresa, estupefata, no entanto...

No entanto, há algo mais... bem lá no fundo... uma sensação devastadora de calma, inevitabilidade, *destino.*

— Cometi o maior erro da minha vida quando perdi você, e nunca deixei de lamentar isso. Pensei em você por anos. Queria saber onde estava, o que fazia, e se eu voltaria a ver você algum dia. Às vezes até imaginava isso acontecendo, encontrando com você por acaso na rua...

Ouço as palavras dele, mas podia ser eu mesma falando. Poderia ser minha voz dizendo as mesmas coisas. Porque foi exatamente isso que fiz todos esses anos. É como se ele estivesse lendo o meu diário, falando sobre a minha vida. No entanto, aconteceu na vida dele também. Durante todo esse tempo nós levamos vidas paralelas e nunca soubemos disso.

— Era uma loucura, cheguei a procurar um terapeuta certa vez.

— Um terapeuta? — pergunto de imediato.

— Foi em Los Angeles. — Nate parece sem jeito. — Na verdade, eu o procurei por estar deprimido por causa do trabalho, mas passava o tempo todo falando de você.

Meu corpo inteiro formiga de alegria. Jamais ousei imaginar que Nate pudesse pensar em mim. Deduzi que ele nunca me dedicara qualquer pensamento, que eu fora esquecida há muitos anos. Contudo, enquanto eu estava em Londres pensando nele, lá estava Nate em Los Angeles, pensando em mim.

— Sei que isso parece tolice, mas... — A voz de Nate some. Ele hesita, em seguida seus olhos buscam os meus. — Você acredita em almas gêmeas?

Nossos olhares não se desviam mais. Meu coração bate forte no peito. Sinto um torpor, bebi vinho demais. Tudo foi demais. Tudo está confuso. Mas nesse instante surge um lampejo de algo tão claro, tão definido, tão absolutamente certo, que eu não tenho dúvidas.

— Sim — murmuro. — Sim, eu acredito, Nate.

E então acontece.

Nate se inclina para mim, segura minha mão, entrelaçando os dedos nos meus, e me puxa para si, lenta e suavemente. Fecho os olhos e me deixo afundar nos braços dele. É como se nada tivesse mudado. Ele parece o mesmo, com o mesmo cheiro, e, quando seus lábios encontram os meus, é como se os anos simplesmente desaparecessem e nós estivéssemos de volta àquela gôndola em Veneza...

Seu beijo é o mesmo também.

Capítulo 9

Um raio de sol infiltra-se através das aberturas da persiana, aquecendo-me as pálpebras, tirando-me do mais profundo sono. Abro os olhos com a visão ainda turva, esperando ver uma colcha indiana misturada às roupas da véspera, paredes vermelhas e pilhas de coisas entulhadas. Em vez disso, sou saudada por um branco imaculado. Uma paisagem ártica de lençóis limpos, paredes nuas e quilômetros de carpete vazio.

Por uma fração de segundo me pergunto onde estou.

E então me lembro de tudo.

É a manhã seguinte e estou no quarto de Nate, na cama dele, *com ele*.

Estendo a mão para o outro lado do colchão imenso. Só que Nate não está ali. Por um instante fico tensa. A insegurança toma conta de mim, até que ouço um som bem fraco vindo do banheiro da suíte. Claro, Nate deve estar no chuveiro. Fecho os olhos e afundo de novo sob o edredom. Protegida por aquela coberta suave e aconchegante, estico o corpo e volto a me encolher, deleitando-me com os lençóis de linho novos, o colchão enorme e macio, os travesseiros de penas, a lembrança da noite anterior... É como estar em algum hotel supercaro.

Está bem, chega de pensar na cama, Lucy. *E como foi a transa?*

Um delicioso calafrio me percorre a espinha, enviando pequenas ondas de choque por todo o meu corpo. Como alguém com um segredo maravilhoso, quero agarrar as lembranças junto ao peito e não soltar mais. Quero mantê-las guardadas dentro de mim e pensar nelas muitas vezes, reviver cada momento delicioso.

Foi incrível e, ao mesmo tempo, muito natural, como se Nate e eu nunca tivéssemos nos separado. Tudo se ajustou no lugar certo. Como duas peças de um quebra-cabeça, nós simplesmente nos encaixamos de volta. É do que me lembro melhor, porque o resto está confuso. Obscurecida pelo sexo e pelo álcool, tenho uma vaga lembrança de ter voltado para a cobertura, de nos beijarmos no hall de entrada e de roupas sendo tiradas até que de repente estávamos nus, caindo na cama. A sensação de pele contra pele, a boca, os dedos, as pernas de Nate...

A memória me deixa vermelha, e meu estômago dá um nó com as sensações que inundam meu corpo, minha pele ainda formigando. Um flashback de nossos corpos entrelaçados, seguido por outro, e mais outro, e outro ainda...

— Lucy?

A voz de Nate me traz de volta, e, quando abro os olhos, eu o encontro ao pé da cama, envolto numa toalha. O corpo musculoso ainda está respingado de água, e observo uma gota descer pelo meio do tórax, dos músculos da barriga, até o umbigo.

Mesmo de ressaca, meu corpo reage. Preciso me controlar para não agarrá-lo e trazê-lo de volta para debaixo das cobertas. Na verdade, talvez eu devesse fazer isso.

Ah, meu Deus, o que deu em mim? Desde quando eu me transformei numa ninfomaníaca que só pensa em sexo?

Desde a noite passada, sopra uma vozinha. Sexo com Nate sempre foi incrível, e a noite passada mostrou que nada mudou. Chego a sentir a virilha pulsar só de lembrar. Tudo bem, fique fria, Lucy, fique fria.

Falar é fácil. Quero ver fazer isso quando se está totalmente nua na cama dele.

— Como se sente? — Nate se aproxima, senta na borda da cama e afasta meus cabelos do rosto com gentileza, sorrindo para mim.

Excitada. Feliz. *Apaixonada*.

Quando esse pensamento me vem à mente, fico alarmada. Ei, calma lá. Foi só uma noite, está lembrada? Ele pode estar com medo. Pode ter mudado de ideia. Pode estar pensando que foi um grande erro.

— Meio de ressaca — respondo, tentando soar casual, enquanto a pele formiga ao toque das pontas dos dedos de Nate. — E você?

— Bem. — Seus olhos encontram os meus. — Bem demais.

Faz-se uma pausa enquanto trocamos olhares, e naquele instante eu percebo que tudo o que Nate disse na noite anterior continua valendo. Nada mudou. Ele sente a mesma coisa. A onda de euforia que me toma faz as minhas defesas desmoronarem

— É, eu também — digo baixinho.

Um sorriso ilumina-lhe o semblante. Ele parece feliz e muito aliviado. É nessa hora que compreendo que Nate devia estar tão nervoso quanto eu, se não mais. Afinal, na noite passada foi ele quem expôs sua alma para mim, confessando que o maior erro de sua vida fora me perder, e me perguntando se eu acreditava em almas gêmeas.

Sinto um aperto no estômago.

— E então, posso trazer alguma coisa para você? Está com fome?

— Humm. — Dou um pequeno bocejo. — Que horas são?

— Seis.

Meu corpo todo se encolhe como se eu tivesse sido levada para um chuveiro gelado.

— *Seis?* — pergunto quase gritando, chocada.

— Na verdade já são quase 6h10 — corrige Nate, obviamente sem notar o tom de espanto na minha voz.

Eu, acordada às 6h da manhã? Geralmente estou inconsciente até as 8h30. Meio-dia, se for no fim de semana. Não me lembro da última vez em que estive acordada às 6h da manhã.

Ah, sim, agora me lembro. Eu tinha 23 anos e estava na farra em casas noturnas em Ibiza, mas a diferença é que eu ainda não tinha *dormido*.

— Que tal se eu fizer um suco fresco para você?

— Ah... hum... sim, por favor. Parece uma ótima ideia. — Eu sorrio.

Está bem, então é um pouco cedo para mim, penso, reprimindo mais um bocejo. Mas agora estou acordada, e que razão melhor para *continuar* acordada do que ter Nate seminu na minha frente?

— Está bem, não demoro. — Nate se levanta da cama, pega um par de óculos de armação pequena de metal na mesa de cabeceira e o coloca no rosto.

Meu Deus, então agora ele usa óculos. De repente me lembro das caixas vazias de lentes de contato no banheiro. Está explicado, penso, tentando me acostumar a esse Nate novo de aparência séria.

— É bom quando está fresco. Tenho uma centrífuga de frutas. — Ele sorri, se inclina e me beija.

Senhor, com ou sem óculos, ele ainda é uma gracinha, penso, sentindo sua boca suave contra a minha.

— Vou me levantar e ajudar você — murmuro, fazendo um movimento para sair da cama, mas ele me empurra gentilmente de volta.

— Relaxe, eu trago. — Nate sorri. — Sei que você adora ficar na cama... Acho que nós nunca saíamos da cama na Itália, não é?

Ele me olha fixamente, e sinto uma alegria. Então Nate não esqueceu aquelas manhãs preguiçosas que passamos na Itália, aconchegados durante horas na minha pequena cama de solteiro, ouvindo o mundo passar do lado de fora da janela.

— É verdade, mas posso fazer um café — sugiro, e só de falar no café minhas glândulas salivares acordam.

Adoro tomar café pela manhã, é meu ritual sagrado. Nada me afasta do meu café com leite forte.

— Sinto muito, não tenho café. — Nate faz uma expressão sentida.

— Ah, certo, claro. — Aceno a cabeça concordando, lembrando-me de que ele acabou de se mudar. Deve precisar de milhares de coisas. — Não se preocupe, dou um pulo na rua e compro na...

Nate me interrompe.

— É que não bebo café.

Por um instante, eu o fito sem acreditar, pois as lembranças de nós dois passeando pelas travessas de Veneza e tomando espressos intermináveis voltam à minha mente aos borbotões. Parece que passamos aquele verão inteiro vivendo de espresso.

— Você não bebe café? — consigo perguntar por fim.

— Não, parei — diz ele sem rodeios. — A cafeína faz muito mal. Sabia que vicia mais que a nicotina?

— Hum... não... É mesmo?

— De verdade — confirma Nate com um aceno de cabeça e o semblante sério. — Você deveria parar, Lucy, vai se sentir muito melhor.

E com essa frase Nate desaparece do quarto, deixando-me deitada na cama. *A cama de Nate.* Abro um sorriso de felicidade. Ainda não consigo acreditar que estamos aqui juntos, depois de tanto tempo. É incrível. Nada mudou entre nós, no entanto...

Quando penso no café, fico um pouco aborrecida. Nem tudo continua igual em Nate. Rolo na cama para deitar de barriga para baixo e afundo a cabeça no travesseiro. Pergunto-me o que mais terá mudado.

— Tem certeza de que não quer que eu peça ao meu motorista para levá-la para o centro da cidade?

Menos de uma hora depois, nós dois estamos descendo no elevador com o mesmo porteiro uniformizado que encontrei ontem. Fico meio sem graça. É como se tudo o que Nate e eu fizemos estivesse completamente óbvio. Se ele me reconhece, contudo, não demonstra. Em vez disso, olha discretamente para seus sapatos muito bem-lustrados.

— Não, de verdade, não precisa. Pegarei o metrô.

— Tem certeza? — Nate me observa, o rosto cheio de preocupação. Trocou os óculos por lentes de contato, e seus olhos azuis procuram os meus.

— Sim, tenho — respondo, mas não consigo evitar de rir. — Irei direto para a galeria, começarei a trabalhar cedo. Tenho um milhão de coisas para fazer. Teremos uma exposição na sexta-feira.

— Estou convidado?

— Claro. — Sorrio para ele. — Se quiser.

— Tente me impedir.

Nate me lança outro sorriso, enlaçando minha cintura e me puxando para si. Sinto um calor dentro de mim. Não me lembro de já ter me sentido tão feliz assim. É como se alguém me mergulhasse em felicidade derretida.

As portas do elevador se abrem, e, quando saímos para o saguão do prédio, Nate mantém o braço em torno da minha cintura. Meu sorriso também não sai do rosto ao longo do caminho, passando pelas portas, até chegarmos à calçada e recebermos o sol da manhã.

— Ah, a cidade está tão bonita — comento em um suspiro, sentindo uma onda de euforia. Ao ver o parque, tenho uma vontade repentina de levantar cedo assim todas as manhãs. — De agora em diante, vou acordar às 6h todos os dias — declaro.

— Verdade? — Nate me olha, divertido. — Às 6h da manhã?

— Sim, com certeza — respondo com um aceno de cabeça, tentando reprimir um bocejo.

— Então acho que isso quer dizer que vai querer dormir cedo essa noite?

Vejo Nate me olhar com expectativa e tenho um pouco de medo. Ele está usando isso como desculpa. Obviamente não quer me ver esta noite, concluo. O que de fato não é problema. Quero dizer, estou com ele agora e fiquei com ele a noite passada inteira, portanto, não faz mal se não quiser me ver esta noite também. Não estou desapontada ou algo parecido.

— Porque eu tinha pensado que nós poderíamos sair para jantar. — Tirando o braço da minha cintura, ele se vira para mim. — Mas vou passar o dia inteiro envolvido com filmagens no estúdio, então isso só seria bem tarde.

Sinto-me tão alegre, como se eu fosse uma pipa carregada por um sopro de vento e levada para cima.

— Bem, talvez não *todos* os dias — corrijo. — Eu estava mesmo pensando em deixar passar amanhã.

— Ótimo! — Nate abre um sorriso. — Eu vejo você à noite então. — E com um beijo na boca, ele se afasta pela calçada e desaparece no Lincoln preto que o aguarda.

Sou pura alegria ao seguir para o centro da cidade. Sorrio para estranhos, dou meus últimos dez dólares para um homem pintado de prateado e fantasiado de Estátua da Liberdade, tudo pensando na noite anterior.

Fragmentos da nossa conversa são a trilha sonora enquanto atravesso a porta giratória para entrar na estação do metrô. Não ouço o barulho do trem, o chiado dos freios ou a batida das portas corrediças ao entrar no vagão. Tudo se desvanece como num filme mudo, e só consigo ouvir a voz de Nate. *Cometi o maior erro da minha vida quando perdi você, e nunca deixei de lamentar isso.*

Quando o trem segue para o centro, olho para a escuridão do túnel, mas minha mente viaja pela noite passada. *Pensei em você por anos. Queria saber onde estava, o que fazia, e se eu voltaria a ver você algum dia.*

Até que finalmente chego à minha estação, salto do trem, subo a escada e saio na cacofonia da cidade. *Às vezes até imaginava isso acontecendo, encontrando com você por acaso na rua.*

Caminho pelas ruas movimentadas, desviando-me do tráfego, dos pedestres, dos cafés nas calçadas, até que chego à galeria e abro a porta com um empurrão. *Você acredita em almas gêmeas?*

— Luzy!

De repente o som retorna, a pleno volume, e ouço a voz de Magda gritando no meu ouvido.

— O que está fazendo aqui tão cedo?

Com o conjunto costumeiro de Chanel preto imaculado, diamantes e um penteado que desafia a lei da gravidade, Magda está sentada numa cadeira atrás da mesa de recepção, com um *bagel* pela metade numa das mãos e um cappuccino gelado com cobertura de creme na outra, paralisada. Parece um ladrão pego em flagrante.

Limpando o cream cheese dos cantos da boca rapidamente com a unha vermelha, ela solta o *bagel* e o cappuccino como se fossem itens de contrabando e vem na minha direção batendo no chão os saltos dos sapatos que me causam vertigem de tão altos. Valentino a acompanha, com uma coleira de diamantes e uma jaqueta preta combinando.

— Pensei em começar a trabalhar para a exposição de sexta--feira — respondo com a voz abafada, quando ela me segura e me dá os dois beijos de sempre. — Começar cedo.

Está bem, isso não é *inteiramente* verdade, mas não posso lhe contar sobre Nate, certo?

— Você está usando a mesma roupa!

— Hum... como? — Pensando bem, talvez eu não tenha escolha.

— A mesma roupa de ontem! — Ela me examina de cima a baixo. — Passou a noite fora? Estava com o cliente? — insiste ela.

— Bem, na verdade... — começo a responder, e meu rosto vai ficando vermelho.

Ah, droga, fui pega. Ela sabe que passei a noite com Nate e isso parece muito pouco profissional. Fico meio em pânico. Como explicar a situação?

— Arrá! Eu sabia!

Mas, se eu achava que Magda se zangaria, não poderia estar mais errada. Batendo palmas de alegria com as mãos que são puro osso, ela abre um sorriso de satisfação.

— Irá vê-lo de novo?

— Essa noite. Ele vai me levar para jantar — digo antes que consiga me calar.

Não posso guardar essa informação para mim. Preciso contar a alguém. Correção: preciso contar a todo mundo.

O rosto de Magda se ilumina como uma lâmpada de 100 watts.

— Eu não disse? — Ela sorri triunfante. E logo fica séria. — Reparou nos sapatos dele?

Por um instante eu a fito confusa, mas logo entendo. Claro, a lista.

— Italianos — respondo, sem graça, logo me lembrando da minha bisbilhotice.

Magda, contudo, não tem esse tipo de reserva. Ela não ficaria mais encantada se eu lhe entregasse um bilhete de loteria premiado.

— Luzy, isso é *incrível*!

O que é um certo exagero. Quero dizer, os sapatos costumam mesmo ser italianos, até os meus que são da Nine West, mas ainda assim tenho um prazer ridículo de ver que Nate corresponde à lista de Magda.

— E o relógio? — Ela se aproxima com os olhos arregalados.

— Hum...

Não me lembro se ele usava um relógio, mas até aí eu não estava olhando para o pulso dele, reflito, com a mente vagando rumo a uma parte *bem* diferente do corpo.

— Não sei ao certo — respondo vagamente, mas, se penso que isso fará Magda desistir, estou errada.

— Não se preocupe — diz ela determinada. — Será bom. Será mais que bom! Acredite, eu nunca erro quando se trata de unir casais. Até consegui um namorado para Belinda, a filha da minha irmã, depois que resolvemos o problema da depilação.

Agora sei por que ela é tão bem-sucedida como casamenteira: essa mulher é como Jason Bourne em uma missão.

— A questão é essa, entende, você não precisa nos unir... — Preciso explicar sobre Nate e eu, que já nos conhecíamos, contar tudo.

Mas Magda não me ouve. Ela balança os braços magros como se fossem hélices e fala emocionada:

— Ah, é maravilhoso! Maravilhoso! — E logo abaixa os braços e coloca as mãos nos quadris finos, repetindo: — Não é maravilhoso?

— Bem, sim... mas... — tento novamente e faço uma pausa. Ah, paciência. Explicar por quê? Reencontrei Nate e isso é fantástico, não precisa de explicações.

Abro um amplo sorriso de felicidade e concordo com um aceno de cabeça.

— Sim, é maravilhoso para caramba.

Capítulo 10

O sorriso não abandona o meu rosto. Fica ali o dia todo, como a maquiagem de um palhaço, enquanto flutuo sonhando pela galeria. Nada pode estragar meu bom humor. Nem a impressora congestionada que decide mastigar minha lista de convidados e jogar tinta na minha saia toda; nem o casal com o filho que lê errado o aviso de "Por favor, não toque" e o transforma em "Por favor, toque em tudo com seus dedos sujos e grudentos"; nem mesmo o homem mal-humorado atrás do balcão da Katz's quando vou pegar nosso pedido de sempre na hora do almoço. Tudo e todos são maravilhosos. A vida é maravilhosa.

Até meus cabelos parecem maravilhosos.

Está bem, talvez não estejam *maravilhosos*, mas estão menos volumosos e definitivamente com mais brilho.

O dia todo meu telefone bipa como se fosse um monitor cardíaco. São torpedos de Nate. Mensagens engraçadas, sedutoras, românticas — e mais umas tantas sugestivas que me fazem corar e ir direto me esconder no banheiro para responder em segredo. Magda pode ser a chefe de cabeça mais aberta que já tive, mas ainda assim há algumas coisas que não posso fazer na frente dela, e teclar "Sem roupa, com chantilly" é uma delas.

Em todo o caminho de volta para casa, eu me sinto flutuar. Não reparo nas sirenes de polícia e no trânsito louco da hora do rush, e quando alguém pisa no meu pé, quase não percebo. Assim como não ligo para os três andares de escada que costumo subir ofegante, amaldiçoando minha falta de preparo físico. Em vez disso, abraçada pelo casulo desse meu mundinho particular chamado planeta Nathaniel, subo os degraus sem fazer nenhum esforço, como se deslizasse, até que cá estou, abrindo a porta do apartamento.

Encontro a tevê ligada e Robyn deitada no sofá com Simon e Jenny. Com o braço cheio de pulseiras, ela me acena por cima das almofadas.

— Chegou na hora certa. Oprah vai entrevistar um homem que teve um bebê.

— Ah, meu Deus, não acredito! — exclamo, me jogando no sofá.

— Não é um homem de fato, mas ela tem barba e tudo mais.

— É inacreditável — comento, balançando a cabeça.

— Não, você não está vendo? Na verdade, é uma mulher que tomou muito hormônio masculino. Imagino que esteja fazendo isso para ganhar publicidade. — Robyn balança o controle remoto da tevê num gesto acusatório.

— Ainda assim, não posso acreditar — murmuro, pasma.

— Não, Lucy, você não está entendendo. — Robyn vira-se para me olhar e de repente para e franze a testa. — Lucy, você está bem? Está com uma cara esquisita.

Abraçando os joelhos junto ao peito, olho para o nada, com uma expressão meio boba no rosto.

— Eu fiz sexo. Foi incrível. Acho que estou apaixonada.

Pela expressão de Robyn, parece que acabou de levar um soco na cabeça. Ela aperta o botão de pausa do controle remoto e congela Oprah no meio da frase.

— Epa, epa, epa! — exclama ela, estendendo os braços como uma das Supremes dançando. — Mais devagar. Do começo. — Ela arruma os cachos atrás da orelha e me fita com os olhos verdes brilhando. — Sexo? Apaixonada? *Por quem?*

— Nathaniel — respondo com um sorriso sonhador.

Os olhos de Robyn parecem dois pratos de tão arregalados.

— Você quer dizer *aquele cara que é sua alma gêmea?* — pergunta ofegante, numa espécie de admiração silenciosa.

Confirmo com um aceno de cabeça.

— Minha alma gêmea — repito, inflando de alegria.

Robyn inspira fundo e levanta tão rápido quanto a menina de O *exorcista*, os braços abanando, os olhos revirados, as narinas alargadas. Simon e Jenny pulam do sofá choramingando.

— Nossa, Lucy! — exclama Robyn. — Não acredito! Ah, na verdade acredito — diz ela rapidamente, como se discutisse consigo mesma. — É o poder do universo os aproximando. Quando você me contou aquela história, eu logo soube que você e Nathaniel tinham de ficar juntos. É o destino. — Ela segura o cristal que tem em volta do pescoço e continua, ansiosa. — Mas, então, me conta o que aconteceu!

Eu conto tudo na ordem errada, e ela me faz milhões de perguntas para preencher os vazios, enquanto eu corro para o chuveiro e depois começo a me arrumar.

— Espere aí, então ele não está mais casado?

— Está separado, se divorciando — explico, enrolando os cabelos numa toalha e me encaminhando para o meu quarto.

Dou um tapinha no emaranhado de pisca-piscas em volta do meu armário e acendo minha vela de aromaterapia.

— E ele se mudou para Nova York?

— Veio de Los Angeles. Está filmando alguns programas de tevê aqui. Ele é produtor — acrescento com um toque de orgulho.

— O que faz um produtor? — pergunta Robyn, tentando abrir espaço na cama para se sentar, até que desiste e senta assim mesmo.

— Hum... produz. — Dou de ombros e pego o creme hidratante. Não faço ideia do que faz um produtor, mas o nome impressiona. — Ah, Robyn, foi simplesmente incrível! — Eu suspiro enquanto aplico pequenos pontos de creme nas maçãs do rosto. — *Ele* foi incrível.

— Nossa, é tão romântico! — É a vez dela suspirar, sonhadora.

— Eu sei. — Confirmo com um movimento de cabeça, tiro a toalha e visto meu velho robe. — Sabe, ele até perguntou se eu acreditava em almas gêmeas.

— Ai, jura?

— Juro.

Trocamos olhares. Robyn parece ter morrido e ido para o céu.

— Ah, Lucy! — exclama ela, o rosto vermelho de felicidade. — Eu disse, é só acreditar. É só o que é preciso para... — Robyn se interrompe e se esquiva de alguma coisa. — Ai, acho que sentei em alguma coisa pontuda. — Ela faz uma careta e pega algo sob a colcha bordada. — O que é isto?

— Não sei. O que é? — pergunto distraída sem sequer olhar.

Acabei de achar uma pinça na gaveta das calcinhas e começo a fazer a sobrancelha.

— Hum... parece ser uma espécie de pingente.

— Ah, coloque junto das minhas outras joias.

Sinalizo vagamente para a cômoda que tem esmaltes, moedas e alguns blocos de anotação espalhados sobre ela. Faço uma observação mental para acrescentar o móvel à lista de coisas a arrumar quando tiver um tempinho. Só que aparentemente esse tempo nunca chega.

— É um pedaço de moeda.

Em pleno retoque da sobrancelha, congelo. Espere, não pode ser...

— Onde está? — pergunto, sem ar, virando-me, com o coração acelerado.

Robyn vê minha expressão e de repente a ficha cai. Ou, no caso, a moeda.

— Nossa, por acaso é...?

— Meu colar — respondo embasbacada, pegando-o quando cai da mão de Robyn. Sem acreditar, passo o polegar na borda quebrada. — Eu achei que o havia perdido anos atrás. Onde o encontrou?

— Bem aqui na cama.

— Mas é impossível. — Minha cabeça está uma bagunça. Vim para Nova York faz apenas seis semanas, e não havia como isso estar na minha bagagem. Tudo bem que minha ideia de arrumação não é muito planejada, sou mais do tipo que joga tudo dentro das malas.

Mesmo assim, eu teria percebido um cordão que estava perdido há anos. Principalmente *este*. — Quero dizer, as coisas não aparecem assim do nada — murmuro, incrédula, balançando a cabeça.

Perplexa, olho para Robyn, esperando encontrá-la tão perplexa quanto eu, mas, em vez disso, seus olhos brilham de alegria.

— Você não entendeu? É a lenda — diz ela, sorrindo para mim, emocionada.

— O quê? — Franzo a testa confusa, sem compreender.

— A lenda da Ponte dos Suspiros — responde ela, impaciente. — Ela está se realizando!

Ao dizer isso, um vento quente entra pela janela aberta fazendo tremular a chama da vela de aromaterapia e esvoaçando o tecido indiano vermelho e dourado que serve de cortina. Ao ver os fios dourados cintilando e dançando, sinto um arrepio na espinha, e, por um milésimo de segundo, minha imaginação pega fogo...

E logo depois, na mesma velocidade, o vento se acalma e minha imaginação se apaga.

— Não seja tola. Eu é que sou bagunceira e nunca sei onde está nada. Perco minhas coisas o tempo todo.

Lá no fundo, porém, estou tensa. Falando sério, o que está acontecendo comigo? Só me sinto um pouco ansiosa quanto a esta noite, afirmo para mim mesma. É isso. Nervosismo nos faz pensar em besteiras.

— De qualquer modo, vamos cuidar de assuntos mais importantes — digo, jogando o pingente de moeda na bolsa.

— Ah, você quer dizer o signo dele, por exemplo — responde Robyn, entusiasmada. — Não me conte nada. Aposto que é ariano.

— Não — retruco, pegando um monte de roupas. — Por exemplo, com que roupa eu vou?

Uma hora depois, já experimentei todo o meu guarda-roupa, que não é muito extenso, pois aparentemente tenho uma certa aversão a cabides e prefiro pendurar as roupas no encosto da poltrona.

Além de espalhar sobre a cama, quando o encosto da poltrona fica cheio. Também já vesti tudo o que pertence a Robyn, embora ela seja uns 15 centímetros mais alta que eu e goste de tudo o que é feito em tie-dye.

E ainda estou de robe.

— Ah, Deus, o que vou usar? — resmungo, desesperada, pela enésima vez.

— Que tal isto? — sugere Robyn com entusiasmo.

Sinceramente, ela é incrível. Agora sei por que foi escolhida para ser líder de torcida na faculdade. Mesmo diante da derrota, ela continua sendo incrivelmente otimista.

— Fica maravilhoso com legging.

Paro de pesquisar numa pilha de blusas que perderam a forma, adquiriram uma mancha misteriosa na frente ou parecem ter encolhido com a lavagem, e olho para Robyn. Ela me mostra uma espécie de bata tie-dye num roxo estranho, que se assemelha a muitas outras peças de roupa que já me mostrou de seu guarda-roupa.

— É bonita, mas...

— Mas o quê?

— Não sei se gosto de tie-dye — explico com cautela. Ou do fato de parecer uma tenda roxa disforme, penso.

— O que há de errado com tie-dye?

O *que há de certo com tie-dye?* Quero retrucar, mas preciso ter tato. Robyn é diferente da maioria das americanas que conheci. Passa as férias viajando para lugares distantes do mundo, e seu guarda-roupa é prova disso. Esqueça as lojas normais, o guarda-roupa dela é uma mistura eclética de túnicas de seda bordadas oriundas de pequenas vilas montanhosas da China, jaquetas tecidas por tribos africanas e calças de pescador baggy da Tailândia. E muita roupa tie-dye da Índia. Outro dia, vi sua roupa de baixo no varal, e até *ela* era tie-dye.

— É preciso ser uma pessoa realmente especial para usar tie-dye. Quero dizer, fica maravilhoso em você — digo, efusiva, e vejo Robyn corar diante do elogio —, mas acho que eu preciso de algo um pouco mais... — busco as palavras certas — ... marcante, talvez.

— Certo, entendo — responde Robyn, pensativa. Sentada na cama de pernas cruzadas, ela franze o nariz, concentrada, e o pequeno piercing da narina brilha sob as luzes decorativas. — Marcante como?

— Não sei ao certo. Algo que seja feminino, mas não muito mulherzinha. — Desesperada, começo a reexaminar a pilha de roupas no encosto da poltrona.

— Alguma coisa sensual — sugere Robyn com um sorriso malicioso.

— Mas que não seja vulgar — acrescento, com certo pânico. — Quero que ele fique meio boquiaberto.

— Ele já está assim — assegura ela.

Sorrio para ela, agradecida.

— Sério, ele adora você do jeito que é! — exclama Robyn. — Você poderia usar um saco de lixo e ele ainda a acharia deslumbrante.

— Na verdade, não é uma má ideia — resmungo, segurando uma legging preta que alargou no joelho.

Por fim, opto por um vestido de seda lilás que comprei no eBay no ano passado. É feito de seda amarrotada (portanto ele *é para ser* amarrotado), e marco a cintura com um cinto fantástico que Robyn me empresta.

— É da floresta amazônica — explica ela, apertando as tranças de contas multicoloridas em volta da minha cintura.

— Você também já esteve na floresta amazônica? — pergunto, impressionada. Meu Deus, Robyn já esteve em todos os lugares.

— Não, comprei em Chinatown — responde ela com naturalidade. — Eles vendem de tudo lá. — Ela se afasta um pouco e me examina de cima a baixo.

— Como estou? — pergunto, curvando as pernas para me olhar no espelho sobre a cômoda. Praticamente só consigo ver o tronco.

— Está perfeita — afirma Robyn com o mais amplo sorriso que se possa imaginar. — Simplesmente perfeita.

— Não estou arrumada demais?

— Lucy, ele vai te levar a um dos melhores restaurantes de Manhattan!

— Ai, não diga isso!

Fico feliz, mas também alarmada. Nate me mandou uma mensagem mais cedo com o nome do restaurante, e quando contei a Robyn, ela ficou tão animada que exclamou repetidas vezes: "Nossa, Lucy!", até que implorei que parasse porque estava me deixando nervosa.

— Que horas é a reserva?

— Hum... — Pego o celular e procuro nas mensagens. Nate me enviou várias hoje, e todas foram devidamente lidas, analisadas, e receberam a plena aprovação de Robyn. — Nove e meia — respondo, quando enfim encontro a mensagem certa.

— Mas já são 9h20 — observa Robyn, olhando para o meu despertador.

— O *quê*? — Olho para o mesmo despertador em pânico. — Não pode ser.

Vejo os números digitais mudarem para 9h21.

— Merda, vou me atrasar!

— Chegará na hora. Pegue um táxi — sugere Robyn, tranquila

— Não posso, estou sem dinheiro. Ainda estou tentando quitar a fatura do cartão.

Procuro ao redor e finalmente pego minha bolsa.

— Lucy! Esse é o seu destino! — exclama Robyn, ofegante. — Não pode fazê-lo esperar enquanto pega a droga do metrô!

De fato, colocando desse jeito...

— Aqui tem vinte dólares para a corrida — diz Robyn, tirando uma nota da sua pequena bolsa bordada. — E não aceitarei um não como resposta.

Abraço-a com gratidão.

— Obrigada. O que eu faria sem você?

— Não faço ideia. Agora vá se divertir! — grita ela para mim quando saio correndo do quarto.

E volto correndo.

— Esqueci os sapatos — explico, esbaforida. Pego o par de sapatos de salto de que mais gosto, saio do apartamento correndo, desço a escada ainda descalça, e me dirijo para a rua para pegar um táxi.

Capítulo 11

Segundo meu guia turístico de Nova York, há 13 mil táxis registrados em Manhattan. Além disso, há os outros veículos para aluguel particular, as limusines e os carros pretos — não sei ao certo quantos, mas são muitos. O que significa que há literalmente dezenas de milhares de táxis andando pela cidade.

E, mesmo assim, não consigo achar nenhum!

Quinze minutos depois, ainda estou na calçada. Esperando. Está bem, não entre em pânico, deve haver um táxi em algum lugar, tem de haver, digo a mim mesma, acenando desesperada para cada veículo que passa, na esperança de que um deles possa ser um táxi.

Ah, olhe só, um está parando! Finalmente! Ótimo!

Sinto uma onda de alívio, que logo dá lugar a outra coisa.

Hum, na verdade, não, não é ótimo. Não é um táxi. É um sujeito bizarro num carro. E agora ele está fazendo um gesto rude.

Que nojo... Afasto-me do meio-fio num pulo e caminho rapidamente na outra direção — o que não é muito fácil nestes saltos de sete centímetros. Continuo procurando um táxi vazio no trânsito, mas nada. O nó na barriga aperta. Droga, vou me atrasar. Atrasar mesmo. Atrasar tipo arruinar o jantar romântico com Nate.

Tão logo esse pensamento surge na minha cabeça, vejo um veículo amarelo.

Espere aí, *aquilo é...?*

Do nada, aparece um táxi e para ao meu lado. Ah, meu Deus, de onde ele surgiu? Por um instante, observo paralisada enquanto ele deixa os passageiros ao meu lado e acende a luz indicadora de que está disponível. Quero dizer, como pode ser? Num minuto ele não estava aqui, e no seguinte...

Lucy, pelo amor de Deus, entre e pronto.

— Rua 57 Leste, por favor — informo ao motorista ao entrar. Nossa, eu falo como uma verdadeira nova-iorquina. Em seguida, sorrindo feliz para mim mesma, não consigo resistir e acrescento:
— E pise fundo.

Robyn tem razão, aqui é supersofisticado.

Ao chegar ao restaurante no norte da ilha, o *maître* uniformizado me acompanha cruzando a sala de jantar de ambiente intimista, com iluminação suave e o som leve dos talheres, para uma mesa afastada, de canto, com uma vela acesa. Ali está Nathaniel, imaculado em seu terno cinza-escuro.

Ele conversa com alguém no iPhone. Ao me ver, sorri.

Meu estômago se revira como se fosse uma panqueca jogada para o alto.

— Desculpe, Joe, posso telefonar para você depois? — E então, sem perder o compasso, ele se dirige a mim. — Uau, você está linda.

— Obrigada.

Eu sorrio, e minhas ansiedades sobre o que usar desaparecem. Não sei por que estava tão nervosa. Nate já me viu usando sua cueca samba-canção e um suéter, com os cabelos presos e nenhuma maquiagem. Tudo bem que lá se vão dez anos, mas mesmo assim.

— Desculpe o atraso.

— Fico feliz de ver que nada mudou — diz ele, ao se levantar e me dar um beijo.

Sinto uma pontada de saudade daquele tempo. É, ele tem razão. Nada mudou.

— Como foi o seu dia?

Arrancada de súbito do meu devaneio sensual, vejo o garçom puxar uma cadeira para mim.

— Ah, você sabe — respondo, sentando.

— Cheio? O meu também. — Nate faz um aceno de cabeça para me consolar, embora não seja isso muito bem o que quis dizer. Para dizer a verdade, passei o dia num misto de nervosismo e ansiedade por esta noite. — Filmamos o dia inteiro no estúdio. Foi um bocado cansativo.

— O que vocês filmaram? — Conhecendo Nate, é provável que tenha sido algum drama ou documentário sobre história ou política, área em que se formou em Harvard.

— Um programa de auditório.

— *Um programa de auditório?*

Fico surpresa e logo sinto algo semelhante a decepção. O que é ridículo. Quero dizer, não há nada de errado com programas de auditório. Meus pais assistem sempre.

— Sei o que está pensando: "O que Nate está fazendo produzindo programas de auditório?" Mas do ponto de vista financeiro...

— Não, de modo algum — protesto. — Adoro programas de auditório!

Está bem, isso é mentira. Não me lembro da última vez em que assisti a um programa de auditório. Deve ter sido no último Natal na casa de meus pais, onde vimos um desses de perguntas e respostas. Kate também foi e fez a brincadeira de sempre, respondendo todas as perguntas antes do concorrente e acertando todas. Eu não sabia a resposta nem da primeira.

— Verdade? — Nate parece satisfeito. — Qual é o seu preferido?

Droga.

— Hum... ah, são tantos — respondo vagamente. — É difícil escolher.

— Você nunca conseguia tomar uma decisão — diz Nate com um sorriso, pegando minha mão por cima da mesa. — Lembra-se dos sorvetes na Itália?

Ele segura minha mão e sou inundada pelo calor de seus dedos.

— Eram opções demais, e todas deliciosas — protesto, pensando em como eu costumava fazê-lo esperar enquanto provava uma colher de cada sabor. Nate, por sua vez, sempre escolhia baunilha.
— Por falar nisso, o melhor sorvete que já tomei não foi na Itália. Foi em Paris, num pequeno café próximo à Sacre-Coeur.
— Quando você esteve em Paris?
— No último réveillon.
— Ei, eu também estava lá!
— Não é possível!
Nós nos encaramos.
— Meu Deus, que coincidência. Você viu os fogos?
— Vi, sim, da Torre Eiffel — responde Nate, sorrindo. — Foi incrível, não?
— A parte em que todos os fogos disparavam dos lados...
— E depois a torre inteira explodiu quando deu meia-noite — conclui ele, e então nós nos fitamos sem acreditar.
— Você estava lá — afirma ele, passado um instante.
— Você também — murmuro.
Sinto uma agitação no estômago quando minha mente volta no tempo como se fosse um filme. Só de pensar que estávamos tão próximos, na mesma cidade ao mesmo tempo, admirando os mesmos fogos explodirem no mesmo pedaço do céu, e nem sabíamos.
— Nossa, que loucura — comenta Nate, sorrindo. — Você e eu, os dois em Paris para o Ano-Novo. Que coincidência. — Ele ri diante do absurdo.
— Eu sei — concordo, e, ignorando as sensações no meu estômago, também começo a rir. — Que coincidência.
Após algum tempo, o garçom se aproxima para anotar os pedidos. Tudo no cardápio parece delicioso, embora eu não conheça alguns pratos e precise pedir explicações. Não estou acostumada a comer neste tipo de restaurante. Comparado ao italiano da minha área, nos tempos em que ainda morava em Londres, com as toalhas

em xadrez vermelho e branco e valsas como música de fundo, este é um mundo diferente.

Procuro não me intimidar e escolho a massa com cogumelos selvagens, enquanto Nate opta pelo peixe com salada verde.

— E uma garrafa de champanhe — acrescenta ele, lançando-me um sorriso por cima da mesa.

Dentro de mim, tudo se revira. Se continuar assim, juro que eu poderia competir com a esquadrilha da fumaça.

— O que estamos comemorando? — murmuro, quando o garçom desaparece.

— Minha decisão de entrar numa galeria. — Nate sorri e me olha pensativo, como se muita coisa passasse por sua cabeça. — Eu não ia entrar, mas se não tivesse...

— O que o fez mudar de ideia?

— Não sei. — Nate dá de ombros. — Foi por acaso. Eu nunca vou àquela parte da cidade, mas fui a um almoço de negócios. Como tinha cinco minutos de sobra, resolvi dar uma volta por ali. Eu ia passar direto pela galeria, quando...

— O que aconteceu? — pergunto, interessada.

— Não sei bem. — Nate franze o cenho. — Sem mais nem menos, tive vontade de entrar. Foi mesmo estranho. — Ele balança a cabeça sem querer admitir, em seguida dá uma risada. — Acredite, eu não costumo sair por aí comprando peças de arte caras na hora do almoço. Em geral pego apenas uma salada.

Eu também acabo rindo, e naquele instante o garçom reaparece com a garrafa de champanhe. Ele a abre com um hábil movimento do punho e serve a bebida nas duas taças.

— A Veneza — diz Nate, passando-me uma delas.

— À galeria.

— A nós — acrescenta ele baixinho, e brinda tocando as taças, sem afastar os olhos dos meus.

Sinto um arrepio na espinha e tomo um gole, saboreando a sensação das bolhas geladas efervescendo na língua.

É como se eu estivesse num sonho, e, se me beliscasse, voltaria à vidinha de sempre. Em vez disso, estou aqui com Nate, em um restaurante fabuloso, tomando champanhe e trocando olhares por cima da mesa.

De repente, somos interrompidos pelo toque de seu iPhone. Ele examina a tela e faz uma expressão preocupada.

— Desculpe, Lucy, mas se importa se eu atender essa ligação? É do trabalho.

— Não, tudo bem, pode atender.

Nate sorri para mim, agradecido, e atende.

— Alô, John. Então, como tínhamos conversado, dependendo do piloto, eu consideraria o programa para a rede aberta, e gostaria que Regis fosse consultor e produtor executivo...

Enquanto Nate fala de negócios, eu tomo mais um gole de champanhe e olho ao redor. É perceptível que a clientela é composta por pessoas ricas. A maioria são casais mais velhos, e as mulheres são todas iguais, com bronzeados de Hampton Beach e penteados de cabeleireiro, enquanto que os homens têm cabelos grisalhos e ternos feitos sob medida. Se bem que avisto no canto do salão um casal que parece ser bem descolado, o homem com a barba por fazer usando um par de óculos escuros.

Acho ridículo e dou uma risada. Sinceramente, quem usa óculos escuros dentro de um restaurante? Quem ele pensa que é? O Bono?

Observo, distraída, quando ele se vira um pouco na cadeira, e então consigo vê-lo melhor.

Ah, meu Deus, *é* o Bono.

De repente, fico eufórica. Não posso acreditar. Uma pessoa famosa jantando no mesmo restaurante que eu! Veja, este é o lado fantástico de frequentar restaurantes chiques em Manhattan. Isso não aconteceria no restaurante italiano de Earl's Court.

— Certo, me coloque em cópia no e-mail e eu ligo para você amanhã. Obrigado, John. — Nate desliga e se vira para mim. — Ei, sinto muito por isso.

— Ah, não faz mal. — Sorrio para ele, inclino-me sobre a mesa e sussurro: — Adivinha só, o Bono está sentado atrás de você!

Eu esperava que Nate se empolgasse com a notícia e tentasse dar uma olhada, mas, em vez disso, ele dá de ombros, desinteressado, e limita-se a responder:

— Ah, é mesmo? — E pega a taça de champanhe.

— Sim, tenho certeza de que é ele. — Confirmo com a cabeça e olho de novo tentando disfarçar por cima do ombro de Nate. — Quero dizer, ele é igualzinho.

— Você é uma grande fã do U2?

— Ah, não exatamente, mas uma vez assisti a um show e foi incrível.

— É, eu também. Um amigo meu ganhou uns ingressos para o último show da turnê de três noites em Dublin e me levou. Faz alguns anos.

— Junho de 2005. A turnê de Vertigo — digo sem pensar.

— Nossa, você *é* fã! — Ele ri.

Olho para Nate espantada.

— Eu estava lá.

— O quê? — Ele me observa como se tivesse escutado mal.

— Meu namorado me levou ao mesmo show. Quero dizer, ele não era exatamente meu namorado — logo acrescento. — Nós só saímos algumas vezes e...

— Está brincando!

— Não, é verdade, nós não combinávamos em nada. Ele gostava de ir a festivais e tomar alucinógenos. Está bem, eu comi cookies de haxixe uma vez, mas isso foi só porque eu pensei que eram cookies de verdade...

— Eu me referia ao show — interrompe Nate, e eu coro.

— Ah, sim, eu sei. — Balanço a cabeça sem acreditar. Primeiro a noite do Ano-Novo em Paris, e agora isso... É quase como se nós estivéssemos destinados a nos reencontrar. É como se tivéssemos passado todos esses anos circum-navegando o globo, indo aos mesmos lugares ao mesmo tempo, mas sem nunca nos encontrarmos.

Até agora.

— Qualquer um pensaria que você estava me seguindo — diz Nate com um sorriso, interrompendo meus pensamentos.

— Ou que você estava me seguindo — protesto, indignada. Nossa, daqui a pouco vou estar feito a Robyn. É claro que não passou de coincidência. Devia haver milhares de pessoas naquele show.

— Por falar nisso, aquele não é o Bono — confidencia Nate, com o olhar divertido.

— Não? Como sabe? — Olho para o canto e vejo o homem se levantando, pronto para ir embora. Fico surpresa. Ah, meu Deus, o homem é um gigante. Sinceramente, ele deve ter mais de 2m de altura. Fico meio envergonhada. — Bem, a semelhança era absurda — explico.

— Você também deve achar que é a Madonna que está sentada no canto de lá — caçoa Nate.

— E ao lado dela são Posh e Becks — digo, rindo alto.

— Shh. — Nate franze a testa um pouco e sinaliza com a mão para eu manter a voz baixa. — Vamos diminuir o volume.

— Ah, desculpe.

Minhas risadas desaparecem na hora, e sinto-me meio estranha. Como se tivesse acabado de ser repreendida. De toda forma, acho que fico meio boba e escandalosa quando estou um pouco bêbada, e este champanhe subiu à cabeça. Isso sempre acontece quando bebo de estômago vazio, e fico aliviada quando o garçom chega com os pratos.

— Humm, isto está divino — comento, provando a massa. — Quer provar um pouco?

— Não, obrigado. Quero evitar carboidratos — explica Nate, começando a comer sua salada verde.

— Então você não pode comer massa? — pergunto, tentando imaginar a vida sem macarrão com molho de queijo, sem conseguir.

— Nem batatas nem pão — confirma ele, garfando uma folha de alface. — E basicamente qualquer coisa que venha de uma padaria.

— Então não come cookies? — pergunto num guincho agudo.

— Bem, eu não comeria cookies de qualquer jeito. Têm muito açúcar refinado.

— Ah, sim, claro — concordo, tentando não pensar em todos os pacotes de cookies de aveia que devorei ao longo da vida. — Com certeza.

— Quando penso no que costumávamos comer quando estávamos na Itália... — Nate revira os olhos e balança a cabeça. — Todas aquelas pizzas e aqueles sorvetes. Quero dizer, você pode se imaginar comendo aquilo agora?

Eu não preciso me imaginar, é mais ou menos só isso o que Robyn e eu comemos *mesmo*. Nosso apartamento tem caixas de comida para viagem da Domino's e da Ben & Jerry's por todos os lados. Fico meio tensa. E se Nate quiser sair daqui para minha casa?

— Meu Deus, não — respondo, com um leve estremecimento, e faço uma anotação mental para dar uma corrida ao banheiro para mandar uma mensagem para Robyn e avisá-la para se livrar das evidências. Só para garantir.

— Desde que fui morar em Los Angeles, adotei um estilo de vida muito mais saudável — continua Nate, deixando o garfo no prato e debruçando-se sobre a mesa na minha direção. — Faço caminhadas nos cânions, corro na praia...

Surge na minha cabeça uma cena em câmera lenta de Nate todo musculoso correndo pela praia, e sinto uma pontada de desejo.

— O que você gosta de fazer?

— Eu? — Retorno do meu devaneio de maneira abrupta para encontrar Nate esperando a resposta.

— É, para manter a forma — diz ele sorrindo para mim.

Nada. Absolutamente nada.

Merda. Pense em algo rápido. Não quero parecer que sou uma relaxada que fica sentada no sofá todas as noites assistindo Oprah e comendo biscoitos. Isto é, não *todas* as noites.

— Ah... hum... eu amo andar de patins...

Está bem, então "amar" é uma palavra um pouco forte. Eu fui um dia ao Hyde Park e não soube como parar. Terminei dando um encontrão num grupo de turistas franceses. Nada bom para as relações anglo-francesas.

— E ioga.

Fui uma vez à aula, talvez duas, mas eu adoro a *ideia* de fazer ioga. Todo aquele incenso *nag champa* e um corpo flexível e fino como o da Gwyneth.

— É mesmo? Eu também — diz Nate, contente. — Então vamos fazer uma aula de ioga juntos!

Droga.

— Ah, eu não sou muito boa — aviso logo. Para falar a verdade, a última vez que fui a uma aula de ioga quase acabei com a coluna tentando tocar os dedos dos pés.

— Não se preocupe, posso ajudá-la. Estudei com um grande professor em Los Angeles — afirma Nate, segurando minha mão por cima da mesa e me dirigindo um sorriso que me deixa de joelhos bambos. — Na verdade, talvez fosse bom nós termos aulas particulares juntos, só você e eu.

Num instante, sinto meus receios se esvaírem ao imaginar Nate e eu fazendo saudações ao sol juntos todas as manhãs, depois saindo para tomar suco fresco, usando todas aquelas roupas fabulosas para mostrar nossos corpos incríveis trabalhados pela ioga. Minha cabeça começa a viajar... Pense só, nós poderíamos ir nesses retiros de fim de semana ou ir viver numa praia na Índia e passar os dias dizendo *"Ommmmm"*.

Não que eu esteja particularmente a fim de viver numa praia na Índia e ficar repetindo *"Ommmmmm"*, mas mesmo assim

— É uma ótima ideia — concordo, com um sorriso nos lábios e ar sonhador.

— Não é mesmo? — Nate sorri, e nós caímos num silêncio, nos fitando por cima da mesa com olhos lânguidos, como um casal de adolescentes apaixonados. Para ser sincera, chega a dar vergonha.

Mas é absolutamente fantástico.

O resto da noite se vai num misto de comida deliciosa, champanhe gelado e flerte. Pulamos o café e a sobremesa, já que Nate não bebe nem come esse tipo de coisa; em vez disso ele me convida para tomar alguma coisa em sua casa de novo. Pelo brilho em seus olhos, é evidente que o plano não é chocolate quente.

Sinto uma onda de excitação quando ele pede a conta.

Se bem que os profiteroles de chocolate com calda quente pareciam ser de matar.

— Você está bem? — pergunta Nate, acariciando meus cabelos, enquanto eu me recosto nele, no banco de trás do táxi, a caminho de sua cobertura.

— Sim, estou.

Sinto a firmeza dos músculos de sua perna pressionando a minha através do vestido de seda fina. Faz apenas algumas horas que estivemos juntos na cama, mas parecem séculos.

— Está com sono? — Nate desce os dedos sob meus cabelos até a nuca, depois continua descendo lentamente até a clavícula.

Engulo em seco.

— Não — respondo, tentando manter a voz calma. Tenho a impressão de que esta é a corrida de táxi mais longa que já fiz. Com muito champanhe na cabeça e a excitação pelo que está por vir, todos os sinais vermelhos pelos quais passamos demoram demais, e cada quarteirão leva uma eternidade. Deslizo a mão ao colo de Nate e sinto sua rigidez sob o tecido da calça. Ele se retrai um pouco e sua respiração fica mais pesada. — Você está?

— Não, eu também não. — A mão dele alcança o interior do meu vestido e um estremecimento me desce até a virilha.

Isto é surreal, nós dois nesta conversa absolutamente normal, sem conseguirmos manter as mãos afastadas um do outro.

Sem contar que é um tremendo fetiche.

— Então, se você não está com sono, o que vamos fazer? — pergunto, inocente, enquanto puxo a camisa dele para fora da calça e enfio os dedos sob o cós.

— Humm, não sei — responde Nate, ainda no nosso jogo. — Nós poderíamos assistir a um DVD.

Minha respiração fica presa na garganta.

— Que filmes você tem? — consigo perguntar. Meu corpo inteiro pulsa, e preciso conjurar todo o meu autocontrole para não exigir que ele faça sexo comigo ali mesmo, no banco de trás do táxi.

— Ah, tenho certeza de que tenho algo que você gostaria... — Nate interrompe a frase no meio, com a respiração quente e irregular junto ao meu ouvido.

— Verdade? — pergunto com a voz rouca.

— Verdade — responde ele, ofegante, com a voz trêmula.

Pouco depois, paramos em frente ao prédio de Nate, ele paga o táxi, entramos no prédio através das portas giratórias e atravessamos o saguão. Estou tão cheia de desejo que mal percebo o porteiro ou a subida do elevador. Só tenho consciência do corpo de Nate próximo ao meu, o perfume almiscarado, sua respiração curta e irregular junto ao meu pescoço.

Eis que, quando as portas se abrem, damos boa-noite ao porteiro e entramos no apartamento, ficando apenas nós dois, enfim sós.

— Sabe, não estou em clima de ver um DVD. — Viro-me para ele, sentindo que meu corpo todo pode explodir a qualquer momento.

— Está em clima de quê? — Ele me olha, me desafiando.

Não consigo fazer isso. Não consigo mais jogar esse jogo.

— Disso — respondo e, puxando-o para mim, eu o beijo.

Na noite passada, o vinho tinto me deixou tão alta que o sexo foi um pouco nebuloso. Envolta pela emoção de vê-lo de novo, de estar com ele outra vez, tudo pareceu acontecer rápido demais.

Agora, no entanto, estamos numa reprise gloriosa, para o caso de eu ter perdido alguma coisa, e estremeço de alegria quando, retribuindo o beijo, Nate me leva para o chão.

Depois ficamos ali deitados, cochilando. Mergulhada em um torpor morno, descanso a cabeça no peito de Nate, ouvindo nossa respiração ficar mais lenta até se estabilizar. Por algum tempo, nenhum dos dois fala, até que ele se vira, beija meu rosto e diz:

— Tenho algo para mostrar a você.

— Ah, acho que já vi tudo — comento, erguendo a sobrancelha e sorrindo.

Nate estala a língua de modo reprovador.

— Não, não viu. — Ele sorri e se levanta.

Nu, ele desaparece por um instante, e eu fico deitada no tapete branco, confortável e feliz. Espreguiço-me como um gato e bocejo. Estou sonolenta, cansada, satisfeita.

— Achei isso hoje — diz Nate ao reaparecer. — Pensei que o havia perdido anos atrás, mas reapareceu do nada. — Eu me apoio nos cotovelos e o vejo inclinar-se para me beijar. — Feito você, não é?

Olho para Nate, confusa. Do que ele está falando? E então percebo que usa algo em volta do pescoço. Um pingente. *A metade de uma moeda.*

Meu coração começa a bater acelerado. Sou tomada por uma onda de sentimentos, e me vejo ao mesmo tempo maravilhada, incrédula, eufórica... e algo mais. Isto deve ser mais que uma coincidência. Deve ser destino.

— É engraçado você dizer isso... — Viro-me e estendo a mão para pegar a bolsa que deixei jogada no chão ao lado de minhas roupas. Procuro e finalmente encontro: a minha metade do colar. — Veja. — Triunfante, penduro-o no meu pescoço, e nós trocamos olhares de alegria.

— Ei, será que eles ainda... — Inclinando-se para mim, ele segura meu colar com delicadeza e une os dois. As duas metades se encaixam, como duas peças de um quebra-cabeça.

— É um encaixe perfeito — murmuro.

— Está falando do colar ou...? — Nate ergue as sobrancelhas de maneira sugestiva.

— Nate! — Sorrio para ele e dou-lhe um tapinha de brincadeira.

— O que é? — Nate ri, depois fica pensativo e acaricia meu ombro. — Sabe, agora que encontrei você de novo, nunca mais deixarei você ir embora.

— Ah, sim, claro — falo em tom de brincadeira, mas, por dentro, meu coração explode de felicidade.

— Não, falo sério. — Seus olhos azuis buscam os meus, e ele me fita por um longo momento. — Você nunca mais vai se livrar de mim.

— Ah, agora temos uma coincidência... — Levanto-me e puxo Nate para mim. — Você também não vai se livrar de mim, nunca.

Capítulo 12

O resto da semana decorre numa sequência maravilhosa de jantares românticos em alguns dos melhores restaurantes de Nova York, um passeio de charrete no Central Park, um buquê incrível de lírios brancos frescos entregues no meu trabalho...

É tudo o que uma garota poderia sonhar e muito mais. O melhor de tudo é que desta vez não está acontecendo com outra pessoa, alguma celebridade qualquer sobre a qual leio numa revista ou no metrô, ou uma amiga de uma amiga da qual ouço falar enquanto tomo um drinque com minhas amigas solteiras, e sim comigo. *Eu* Lucy Hemmingway.

Quero dizer, quem imaginaria: eu, que há poucos dias vivia minha vida normalmente, fazendo coisas rotineiras, como reclamar da minha celulite com Robyn e lavar a roupa à mão, de repente.. bum! Dei de cara com Nate de novo e tudo mudou. Não que minha vida antes fosse horrível, nada disso. Só que... digamos que agora deixei de pensar em celulite ou de lavar roupa à mão.

Agora fico ocupada demais sorrindo quando mais uma mensagem melosa se anuncia com um bipe no meu celular, ou quando estou deitada, feliz, nos braços de Nate, depois de termos transado pela milionésima vez.

E quanto à minha celulite... o engraçado é que não acho que Nate sequer tenha notado!

Isolada no nosso mundinho chamado *Nate e Luce: População 2*, parece que ninguém mais existe. Na verdade, o difícil é conseguir ir embora da cobertura de Nate cada manhã e pegar o metrô para o centro da cidade para ir trabalhar. Quero ser como John e Yoko e passar uma semana só na cama, embora minhas razões sejam *um pouquinho* menos honrosas. Mas o fato é que dez anos é *muito* tempo perdido para se recuperar.

Enfim, tão logo chego ao trabalho, passo automaticamente para o modo trabalho. Vaguear pela galeria emocionada e romântica seria ótimo, mas é o tipo de coisa que consome todo o seu tempo e eu não conseguiria fazer nada. Sendo que já tenho muito a fazer, considerando que nesta sexta-feira teremos o vernissage. Apaixonar-me e ter de organizar a minha primeira exposição na galeria em Nova York, tudo na mesma semana, é muita coisa. Mas aceito o desafio de trocar e destrocar entre a Lucy apaixonada e a Lucy responsável, como o Super-Homem, só que sem a capa.

Até sexta-feira, todos os itens na minha lista foram ticados com meu novíssimo marcador de texto. Minha irmã, Kate, sempre foi fã de marcadores de texto. Diferentemente de mim, tem um de cada cor na bolsa. Eu nunca acho uma caneta, e em geral acabo procurando até encontrar um pedaço velho de carvão quebrado com que costumava fazer esboços. Desta vez, contudo, estou determinada a ser mais organizada.

Fazer a lista de convidados: *ticado*. Enviar os convites: *ticado*. Contratar o bufê: *ticado*. Contratar equipe de garçons: *ticado*. Pendurar os quadros que já estão prontos para a mostra: *ticado*. Agora só precisamos que seja um sucesso, digo a mim mesma, e me transformo numa pilha de nervos quando os primeiros convidados começam a chegar.

— Bem-vindo à Number Thirty-Eight. — Sorrio, riscando os nomes da lista. — Por favor, fiquem à vontade para percorrer a galeria e admirar as obras, e, se tiverem alguma pergunta, meu nome é Lucy e ficarei feliz em ajudá-los.

Entrar em pânico: *ticado*.

Vinte minutos mais tarde, a galeria está cheia e é um burburinho só. A noite está quente e úmida em Nova York, e deixamos as portas escancaradas. As pessoas se movem de maneira confusa e se espalham pela calçada.

É um grupo variado. Magda reuniu uma lista de convidados eclética, que vai desde artistas com ar deprimido usando sandálias Birkenstock e óculos Elvis Costello a alguns ricos e famosos de Nova York, incluindo várias modelos com aparência de adolescentes, alguns atores, e muitos homens mais velhos com dentes absurdamente brancos e esposas incrivelmente magras cheias de diamantes e bolsas de grife. E todas parecem ter comprado o rosto no mesmo lugar que Magda, reparo, vendo que beijam o ar com seus lábios estranhamente inchados.

— Ah, garota esperta! Isto aqui está incrível!

Quando olho, vejo Robyn se aproximar com os cabelos soltos esvoaçantes e um grande sorriso no rosto. Mal a vi a semana inteira, pois fiquei na casa de Nate todos os dias, e estou adorando encontrá-la. Robyn está usando um kaftan bordado e uma calça de pescador, ambos em tie-dye, e o par de brincos mais comprido e balançante que já vi.

— E você está magnífica! Adorei os cabelos! — Robyn me dá um abraço apertado. — A cor ficou ótima!

— Obrigada — agradeço. Em honra à ocasião, entrei num salão na hora do almoço e mudei a cor dos cabelos, de um castanho sem graça para um cassis intenso.

— Nathaniel já viu? — pergunta Robyn, animada.

Robyn na verdade quer saber se Nathaniel já *foi visto* por alguém. Ela passou a semana inteira louca para conhecê-lo, mas eu o mantive escondido até esta noite.

— Ele se atrasou um pouco no estúdio, mas você vai conhecê-lo assim que chegar — prometo.

— Ótimo, estou ansiosa. — Robyn sorri. — Vou pegar algo para beber antes que eu morra de sede. Quer alguma coisa?

— Ah, não, obrigada — nego, balançando a cabeça. — É melhor não beber trabalhando.

— Está bem, não vou demorar.

Quando Robyn desaparece na multidão, retorno para minha lista de convidados. Mais pessoas estão chegando, e mais ainda estão por vir, inclusive minha irmã e o marido, Jeff, que mandaram uma mensagem avisando que se atrasariam. Algo sobre um compromisso. Não posso reclamar. Conhecendo-a, imagino que seja algum compromisso megaimportante de vários milhões de dólares. Em comparação, o meu é um pequeno vernissage na galeria.

— Ei, amor, sinto muito ter me atrasado.

Meus pensamentos são interrompidos por uma voz familiar. Ergo os olhos e vejo Nate. Na mesma hora meu estômago se revira, como de costume.

— Você conseguiu vir! — exclamo, sentindo uma onda de felicidade quando ele se curva e me dá um beijo.

— Por pouco não consigo. Tivemos um pequeno incidente no estúdio.

— Ah, está tudo bem? — pergunto, preocupada.

— Por enquanto. — Nate verifica seu iPhone. — Houve um problema com o apresentador de um dos programas em que trabalho. Ele tem bancado a estrela, fazendo todo tipo de exigência. — Ele para e olha para mim. — Espere, você está diferente.

Sinto uma onda de prazer. Ele percebeu meus novos cabelos.

— O que achou? — Com um movimento da mão, jogo os cabelos de leve para o lado, com ar de quem gosta de ser cortejada.

Nate faz uma cara estranha.

— Lucy... seus cabelos estão *roxos*?

— O nome é "cassis picante" — gaguejo. — Não gostou?

Nate me examina com cuidado.

— Bem, com certeza está interessante — diz ele, mas por dentro fico desapontada.

Ele detestou. Nate detestou meus cabelos.

— A cor não está incrível?

Ao ouvir aquela voz, viro-me e vejo Robyn reaparecer com uma bebida, os olhos arregalados de alegria de me ver com Nate.

— Robyn, este é Nate — apresento, desviando rapidamente o tema dos meus cabelos. — Meu namorado — acrescento.

Não consigo resistir. Só o fato de dizer isso me traz uma sensação de felicidade.

— Ah, é um prazer imenso conhecê-lo! — Com uma taça de champanhe numa das mãos, ela o abraça com a outra. — Já ouvi tudo sobre você!

— Verdade? — Nate parece se divertir. — Tudo? — Ele me olha por cima do ombro de Robyn coberto em tie-dye, e fico vermelha.

— Sobre Veneza, a ponte, e a lenda. — Liberando-o de seu abraço, Robyn dá um passo atrás e nos observa com um sorriso sentimental. — Olhe só para vocês! Um casal tão fofo.

Fico vermelha quando Nate aperta meu ombro.

— É sério — insiste Robyn, agora com uma expressão solene —, vocês foram feitos para ficarem juntos. Existe uma força que não compreendemos, uma energia maior que qualquer um de nós... — Ela pausa, abaixa a voz e sussurra como se nos contasse um segredo. — Acreditem no que digo, o destino é algo incrível, e este é o destino de vocês. Esse caminho foi preparado para vocês. Destino é isso. Vocês são marionetes. O destino puxa as cordinhas, e...

O toque do telefone celular de alguém interrompe de repente o monólogo de Robyn, e Nate leva a mão ao bolso do peito.

— Ah, me desculpem. — Ele tira o iPhone do bolso e olha para a tela. — Vocês se incomodam? Preciso atender, é do estúdio.

— Ah, não, fique à vontade — responde Robyn, voltando ao seu tom de voz usual, que é alto se aproximando de mais alto ainda.

Nate prende no ouvido os fones bluetooth e se afasta.

— Alô. Sim, Nathaniel Kennedy falando...

— Nossa, Lucy, ele é incrível — suspira Robyn, tão logo Nate está longe o bastante para não nos ouvir.

— Você acha? — pergunto, tentando ser modesta, quando é óbvio que sei que ele é.

— Claro. — Robyn olha para mim, com os olhos cheios d'água, como se estivesse quase chorando. — Ah, querida, estou tão feliz por você. — Ela me abraça e começa a fungar. — Desculpe-me por estar tão emotiva... É que... — Ela enxuga os olhos com a manga do kaftan e soluça um pouco. — Volto já. Só vou pegar um guardanapo.

Robyn deixa a taça comigo, e observo quando se afasta em meio à multidão. Nesse instante, avisto minha irmã. Com uma pasta na mão, usando um terninho escuro de trabalho e com ar de incomodada, não podia parecer mais deslocada num vernissage moderno, ainda que tentasse.

— Olá, Kate. — Aceno para atrair sua atenção e, ao me ver, se aproxima. — Estou muito feliz por ter vindo...

Mas ela me interrompe.

— Aquele ali é quem eu penso que é? — pergunta Kate, passando por cima dos cumprimentos e indicando Nate com a cabeça. Ele ainda conversa no iPhone.

Ah, merda.

Sinto um baque. O problema é que ainda não lhe contei sobre Nate. Não que eu tenha esquecido, é mais... Está bem, eu evitei contar com todas as minhas forças. Ela me deixou uma meia dúzia de mensagens no telefone celular esta semana, mas eu respondi que estava ocupada com trabalho. O que é a mais pura verdade. Tenho estado superocupada com trabalho.

Também tenho estado superocupada apaixonada por Nate, mas eu não podia contar isso a Kate. Ela não é exatamente uma sócia do fã-clube de Nathaniel Kennedy.

— Hum... Sim, é — respondo, evitando seu olhar.

— O cara da ponte! — exclama ela, incrédula.

— Ele se chama Nathaniel — digo, defendendo-o.

— Eu poderia chamá-lo de muitas coisas — retruca ela, com a voz contida —, e a maioria não é muito elogiosa.

Empertigo-me esticando o queixo e enrijecendo os ombros, como sempre faço quando estou a ponto de ter uma discussão com Kate.

— Por exemplo, *casado*.

— Nate está se divorciando — logo explico. — Ele e a mulher se separaram. Ele agora está morando aqui em Nova York.

Kate aperta os olhos e me fita com o tipo de olhar que aterroriza vice-presidentes de escritórios de advocacia por toda a ilha de Manhattan.

— Você não está saindo com ele de novo, não é, Lucy? — pergunta ela, num tom que faz homens adultos estremecerem.

Pela expressão de meu rosto, é óbvio que não preciso responder.

— Ah, meu Deus, você está! — exclama ela, sem acreditar.

— Estamos apaixonados — afirmo, tentando reprimir um sorriso de felicidade, sem conseguir.

— *Apaixonados?* — Ela cambaleia para trás como se tivesse levado um tiro. — Desde quando?

— Desde os meus 19 anos — respondo, sorrindo com pesar.

Kate suspira.

— Lucy, você não o vê há dez anos. As pessoas mudam.

— Pois bem, ele não mudou! — protesto, irritada. Pelo amor de Deus, minha irmã mais velha é sempre tão negativa. — Está bem, ele deixou de tomar café e faz ioga, e...

— Ioga? — pergunta Kate, boquiaberta.

— O que há de errado com ioga? — questiono de volta. — Faz muito bem. Agora temos aulas particulares juntos.

— *Você? Fazendo ioga?* — De repente, Kate cai na gargalhada. — Lucy, você nem consegue tocar os dedos dos pés.

— Consigo, sim. *Quase* — retruco mal-humorada, lembrando-me da nossa primeira aula ontem, com Yani, o instrutor. Ele tem cabelos pretos compridos e estava usando túnicas brancas esvoaçantes que me lembraram de Jesus. Ainda mais quando falava sobre iluminação, espiritualidade e descoberta da alma interior. Infelizmente, descobri que meu corpo não é muito elástico. Mas, como diz Yani, tudo é uma questão de prática.

— De qualquer modo, ioga é relativo à mente, não ao corpo. Talvez você devesse experimentar — sugiro, olhando para Kate.

Minha irmã me encara como se eu fosse uma extraterrestre

— Ei, alô, será que esse robô que roubou a minha irmã poderia devolvê-la, por favor?

— Se vai debochar de mim o tempo todo.

— Ora, convenhamos, *Luce*.

— Não venha com essa de "convenhamos, Luce" — reclamo, irritada. — Nós estamos juntos de novo, e dessa vez é para sempre, é isso e pronto.

Eu me calo, rubra, e Kate fica em silêncio por um instante.

— Veja bem, eu não estou querendo estragar a sua felicidade — diz ela, num tom mais gentil —, mas você tem certeza?

— Nunca estive tão certa na minha vida — respondo, determinada. Em seguida, não consigo evitar e suspiro, nervosa. — Ah, Kate, a questão é essa. Ele é o homem que amo. Nate *sempre foi* o homem que amo.

É como na época em que éramos crianças e ficávamos debaixo das cobertas, compartilhando nossos segredos cheias de entusiasmo.

Mas, desta vez, não há nenhum vislumbre de entusiasmo no rosto de Kate. Ao contrário, ela se limita a me fitar, impassível, e abre a boca para dizer alguma coisa, mas pensa melhor e suspira

— Só fico preocupada, apenas isso

— Pois então não fique. — Seguro sua mão. — Estou muito feliz, Kate. Olhe para mim. Quando foi a última vez que me viu assim tão feliz?

Kate fica pensativa, em seguida ergue uma sobrancelha.

— Quando tirei aquela foto sua com Daniel Craig?

— Você sabe que ainda a uso como protetor de tela. — Dou um sorriso, me lembrando de quando me deparei com ele em frente ao

Prêt-à-Manger na King's Road, em Londres, e Kate tirou uma foto nossa com o celular. Eu, rindo como uma idiota; ele, espantosamente sexy. — Alterno entre aquela e a dele saindo do mar de sunga.

— Sorte sua. Meu protetor de tela é o Jeff. — Kate sorri fazendo uma careta. — Ele não está de sunga, ainda bem.

Dou uma risada. Diferentemente de minha irmã, Jeff não tem nenhuma força de vontade quando se trata de dieta e exercício. Ele gosta de definir a si mesmo como "fofo". Kate, contudo, o descreve como um cara preguiçoso, e não desiste de chamá-lo para se matricular na academia.

— Como está Jeff? Ele veio?

— Sim, está ali.

Olho para o outro lado da galeria e vejo Jeff próximo a *Ruído branco*, uma pintura abstrata de um dos nossos novos artistas, a qual ele observa com ar incerto. É evidente que foi instruído a esperar ali até o caminho ficar livre.

— Nossa, como ele emagreceu! — comento, surpresa, quando Kate faz um sinal chamando-o.

— Você achou? — Ela o observa enquanto se aproxima e dá de ombros. — Para mim, parece o mesmo.

— Não, com certeza ele está mais magro. O que aconteceu? Você conseguiu que ele entrasse para a academia afinal?

Kate ri.

— Que nada. Para Jeff, exercitar-se é pegar o controle remoto. Não é, querido? — pergunta ela quando ele se junta a nós.

— Claro. — Jeff sorri, tendo aprendido há tempos a concordar com o que quer que Kate diga. Beijo-lhe o rosto, e recebo um abraço. — Grande exposição, Lucy. Embora eu não entenda muito de arte. Para mim, parece um monte de rabiscos sem sentido. — Ele dá de ombros, querendo se desculpar.

— É abstrato — explico, rindo. Minha irmã e eu podemos não concordar em muitas coisas, mas estamos em consenso com sua escolha de marido. Se tivéssemos que procurar "um cara legal" no dicionário encontraríamos uma foto de Jeff, um irlandês-americano com um coração de ouro.

— Ah, então é esse o nome. — Ele sorri, bem-humorado.

— Luzy! Então você está aí!

Somos interrompidos por Magda, usando um vestido com estampa de leopardo e um penteado que parece ter assumido as proporções de um arranha-céu especialmente para esta noite. Ela parece uma miniatura de Bet Lynch, só que com diamantes brilhando em cada extremidade.

— Esta é a Sra. Zuckerman, diretora da galeria — apresento-a a Kate e Jeff, que a fitam um pouco perplexos. — Minha chefe — acrescento, por cima de seu penteado, movimentando os lábios sem emitir som.

— É um prazer conhecê-la.

Ambos se apressam em cumprimentá-la, mas Magda traz nas mãos muitas almôndegas. Uma travessa cheia delas. Fiel à promessa, ela passou a semana preparando as almôndegas que agora serve com champanhe falso.

Magda praticamente enfia a travessa no nariz deles. Esqueça a ideia de se misturar aos convidados, ela enrolou as mangas estampadas de leopardo e se concentrou na tarefa de servir como uma boa mãe judia.

— Almôndegas? — oferece ela, com um sorriso no rosto, embora sua voz soe mais como uma ordem do que uma pergunta.

— Ah, não, obrigada. Nós vamos jantar depois... — começa Kate, sendo logo interrompida por Magda.

— Bobagem. Elas funcionam muito bem como uma entrada. Prove. — Com sua insistência característica, ela praticamente obriga Kate a comer.

Minha irmã me lança um olhar significativo. Talvez seja a única vez em que a vejo parecendo ter medo de alguém. Sem dizer nada, ela pega uma almôndega.

— E você, ah, está magro demais — continua Magda virando-se para Jeff.

— Ah, não estou não! — Jeff ri, meio perplexo, quando ela lhe entrega um guardanapo cheio de almôndegas. — Nossa, é um bocado.

— Elas estão *incrivelmente* deliciosas — diz Magda, falando com os braços e quase derrubando a bandeja. — Não é verdade, Luzy?

— Ah sim, incrivelmente deliciosas — repito, assentindo com a cabeça de maneira enfática.

— Não está com fome, Luce? — pergunta Kate.

Essa é minha irmã, lealdade zero.

— Na verdade... — Até este momento eu conseguira evitar as famosas almôndegas movimentando-me sem parar, muito ocupada, mas justo quando penso que não poderei mais escapar, sou salva por um grupo de recém-chegados. — Ah, vejam, mais convidados! — E acenando a lista de convidados como se fosse um *habeas corpus*, me apresso em me afastar para recebê-los.

Claro que não posso voltar enquanto o perigo não passar. Assim, depois de marcar na lista os nomes das pessoas que chegaram, vou à procura de Nate. E o encontro andando de um lado para o outro, gesticulando no ar, conversando consigo mesmo. Pelo menos é o que imagino que esteja fazendo, até que percebo uma luzinha azul piscando na sua orelha e concluo que fala ao telefone usando os fones de ouvido bluetooth.

Mesmo assim.

Reprimo uma pontada de decepção. Nate passou a noite inteira ao telefone com o estúdio, e mal nos falamos. Mas talvez a vida de um grande produtor de tevê seja assim mesmo. Quando me vê, ele me lança um olhar de quem pede desculpas, e respondo com outro que significa "Não se preocupe". Tudo bem, estou mesmo muito ocupada.

Retorno para o interior da galeria, que continua muito cheia. Faço alguns contatos, converso com uns jornalistas, cumprimento muita gente. Organizar eventos não é o meu forte, e é verdade que alguns dos meus e-mails retornaram por terem sido enviados a pessoas erradas, e também houve a confusão com a firma do bufê.

Digo confusão, mas não foi minha culpa. Como eu poderia saber que Diversão de Lamber os Beiços não era uma firma de bufês? Quando pesquisei na internet, o site falava de "oferecer tudo que você precisa", então enviei um e-mail pedindo a lista de preços e recebi um menu de serviços *completamente* diferente do que esperava.

Ainda assim, devo dizer que fiz um bom trabalho. Se bem que muitos estão mais interessados na comida e na bebida de graça do que nas obras de arte de fato. Às vezes, parece que eles nem as percebem, reflito, sem acreditar, pois não consigo parar de admirar as pinturas surpreendentes e o caleidoscópio de cores que estamos expondo. Surge em mim um desejo íntimo de pintar novamente, de criar, de deixar a imaginação ir embora com o pincel...

Mas sei que isso é pura tolice e logo afasto a ideia. Afinal, já tentei isso, lembra-se? E, como resultado, acabei sem dinheiro, recebendo auxílio-desemprego. Não, assim estou muito melhor, trabalho numa galeria fantástica em Nova York e organizo eventos como este. Tenho muita sorte!

Observo a multidão de convidados com satisfação. Quase todos vieram. O Sr. e a Sra. Bernstein, amigos de Magda e grandes compradores de arte, aquela supermodelo cujo nome não me recordo, um jornalista da *Time Out*... Espere, quem é aquele?

Pouso os olhos num homem usando um boné de beisebol, por baixo do qual se vê cabelos cacheados bem pretos. Ele usa uma camiseta verde larga, camuflada, e um jeans rasgado nos dois joelhos. Examino cada nome da lista de convidados, mas todos já foram ticados. Exceto por Jemima Jones, mas esse nome não parece ser dele.

Observo-o por algum tempo. Ele passeia pela galeria devorando almôndegas como o Pacman e entornando copos de champanhe. Vejo-o esvaziar um copo e pegar outro de uma bandeja que passa. Aproveitando a boca-livre, sem sequer passar os olhos pelas pinturas.

Isso me aborrece. Conheço o tipo.

Esqueça os penetras de casamentos. Esse é um penetra de galerias.

— Com licença.

Quando toco o seu ombro, ele dá um pulo, derramando o champanhe, e se vira como se tivesse sido pego fazendo algo que não deveria.

E estava.

— Ah, sim — responde ele com a boca cheia de almôndega.

— Sinto muito, mas não me lembro de ter marcado sua presença na lista de convidados. — Sorrio, educada.

— Lista de convidados?

— Sim, aquela com o nome de todas as pessoas que foram convidadas — explico, mostrando a prancheta que tenho na mão.

Ele não diz nada. Apenas me encara como se pensasse em alguma coisa.

Eu me irrito, constrangida.

— E o seu nome é...? — pressiono.

— Ei, já não vi você antes? — Ele aperta os olhos e balança um dedo para mim.

Dou um passo para trás e o observo de lado. Há algo nele vagamente familiar, no entanto...

— Creio que não. — Balanço a cabeça em negativa.

Faz-se um silêncio e então...

— O homenzinho! — exclama ele triunfante, cuspindo um pedaço de almôndega em mim.

Retiro-o do meu vestido.

— Como?

— Você me avisou para não atravessar até que eu visse o homenzinho. — Ele sorri.

— Não sei do que está... — Interrompo a frase quando subitamente me lembro.

Ah, é ele. Foi na semana passada, quando eu seguia apressada para encontrar Kate e Robyn no bar. Aquele homem de quando eu atravessava a rua, com o microfone felpudo e a câmera de vídeo, para quem recitei meu versinho idiota, "Nunca Lamba Salada de Ovos." Está bem, chega. Tenho quase um calafrio diante da lembrança. Que horror.

— Ah, sim, lembrei agora — digo, tentando aparentar indiferença.

— Achei mesmo que era você. — Ele abre um largo sorriso, e seus olhos brilham e formam rugas laterais. Percebo que são muito azuis e brilhantes, com os cílios mais longos que já vi.

Como os de uma mulher. De repente percebo que o estou encarando, e logo desvio o olhar.

— Oi. Meu nome é Adam. — Ele estende a mão para mim.

Ignoro-a e dirijo os olhos para a prancheta.

— Não há nenhum Adam na lista.

— Eu sei. Só estava de passagem — explica ele, dando de ombros, como que se desculpando.

— Bem, esta exposição é particular. Apenas para convidados. — Enfatizo as palavras, mas ele apenas sorri, como se tudo fosse muito divertido.

— Está me expulsando?

Hesito, de repente sentindo-me como se fosse um segurança.

— Se você quiser colocar assim.

— Está bem, não se preocupe, irei embora. — Ele dá cabo da última almôndega e do conteúdo da taça. — Meus cumprimentos ao chef. Excelentes almôndegas. — Limpando a boca com o guardanapo, Adam deposita a taça numa bandeja. — Aliás, da próxima vez, compre champanhe de verdade.

Olho para ele, furiosa. Que abusado!

— Vejo você por aí.

— Não acho que isso vá acontecer — murmuro baixinho, acompanhando-o com os olhos enquanto se vira e desaparece no meio da multidão.

— Quem era? — Uma voz nos meus ouvidos me faz dar um pulo. Viro-me e me deparo com Nate ao meu lado.

— Ah... hum... ninguém — respondo, atrapalhada. — Um cara qualquer. — Logo mudo de assunto. — Como você está? Tudo bem?

— Alguns problemas no estúdio, mas já foram resolvidos. — Nate sorri e me abraça a cintura. — E você?

— Ah, estou bem — digo, distraída. Estou tensa, embora isso seja esperado. Afinal, esta não é apenas uma grande noite para a galeria, é a nossa primeira aparição pública como um casal de namorados.

— Só bem? — pergunta Nate, franzindo a testa. Quando olho no fundo dos seus olhos, logo me lembro de todos os anos que passei sonhando com ele, acreditando que o perdera, perguntando-me o que aconteceria se o reencontrasse.

E agora estamos juntos de novo, ele está aqui e seus braços me envolvem.

E eu só digo que estou bem. Será que estou *completamente* louca? Sorrindo, estico-me para beijá-lo.

— Não, tudo está perfeito.

Capítulo 13

Hum, talvez nem *tudo*.

Para ser franca, seria melhor que o iPhone de Nate não passasse a noite toda tocando a cada cinco minutos, e ele não desaparecesse para atender os telefonemas do estúdio.

E depois, quando fomos todos para um pequeno restaurante chinês na rua ao lado, não gostei de Nate não comer nada do *dim sum* que pedi para nós dois. Nem do frango agridoce. Nem do arroz colorido. Aparentemente o motivo era alguma coisa relativa a glutamato monossódico e alimentos liberados pela União Europeia, o que foi uma pena, pois seu misto de vegetais no vapor não parecia nada gostoso.

De qualquer modo, não significou muito, só estou comentando. Como dizia meu biscoito da sorte: "Nada jamais o separará do seu amor". O que são alguns telefonemas e alguns pratos de *dim sum* entre almas gêmeas?

Nós nos sentamos em torno de uma mesa grande — eu e Nate, Kate e Jeff, Robyn e Magda, que levou junto o filho, Daniel. Felizmente, logo que o conheci ficou claro que Daniel é uma dessas pessoas que não são fotogênicas, pois ao vivo não se parece em nada com Austin Powers.

Bem, eu não diria *nada*, mas digamos que, se você o encontrasse, não esperaria uma saudação do tipo "Oi, gata", e nem um armário cheio de ternos de veludo e camisas com babados.

Ao saber que Robyn é solteira e judia, na hora Magda arregaça as mangas de casamenteira e, quando menos se espera, Robyn e

Daniel estão sentados lado a lado, enquanto Magda mantém todos entretidos com suas histórias escandalosas, inclusive uma sobre o segundo marido e um tubo de supercola, embora o filho esteja roxo de vergonha, implorando que ela pare. Parece que existe algo que mães judias gostam mais que do próprio filho: deixá-lo sem graça. Em certo ponto, ele precisou implorar para que ela não tirasse da bolsa fotos suas quando bebê, nu, e mostrar a todos dizendo: "Ele era um bebê absurdamente lindo! Era inacreditável."

Até que chega um momento em que fica tarde e todos nos despedimos. Nate e eu pegamos um táxi de volta para a casa dele, embora meu apartamento seja tão perto que poderíamos ir a pé. Mas, como ele diz, por que ficar no apartamento mínimo que divido com Robyn, quando temos sua cobertura só para nós dois? Lá, podemos ficar a sós.

Além de um milhão de caixas de mudança, observo ao sair do elevador, me deparando com mais outra que acabou de ser entregue. De verdade, tão logo Nate esvazia uma, outra aparece.

— Ah, que bom que chegou! — exclama Nate.

— O que tem nela? — pergunto, espremendo-me para passar pelo imenso monólito de papelão que bloqueia a passagem no corredor.

— Meu elíptico — responde ele, como se eu devesse saber o que é um elíptico.

E é claro que sei. Mais ou menos. Não.

— Ah, certo — respondo, indiferente. — Ótimo.

Nate deposita as chaves e o telefone sobre a mesa, tira o paletó e o pendura no encosto da cadeira. Ao mesmo tempo, eu tiro os sapatos e massageio os pés doloridos. Normalmente a este ponto nós estaríamos despindo um ao outro, mas estou exausta. Foi um longo dia.

— Está com sono? — Nate me pega esfregando os olhos.

— Hum... só um pouco. — Sorrio e dou um bocejo.

Não é minha intenção desestimulá-lo por completo, certo? Quem sabe eu consigo me animar. Nate parece ter esse efeito em mim. Na última semana eu praticamente me transformei numa ninfomaníaca.

Tiro o vestido e vou para o banheiro ainda de roupa de baixo para escovar os dentes. Logo depois Nate também entra, de cuecas, e nós ficamos lado a lado escovando os dentes. Como um casal. Experimento uma sensação de felicidade quando nos vejo refletidos no espelho sobre a pia.

Nesse instante, percebo que a cueca de Nate pelo reflexo.

Não, certamente não...

Até agora eu andava tão ocupada tirando suas roupas que não reparei nelas, mas agora vejo.

E encontro abacaxis.

— Não são abacaxis, são goiabas — corrige ele quando caçoo.

— Onde a comprou? — pergunto, rindo.

— Não sei. — Ele dá de ombros, enxaguando o rosto. — Beth as comprou para mim.

Sinto uma dorzinha no coração. Beth é a ex-mulher de Nate.

— Ela comprou para você cuecas estampadas? — pergunto, zombeteira, mas minha voz sai um pouco mais alta que o normal. Não sei o que é mais horripilante, a esposa tê-las comprado ou ele estar usando.

— Ela comprava todas as minhas roupas. Era quem cuidava disso. — Nate enxuga o rosto com a toalha e começa a tirar as lentes de contato.

— Ah, eu acho que está na hora de você comprar umas novas — sugiro, tentando soar leve e alegre, querendo me livrar das que está usando. — Que tal umas Calvin Klein?

— Por quê? Estas são confortáveis — resmunga Nate.

Abraço-lhe a cintura e esfrego o rosto em sua nuca.

— Você ficaria muito sexy numa Calvin Klein — murmuro de maneira sugestiva.

— O que há de errado com esta?

— Nate, ela tem desenhos de abacaxis.

155

— Goiabas — corrige ele de mau humor, livrando-se do meu abraço e voltando para o quarto.

Desisto e termino de usar o banheiro, mas há uma nítida mudança de clima, e, quando entro na cama ao lado de Nate, ele não me abraça e não me puxa para si, e eu não me aninho em seu corpo nem descanso a cabeça em seu peito.

E não há nem sombra de sexo.

Em vez disso, deitamos em lados separados da cama e fingimos que tudo está normal.

— Estou muito cansado. Acho que vou dormir direto.

— Eu também — digo, embora esteja acordadíssima.

— Boa noite, então.

— Boa noite.

Em seguida ele se vira, apaga a luz, e o quarto fica escuro. E, sem mais nem menos, as coisas não parecem tão perfeitas como antes.

Devo ter caído no sono porque só me lembro de ser acordada por um barulho estranho.

Ei, o que é isso?

Meio grogue, afasto os cabelos do rosto e viro a cabeça no travesseiro para ouvir melhor.

Whirr, tump. Whirr, tump. Whirr...

De onde vem esse barulho? Abafado e monótono, parece uma espécie de trilha sonora estranha pré-gravada. Por um instante, acredito que vem do vizinho de cima. No meu apartamento de Londres, quando chegava das noitadas às sextas-feiras, o vizinho costumava colocar música de *rave* para tocar. Aposto que é isso. Se bem que...

Estamos na cobertura. Não há nenhum vizinho acima de nós.

Confusa, forço-me a abrir um olho, como se eu pudesse ver de fato o que está provocando esse barulho compassado e maçante. As cortinas continuam fechadas, e o quarto ainda está no mais completo escuro. Aqui estamos só nós, eu e Nate.

E então eu entendo. Deve ser Nate roncando.

Não que ele costume roncar, mas, segundo a minha experiência, é só um homem deitar de barriga para cima e parece que alguém acabou de ligar o triturador de alimentos. Estendo a mão a fim de empurrá-lo para que mude de posição.

Mas Nate não está ali.

Desconcertada, sento-me na cama. Para onde ele foi? Olho na direção do banheiro, achando que talvez esteja ali. Mas não, não ouço nada, e ele não pode ter se levantado para fazer você sabe o quê, do contrário se veria luz pela fresta da porta. Isso é outra coisa que aprendi sobre os homens. Por alguma razão que nunca me foi explicada, eles sempre têm de ler uma revista quando estão sentados ali, *em ação*, por assim dizer.

Convenhamos, *por quê?* Pense em todos os lugares que se pode escolher para pôr em dia a leitura, tais como aninhado no sofá, deitado na cama, ou esparramado na grama do parque. Lugares supergostosos. Mas não. Tem que ser na privada.

Ainda analiso essa questão quando saio das cobertas e visto o robe que estava pendurado atrás da porta. É um desses robes brancos maravilhosos, do tipo que os hotéis caros oferecem, sem a menor semelhança com o meu velho e esfarrapado, cheio de fios soltos.

Nota para mim mesma: lembrar-me de escondê-lo quando Nate for ao apartamento.

Abro a porta do quarto e, ao sair no corredor, vejo o nascer do sol no horizonte de Manhattan, o que desencadeia dois pensamentos: 1) Nossa, que lindo, e 2) Merda, é cedo.

Dou um bocejo digno de um hipopótamo e, distraída pelo barulho, afasto a atenção da janela. O barulho está ainda mais forte aqui. Será que é...?

Apreensiva, paro para ouvir.

Alguém ofegante?

Em algum lugar no armário de arquivos da minha mente, a memória traz à tona uma história que ouvi uma vez sobre uma amiga que, sem querer, se deparou com o namorado assistindo a um filme. Digamos que não era o tipo de filme que se aluga na locadora da vizinhança. Era *aquele* tipo de filme.

Ai. Fico alarmada ao visualizar Nate...

Logo me recupero. Calma, não entre em pânico. Sou uma mulher do mundo, já vivi muito. Quero dizer, não sou vivida *assim*, mas já assisti a filme pornô. Uma vez, sem querer, por cerca de dois segundos. Foi há muitos anos, quando estava hospedada num hotel com meus pais e pressionei o botão errado do controle remoto. Não sei quem ficou mais constrangida, eu ou minha mãe.

Mesmo assim, tudo bem. Sou muito tranquila. Desde que ele não queira que eu me sente ao seu lado e assista com ele, penso, lembrando-me de uma carta que li uma vez em uma coluna de conselhos, e a memória me deixa um pouco ansiosa. Eu sei, é só dizer que estou ocupada, que preciso preparar uma xícara de chá ou atualizar meu Facebook, ou algo assim.

Tentando me preparar, faço uma expressão que espero que signifique "sou muito aberta, uma vez fiz sexo vestida de enfermeira, mas depois eu conto mais" e me dirijo para a sala de estar. O som ofegante está cada vez mais alto. E agora ouço uma espécie de *gemido*.

Ah, droga. Engulo fundo. Fique calma, Lucy.

Acredite, eu nunca me senti menos calma. Estou usando um robe felpudo, meus cabelos estão roxos, e estou a ponto de flagrar o meu namorado...

— E seria bom nós repensarmos totalmente a estratégia de levar esse piloto para a emissora...

Ao telefone, soprando e bufando para cima e para baixo numa imensa máquina preta de exercícios.

Por um instante, fico paralisada, encarando a cena. Estava preparada para qualquer coisa, mas isso? Pega de surpresa, fico a observá-lo. Com o rosto vermelho e suando profusamente, Nate segura os cabos do aparelho como se sua vida dependesse disso, e faz força com as pernas, empurrando. Ele também está nu, exceto pela cueca de abacaxis, um fone de ouvido com bluetooth, óculos e tênis muito grandes e muito brancos.

Um pensamento inesperado me vem à cabeça.

Eu não me sinto nem um pouco atraída por ele.

O pensamento golpeia meu plexo solar com toda força.

E logo o afasto. Quero dizer, quem *parece* sexy quando está malhando? Eu fico horrível!

Quero dizer, se eu malhasse, claro.

— Ei.

Viro-me e vejo Nate olhando para mim.

— Só um instante, Joe — diz ele, ofegante, quando faço um leve aceno de mão. Para mim, comenta: — Acordou cedo.

Concordo, desanimada, com a cabeça.

— Você também.

— Agora que meu elíptico chegou, quero voltar à rotina — explica Nate, esbaforido.

Então a caixa grande era isso, concluo, enquanto ele pressiona um botão, e toda a geringonça começa a se inclinar.

— Eu também precisava dar uns telefonemas para o escritório de Londres.

— Num sábado?

— A tevê nunca para — resmunga Nate, apertando os cabos e movendo os braços com mais força.

Observo a rampa ficar cada vez mais íngreme enquanto ele caminha.

— De qualquer modo, é melhor eu voltar. — Nate faz um sinal indicando os fones de ouvido.

— Ah, sim, claro. Vou para a cozinha fazer um... — Estou pronta para dizer "café", pela força do hábito, e logo me lembro de que Nate não bebe isso. — Suco — concluo.

— Ótimo. Há um pouco de aipo na geladeira. — Sem ar, ele se interrompe para enxugar o rosto com uma toalha. — Acho que também deve ter beterraba.

— Maravilha. — Dou um sorriso.

Aipo? Beterraba?

Ainda com o sorriso congelado no rosto, deixo Nate soprando e bufando e sigo para a cozinha. Logo me dou conta do absurdo que sugeri. Eu, numa cozinha, usando uma dessas máquinas.

Olho ao redor e, diante de todos esses equipamentos assustadores lado a lado na bancada, minha confiança me abandona. Parecem instrumentos de tortura. Aliás, eles *são* instrumentos de tortura, penso, lembrando-me da única vez em que tentei usar um abridor de latas eletrônico. Era como algo saído de O *massacre da serra elétrica*. Acredite, a cicatriz que trago no dedo polegar é prova disso.

Demoro alguns minutos para localizar a centrífuga. Para dizer a verdade, não sei como não achei antes, já que seu modelo se chama Hercules. É uma coisa prateada monstruosa. Por um instante, encaro-a com cautela, em seguida me armo de coragem. Está bem, *parece* assustadora e complicada, mas será que é tão difícil? Vou apenas fazer um suco, pelo amor de Deus. Arregaço as mangas do robe, abro a geladeira e pego o aipo e a beterraba.

Quero dizer, convenhamos, não pode ser tão difícil assim.

Passados dez minutos, lastimo profundamente minha declaração.

Desmontei a máquina, há partes dela por todo canto, e ainda não está funcionando. Olho para ela, toda desmontada sobre a bancada ao lado de um aipo orgânico com uma aparência horrível e uma beterraba desfigurada. Falando sério, eu teria mais chances de construir um foguete que fazer um suco.

Por exemplo, esta peça é o quê? Pego uma parte da máquina e a examino com curiosidade. Parece uma roda dentada com uma ponta sinuosa. Pego outra peça, uma espécie de disco com um furo no meio. Observo ambas sem conseguir imaginar o que fazer com elas. Agora eu sei por que fui reprovada em física.

Contudo, há esperança. Folheio o manual de instruções que encontrei numa gaveta e abro no Capítulo Um: Começando. Está vendo, não é tão difícil assim, digo a mim mesma. Aqui estão as instruções: 1) Pegue o coador (parte A) e prenda-o ao extrator de polpa (parte B), assegurando-se de que o grampo da tranca de segurança (parte C) está colocado e o tubo de alimentação extra grande (parte D) está posicionado.

E eu achava que montar armários pré-fabricados era difícil.

— Ei, como você está se saindo? — grita Nate da sala, e eu fico paralisada.

— Muito bem — grito de volta, lamentando não poder fazer como em um desses programas de culinária e aparecer com um suco que eu já tivesse preparado anteriormente.

Merda.

Enlouquecida, pego cada peça, consigo remontar a Hercules e pego o aipo e a beterraba. O manual diz para "colocar um de cada vez", mas não tenho tempo para isso e então coloco tudo junto e ligo a máquina.

No exato instante em que ligo o interruptor, vejo outra peça da máquina que estava escondida ao lado da torradeira. Ah, para que serve isso?

Ora.

De repente a pergunta é respondida quando sou inundada com pedaços de aipo e de beterraba. O suco começa a respingar, ou melhor, jorrar para todo lado, nas bancadas, em mim, em tudo... Corro para desligar a máquina. Só que não consigo ver onde fica o interruptor, pois agora tenho suco de beterraba nos olhos, e a máquina tritura alguma coisa aos berros, treme como louca, e eu estou ficando encharcada, e...

— Meu Deus!

De repente a máquina silencia, e, quando me viro, vejo Nate no meio da cozinha, perplexo, com o fio do eletrodoméstico na mão.

— Isso aqui parece um massacre!

Observo o ambiente, tão perplexa quanto ele. Parece uma cena de filme de terror. Para qualquer lado que se olhe, as paredes estão encharcadas de um líquido vermelho que chega a pingar. O líquido espalhou-se sobre as bancadas, a geladeira de aço inox, o fogão, os utensílios... e há também a polpa do aipo. Pedaços verdes grandes, médios e pequenos de aipo por toda a cozinha adorável, imaculada de Nate.

E em mim.

— O que diabos aconteceu?

— Hum... Eu... eu tive um probleminha com a centrífuga — gaguejo, em estado de choque.

Mortificada, começo a limpar os respingos de polpa do rosto com a manga do robe.

— Ah, sei. — Nate pega umas folhas de papel-toalha e me entrega.

— Esta parte ficou faltando.

— Você quer dizer a tampa?

O tom de voz de Nate me irrita um pouco.

— Nossa, desculpe. Vou limpar tudo. — Pego um pano de prato e começo a limpar.

— É provável que estrague a bancada de mármore.

— Ah, Deus, eu sinto muito, de verdade.

— O mármore é poroso, sabe.

— É mesmo? Que droga. — Começo a limpar mais rápido. — Se bem que, nesse caso, é meio estupidez fazer uma bancada desse material, não é? — Não consigo evitar verbalizar, com maldade, o pensamento que me vem à cabeça.

— Não se espera que alguém vá inundá-la com suco de beterraba — retruca Nate.

— Eu sei. Sinto muito. Foi um acidente.

E já me desculpei três vezes, tenho vontade de acrescentar.

Faz-se silêncio, e Nate suspira.

— Ei, não se preocupe. Não é tão importante assim. — Ele abre caminho pelos restos no chão, abre a geladeira e pega uma garrafa de Evian. — Eu tinha esquecido do quanto você é desajeitada.

Sinto-me ofendida. Admito que não sou a mais coordenada das pessoas, mas ele foi longe demais.

— O que quer dizer com isso? — replico, séria, fazendo uma pausa na limpeza da bancada.

— Na Itália, você não se lembra como sempre tropeçava?

— Já tentou andar de salto alto naquelas pedras redondas e lisas? — respondo, tentando não ficar na defensiva, mas ficando.

— Ou quebrava coisas.

Encaro Nate sem acreditar.

— Você nunca vai me deixar esquecer aquele vaso, não é?

— Foi caro, era de Murano.

— Não foi minha intenção deixar o vaso cair. A culpa foi toda daquela aranha. Ela apareceu do nada e era imensa, com aquelas pernas pretas e peludas. — Dou de ombros. — De qualquer modo, comprei outro vaso para você.

— É verdade — confirma Nate. — Mas os vasos de Murano são soprados e feitos à mão individualmente. Nenhum é igual a outro.

— Não posso acreditar que você ainda se incomode com algo que aconteceu há dez anos.

— Só estou comentando. — Nate dá de ombros, abre a garrafa de Evian e bebe um gole.

Olho para ele apoiado na geladeira, tomando sua água despreocupadamente, enquanto eu estou aqui, ensopada de suco de beterraba e pedacinhos de aipo, esfregando a cozinha dele, um bocado irritada. Na verdade, é mais do que um bocado — estou muitíssimo furiosa.

— Pois não comente.

Nate para de beber a água e me encara com expressão severa.

— Esta bagunça não é culpa minha.

— Não, é minha. Eu sei, sou desajeitada. — Viro-me e continuo a limpar a bancada, empregando toda minha fúria na tarefa.

— Se você fosse um pouco mais cuidadosa... — retruca Nate.

— Se você comprasse suco pronto como qualquer pessoa normal — digo, irritada.

Nate me olha de cara feia.

— Ah, então agora eu sou o culpado.

— Não, você está apenas agindo como se fosse superior.

Faz-se silêncio quando Nate e eu nos encaramos enraivecidos.

— Está bem, vou tomar uma ducha — resmunga ele após uma pausa. — Tenho trabalho para fazer.

É como se um boxeador me acertasse um gancho. É o fim de semana. Tínhamos planejado passá-lo juntos.

Vacilo um pouco, mas logo me recupero.

— É, eu também estou ocupada — acrescento com firmeza. — Logo que limpar tudo irei embora.

Antes que ele possa dizer mais alguma coisa, viro-me rapidamente e começo a esfregar a pia.

Capítulo 14

Está bem, então nós acabamos de ter nossa primeira briga.

Mas não faz mal. Todos os casais brigam. É absolutamente natural.

Na verdade, não é ruim, é até *bom*, digo a mim mesma. Discutir é saudável. Significa que somos um casal normal. Uma vez li numa revista que isso é uma indicação positiva no relacionamento.

Ah, a quem diabos estou tentando enganar?

É horrível. Sinto-me péssima.

Cerca de uma hora mais tarde, caminho pela Quinta Avenida querendo entender essa mudança repentina. Terminei de limpar a cozinha até não ter um respingo de beterraba ou uma mancha de polpa verde sequer, e deixei a bancada de mármore imaculada. Tomei um banho, me vesti e fui embora do apartamento. Não fiquei nem mesmo para secar os cabelos, penso, observando minha imagem na vitrine de uma loja.

E imediatamente me arrependendo de ter agido assim. A franja já encolheu com o calor e tem pontas arrepiadas por todos os lados. E é verdade, os cabelos estão meio arroxeados mesmo. Desanimada, suspiro com tristeza e desvio o olhar.

Nate nem sequer se despediu. Estava ao telefone quando saí e limitou-se a um aceno de cabeça. E não foi do tipo "Amo você", e sim do tipo "Por mim, tanto faz". Eu nunca reparava em acenos. Para mim, um aceno era igual a outro. Até então. E, acredite, não era um tipo de aceno positivo para uma relação.

Lutando contra lágrimas de indignação, continuo caminhando pela Quinta Avenida. Normalmente, eu espiaria todas as lojas bonitas, feliz de ver as vitrines e pensando: "Vejam só, estou em Nova York!". Mas agora elas mal merecem minha atenção. Ao contrário, olho sem expressão para o chão sujo de chicletes, meditando sobre o ocorrido e pensando: "Por favor, não olhem para mim. Acabei de ter uma discussão com meu namorado, e estou a ponto de chorar a qualquer instante".

Não, Lucy, você não vai chorar, digo a mim mesma, determinada. Não se esqueça de que está furiosa e precisa continuar assim.

Enxugo os olhos e inspiro algumas vezes. Nate comportou-se como um idiota convencido, como se estivesse em um pedestal. Querer me dar lição de moral naquela cueca vergonhosa de abacaxis! Desajeitada, eu? Pois sim! A culpa foi toda daquela máquina.

Ainda assim, talvez eu não devesse tê-la deixado sem a tampa, pondero, e me surge uma semente de dúvida. Procuro ignorá-la e continuo andando, mas ela logo se transforma em arrependimento. Apresso-me em afastar aquela sensação da cabeça, mas ela está se transformando em culpa. Quero dizer, aquilo *foi* culpa minha. Deus, a cozinha estava uma verdadeira bagunça.

Na verdade, quando chego ao parque, só consigo sentir um intenso remorso. Paro na entrada e me apoio na grade. Sou a única culpada. Se eu não fosse tão inútil e teimosa, nós estaríamos ansiosos pelo sábado maravilhoso que passaríamos juntos fazendo um piquenique.

Em vez disso, estou aqui, sozinha, vendo todos os outros casais na grama fazendo exatamente isso e me sentindo muito mal.

Não sei por quanto tempo teria ficado ali, com pena de mim mesma, não fosse alguém passar por mim tomando café. O aroma me deixou com água na boca de imediato.

Ao ver um Starbucks do outro lado da rua, percebo que esse meu estado lastimável não é à toa, e parto naquela direção. Não tomei **meu** café matinal. Aliás, passei a semana inteira sem meu café, pois tenho dormido no apartamento de Nate, e ele não toma café. No entanto, isso não me fez sentir nada melhor. Francamente, passei a semana inteira com uma incômoda dor de cabeça. Segundo Nate, é porque sou viciada em cafeína e estou passando pela fase de abstinência, mas, se continuar assim, me sentirei outra pessoa.

Parece bastante razoável. Exceto que eu não quero me sentir outra pessoa. Quero me sentir a pessoa de sempre, que costumava tomar café e não tinha uma dor de cabeça incômoda.

— Um *latte* com o dobro de café, por favor — peço, dirigindo um sorriso largo para a mulher atrás do balcão. Cheguei à conclusão de que há dois tipos de pessoas neste mundo: as que bebem café e as que não bebem. E não sei se é possível unir as duas, reflito, enquanto ela prepara meu pedido.

Pensando bem... Sinto uma pontada de rebeldia em meu íntimo.

— Aliás, o triplo de café.

Passados quinze minutos, caminho pela rua tomando meu café. Estou muito melhor. O sol brilha forte, é um lindo dia, e eu não tenho que ir trabalhar.

E então, o que fazer agora?

Ainda é cedo, e tenho o dia inteiro para mim. Poderia ir para casa, mas Robyn está no grupo de percussão, e não tenho vontade de ficar sentada num apartamento vazio, com Simon e Jenny e pilhas de roupa para lavar. Eu poderia telefonar para minha irmã, mas ela estará na academia ou no trabalho, ou em ambos. Ou poderia...

Não consigo pensar em nada.

Isto é ridículo. Estou em Nova York! A Big Apple! A cidade que nunca dorme! Há milhares de coisas para fazer. Vivo tão ocupada desde que cheguei que ainda não fiz nenhuma atividade turística de verdade. Eu poderia ir ao Empire State, fazer um passeio de barco até a Estátua da Liberdade, ir à Times Square.

Todos os passeios que queria fazer com Nate.

De repente, minha rebeldia perde um pouco de força, e, por uma fração de segundo, penso em telefonar ou talvez enviar-lhe uma mensagem. Mas logo mudo de ideia. Já sei, talvez ele tenha me mandado uma mensagem. É possível que eu só não tenha ouvido o bipe. A esperança faz com que pegue o celular e examine a tela.

Não. Nenhuma mensagem de texto, nenhum telefonema perdido. Nenhum nada.

Por um instante, olho para o celular, preocupada, e logo o desligo num impulso. Do contrário, passaria o dia inteiro verificando. Guardo-o na bolsa e tomo um bom gole do café. Preciso fazer alguma coisa que me alegre. Do mesmo jeito que embrulhos de papel pardo amarrados com barbante traziam alegria a Julie Andrews. Só que, no meu caso, a melhor coisa do mundo não são pingos de chuva em rosas, e sim galerias de arte. Tão logo entro em uma, é impossível me sentir triste ou deprimida. Cercada por todas aquelas ideias, toda aquela imaginação, toda aquela criatividade, meus problemas parecem desaparecer, e eu me perco. É como voltar a ser criança.

Quando morava em Londres, perdi a conta de quantas horas, dias, provavelmente semanas que passei na National, na Portrait Gallery e na Tate Modern. E antes disso, quando adolescente, em Manchester, a Galeria de Arte da cidade era meu refúgio. Galerias de arte são para mim o que os sapatos de Manolo Blahnik são para Carrie Bradshaw. Entro nelas quando estou feliz e quando estou triste; quando me sinto só ou quando quero estar só. Sem falar que elas são a cura perfeita para o sofrimento. Esqueça Bridget Jones e seu Chardonnay, o jeito garantido de me agradar é um Rothko.

Como hoje, penso de repente, sentindo-me estimulada. Hoje é o dia perfeito para me perder numa galeria, e que lugar melhor para isso que Nova York? A cidade é cheia delas. Desde que me mudei para cá, já visitei muitas, mas, no total, mal *comecei* a conhecê--las. Além do mais, eu estava guardando o melhor para o final: o Museu de Arte Moderna é comprovadamente a melhor galeria de arte moderna do mundo.

Logo me animo. Sim, é isso que vou fazer. Ótimo plano! Revigorada, começo a caminhar. Mas percebo que não tenho ideia de para onde estou me dirigindo.

Paro no meio da rua, procuro dentro da bolsa meu guia turístico de bolso e encontro o endereço: "rua 53 Oeste, número 11, entre a Quinta e a Sexta Avenidas". Ora, isso é fácil.

Mais ou menos.

Fico em dúvida. Creio que é para lá... mas também poderia ser para aquele outro lado... ou mesmo para aquele outro. Merda. Penso em dizer meu verso, "Nunca Lamba Salada de Ovos", mas reconsidero. Olhe só no que deu da última vez.

— Tem um trocado?

Uma voz próxima interrompe meus pensamentos. Olho para o lado e vejo um mendigo sentado sobre um pedaço de papelão, bebendo uma cerveja. Na mão estendida, ele tem uma caneca de plástico velha com alguns centavos.

— Ah, sim, claro... — Esvazio os bolsos, encontro duas notas de um dólar e as coloco no recipiente. — Aliás, o senhor sabe para que lado fica o Museu de Arte Moderna?

Está bem, eu sei que é improvável, mas...

O mendigo me examina por baixo das sobrancelhas densas e pergunta, com uma voz grossa:

— Você quer dizer o MoMA?

— Ah, hum... sim, o MoMA.

Isso a ensinará a julgar melhor as pessoas, Lucy Hemmingway.

— Deixe-me ver... — Ele coça a barba longa e suja.

— É para aquele lado? — pergunto, apontando o outro lado da rua. Ele me olha como se eu fosse meio louca ou idiota.

— Não, é daquele lado — responde, seco, e aponta para uma direção completamente diferente. — Uns dois quarteirões à sua direita.

— Ótimo, obrigada — agradeço com um sorriso.

— Sem problemas. — Quando começo a me afastar, ele me chama: — Ei, moça.

Eu me viro e o vejo tomar um gole de cerveja, abrindo um sorriso desdentado.

— Dê uma olhada nos Rothkos. São sensacionais.

Uau.

É basicamente tudo que consigo pensar no instante em que avisto as três faixas imensas com a sigla "MoMA" agitando-se com a brisa do verão. *Uau.* Entro no prédio de vidro ultramoderno, com o saguão bem-iluminado, a enorme escada sem divisórias e as paredes feitas apenas de janelas. *Uau.* E os cinco andares cheios de pinturas, esculturas, desenhos, gravuras... e toda espécie de maravilhas. *Uau.* É como estar em outro mundo. Tão logo deixo o tumulto da rua e chego aos espaços calmos e claros, tenho a impressão de que estou entrando em Nárnia. Um mundo onde o tempo não existe e nada mais importa.

Nem mesmo briguinhas com o namorado.

Passo o resto do dia passeando de sala em sala, só absorvendo tudo. Uma sala é redonda e tem uma exposição circular de luz mutante na qual a pessoa entra para observar as cores que não param de mudar. É lindo e divertido. Chego a rir ao ver um bebê no carrinho apreciar, com os olhinhos maravilhados, os azuis se transformarem em verde, em amarelo, em vermelho, e depois soltar um gritinho de aprovação.

Outra sala é coberta por completo de cartuns com rabiscos, outra de penas brancas suaves, e outra tem uma cidade inteira feita de latas recicladas. E há todas as pinturas: Matisse, Pollock, Dalí, Rothko... Paro em frente a uma delas e sorrio. O mendigo tinha razão, elas são incríveis.

Absorta em meu próprio mundo, perco a noção do tempo, até que percebo como o museu ficou cheio. Quando cheguei, ele acabara de abrir e estava vazio, mas agora há todos os tipos de pessoas. Grupos de estudantes, uma velhinha, algumas mães com seus bebês, um punk com um moicano, um grupo de turistas japoneses que não fechavam a matraca com suas câmeras obrigatórias, um par de estudantes desenhando croquis...

E lá está ele de novo.

O *penetra de galerias*.

Paro de repente. O que ele faz aqui? Não há comida nem bebida de graça. Observo-o por um momento, na tentativa de descobrir o que está fazendo, quando, de repente, ele se vira, e ao me ver, não afasta os olhos.

Droga.

Escondo-me atrás de uma grande escultura de dois cubos que se equilibram um sobre o outro. Tarde demais.

— Ei, é você de novo.

Finjo não ter ouvido e focalizo a atenção na escultura. Como se estivesse tão fascinada pela obra de arte que nem o ouço. Espero que vá embora.

Ele vem na minha direção e me cutuca.

Ou talvez não.

— Como? — Viro-me para encará-lo, injuriada. Ele está com o mesmo boné de beisebol e o mesmo jeans com os dois rasgos grandes nos joelhos, mas trocou a camiseta verde por uma branca de gola V.

Não que eu tenha prestado muita atenção ao que ele usava na noite passada ou algo assim.

— Da galeria ontem à noite. Você me expulsou.

— Verdade? — Olho para ele com desdém e o examino como se não tivesse ideia de quem é. Por fim finjo compreender. — Ah, sim...

Sinceramente, minha capacidade de representar é péssima. Annie foi o único papel que fiz bem.

— Desta vez não pode me expulsar. — Ele sorri, tira do bolso da calça o bilhete de entrada e o balança para mim.

— Você pagou para entrar aqui? — pergunto, ao ver o papel na minha frente. De fato, parece verdadeiro. — Gastou vinte dólares para entrar numa galeria de arte?

Estou impressionada. Talvez eu o tenha interpretado mal e ele não seja desses que correm atrás de tudo que é de graça.

— Eu não disse que tinha *comprado* o bilhete — corrige ele. — Só mostrei que tinha um.

— Mas não pagou por ele?

— Não, foi de graça. Um amigo me deu.

— Ah, eu deveria saber — replico, agora percebendo que tudo faz sentido. — Aqui não tem nenhuma comida ou bebida de graça — acrescento, sem conseguir evitar.

Ele parece um pouco insultado.

— Não estou só atrás de uma boca-livre.

— Está me dizendo que veio mesmo ver alguma arte? — pergunto com sarcasmo.

— Na verdade, não. Vim assistir aos filmes gratuitos.

— Filmes gratuitos? — Por um instante acredito que ele está no lugar errado.

— Há uma exposição especial de Tim Burton. Estão apresentando alguns de seus primeiros trabalhos. Você sabe, *Edward Mãos de Tesoura, Ed Wood, Peixe Grande e suas histórias maravilhosas...*

Eu o encaro, perplexa.

— Você veio aqui para assistir a filmes de graça?

— São filmes muito especiais — explica ele, parecendo ofendido. — De um dos maiores diretores. Quero dizer, o cara é um gênio, a maneira como ele filma, seu uso da câmera, a forma como explora o filme.

— Mas esse é o MoMA — retruco, veemente.

— E daí? — Ele dá de ombros.

— Então você está me dizendo que sequer *olhou* para Dalí, ou Rothko, ou Pollock.

Ele me fita sem expressão.

— Eles são artistas — digo.

— Ah, isso faz sentido. — Sorri, encabulado. — Já que você sabe tanto sobre eles, por que não me dá um tour pelo museu como minha guia?

Seu pedido me pega de surpresa. Percebo-o quase como um desafio.

— E se eu disser que não?

— Provavelmente irei para casa para colocar o sono em dia. — Ele boceja e se espreguiça.

Eu hesito. Por um lado, quero que vá embora. Estou me divertindo sozinha, e a última coisa de que preciso é mostrar-lhe o museu. Por outro, não posso permitir que ele se vá sem ver nenhuma dessas pinturas maravilhosas. Seria um crime.

Deixemos claro, no entanto, que essa é a única razão. Não tem nada a ver com essa estranha mescla de ousadia e estranheza. Ou com o fato de ser intrigante. Nem com esses imensos olhos azuis de cílios longos.

É exclusivamente pela arte. Mais nada. Ponto final.

— Está bem, venha comigo.

— Esse se chama *A persistência da memória*, sua obra surrealista mais famosa, pois introduz a imagem dos relógios se fundindo, simbolizando a irrelevância do tempo.

Diante da pintura de Salvador Dalí, viro-me para meu aluno interessado, também conhecido como Adam, como me lembrou para o caso de eu ter esquecido.

Eu não tinha.

— Uau, é impressionante — comenta Adam.

— Eu sei, é incrível, não?

— Você realmente adora arte, hein?

Sinto-me corar de vergonha.

— Está bem, eu admito, às vezes me empolgo um pouco.

— Um pouco? — Adam ri.

Sorrio, sem jeito.

— Como você sabe tanto sobre arte?

— É algo que sempre amei, desde menina, quando pintava com as mãos. Minhas telas naquela época eram as paredes da sala dos meus pais. — Dou uma risada ao me lembrar.

— E você fez faculdade de arte?

Respondo que sim com um aceno de cabeça.

— Eu era terrível na escola, fui reprovada em todas as matérias exceto em arte, mas na faculdade foi diferente. Comecei a pintar em tempo integral e era maravilhoso. Pela primeira vez na minha vida eu estava fazendo algo em que era boa, algo que entendia, sabe?

— Sei. — Ele concorda com um aceno de cabeça. — E o que aconteceu depois da faculdade?

— Eu me mudei para Londres para ser pintora, mas não deu certo, e então arranjei um emprego numa galeria.

— Mas não sente falta? Quero dizer, de pintar.

— Todos os dias — respondo, tranquila, sem pensar. — Mas foi melhor assim — logo acrescento. No entanto, enquanto falo, parece que estou querendo convencê-lo. Ou será a mim?

Olho para Adam. Ele me analisa com afinco, pensativo. Sem graça, sugiro, animada:

— Por que não vamos ver alguns Rothkos? — E começo a me afastar rapidamente do Dalí.

— Você deveria seguir a sua paixão. Se o seu coração está na pintura, nunca será feliz só trabalhando numa galeria.

Fico na defensiva.

— Não estou *só* trabalhando numa galeria. — Acontece que adoro meu trabalho.

— Eu sei, não tive a intenção... — Adam começa a se desculpar. — Perdão, acho que passei dos limites.

Agora é a minha vez de me desculpar.

— Ah, não seja bobo. — Balanço a cabeça. — Estou sendo muito sensível. — Eu sorrio de um jeito estranho. — De qualquer modo, ainda não posso acreditar que você não tinha visto nenhuma das obras de arte — comento, voltando o foco para ele.

— Filme é arte — reage Adam.

Fico sem saber o que dizer. Eu não tinha pensado nisso dessa forma.

— Então você é um baita de um cinéfilo?

— Só um pouco. — Ele sorri. — Estudo cinema na NYU.

Enquanto nos dirigimos para a sala seguinte, olho para ele de soslaio.

— Verdade? Nossa, parece interessante.

— Muito. — Ele faz uma pausa. — Adoro aquele lugar.

— Uau. — Olho para Adam intrigada, e logo o observo com ar zombeteiro. — Você não é um pouco velho para ser estudante? — brinco.

— No sentido tradicional, talvez. Mas acredito que nunca se é velho demais para aprender. É aí que você envelhece: quando para de se fascinar pelas coisas, não quer mais aprender e explorar...

Quando ele começa a falar, seu rosto se ilumina e de repente me lembra de alguém.

— Especialmente quando é algo pelo qual você é apaixonado, e, no meu caso, isso é o cinema. — Seu rosto se abre num sorriso. — Fiz o caminho oposto ao seu. Fui direto da faculdade para um emprego numa revista. Eu fazia as críticas dos filmes. Era um trabalho muito bom. Assistia a todos os filmes novos, ia a todas as festas da imprensa e entrevistava os atores. Ainda faço muito trabalho freelance para eles. Outro dia fiz uma entrevista com Angelina filmada para o website.

— Não acredito!

— Ah, isso chamou sua atenção, não foi? — Adam ri. — Não foi bem assim. Foi uma entrevista com um novo diretor mexicano fantástico, mas, de alguma forma, eu achei que isso não teria o mesmo efeito.

— Talvez tivesse — protesto, fingindo estar ofendida.

— Você se interessa por cinema? — Ele me observa, aguardando a resposta com expectativa.

— Claro. Todo mundo gosta de cinema.
— Então quem é seu diretor preferido?
Faço uma pausa.
— Hum... — Dá um branco. Não sei o nome de nenhum diretor, sei? Ah, Deus, devo saber. Rápido, pense em um. — Scorsese — digo sem pensar. É o primeiro nome de diretor que me vem à cabeça. Aliás, o *único*.
— Uau, verdade? — Adam parece impressionado. — Eu nunca a imaginaria como um tipo de garota Scorsese.
Sinto-me ao mesmo tempo aliviada e inesperadamente contente.
— Que filme você considera o melhor trabalho dele?
— Ah... hum... são tantos para escolher — digo de modo vago. — Quero dizer, é difícil escolher um preferido... — Torço para conseguir despistá-lo, mas Adam continua me fitando cheio de interesse.
Ele espera uma resposta.
Ah, droga.
Vasculho de maneira frenética a parte do meu cérebro que guarda filmes, mas ela está cheia de comédias românticas melosas estreladas pela Jennifer Aniston e de alguns filmes de língua estrangeira muito ruins que um ex há muito esquecido costumava me obrigar a assistir. Está bem, esqueça isso, tente fazer aquela coisa de associação. Scorsese é um homem. Ele é italiano...
— O *Poderoso Chefão*! — respondo, triunfante. Viu só! Eu tinha certeza de que sabia.
— Esse é do Coppola — corrige Adam, com um ar de divertimento.
Meu triunfo tem vida curta.
— Ah, é mesmo? — Estou para lá de envergonhada.
— Mas consigo entender seu raciocínio. Italiano, máfia, violência... — Ele fala com um jeito sério, mas sua boca está trêmula, querendo rir. — Quero dizer, é fácil confundir dois dos maiores diretores do mundo.

— Está bem. — Sorrio arrependida. — Sei que mereço isso por tê-lo criticado sobre arte, mas não entendo nada sobre filmes, além de alugar DVDs e ir ao cinema. E até nessas horas, fico feliz de assistir a qualquer coisa. Em geral a pipoca me interessa mais.

— Talvez possamos fazer uma troca.

Olho para ele sem entender.

— Você me ensina sobre arte, e eu ensino sobre cinema.

— Ah, não sei...

— Está bem, então me diga: qual é o seu filme preferido?

— Ah, isso é fácil. — Eu sorrio. — Qualquer um com Daniel Craig.

Ele me lança um olhar horrorizado.

— Você só pode estar brincando! É esse o seu critério para ir ao cinema? Se o filme tem Daniel Craig? Que, por sinal, nem atua tão bem assim. O último Bond foi bem deprimente.

— Eu não reparo na atuação dele — retruco sorrindo, e Adam revira os olhos de desespero.

Ele tira o boné de beisebol, a massa de cabelos pretos se avoluma, e Adam coça a cabeça, incrédulo.

— Vamos ver se eu entendi direito. Você não viu nenhum dos clássicos. E quanto a *Noivo neurótico, noiva nervosa, Além da linha vermelha*, qualquer filme dos irmãos Coen?

Olho para ele sem entender nada.

— É, parece que vou ter um trabalho e tanto pela frente — observa ele.

— Você? — exclamo, indignada. — E quanto a mim? O que sabe sobre cubismo, arte conceitual, impressionismo...?

Agora é ele quem não consegue reagir.

Faz-se um silêncio, em seguida nós dois rimos.

— Tudo bem, combinado — digo.

— Combinado — concorda Adam e sorri quando apertamos as mãos.

— Então agora que já dei a primeira aula, quando começarei a aprender sobre cinema?

— Quando estará livre na próxima semana? — retruca Adam, ansioso. — Eu levarei você para assistir a um grande filme, um dos meus favoritos. Você só precisa providenciar a pipoca.

Ele ri e sorri para mim, mas eu hesito. Colocando dessa forma, parece que estamos combinando um encontro, e, por um instante, considero a hipótese de lhe contar que tenho um namorado. Por outro lado, isso me faria parecer arrogante. Como se eu estivesse supondo que ele sente atração por mim, o que não acho, *obviamente*.

— Na verdade, não sei ao certo — respondo.

É a resposta sincera, não é? Não sei ao certo. Eu planejava passar a maior parte do meu tempo livre com Nate, mas tivemos aquela briga.

A briga. De repente, percebo que não pensei nisso o dia todo. E a isso se segue outra percepção. Não pensei em Nate o dia todo.

— Em outras palavras, você tem namorado. — Ele sorri, e eu fico da cor de beterraba.

— Mais ou menos — ouço-me dizer sem pensar.

Mais ou menos? Ei, espere um pouco, Lucy. Você está *mais ou menos* falando de Nate, o amor da sua vida. Desde quando ele passou a ser *mais ou menos* seu namorado?

Sinto um misto de surpresa e culpa, e logo tento voltar atrás.

— O que eu quis dizer...

Minha voz é abafada por uma sirene e um anúncio em voz alta de que a galeria vai fechar. *Já?* Examino o relógio, pasma. O dia passou voando.

— É melhor eu me apressar — diz Adam, interrompendo meus pensamentos.

— Ah, sim... Eu também — concordo com um aceno de cabeça, mas parece que o clima tranquilo e agradável foi quebrado por um constrangimento que não havia antes.

— Tchau.

— Hum... tchau — murmuro.

Adam se afasta atravessando a galeria. Observo quando se vira e acena para mim, em seguida desaparece. E de repente caio em mim. Eu sei quem ele me lembrou naquela hora. De mim mesma.

Capítulo 15

Ligo o celular e descubro que tenho oito chamadas perdidas, e uma, duas, três... Começo a contar à medida que os pequenos envelopes vão entrando... seis mensagens de texto.
Todas de Nate.

Vc está bem?
Hora do almoço. Kd vc?
Desculpe, amor, fui um idiota. Me liga. Bjs
Ei, gata, ainda chateada comigo? Amo vc. Bjs
Ok, vc está me ignorando. Se quiser conversar, sabe onde estou.
São 18h. Onde diabos vc está? Não tenho tempo p brincadeiras.
Pare de ser tão infantil.

Pelo desenrolar das mensagens, é mais ou menos como ir do começo de um relacionamento — educado e amigável —, passando pela fase do meio, loucamente apaixonada, e terminando com a fase irritada, nervosa, briguenta. Minhas emoções seguem a mesma linha. Começo sentindo-me feliz e aliviada e pensando, ah, Nate não é maravilhoso? Mas quando chego à mensagem número seis, estou novamente nervosa e indignada.

Portanto, somos dois, concluo, ao ouvir uma das mensagens de voz cheia de irritação.

Telefono-lhe em seguida.

— Por que não atendeu o celular? — pergunta Nate logo que atende.

Fico enfurecida.

— Estava desligado. Eu estava no MoMA.

— O dia inteiro? — Ele não parece acreditar.

— Bem, não é como se eu tivesse outros planos — não consigo deixar de responder. Em seguida, sem querer discutir, acrescento: — Enfim, sinto muito por não ter atendido seus telefonemas.

Há uma pausa, e, em seguida, Nate fala com a voz mais suave:

— Eu também. E então, como estava o MoMA?

— Maravilhoso — respondo, efusiva, e logo me contenho. Não quero dar a entender que tive um ótimo dia. — Quero dizer, a arte estava maravilhosa, não o dia em si...

— Senti muito a sua falta — diz Nate, parecendo arrependido. — Você sentiu a minha?

— Claro — respondo no automático. Mas agora, ao dizer isso, me ocorre que não senti nenhuma falta dele. Para dizer a verdade, não pensei em Nate uma vez sequer. Mas isso foi só porque eu estava rodeada de pinturas tão incríveis que me esqueci da vida, digo a mim mesma com firmeza. Não teve nada a ver com Adam.

Adam? Seu nome me pega de surpresa. Por que ele surgiu na minha cabeça? O que ele tem a ver com isso?

— E então, quando vem para casa? — pergunta Nate, interrompendo meus pensamentos.

Fico entusiasmada. Estamos juntos de novo. Foi só uma briga boba, nada mais.

— Eu ia voltar para o meu apartamento. Preciso dar comida a Jenny e Simon.

— Jenny e Simon?

— Os cachorros da minha colega de apartamento — explico. Nate não sabe nada sobre eles pois nunca esteve na minha casa. — Ela está fora o dia inteiro num curso e só volta muito tarde.

— Ah. Um produtor amigo meu vai reunir um pessoal para uns drinques. Nada muito pomposo, só umas pessoas de televisão...

Só umas pessoas de televisão? Uma leve empolgação nervosa toma conta de mim.

— Eu queria saber se você gostaria de ir.
— Parece divertido — ouço-me dizer.
— Ótimo. — Nate parece contente. — Passe seu endereço. Pego você daqui a uma hora.

Uma hora. Sessenta minutos. Três mil e seiscentos segundos.
Só isso?
Para correr para casa, quase ter um ataque cardíaco ao subir voando três andares de escada, alimentar os cachorros, levá-los para dar uma volta no quarteirão e quase sufocá-los até a morte numa tentativa de impedi-los de cheirar todos os postes. Depois, entrar no chuveiro, raspar as pernas, fazer picadinho delas com a lâmina, esfoliar a pele, hidratar e secar os cabelos, experimentar o creme alisador novinho, concluir que o creme novinho é uma farsa e prender os cabelos. Em seguida, maquiar-me, tentar fazer olhos esfumaçados iguais aos que vi numa revista, acabar parecendo que encarei três rounds com Mickey Rourke, enlouquecer sem saber que roupa usar e acabar por vestir o que não estiver amarrotado demais.

E finalmente correr pelo apartamento arrumando tudo, depois abandonar a arrumação e enfiar todas as coisas embaixo da cama ou atrás do sofá, dar um pulo quando a campainha tocar, entrar em pânico, respirar fundo várias vezes e receber Nate parecendo serena e relaxada.

— Está bonita — elogia ao entrar e me dar um beijo. Ele imediatamente recua quando Simon e Jenny vêm correndo, abanando o rabo para saudá-lo.

— Não se preocupe, eles são superamigáveis. — Sorrio diante de sua expressão preocupada.

— É que esta calça acabou de chegar da tinturaria. — Nate se inclina e tenta tirar uns pelos das pernas da calça, onde os cachorros se esfregaram. Jenny, achando que ele se inclinou para acariciá-la, o recompensa com uma grande lambida molhada.

— Eca. — Ele se levanta correndo, com ar de nojo.

— Ah, desculpe. — Logo eu tento mandar os cães de volta para a sala.

— Você tem lenços antibacterianos? — pergunta Nate, esfregando o rosto com a mão.

— Não, acho que não...

— Onde fica o banheiro?

— No fim do corredor, à direita...

Antes que eu consiga terminar a frase, ele passa por mim, e ouço as torneiras abertas ao máximo.

— Está tudo bem?

Tranco os cachorros na sala, atravesso o corredor e encontro a porta do banheiro escancarada, com Nate curvado sobre a pia, lavando o rosto.

— Sim, tudo bem. — Com o rosto pingando, ele procura uma toalha.

É quando percebo que, na minha pressa louca de arrumar o apartamento, negligenciei o banheiro. Através do vapor, faço uma varredura geral e meus olhos pousam em várias toalhas encharcadas que deixei no chão, juntamente com os diferentes produtos que usei, todos sem as tampas. Até a minha gilete está ali na prateleira, cheia de espuma e pelos. Sinto um misto de aflição e humilhação.

Tenho um flashback do banheiro impecavelmente limpo de Nate, com as toalhas de um branco imaculado, enroladas e empilhadas de forma organizada nas prateleiras, como algo saído de uma revista de decoração.

Ah, Deus, ele vai achar que eu sou uma relaxada.

— Vou pegar uma limpa — aviso, correndo para tirar as toalhas do chão e jogá-las na cesta de roupa suja. Abro o armário das toalhas, mas está vazio. Merda. Onde elas estão? E então lembro. Umas cinco estão penduradas no encosto da cadeira no meu quarto. — Hum, desculpe, parece que acabaram.

— Não se preocupe, agora já estou mesmo praticamente seco — diz Nate, meio mal-humorado. — Está pronta?

— Quase. Só preciso terminar a maquiagem. — Tendo limpado minha tentativa malsucedida de fazer olhos esfumaçados depois de concluir que fiquei parecida com Ling-Ling, o panda gigante, preciso aplicar um rímel.

— Você teve uma hora. O que andou fazendo? — pergunta Nate rindo, mas eu noto uma certa irritação.

Ou talvez a irritação seja apenas minha, percebo, resistindo à vontade de recitar a longa lista de tudo o que fiz numa agonia louca para não me atrasar. Em vez disso, digo, de modo alegre:

— Quer tomar alguma coisa enquanto espera?

— Só uma água está ótimo.

— Não tenho água mineral. Serve água da bica? — pergunto, já me encaminhando para a cozinha.

— Não tem? Ah, nesse caso, não. — Nate franze o nariz. — Você me conhece, só bebo água mineral.

— Ah, claro — digo, sentindo-me um pouco idiota. Saímos do banheiro e vamos para o pequeno corredor. De repente percebo que ele parece muito mais estreito e apertado que o normal.

— Merda. O que é isso? — Nate colide com uma máscara de madeira entalhada pendurada na parede.

— É de uma tribo na Etiópia — explico enquanto rapidamente a ajeito. — Minha colega de apartamento trouxe de lá. Acho que, segundo a crença, ela afasta os maus espíritos.

— Não brinca. — Nate a examina de sobrancelha erguida.

— Agora só falta pegar a bolsa e poderemos sair.

Quanto mais cedo sairmos daqui, melhor, digo a mim mesma, abrindo a porta do meu quarto. Entro e procuro o rímel. Eu o passarei no táxi, a caminho da festa.

— Então este é seu quarto?

Viro-me e vejo Nate na porta, os olhos examinando tudo.

— Hum, sim. É meio pequeno... e não tenho muito espaço para guardar as roupas — acrescento logo, ao ver os olhos dele pousados na pilha de roupas no encosto da cadeira. — Mas gosto dele — continuo, procurando pelo rímel.

— É muito... colorido — diz Nate, escolhendo as palavras com cuidado.

— Eu sempre adorei cores.

Merda, onde está aquele rímel? Vejo minha maquiagem toda espalhada sobre a penteadeira. Tem que estar aqui em algum lugar.

— Você tem mesmo muita coisa, considerando que se mudou para Nova York há poucas semanas.

Desvio os olhos da cômoda e vejo Nate examinar minha estante de livros, entupida de retratos, revistas, livros de desenhos antigos e minha coleção de conchas, para a qual ainda não consegui achar um lugar.

— O que é isso?

Observo-o pegar uma revista, passar os olhos e então franzir a testa.

— Você fez uma espécie de teste...

De repente, eu lembro. Ele encontrou *aquele* teste. Fico um pouco envergonhada.

— Ah, isso? — pergunto, procurando soar casual enquanto tiro dele a revista. Ontem eu provavelmente teria lhe mostrado o teste, rindo. Afinal, Nate provavelmente acharia fofo. Mas agora...

Do canto do olho, avisto o rímel sobre a cama e vou para cima dele.

Alguma coisa mudou. De algum modo, não me sinto a mesma.

— É só um monte de bobagens — comento de maneira depreciativa, jogando a revista na lata de lixo e pegando a bolsa. — Estou pronta, podemos ir.

A festa já está a pleno vapor quando chegamos. Isto é, eu digo "pleno vapor", mas na realidade não passa de muitas pessoas bebendo martíni e vodca, e conversando sobre televisão. E ao dizer "conversando sobre televisão", não me refiro a estarem conversando sobre quem eles acham que ganhará *Dança dos famosos*, mas discutir os prós e contras da produção, os orçamentos cada vez mais elevados e ver as contas.

Parece que todos aqui são do ramo, e, embora no caminho para cá eu imaginasse uma festa glamorosa, no fundo está meio maçante. Num dado momento, enquanto eu tentava manter uma conversa sobre a sincronização da produção, minha mente começou a vagar, e me peguei me perguntando a que horas conseguiríamos ir embora. Logo lembro a mim mesma que estou em Nova York, numa festa de televisão com Nate. Alguns meses atrás esse seria o cenário dos meus sonhos, mas agora quero ir para casa, vestir meu pijama e me enroscar no sofá assistindo *Oprah*. Francamente, Lucy!

Obrigo-me a prestar atenção na conversa.

— Como eu ia dizendo, a questão toda é ter integridade — informa Brad, um homem baixo num terno brilhoso que não para de abraçar minha cintura com o pretexto de me afastar dos garçons, e depois esquecer a mão ali. Não que Nate perceba. Ele está ocupado demais expondo sua nova ideia para um programa de auditório.

— Com certeza — concorda Nate, empolgado.

Ora, convenhamos. Ele está falando de um programa de auditório, não de um documentário premiado.

— Com licença — peço, com educação, tentando sair dali.

— Por que, quer passar por aqui? — Brad dá uma risada, divertindo-se com seu próprio jogo de palavras sem graça.

— Brad, o brincalhão de sempre! — elogia Nate, sorrindo, acompanhando o humor do clube do Bolinha.

— E então — diz Brad, sorrindo para nós dois —, como se conheceram?

— Na Itália. Nós estudávamos arte — explico. Diante da lembrança de Veneza, sinto um estremecimento familiar.

— Ah, é mesmo? Então você é artista?

Fico em silêncio por um instante, desconcertada diante da pergunta.

— Fui, durante algum tempo — respondo, baixinho.

— Depois ela concluiu que precisava viver no mundo real e conseguir um emprego adequado — observa Nate, rindo.

Suas palavras machucam.

— Algo nessa linha. — Forço um sorriso, mas, no fundo, é como se algo de repente se quebrasse dentro de mim, e, na primeira oportunidade, arranjo uma desculpa para ir ao banheiro e os deixo se divertindo.

Na minha escapulida, vou para o fundo da sala. A festa está acontecendo num loft maravilhoso em Tribeca, todo de tijolos e canos expostos, e mobílias supermodernas espalhadas aqui e ali como objetos de arte. Falando nisso, há alguns quadros excelentes nas paredes, todos sem dúvida originais. Segundo Nate, o dono é algum figurão de uma das redes de tevê, o que para mim não quer dizer grandes coisas, exceto que trabalhar na televisão parece enriquecer muito as pessoas.

Após algumas tentativas frustradas de me misturar, o que me leva a concluir que eu não falo o idioma televisivo que todos falam, acabo na varanda, conversando com um dos garçons. Seu nome é Eric, e ele toca guitarra numa banda heavy metal. Eric passa uns vinte minutos me contando tudo sobre seu último show, em que passou a noite toda ao lado dos alto-falantes, ouvindo o som aos berros. Quando se afasta para servir canapés, decido ir ao banheiro.

Desta vez, é de verdade, eu preciso mesmo ir. Encontro a porta destrancada, abro, e me deparo com dois caras de costas para mim, um deles debruçado sobre a pia. É bem evidente que está cheirando cocaína, mas quando me vê entrar, se apruma. É Brad. E vejo de repente que o outro que está com ele é Nate.

— Ah!

Num misto de choque e vergonha, fico paralisada quando eles se viram e me veem, mas não demoro a me recompor.

— Ah, me desculpem — digo, já recuando.

— Dá licença, Brad — pede Nate, que me segue em direção ao corredor. — Aonde você vai? — Ele me olha de sobrancelha erguida.

— Estou cansada. Acho que vou para casa.

— Vou com você.

— Não, tudo bem. Fique, você obviamente está ocupado.

Nate franze a testa

— Ah, Lucy, tenha dó, não vá fazer tempestade em copo d'água.

Olho para Nate e, de repente, vejo alguém que não conheço. Este não é o Nate de cabelos compridos, que puxava fumo e era calmo e relaxado. Este é tenso, obcecado por se exercitar, um workaholic, que diz que café faz mal. No entanto, quem está no banheiro da festa com um cara desagradável fazendo sabe Deus o quê é ele.

— Não é essa a questão. É você quem só sabe falar em ser saudável. Quero dizer, você nem sequer bebe água da torneira — digo, lembrando-me de antes, no meu apartamento.

— Isso é completamente diferente.

— Não é, não. — Balanço a cabeça. — Você está sendo hipócrita.

— E você está fazendo uma cena — diz Nate, querendo me silenciar, olhando ao redor para ver se os outros convidados nos ouviram.

Isso me irrita, mas evito rebater.

— Não quero outra briga, vamos esquecer isso. — Começo a vestir o mantô e me viro para ir embora, mas Nate me segue.

— Lucy, espere. Deixe eu me despedir de algumas pessoas e irei com você.

— Está tudo bem. Você fica. Pegarei um táxi para casa.

Nate me fita como que dizendo: *Não faça isso comigo na frente de todas estas pessoas.*

— Dê-me apenas cinco minutos.

Acabo concedendo mais de vinte, esperando na porta. Observo Nate movendo-se pela sala, envolvendo-se em conversas, rindo de piadas. Muitas vezes quase vou sem ele, e um lado meu lamenta não tê-lo feito, pois quando Nate finalmente se junta a mim, nós pegamos um táxi, mas nenhum dos dois está de bom humor.

— Nós sempre ficamos na sua casa. Por que não podemos ficar na minha para variar um pouco? — pergunto, logo que ouço Nate dar seu endereço ao motorista.

— O quê? Você prefere ficar no seu apartamento que no meu? — Nate me fita do outro lado do banco traseiro. Enquanto antes nós ficávamos abraçados, agora estamos sentados em cantos opostos. Não seria preciso um especialista em linguagem corporal para ver que alguma coisa está acontecendo.

— O que há de errado com o meu apartamento? — pergunto, já meio irritada.

— Não dá para comparar os dois, não é? — Ele dá uma leve risada e ergue uma sobrancelha.

Se antes eu estava irritada, agora estou incomodada.

— Não, por favor, continue. Estou interessada — digo, cruzando os braços na expectativa.

Nate suspira, impaciente.

— Está bem, um é uma cobertura com vista para o parque, e o outro é um prédio de quatro andares sem elevador, com vista para uma parede de grafite.

— Por acaso, eu gosto dele — protesto, indignada.

— Pois eu, não. — Ele dá de ombros.

— Pessoalmente, eu também não gosto do seu apartamento.

— O que há ali para não se gostar?

— Para começar, todo aquele branco. Gosto de usar cores aqui e ali.

— Cores? — Nate solta um riso debochado. — Parece que uma fábrica de tintas explodiu dentro daquele apartamento.

Eu bufo de revolta.

— E todas aquelas coisas de vodu?

— Que coisas de vodu? — pergunto, esquentada.

— Aquela máscara, por exemplo. — Nate faz uma careta.

— Aquilo não é vodu! — exclamo. — De qualquer modo, pelo menos o apartamento tem objetos interessantes. O seu é tão minimalista que quase não tem nada além daquela máquina epiléptica.

— É elíptica — corrige ele de maneira brusca. — E, por sinal, se você começasse a usar uma, não lhe faria nenhum mal.

— E o que quer dizer com isso?

— Não faria nenhum mal às suas coxas, certo? Se você pretende se livrar dessa celulite.

Eu inspiro fundo. É como se um boxeador me acertasse em cheio.

— E você fez um buraco no meu tapete — continua ele com um ágil gancho bem no queixo.

— O quê? — Ainda estou me recuperando do último comentário.

— Tenho câmeras de segurança como parte do sistema de alarme.

Droga, eu achei mesmo que talvez ele tivesse câmeras. O que mais gravou?

— É um tapete realmente caro.

— Meu Deus, foi um acidente! — exclamo, defendendo-me.

— Como no caso da centrífuga? — Nate me fita com os olhos faiscando.

Ergo o queixo em desafio.

— Sinto muito se não sou tão perfeita quanto você com seu apartamento de revista de decoração.

— O seu é uma bagunça. Tem sujeira por todo lado.

— Eu prefiro ser bagunceira a ser obsessiva.

— O quê? Então eu sou obsessivo porque não deixo caixas de pizza da Domino's debaixo da cama? — grita Nate, indignado.

Merda. Ele viu as caixas.

— Não, porque você dá muita importância a como encher o lava-louça ou de que lado a colher deve ficar na gaveta dos talheres.

Você é tão obsessivo que chega a passar a ferro sua cueca de abacaxis! Falando nela, que homem de 30 anos *usa* cuecas de abacaxis?

Nate me encara com muita raiva.

— Olhe, é óbvio que isto foi um grande erro.

— Um erro?

— Você e eu. Não está dando certo. Eu quero terminar.

— *Você* quer terminar? — grito, indignada. — *Eu* quero terminar! Nate me encara sem acreditar.

— O quê? Você está terminando comigo? — retruca ele. — Não, eu estou terminando com você.

— Você sempre foi um idiota! — digo, com desprezo.

— Você não mudou nada mesmo, não é? Continua teimosa! — grita Nate.

— Ah, pois você mudou. Antigamente, era divertido — grito de volta.

— A vida não é só diversão, Lucy. Você precisa crescer.

— Eu cresci!

— Com esses cabelos roxos! — diz Nate com desprezo.

— Pelo menos eu tenho cabelos — ataco de volta.

Faz-se um instante de silêncio, e Nate visivelmente se retrai.

— Com licença, para onde vocês vão?

No meio do nosso término de namoro, nós nos viramos, já sem fôlego de tanto discutirmos, e vemos o motorista nos olhando esquisito pelo espelho retrovisor.

— Eu não irei a lugar nenhum com ele — informo, olhando para Nate, furiosa.

— E eu não irei a nenhum lugar com ela — revida Nate com uma carranca.

Por um instante, fica instaurada uma guerra fria no banco traseiro do táxi: os dois, teimosos, recusando-se a fazer alguma coisa. Até que, com um suspiro impaciente, Nate puxa a maçaneta, sai e bate a porta atrás de si.

Capítulo 16

Então é isso. Nate e eu terminamos. Nosso grande caso de amor acabou.

Durou, no total, uma semana.

— Bem, se fizer a conta certinha, durou menos de uma semana — aponta Robyn, com ar alegre. Depois, ao ver minha expressão, logo acrescenta: — *Dez anos* e menos de uma semana.

É domingo de manhã, e Robyn e eu levamos os cachorros para um passeio no Battery Park, o que basicamente significa que estamos sentadas na grama, ao sol, tomando sorvetes, enquanto Simon e Jenny farejam por perto.

— Ainda não consigo acreditar — comento, dando uma lambida no sorvete.

— Você fala do término ou do que ele disse sobre...? — Robyn interrompe a frase e me dirige um olhar que significa, *você sabe*.

Eu lhe contara sobre a briga, e ela me apoiara e me incentivara, exclamando "Boa, garota!" em todos os momentos certos. Quando cheguei ao comentário de Nate sobre as minhas coxas, ela inspirou fundo e ficou totalmente muda, chocada. O que, no caso de Robyn, é o mesmo que dizer alguma coisa.

Ou nada, como aconteceu.

— Ambos. — Num impulso rebelde, dou mais uma boa mordida no meu sorvete de duas bolas de chocolate. — E pensar que eu amei esse cara por tantos anos.

— Melhor ter amado e perdido — observa Robyn sabiamente.

— Eu não perdi ninguém! — exclamo, indignada. Simon para de farejar a grama e levanta as orelhas, assustado. — Eu *terminei* o namoro com ele!

Robyn parece confusa.

— Pensei que ele tivesse terminado com você — diz, em dúvida.

— É, ele terminou... mais ou menos — admito, relutante. — Nós terminamos um com o outro. Depois de termos uma grande discussão no táxi.

— Pelo menos vocês concordaram em alguma coisa — comenta ela, radiante.

Robyn não para de me divertir com sua determinação de ver o lado positivo em tudo. Qualquer desgraça que lhe aconteça, ela nunca é negativa. Poderia ser presa por engano por contrabando de drogas na Tailândia, ser condenada à prisão perpétua e colocada numa cela onde ninguém fala inglês, e provavelmente veria a situação como uma excelente oportunidade para ter algum tempo consigo mesma e aprender uma nova língua.

— Acho que sim — concordo, meio incerta.

— Está frustrada?

Paro para pensar. Estou?

— Não — respondo após um instante de silêncio.

Minha resposta me surpreende. Eu imaginava que ficaria mais que frustrada. Na verdade, acreditava que ficaria arrasada. Afinal, Nate deveria ser minha alma gêmea, o homem sem o qual eu não conseguiria viver, a pessoa que me completava.

Ei, Lucy, não. Esse é *Jerry Maguire*.

— Ah, que bom! — diz Robyn, animada. — Um rompimento é uma coisa, mas um coração partido é outra. — Ela revira os olhos querendo dizer que já passou por essas experiências, e demonstro compreensão com um aceno de cabeça.

Só que, desta vez, não estou sofrendo nada.

— Acho que fiquei surpresa — confesso. — E desapontada. Nate não é quem eu achava que fosse. Mas acho que também não sou quem ele imaginava. — Desvio os olhos para o meu sorvete. — Eu amava a imagem que criei. Uma idealização do Nate, de quem eu acreditava que ele era. De quem ele foi.

Penso em voz alta enquanto medito sobre tudo. A semana que passou parece ter sido um sonho obscuro, confuso, uma montanha russa de emoções. Tudo aconteceu tão rápido que não parei para pensar. No fundo eu não *quis* parar e pensar. Estava me apaixonando perdidamente de novo, e isso era muito bom. Voltar a vê-lo, descobrir que ainda me amava; nós dois nos deixamos levar pelo sonho. Não paramos para pensar que talvez estivéssemos nos apaixonando por pessoas diferentes. Envoltos no desejo, no momento, na emoção, mergulhamos de cabeça.

E agora, enfim, vim à tona para respirar.

— Eu me apaixonei mesmo pelo romance todo da situação, pela ideia de voltar com o meu primeiro amor. Acho que nós dois estávamos assim — comento.

— Todos nós estávamos assim — concorda Robyn, apoiando-me. — Foi tão romântico.

— Quero dizer, eu acreditei de verdade que Nate era minha alma gêmea, mas agora... — interrompo a frase com tristeza.

— Mas agora você percebeu que não é, e tudo bem. — Ao ver minha expressão melancólica, Robyn assume de imediato seu papel de líder de torcida. — E que importa se você levou dez anos para entender isso? Antes tarde do que nunca.

— Se não me engano, você disse que Nate e eu fomos feitos para ficar juntos, que nós não passávamos de fantoches, pois o poder do universo determinara nosso destino — contesto, amuada.

Robyn enrubesce.

— É verdade. Tudo parecia coincidência demais, como se estivesse escrito, e vocês formavam mesmo um casal muito fofo. — Ela pausa. — Tem certeza que terminou?

— Cem por cento.

— Hum. — Robyn lambe o sorvete, pensativa. Não parece convencida.

— Acho que estou meio irritada — confesso.

— Tenho certeza de que no fundo ele não quis dizer aquilo — comenta Robyn rapidamente.

Balanço a cabeça.

— Não com Nate, comigo mesma. Estou me sentindo meio idiota. Durante todos esses anos, acreditei que nunca poderia ser feliz de verdade sem ele. Construí uma imagem de Nate como o homem perfeito, o meu grande amor. — Faço uma pausa, repuxando uns tufos de grama. — Agora me sinto como Dorothy em O *Mágico de Oz*, quando ela afasta a cortina e vê que o mágico não passa de um velhinho puxando um monte de alavancas.

— Tive a mesma sensação quando fui ao reencontro da minha turma do ensino médio e vi Brad Poleski — conta Robyn para me dar apoio. — Aos 16 anos, eu era apaixonada por ele. Não conseguia nem olhar diretamente para ele. Era como se fosse um deus. Até que o encontrei de novo no ano passado, e ele era só um cara baixinho, que administrava uma lavanderia e morava em Ohio. *Tão normal.* — Ela balança a cabeça, e os olhos verdes brilham diante da lembrança.

— Num instante eu era louca por ele, e no outro... — Interrompo a frase.

Meu Deus, eu não fazia ideia de que era tão instável.

— Acontece — diz Robyn. — Uma vez aconteceu comigo bem no meio... — Ela ergue as sobrancelhas.

— No meio do quê?

— Quando nós estávamos, *você sabe...*

— Ah, Deus, sério? — De repente eu entendo. — O que aconteceu?

— Ele era Hare Krishna, e...

— Os Hare Krishna podem *fazer sexo?*

— Hum, ele não era muito bom, e os cânticos distraíam um pouco. — Ela faz uma pausa. — Ah, você quer saber se eles têm permissão para fazer sexo por causa das *crenças religiosas*? — Ela arregala os olhos. — Na verdade, não sei.

Por um instante, ela para e pensa, o rosto retorcido em um ar concentrado.

— Enfim, onde eu estava?

— Fazendo sexo — relembro.

— Ah, sim. — Robyn afasta os cabelos do rosto e me olha com atenção. — O cara estava por cima de mim, olhei para ele e vi sua careca. De repente, do nada, me veio uma imagem de Fred, a tartaruga de minha sobrinha. Você sabe como elas esticam a cabeça para fora do casco? — Robyn faz uma imitação. — Acredite, nunca mais foi a mesma coisa. Uma pena, eu gostava da comida que ele fazia, uns feijões com ervas, *hummm*...

Enquanto Robyn fala sem parar, começo a me animar. É impossível isso não acontecer com ela por perto.

— Mas, por outro lado, nossa, como eles me davam gases.

Começo a rir.

De repente Robyn se empertiga como um suricate, com o corpo em estado de alerta, como Simon e Jenny quando avistam um esquilo.

— O que você viu?

— Um desconhecido moreno e bonito. Duas horas. — Ela aponta para o lago.

Ah, não. Sei o que isso significa.

— Harold?

— Talvez. — Robyn coloca os óculos escuros e afunda na grama. De repente parece que somos policiais de tocaia.

— E então, o que aconteceu com Daniel naquela noite? — pergunto, querendo trocar o foco de um homem imaginário para um real. — Quando eu saí, vocês pareciam bem entusiasmados.

— Ah, nós nos divertimos. Ele é um amor — diz Robyn, distraída, os olhos ainda fixos no moreno bonito. Eu não me surpreenderia se ela tirasse da bolsa um binóculo a qualquer instante. — Ele me convidou para sair amanhã à noite...

— Um encontro? — pergunto, animada. — Você nem me contou!

— Mas é claro que não aceitei.

— Porque o nome dele não é Harold — concluo, sem rodeios.

— Isso mesmo — confirma Robyn, ignorando minha evidente desaprovação. — Eu expliquei a ele que nós não tínhamos futuro.

Fico perplexa.

— Você disse isso a ele? Contou sobre Harold?

— Claro — confirma Robyn, como se fosse a coisa mais normal do mundo dizer a um homem que ela acabou de conhecer que não pode sair com ele porque ouviu de uma vidente que conheceria um estranho moreno e bonito chamado Harold.

Mas imagino que, para Robyn, isso seja muito normal.

— Por que eu não contaria? — pergunta ela.

Porque ele vai pensar que você é uma louca, tenho vontade de dizer, mas, em vez disso, opto por uma resposta mais diplomática.

— Se saísse com Daniel, poderia descobrir que gosta dele de verdade.

— Concordo. É esse o meu medo — afirma Robyn. — Se for assim, o que é que eu vou fazer quando conhecer Harold? — Logo olha para o outro lado do lago. — Ah, droga.

Acompanho seu olhar. O estranho moreno e bonito está abraçado a uma mulher num estágio avançado de gravidez.

— De qualquer modo, concordei em sair com ele. Mas não num encontro, só como amigos. — Robyn suspira, tira a grama da saia e se levanta, pronta para ir embora.

— Ótimo — digo em aprovação e também me levanto. — Talvez assim você acabe gostando dele.

— Não diga isso! — Robyn fica em pânico. — Isso não pode acontecer nunca. Como eu vou fazer quando finalmente conhecer Harold?

Repare que não é "se", é "quando".

— Mas e se quando finalmente conhecer Harold, vocês não se derem bem? — argumento enquanto caminhamos pelo parque em direção à saída.

Robyn me lança um olhar que diz: *Você não está sendo gentil, Lucy*, e se recusa a dar o braço a torcer.

— Ah, um cliente me deu duas entradas para o teatro na semana que vem — diz ela, apressando-se em mudar de assunto. — Para aquele show novo na Broadway, *Tomorrow's Lives*. Não quer ir?

— Ah, sim! — respondo, ansiosa. — Nunca assisti a um show na Broadway.

Viu só. Eu não ficarei à toa em casa, deprimida por sua causa, Nathaniel Kennedy, é o que me passa pela cabeça na hora.

— Mas o problema é que não posso ir, tenho uma conferência sobre cura. Então, se quiser convidar alguém para ir com você, como, ah, não sei... — O nome "Nate" escapa silenciosamente de sua boca, suspenso no ar como um balão de fala de quadrinhos.

— Vou chamar a minha irmã — informo.

Enrolando um cacho de cabelos no dedo, Robyn faz uma pausa, pensativa.

— Lucy, não quero interferir, mas tem certeza de que isso não é uma briguinha de namorados?

— Definitivamente não. — Balanço a cabeça com determinação. — Na verdade... — Naquele instante, lembro-me de algo e paro de caminhar. Pego o pingente de meia-moeda embaixo da camiseta. Não o tirei desde quando Nate e eu voltamos a usá-los. Passo-o por cima da cabeça e o jogo numa lata de lixo próxima.

Viro-me para Robyn, que me olha pasma, e pergunto:

— Agora acredita em mim?

Com os términos vêm novos começos, e mais tarde, naquele mesmo dia, de volta ao apartamento, decido fazer uma limpeza. Começar do zero e tudo mais. Tenho quinquilharias por todo lado. Passo o resto do domingo separando o que não quero mais e jogo fora muita coisa. Inclusive meu "arquivo do Nate", que é cheio de fotografias antigas, cartas e lembrancinhas que guardei por todos esses anos e carreguei comigo para onde fui.

Agora é hora de me livrar disso, digo a mim mesma com firmeza, jogando tudo no lixo. Hora de seguir em frente, vivenciar coisas novas.

Antes de dormir, coloco o celular para carregar. Nate não me procurou nem eu esperava que o fizesse. Por um breve instante, penso em lhe enviar uma espécie de mensagem de adeus sem rancores, mas logo decido o contrário. Ainda está muito recente. É melhor deixar a poeira assentar, depois enviar um e-mail dizendo alguma coisa madura e filosófica sobre amor e relacionamentos.

Talvez algum dia nós possamos nos tornar amigos, como Bruce e Demi, e sair para passar férias juntos com nossos novos companheiros. Sempre que alguém nos perguntar, falaremos com ternura sobre o outro, rindo e relembrando. Eu até vou conseguir rir daquela cueca de abacaxis e de como ele não saía do telefone. Serão lembranças ternas, como também o serão meu atraso, minha bagunça e meus cabelos roxos.

Mas eu ainda teria vontade de matá-lo pelo comentário sobre as minhas coxas.

Acordo na manhã de segunda-feira sentindo-me positiva. É um novo dia, o primeiro dia do resto da minha vida. Depois da catarse da véspera, é hora de dar boas-vindas ao novo. Nunca mais terei que pensar em Nate. Ele nunca mais surgirá na minha cabeça por saudade ou tristeza quando uma música tocar no rádio, e eu nunca mais sofrerei pensando "e se?" ao ver um casal apaixonado. É incrível.

É como se um peso tivesse saído das minhas costas, concluo, feliz, enquanto tomo meu *latte* com o triplo de café a caminho do trabalho, ouvindo o iPod, me sentindo mais leve, mais livre...

— Ouço sinos de casamento!

Abro a porta da galeria e sou recebida por Magda, os saltos de seus sapatos ressoando no concreto envernizado como uma sucessão de tambores.

— O quê? — Tiro os fones de ouvido, sem entender nada.

— Você e Nathaniel! Consegue ouvi-los? — pergunta ela, fazendo uma concha com a mão contra o ouvido.

Fico paralisada, e toda a ideia de ser mais leve e livre e nunca mais ouvir o nome de Nate se esvai.

— Será incrível. Faça a festa no Plaza. Tenho um amigo, Ernie Wiseman, que poderá dar um bom desconto nas flores.

Chego a ficar enjoada. Como contar a Magda que terminou?

— Na verdade, acho que não vai acontecer casamento algum — digo, com tato.

Comecemos pelo óbvio.

— Eu sei, eu sei, você quer um longo noivado. — Ela gesticula com seus ombros pequeninos revestidos por duas imensas ombreiras. — Quer ter tempo para planejar, organizar, fazer tudo perfeito, mas devo dizer, você precisa levá-lo ao altar nos primeiros três meses, ouça bem, três meses.

Diante do caminhão de dez toneladas que é Magda correndo para cima de mim em pleno modo casamento no Plaza, ter tato não vai dar em nada.

— Nós terminamos — revelo.

Por um instante, Magda continua movendo a boca, sem nenhum som. Em seguida, solta um uivo, como um animal ferido, os saltos Gucci parecendo curvar-se sob seu corpo, e ela se agarra à mesa da recepção.

— Não, não — lamenta ela num gemido, enfim conseguindo recuperar a voz. — Isso *não pode* ser verdade!

— Sinto muito. Apenas não deu certo. — Tento explicar, mas Magda empalidece, mesmo sob aquele bronzeado dos Hamptons e a grossa camada de blush perolado, e olha para mim muito pesarosa. Embora isso possa ser o resultado da recente visita ao seu "amigo", Dr. Rosenbaum, reflito, ao ver os sinais roxos reveladores em volta dos olhos.

— Mas ele tem sapatos italianos.

— Eu me enganei — minto, desesperada. — Eles eram da Banana Republic.

Magda não desanima.

— Não se preocupe, podemos resolver isso — diz ela, com uma expressão de pura determinação no olhar. — Conheço o gerente da Bergdorf. Consigo cinquenta por cento de desconto num par de Pradas.

— Não, verdade — insisto. — Nós não éramos feitos um para o outro.

Magda olha para mim como se eu estivesse falando uma língua estranha.

— O que isso tem a ver com alguma coisa? — pergunta ela, sem entender nada. — Tive três maridos, e nenhum deles era feito para mim!

Magda afirma isso com tanta indignação que levo algum tempo para registrar. Quando o faço, não sei ao certo como isso pode apoiar seu argumento.

— Pelo menos a exposição foi bem — digo, animada, sem querer perguntar nada e mudando de assunto. Logo me dirijo para o computador, ligo e começo a examinar nossos e-mails. — Agora é cruzar os dedos para que isso ajude os negócios.

— Humm — diz ela, mal-humorada.

— E temos alguns e-mails aqui sobre o bufê, elogiando as almôndegas — continuo, procurando uma reação.

Há um vago movimento da cabeça, e os cabelos louros cheios de laquê mexem um pouco.

— Ah, estive com minha amiga Robyn, e ela contou que vai sair com Daniel — comento, num último esforço. Tudo bem, não é totalmente verdade. E estou prostituindo minha amiga. Mas tenha dó, estou desesperada.

Funciona. Magda levanta a cabeça, como Jenny e Simon quando ouvem "passear".

— É mesmo? Eu sabia! Não disse? Quando se trata de formar casais, eu nunca erro. — Ela me encara, e desvio os olhos.

— Sim, não é ótimo? — digo com entusiasmo. — Eles parecem formar um bom casal.

— Um *bom* casal? Eles formam um casal *perfeito* — corrige Magda, orgulhosa, empertigando-se toda no seu 1,50m de altura. — Embora meu filho nunca me conte nada — lamenta. — Diz que sou fofoqueira e contarei a todos. — Seu tom sugere que isso é uma afronta. — Eu? Fofoqueira? — Apertando o peito, que, como tudo em Magda, é empertigado de forma suspeita, ela suspira teatralmente. — Sou a discrição em pessoa.

— Claro — concordo, séria, clicando num e-mail do fotógrafo que contratamos para o vernissage. Um conjunto de fotografias se abre. — Quem é esta? — pergunto, examinando a foto de uma senhora muito atraente. — Parece tão glamorosa.

Giro a tela para que Magda possa ver, mas ela logo estala a língua em reprovação.

— Ora, quem mais poderia ser? — exclama, revirando os olhos. — É Melissa Silverstein. Chantageou o marido milionário ao descobrir que ele tinha um caso. — Magda se aproxima e abaixa a voz. — Eu não deveria contar, pois foi uma confidência, mas ela o encontrou na cama com o jardineiro...

Depois de Magda divulgar os segredos mais íntimos da amiga, comprovando, se é que era preciso, que talvez Daniel tenha razão, e discrição e Magda não combinem, passamos ao trabalho de sempre, e o resto da manhã é gasto com administração e papelada.

Chega a hora do almoço, e vou ao Katz's para nosso pedido costumeiro, sendo servida pelo mesmo homem mal-humorado que nunca fala atrás do balcão. Volto para a galeria com a sopa e o sanduíche de *pastrami* no pão de centeio de Magda. A única diferença é que hoje resolvi trocar meu sanduíche de atum com queijo derretido por um café e uma maçã.

Nenhuma razão em especial. Não tem *nada* a ver com o comentário de Nate sobre minhas coxas. Nem com o fato de eu agora saber que atum com queijo derretido é horrivelmente engordativo, com cerca de um milhão de calorias ou algo assim, e que todo aquele queijo derretido só está esperando para conquistar o território das coxas e cobri-las de celulites. Descobri isso ao pesquisar no Google, mais cedo.

Não, é mesmo estranho. Eu simplesmente não estou com apetite hoje, reflito, enquanto bebo meu café caminhando pela rua. Minha barriga não está roncando porque estou com fome. Ela só está fazendo um barulho estranho porque... Eu não sei bem por que, mas tenho certeza de que deve haver um monte de motivos.

— Ai! — Solto um grito quando alguém vem de encontro a mim e derruba café na minha blusa. — Olhe por onde anda!

Veja bem, estou cada vez mais nova-iorquina. Antes, eu me desculparia, porém, não mais, penso, olhando consternada para minha blusa coberta de manchas marrons que não demoram a aumentar.

— Ei, por que *você* não olha por onde anda? — grita de volta a pessoa que acabou de me dar o encontrão.

Ah, que abusado!

Olho para ele, muito irritada. Espere aí, foi...

— *Você!*

Ambos exclamamos em uníssono, criando um efeito estéreo. Olho para o homem à minha frente num terno cinza, o sujeito que acabou de me empurrar porque não estava olhando, que estragou minha blusa e me queimou com café quente por estar ocupado demais falando ao celular e não podia ver por onde andava.

E é Nate.

Ele me fita com uma expressão de choque.

— Ligo para você depois — diz ele no seu fone de ouvido bluetooth.

Eu o encaro, perplexa. Não consigo acreditar. É Nate. De todas as pessoas nas ruas de Manhattan, tenho que trombar com ele!

Correção: *ele* tem que trombar comigo.

De repente, a raiva substitui a perplexidade.

— Você precisa olhar para onde vai quando está ao telefone — reclamo, aborrecida.

Nate se irrita.

— Você veio andando direto para cima de mim.

— Não senhor! — Fico furiosa. Nate quer inventar que a culpa foi minha. — Você estava conversando ao celular, sem prestar atenção. Olhe só, derramou todo o café em mim! — Seguro a blusa agora encharcada de café, parecendo mais um tie-dye feito por Robyn, e a agito furiosamente na direção dele.

Se eu esperava que ele se desculpasse, não poderia estar mais errada.

— Eu bem avisei sobre tomar café — diz ele sem se exaltar.

Encaro-o com os olhos faiscando de raiva.

— O quê? Então a culpa é minha?

— Não é culpa minha o fato de você estar tomando café!

— É culpa sua estar ao telefone e esbarrar em mim — retruco, impaciente.

— Você veio direto na minha direção — replica Nate.

Ficamos batendo na mesma tecla até desistirmos e terminarmos furiosos um com o outro. Não consigo acreditar. Até a semana passada, não o via há dez anos. E durante esses anos todos eu fantasiara encontrá-lo por acaso, mas isso nunca aconteceu. Agora, aqui estou eu, esbarrando com ele no meio da rua.

— Por falar nisso, você deixou algumas coisas no meu apartamento — diz Nate, enfiando as mãos nos bolsos e fazendo tinir as moedas. — Eu pretendia mandar para a galeria pelo correio.

— Ah, não se preocupe. Pode jogar fora — decreto logo.

Deus, chegou a este ponto. Não faz muito tempo, só queríamos arrancar as roupas um do outro, e agora estamos discutindo o descarte da minha escova de dentes.

— Está bem, acho que é isso, então.

— É, acho eu sim.

Por um instante, nenhum dos dois fala nada, até que o iPhone de Nate começa a tocar, como um gongo pedindo tempo no relacionamento. É um final apropriado.

— Eu preciso atender essa...

— Sim, claro. Adeus, Nate.

E, deixando-o no meio da rua, vou embora.

Após todos esses anos, eu finalmente o deixei para trás, e desta vez não há retorno.

Capítulo 17

— Quer saquê?

No fim do dia, saio do trabalho e vou direto para o Wabi Sabi, um restaurante japonês miudinho escondido sob um antiquário em Chelsea, para encontrar minha irmã que já me aguarda no bar.

— Hum... sim, ótimo — respondo, esbaforida da corrida depois da saída do metrô.

Estava determinada a chegar na hora pelo menos desta vez, inclusive saí cedo da galeria, mas, apesar de todo meu esforço, Kate chegou antes.

Agora eu sei como deve se sentir um inglês em férias ao descobrir que, não importa quão cedo acorde, os alemães sempre vão chegar antes para pegar as cadeiras de sol.

— Que bom. Porque já fiz o pedido — diz Kate quando me sento no banco ao seu lado. — Não esperei, sabia que você se atrasaria.

Essa é minha irmã. Ela nunca mede as palavras.

— Que bom ver você — comento, sorrindo, e a abraço, embora Kate não goste muito de abraços nem de beijos.

Na verdade, não gosta de nenhuma demonstração de afeto em público. Na escola, os meninos costumavam chamá-la de "Iceberg", o que era uma maldade. Além de estar longe de ser verdade.

Afinal, os icebergs às vezes derretem.

— Ah, antes que esqueça, quero saber se você gostaria de ir ao teatro comigo na semana que vem. Robyn ganhou duas entradas —

ofereço, abrindo os *hashis* e atacando a pequena tigela de edamame. Estou faminta. Só tomei café e comi uma maçã o dia inteiro.

— Acho que não. Estou treinando — responde ela, balançando a cabeça.

— Todas as noites?

— Só faltam dois meses para a maratona.

Isso é outra coisa. Além das 14 horas por dia que Kate dedica ao escritório, nos últimos tempos ela tem passado suas horas livres treinando para a maratona de Nova York.

Eu sei. Fico cansada só de pensar.

— Tenho alguns passes livres para a academia de ginástica. Você deveria ir — sugere Kate, abrindo a fava de grãos de soja com os dentes. — Agora não vai mais fazer aquela ioga toda. — Ela dá um sorriso malicioso, e, em resposta, bato nela com um *hashi*.

Já contei a Kate sobre o rompimento com Nate. Telefonei para ela ontem à noite, dei todos os detalhes, e, no final, respirei fundo antes de ouvir sua reação. Veio na forma de duas palavras — "Que bom" — e depois ela mudou para uma conversa sobre os novos azulejos do banheiro de sua casa.

"Efusiva" não é uma palavra que se possa usar para descrever Kate. Às vezes me pergunto se ela vê palavras como o resto de nós vemos dinheiro, e por isso tenta economizar, sem gastar muitas de uma vez só.

— Acho que você teve sorte em escapar — continua. — Economizará uma fortuna em consultas com um quiroprata.

— Eu não sou tão ruim em ioga — reclamo, ressentida.

— Luce, como vai fazer a posição de lótus se nem consegue cruzar as pernas? Você se lembra daquela vez na escola?

Confie em Kate para me lembrar de um dos momentos mais humilhantes da minha vida. Aos 12 anos, sentada de pernas cruzadas no auditório da escola, ouvindo o diretor, tive cãibra nas pernas e não consegui descruzá-las. Precisei ser carregada pelo Sr. Dickenson, nosso professor de Educação Física, para fora do auditório. Creio que nunca superei a vergonha. Durante anos me caçoaram, sem pena, repetindo "Não se esqueça de cruzar as pernas", o que ganhou uma conotação totalmente diferente conforme fui ficando mais velha.

— Com licença. Seu saquê.

Ergo os olhos e vejo um garçom voltar com uma garrafinha e dois copos pequenos de cerâmica. Ele os arruma de maneira cerimoniosa no balcão à nossa frente.

— *Domo arigato* — diz Kate, sorrindo e inclinando a cabeça num gesto de respeito.

O garçom abre um sorriso.

— *Do itashi mashite* — responde ele, acenando a cabeça profusamente e se afastando.

Olho para minha irmã, abismada.

— Desde quando você fala japonês?

— Desde quando passei a ter a maioria dos clientes baseada em Tóquio — responde ela de forma casual, pegando a garrafa de saquê e me servindo. — Estou aprendendo no tempo livre.

Olho para Kate, curiosa. Minha irmã nunca para de me surpreender. Às vezes eu me pergunto se somos de fato irmãs ou se houve alguma troca no hospital. Será que eu posso mesmo ser geneticamente relacionada a alguém que *aprende japonês*? No *tempo livre*?

Eu achava que tempo livre era para entrar no Facebook e dar uma olhada nas fotos das pessoas, dar lances em várias coisas no eBay de que não preciso e nem caem bem, ver televisão com Robyn e discutir temas desafiadores, como se devemos encomendar uma pizza tamanho médio e um pão de alho ou pedir logo uma pizza tamanho grande com cobertura extra.

— Agora é sua vez. Você tem que me servir — diz ela, passando-me a garrafa de saquê. — Dizem que dá sorte um servir o outro.

— Eu achava que você não era supersticiosa.

— E não sou. — Ela franze a testa como se eu a tivesse insultado. — Isso é tradição, não superstição. Há uma diferença.

— E então, como está seu trabalho? — pergunto, mudando de assunto. — Algumas boas... hum... fusões e aquisições em andamento?

Se existe uma maneira certa de tirar minha irmã do mau humor é perguntar sobre o trabalho dela. É seu assunto predileto. Se fosse possível, provavelmente seria seu *único* assunto. Diferentemente de minhas amigas, Kate não se interessa por comentar o vestido incrível que você acabou de comprar na Zara, especular o que está acontecendo no triângulo Jennifer-Brad-Angie ou falar sobre relacionamentos. Nem mesmo o dela.

De fato, o mais perto que Kate já chegou disso foi no dia de seu casamento, quando alguém perguntou qual era a melhor parte de estar casada com Jeff, e ela respondeu, alegre: "Nosso novo apartamento. Com dois salários, agora podemos pagar por um de dois quartos", o que não creio ser exatamente a resposta que esperavam.

— Cansativo, mas estimulante — diz Kate, de repente animada. — O CEO está feliz com a fusão, o que é excelente no que se refere ao desempenho, mas parece que o acordo Joberg-Cohen pode precisar de um pouco mais de... — Ela se interrompe ao ver minha expressão vidrada. — Está interessada nisso?

— Claro! É fascinante.

E seria, de fato, se ao menos eu tivesse alguma noção do que ela está falando.

— Hum. — Kate não parece muito convencida e boceja. — De qualquer modo, está tudo bem, mas a quantidade de horas é cansativa.

Observo minha irmã com atenção. Fora o terninho muito bem-talhado e o penteado imaculado, ela tem olheiras sob os olhos, e a ruga entre as sobrancelhas é tão profunda que está se transformando num vinco.

— Você parece estar exausta — comento. — Precisa de umas férias.

Kate olha para mim como se eu tivesse acabado de dizer que ela precisa desenvolver mais uma cabeça.

— *Umas férias?* — pergunta ela meio brava, como se a ideia fosse o maior absurdo.

— Qual foi a última vez que você viajou? — insisto.

Kate vacila por um instante, e posso sentir seu cérebro fazendo força para recapitular.

— Fomos visitar mamãe e papai — diz ela, triunfante.

— No Natal do ano passado — relembro. — De qualquer modo, foi na casa deles. Não foram exatamente férias.

— Luce, acho que você não entende. — Kate suspira, impaciente. Colocando os cabelos atrás das orelhas, ela esfrega o nariz, agitada. — Não posso ir a lugar algum agora. Estou muito ocupada.

— Mas está com cara de quem precisa de férias — digo, acariciando-lhe o braço.

— Não, o que eu preciso é ser promovida a sócia — retruca ela, determinada, afastando o braço. — E, se eu continuar nesse ritmo, tenho uma boa chance de ser recomendada para isso na próxima reunião anual.

Mas você pode continuar nesse passo?, me pergunto em silêncio, observando sua expressão tensa, me sentindo incomodada. Kate sempre foi uma workaholic — em seus boletins escolares, vinha sempre alguma observação do tipo "além das expectativas" — mas parece estar exagerando até pelos padrões dela.

— O que Jeff diz?

Seu semblante fica mais sombrio.

— Jeff entende. Sabe o quanto isso é importante para mim. — Kate abre o cardápio. — É melhor fazermos o pedido, está ficando tarde. — Esse é seu modo de dizer que o assunto está encerrado.

Minha irmã acena para o garçom e faz o pedido para nós duas. Não sei exatamente o quê, pois a maior parte ela fala em japonês.

— Ah, e uma sopa de missô extra para levar — diz ela em inglês. — Para Jeff — explica, virando-se para mim. — Prometi levar uma sopa porque está um pouco adoentado.

— O que ele tem? — pergunto, preocupada.

— Ah, nada. Deve ser uma dessas gripes rápidas. — Kate dá de ombros e toma um gole do saquê.

— Ele deveria se consultar com Robyn. Ela tem ervas chinesas para tudo — sugiro, pensando nas dúzias de garrafas espalhadas pelo apartamento. Eu sempre esbarro em coisas com nomes estranhos e maravilhosos como Otólito de Peixe Amarelo ou Víbora de Nariz Comprido.

— Você só pode estar brincando! — diz Kate.

— Não, é sério. Sei que você não acredita em nada disso, mas ela confia plenamente. — Paro de falar ao vê-la arregalar os olhos para mim.

— Você está bem? Tem alguma coisa nos seus olhos?

Kate me bate com o *hashi* e faz uma cara estrangulada esquisita. De repente, caio em mim e fico em pânico.

— Ah, meu Deus, você está engasgada?

Passa pela minha cabeça uma imagem minha tendo que executar a manobra de Heimlich em pleno restaurante. Droga, por que não assisti a mais episódios de *Plantão médico*? Perdi o interesse quando George Clooney saiu.

— Não, atrás de você — sussurra ela, como uma atriz de cinema mudo.

— O quê? — Confusa, sem entender do que ela está falando, eu me viro.

Não acredito.

Pois ali, sentado bem ao meu lado, no bar, está Nate, com outro homem de terno. É óbvio que acabaram de chegar, pois estão pedindo duas bebidas. Não consigo acreditar.

— Você está me seguindo? — acuso-o, quando consigo falar, após um instante de choque.

Ao ouvir minha voz, ele se vira e, quando me vê, seu semblante se fecha, e me acusa de volta:

— *Você* está *me* seguindo?

Eu me enfureço.

— Cheguei aqui primeiro — saliento.

— Eu fiz a reserva na semana passada — retruca Nate, como se quisesse dizer: *Eu lhe avisei*.

Para não ficar atrás, Kate responde:

— Nós fizemos a nossa na semana anterior. Pode checar com minha assistente.

— Olá, Kate — cumprimenta ele.

— Nathaniel. — Ela lhe dirige um de seus olhares assustadores.

Por um instante, dá-se um impasse, e vejo o colega de trabalho de Nate olhando para nós sem entender, como alguém que acabou de cair de paraquedas em um tiroteio de faroeste.

— É uma coincidência — diz Nate, sendo equilibrado.

— Essa é uma forma de ver — retruca Kate seca.

— Vamos mudar de lugar — sugiro, virando-me para minha irmã. — Deve haver uma mesa disponível. — Olho ao redor e, consternada, percebo que o restaurante está cheio. Há inclusive uma fila de pessoas aguardando do lado de fora. — Droga. Talvez seja melhor nós irmos embora — sugiro.

Kate olha para mim como se eu tivesse enlouquecido.

— Não vou embora. Acabei de pedir setenta dólares de sushi.

— Podemos levar para casa — murmuro.

Ela me lança um olhar lancinante.

— É crucial que você não dê à outra parte razão alguma para acreditar que tem a posição de poder.

— Kate, nós não estamos falando de lei agora — argumento, desesperada —, mas do meu ex-namorado.

Ela franze a testa e fura outro endamame.

— Se alguém vai embora, é ele, não nós.

— Ele não vai, é teimoso demais — digo, implorando.

Mas Kate não se move.

— Nesse caso, apenas o ignore.

Assim eu tento. Faço o possível. Falo da academia, da galeria, de qualquer coisa para não pensar em Nate, mas não é fácil. Quero dizer, ele está *bem ali ao meu lado*. Enquanto tomo a sopa de missô, ouço-o pedir ao garçom para examinar todos os vinhos e depois insistir em provar cada um. Isso já me impressionou, mas agora me irrita. Num dado momento, estou a ponto de me virar e gritar "Escolha logo o diabo do vinho", mas felizmente meu rolinho de salmão chega e distrai minha atenção.

É estranho, mas, durante o jantar, descubro que todas as coisas que antes me cativavam, agora me incomodam demais. Como o jeito de passar o gel nos cabelos para fazer aquele morrinho na frente, o assobio que seus dentes fazem quando ri ou o fato de mencionar seu programa, *Muita grana*, cerca de vinte milhões de vezes.

— Será que ele falava tanto assim sobre o *Muita grana* e eu não percebia? — sussurro para Kate.

Ela para de comer o sashimi de atum e franze a testa.

— Eu pensei que você estivesse o ignorando.

— Estou, estou — apresso-me em protestar. — Só que não é tão fácil assim.

— Não se preocupe, ele está indo embora — informa Kate, sinalizando atrás de mim com um *hashi*.

— Está? — Viro-me e, com imenso alívio, vejo o lugar ao meu lado vazio, e Nate se encaminhando para a saída. — Ah, graças a Deus. — Suspiro e sinto o corpo relaxar. — Dar de cara com ele uma vez já foi ruim, mas duas? Num único dia?

— Você deu azar — simplifica Kate.

Concordo com um aceno de cabeça e volto para o meu prato, mas fica uma dúvida. Será apenas isso? Uma coincidência infeliz?

— Claro, há sempre mais uma razão — diz Kate.

— Qual? — pergunto.

— Ele está tentando descobrir uma maneira de conseguir que vocês voltem.

— O quê? Seguindo os meus passos por aí? — Franzo a testa.

— Encontrando você "acidentalmente" — corrige Kate. — Lembra como você fez com Paul, aquele cara que entregava nosso jornal?

Eu havia me esquecido disso, apagado essa lembrança, mas agora que fui forçada a lembrar, tenho um calafrio. Aos 12 anos de idade, eu tinha uma queda pelo menino que entregava os jornais e arranjava qualquer desculpa para encontrá-lo: passear com o cachorro pela rota que fazia, acidental ou propositalmente estar no portão quando ele chegava, até segui-lo na sua bicicleta quando entregava os jornais. Ah, que vergonha.

— Nate não faria isso — digo, descartando a hipótese. — Queria terminar tanto quanto eu.

— Tem certeza de que ele não agiu apenas por orgulho? — Kate ergue as sobrancelhas. — Tipo, "termine antes que terminem com você"?

Franzo a testa, já meio na dúvida. Volto a pensar na nossa discussão no táxi.

— Não, pode acreditar. — Balança a cabeça, com certeza.

— Foi só uma ideia. Mais saquê?

Estou procurando cabelo em ovo. Encontrar Nate por acaso é ruim, mas não há uma razão especial. É apenas coincidência.

— Hum... sim, por favor. — Estendo o copo.

Como disse Kate, foi só azar.

Capítulo 18

Ainda assim, na manhã seguinte, quando saio para trabalhar, fico atenta; na hora do almoço, me certifico de levar o café com muito cuidado, só por via das dúvidas. Mas não, Nate e seu iPhone não esbarram comigo. Nem sinal dele nos restaurantes. No fim das contas, é basicamente um território livre de Nate.

Admito que uma ou duas vezes avisto um homem de terno cinza na multidão e meu peito se contrai, mas é só um engano, ainda bem. Sou eu que estou nervosa e inquieta.

No fim do dia, já me sinto bem mais calma e meio idiota. Tudo bem, o que aconteceu ontem foi estranho e muito incômodo. Embora eu tenha deixado a blusa de molho, nunca conseguirei tirar totalmente aquela mancha de café, e também não deu para apreciar o jantar com Nate sentado ao meu lado. Mas, sejamos racionais, foi pura coincidência. Lei de Murphy. Má sorte.

Chame do que quiser, não há razão para imaginar que tenha alguma outra explicação.

— Sei que parece loucura, mas em certo ponto eu comecei a ficar meio paranoica — digo, ofegante, quase sem ar, olhando de lado para Robyn, que também está esbaforida, se exercitando numa máquina ao meu lado.

É o dia seguinte, depois do trabalho, já de noite, e Robyn e eu aproveitamos ao máximo os passes-livres para a academia de Kate, nos exercitando nas máquinas. Uso o termo "exercitar" de modo amplo — "estar à beira de um colapso" talvez fosse uma descrição mais adequada.

Apesar da oferta de passes-livres, Kate ficou assustada diante do meu entusiasmo.

— O quê? Você vai *hoje à noite*? — perguntou ela, espantada, ao que eu respondi, de modo seco, que estava ansiosa para ficar em forma, e nada melhor do que começar agora.

Eu só não mencionei o comentário de Nate a respeito da minha celulite, que vinha queimando um buraco no meu cérebro como se fosse um cigarro aceso.

— Como ele ousa dizer que tenho celulite? — reclamava com Robyn aproximadamente a cada dez minutos.

Como a amiga leal que é, ela reclamava de volta:

— Como ele ousa? Não há nada de errado com as suas coxas!

Eu sou uma mulher de verdade, e não algum bicho-pau esculpido pela ginástica. Além do mais, toda mulher tem celulite. Até Kate Moss. Quero dizer, tenho certeza de que já vi algumas numa fotografia.

Está bem, *pode* ter sido um efeito da luz; mesmo assim, tenho certeza de que estavam lá.

Depois do meu discurso azedo — fora Nate, celulite é tudo! —, durante o qual marchei pela sala de calcinha, balançando o controle remoto como se fosse uma bandeira, fui para o banheiro, olhei para a minha bunda no espelho de corpo inteiro sob a luz de teto e fiz uma descoberta assustadora.

Alguém roubou minha bunda! Não apenas isso, mas a substituíram por mingau num saquinho! Eu não sabia quando ou como acontecera, mas sabia de uma coisa: *eu queria minha bunda de volta.*

E é por isso que estou na parte nobre da cidade, na Equilibrium, uma academia super na moda, completa, de tijolo aparente e tevês de plasma, a ponto de ter um ataque cardíaco. E não apenas por causa do exercício. Sinto-me como se tivesse sido jogada num universo paralelo. Um universo onde todo mundo usa lycra de grife e expõe o corpo esculpido e a barriga de tanquinho na academia. Pavoneando-se pelo espaço, usando seus iPods, com toalhas de mão jogadas de maneira casual sobre os ombros e rabos de cavalo balançando, as garotas definitivamente irradiam saúde e vitalidade. É como aterrissar no planeta Beleza.

Enquanto isso, uso meu velho conjunto de túnica e short e bufo como um trem a vapor, com o rosto parecendo um tomate gigante.

— O quê? — grita Robyn, da maneira que as pessoas fazem quando estão com fones de ouvido e acham que estão falando normalmente, mas soam como bêbados expulsos de casas noturnas nos centros das cidades numa noite de sábado.

— Ah, nada. Eu só estava pensando alto.

Contorcendo o rosto, confusa, Robyn retira um dos fones de ouvido de um aparelho de CD portátil. Não creio que tenha visto algo assim desde 1995. Ela também está usando tie-dye. A seu lado, me sinto super na moda, o que já é alguma coisa.

— Desculpe, eu estava longe — diz Robyn, apertando o rabo de cavalo.

Seus cabelos estão presos no topo, e os fios castanhos encaracolados se espalham ao redor da cabeça como uma daquelas luzes de fibra ótica.

— O que está ouvindo? — resmungo. Estou usando algo que se chama cross-trainer e tem um imenso painel de controle com luzes piscando e indicadores. É mais ou menos como estar numa cabine de piloto. Não que eu já tenha *estado* em uma, mas tenho certeza de que é parecido. Suponho que talvez seja menos complicado, olhando agora para aquilo com certo medo.

Após vários começos em falso, consigo programar a máquina para algo chamado "intervalo", pois gosto da aparência do pequeno diagrama ao lado: tiras altas com muitas tiras planas no meio. Foram as tiras planas que me atraíram. Parecia mais fácil. Afinal, "intervalo" não é apenas outra palavra para "descanso"?

Hum, não, Lucy, concluo com uma careta, depois de dez minutos de exercício. Aparentemente, é mais uma palavra para "tortura".

— É este CD maravilhoso — diz Robyn, efusiva, com uma aparência revigorada.

— Ah, é o novo Black Eyed Peas?

— Black Eyed Peas? — Robyn parece desconcertada. — Não, é sobre milagres e como eles podem ensinar o caminho para a paz interior e a iluminação. É fascinante. Quer ouvir um pouco? Cada uma pode ficar com um fone. Acho que eles esticam... — Ela começa tentando desembaraçá-los.

— Hum... não precisa, obrigada — apresso-me em agradecer.

— Tem certeza? Tem uma parte muito interessante sobre como você deve alterar a percepção do mundo imaginando-se como uma árvore, e seus braços são os galhos... — Para ilustrar o que diz, Robyn balança os braços compridos e magros, cheios de pulseiras prateadas, sobre a cabeça. — E você estica os galhos para o céu, através das nuvens, para o universo...

— E então, como foi o encontro com Daniel ontem à noite? — Interrompo-a antes que ela narre o CD inteiro. E narraria, pode acreditar. — Você ainda não tinha voltado quando eu cheguei em casa

Robyn deixa os braços caírem para os lados.

— Não foi um encontro — corrige ela, franzindo o nariz.

— Está bem, como foi seu não encontro?

Ela dá de ombros com ar indiferente.

— Ah, você sabe, foi bom.

De repente, sinto-me como uma policial num desses shows em que a vovó de aparência totalmente inocente faz algo suspeito. Há algo de errado aqui. "Bom" não é uma definição típica de Robyn. "Impressionante", "maravilhoso", "fenomenal" são adjetivos que ela usa.

Alguma coisa está acontecendo. Robyn está mentindo.

— Só "foi bom"? — pergunto, imitando sua indiferença. Pelo menos é o que eles fazem nos programas de polícia, não é? Agir de maneira bem casual para pegar o suspeito.

— É. — Ela faz que sim com a cabeça, mas sua boca treme e percebo que está louca para falar mais. — Ele me levou para jantar num pequeno restaurante vegetariano que é um dos meus preferidos. O tofu grelhado estava fantástico.

— É mesmo? Nossa.

— Eu sei, não é incrível? — conta Robyn, emocionada, lançando-me um de seus sorrisos radiantes, até que percebe estar exagerando. — Não foi tão incrível assim, foi mais uma coincidência...

Isso é outra coisa que Robyn não faz: usar a palavra "coincidência". Ela não acredita nisso. Só em golpes de sorte com ares de acaso. *Kismat. Destino.*

Juro que, se eu fosse policial, estaria pronta para dar voz de prisão.

— Depois fomos assistir a uma banda africana de tambores.

— Que incrível! — exclamo. Toda a coleção musical de Robyn consiste em flautas de bambu, bandas africanas de tambores e CDs com nomes como "Sons dos Povos Indígenas", com fotografias sem muito foco de florestas nativas tendo na frente um arco-íris.

— Acredite, foi mesmo — confirma ela, incapaz de se conter. — Os ritmos, a música, Daniel e eu estávamos hipnotizados...

Ela silencia, os olhos brilhando, até que para de andar completamente, enquanto a máquina continua se movendo, e logo começa de novo.

— Você gosta dele, não é?

— De jeito nenhum! — protesta Robyn, indignada. — Quero dizer, sim, *como amiga*, mas só.

É claro que ela está mentindo de forma descarada. Eu deveria algemá-la agora e levá-la para a cela.

— Quando o verá de novo?

— Não sei... Ele me convidou para assistir a uma peça esta noite, *Despertar celestial*. É sobre anjos.

— *E você não vai?* — Não posso acreditar. Um dos objetos pessoais que ela mais gosta é o baralho de cartas de anjos, pois acredita neles. Assim como em fadas, fantasmas e Papai Noel. Não, isso é mentira, ela diz que não acredita em Papai Noel, mas às vezes tenho minhas dúvidas.

— Não, tenho coisas a fazer.
— O que, por exemplo?
— Hum... coisas — repete ela com uma expressão de culpa.
— Por exemplo? — pergunto, desconfiada.
— Por exemplo, planejar o futuro — responde Robyn, nervosa. — Isso é importante.
— Ah. — Uau. Eu não tinha percebido que Robyn era tão sensível. — Você quer dizer economias e aposentadoria?
— Sim, algo nesse sentido — afirma ela de modo vago. — E você, o que vai fazer hoje? — pergunta, habilmente me tornando o centro da conversa outra vez.

Mais uma atitude que entrega o jogo. Robyn nunca, repito, *nunca* quer parar de falar de si mesma.

— Vai acontecer um vernissage numa galeria não muito longe daqui — respondo. — Pensei em passar lá depois da academia.
— Ah, parece um bom programa — **comenta ela, animada.**
— Tem certeza de que não quer ir comigo?
Robyn logo se fecha.
— Hum, não, estou ocupada — explica, evitando meu olhar. Ouve-se um bipe forte, e ela olha para o painel de controle de sua máquina de exercício. — Acabei! Ufa! — Seu rosto demonstra alívio enquanto a máquina começa a diminuir a velocidade. — Acho que agora farei uma sauna.

Com as pernas bambas, Robyn sai da máquina tropeçando. E isso apesar de ter me contado, mais cedo, que escalou a pé o caminho para Machu Picchu, e "para quem sobe durante sete horas naquela altitude, tudo o mais é fácil".

Sim. Até certo ponto. Quando os incas construíram Machu Picchu, eles obviamente nunca tinham estado na Equilibrium.

— Encontro você lá — digo, respirando com dificuldade. — Só quero ficar mais alguns minutos.

O que é uma grande mentira. Quero cair no sofá e tomar um sorvete, mas a imagem da minha bunda roubada não me permite fazer isso.

— Está certo, vejo você num instante — responde Robyn, rapidamente pegando seu CD e sua toalha tie-dye e se afastando cambaleante. — Divirta-se.

Divertir-me? Isto por acaso é para ser divertido?

Com o coração batendo no peito como uma britadeira, olho furiosa para o cross-trainer. Posso pensar em muitas palavras diferentes para descrever minha experiência dos últimos vinte minutos, e "divertida" não é uma delas.

Torturante, angustiante, maçante, por favor, faça isto parar. Ah, não, isso foi mais de uma, não é?

Enxugo as gotas de suor que começam a descer pelo rosto, seguro o cabo com força e ignoro o fato de que meu peito parece estar a ponto de explodir. Isto é bom para mim, digo a mim mesma, decidida. É saudável.

Observo minha imagem no espelho em frente. Tenho um capacete de suor. Meu rosto está tão vermelho que chega a parecer escuro. Os globos oculares, injetados de sangue, parecem a ponto de pular das cavidades, como algo saído de um filme vagabundo de zumbis. Não creio que já tenha parecido tão doente assim. Ou menos atraente.

Felizmente ninguém aqui me conhece, penso, aliviada. É uma das vantagens de ser nova na cidade. Total anonimato. Não vai se deparar com nenhum conhecido.

Tão logo esse pensamento passa pela minha cabeça, vejo pelo espelho alguém subir na esteira ao meu lado.

Tenho a impressão de que estou em queda livre, literalmente, como se alguém tivesse me lançado de um avião. Sem paraquedas.

Ah, não. Por favor, não. Não pode ser...

Mas é.

Nate.

Por um instante imagino estar vendo coisas. É impossível. Afinal de contas, existe azar e *azar*. Estupefata, sem de fato compreender, observo que ele está usando short e camiseta. Será que se trata de alguma brincadeira de mau gosto? Estou na Câmera Escondida? Olho ao redor, e, quando me dou conta do que estou fazendo, paro. Não passa de uma coincidência, lembra? Uma bastante infeliz, admito, mas é uma coincidência.

Fingindo não tê-lo visto, reduzo a velocidade da minha máquina. Com alguma sorte, conseguirei escapulir antes que ele me veja.

Pelo canto do olho, consigo vê-lo se aquecer, alongando os músculos das panturrilhas, flexionando os braços, inclinando-se para os lados, para trás e para a frente.

Ah, pelo amor de Deus, sobe logo na droga da máquina. Exibido.

E então, sem esperar, sinto um quê de teimosia. Espere aí, por que eu deveria ir embora? Cheguei primeiro! Tenho tanto direito de estar aqui quanto ele! E logo me vem também uma sensação de competitividade. Muito bem, vou mostrar a ele.

Empertigada, estendo o peito para a frente e começo a caminhar de forma despreocupada, pedalando como se estivesse fazendo uma caminhada no parque, e não é maravilhoso? Ao meu lado, ouço a esteira começar a funcionar e o barulho dos pés dele. Procuro não olhar.

Continuo virada para a frente, mas isso é até pior, pois Nate está logo ali, refletido no espelho.

E lá estou eu, bem na frente dele.

Ao me ver, ele faz uma expressão de choque, mas logo se recompõe.

— Uau, legal ver você aqui — comenta Nate de uma maneira que indica não haver nada de "legal" nisso.

— Idem — digo simplesmente, ainda me exercitando.

Tenho a sensação de que estamos falando numa linguagem de separação. Deveria existir um livro, *Aprenda a se separar*, no qual frases comuns seriam traduzidas. Por exemplo, na linguagem da separação, uma frase do tipo "Legal ver você aqui" seria "O que diabos você está fazendo aqui?", e "Vejo você por aí" seria "Só por cima do meu cadáver". Uma palavra simples como "Oi" seria "Merda, merda, merda!".

Tudo seria muito mais fácil. Todos nós falaríamos sobre terminar namoros e casamentos sem problemas.

— Eu não sabia que você era sócia dessa academia — comenta ele, soando casual.

Também traduzido como "O que raios você está fazendo aqui?". Como podem ver, no fim das contas, muitas das frases comuns significam a mesma coisa. É um pouco como os esquimós, que têm um milhão de palavras diferentes para "gelo", enquanto nós temos apenas uma. Na linguagem da separação, essa palavra em geral é "merda".

— Só estou experimentando — respondo, procurando não parecer muito interessada. — Quero ver se está no nível do meu... é... padrão de costume. — Aperto alguns botões no painel de controle como se soubesse exatamente como funciona. — O que você faz aqui? Achei que tinha seu próprio aparelho.

Tradução: "Vá embora! Pareço uma massa suada e inchada, não tenho noção do que estou fazendo nessa maldita máquina, que agora está fazendo um barulho de vibração esquisito, e você é a última pessoa no mundo que quero ver."

— Gosto de intercalar — explica Nate.

— Ah, certo, claro... intercalar. — Aceno a cabeça como se eu sempre intercalasse as coisas.

Faz-se um silêncio, e então...

— Ah, quanto ao outro dia, eu disse algumas coisas que não deveria... — Sem terminar a frase, Nate desvia os olhos para as minhas coxas.

Sinto-me humilhada.

— Bem, sim, nós dois dissemos — apresso-me em acrescentar. Olho para a frente com determinação, mas não posso deixar de perceber, pelo canto do olho, que Nate mal está suando, enquanto que minha respiração começa a ficar pesada.

Tomo um gole de água da minha garrafa, tento me concentrar na respiração — lembro-me de ter lido um artigo sobre isso, embora não saiba direito em que devo me concentrar. Quero dizer, é só para dentro e depois para fora, não é?

Nate aumenta a velocidade, mas eu mantenho meu passo. Viu só, eu consigo. Embora minhas pernas comecem a parecer meio moles. Meus joelhos acabaram de vacilar? Ah, merda, e agora minha máquina parece começar a se inclinar. O que está acontecendo? Examino os controles, tentando descobrir, e acabo desistindo. É complicado demais. Eu teria que ser Einstein para entender todos esses botões.

Não posso acreditar! Agora Nate acelerou!

Olho para o lado e vejo que ele continua se exercitando a uma velocidade alarmante. Afasto os olhos por um instante... Furiosa, bato várias vezes na seta que indica "para cima". Agora você vai ver!

Começo a dar passos mais largos — para a frente, para trás, para a frente, para trás — e balanço os braços. Só tem uma coisa esquisita, a máquina não parece estar aumentando a velocidade, ela apenas está ficando *mais íngreme*. Confusa, aperto mais botões. Não deixarei Nate vencer. Estou determinada!

O suor escorre em cascatas pelo meu rosto, mas continuo avançando. Estou ganhando velocidade. Estou cada vez mais rápida. Meus pés bombeiam os pedais furiosamente. Meu coração bate com força no peito. Ao meu lado, vejo Nate saltando num ritmo próprio. É como uma disputa. Um duelo. Olho para os controles dele.

Ele está no nível 14!

Aperto os meus botões. Para cima, para cima, para cima...

De repente, percebo que minha máquina começou a fazer uma espécie de ganido alto. Espera um instante... sirenes de alarme...

Agora está indo muito rápido... rápido *mesmo*... como mais ou menos 145 quilômetros por hora... Ah, Deus, e ainda está ficando cada vez mais alto... Estou entrando em pânico... Como faço isso diminuir a velocidade? Como faço isso parar?

Ah, meu Deus, ah, meu Deus, ah, meu..
Aaaahhhhhhhhhh!!!!!

Capítulo 19

— Bem, não quebrou.

Uma hora mais tarde, saí da academia e estou a caminho da galeria que queria visitar, com o celular seguro sob o queixo e o tornozelo doendo muito. Falo com Kate, que telefonou para saber como foi a academia. "Ah, definitivamente foi interessante", respondi ao sair do chuveiro mancando, com a canela do tamanho de uma melancia. "Tão interessante que quase me fez visitar o pronto-socorro."

— Lucy, você precisa ser tão desajeitada? — diz ela, depois de passar os últimos 15 minutos ouvindo como eu voei do cross-trainer, aterrissei numa bagunça confusa ao lado da máquina de remar e, para ir para o vestiário, precisei da ajuda de um personal trainer muito gentil chamado Rudy, que me disse que "quando se trata de preparo físico não se deve correr antes de conseguir caminhar".

Foi muito mais que um simples "vergonhoso".

— Não sou desajeitada — protesto, parando para examinar meu mapa antes de continuar por uma rua lateral movimentada. — A culpa foi do Nate.

— Nate? O que isso tem a ver com ele?

Até então eu havia evitado mencionar o envolvimento dele no meu humilhante fiasco. Em parte por ter pena de mim mesma e querer alguma compaixão de minha irmã mais velha, o que é quase impossível, em parte porque ainda não tinha chegado a esse detalhe da história.

— Bem, você nunca vai acreditar, mas ele estava no aparelho ao meu lado na academia. Ah, foi uma vergonha. Ele até quis se desculpar...

— Está vendo? Eu avisei! — me interrompe ela, triunfante. — Ele está querendo consertar o erro e descobrir uma maneira de voltar para você!

Ah, Deus. Kate continua insistindo nisso.

— De jeito nenhum! — refuto, contraindo-me com uma nova pontada de dor no tornozelo. — Ele parece tão horrorizado quando me vê quanto eu fico ao vê-lo. — Faço uma pausa para esfregar a área dolorida. — Como ele poderia saber que eu estava na academia?

— Deve ter ouvido você comentar no restaurante japonês — responde Kate sem pestanejar. — É perfeitamente viável.

Agora eu sei por que ela é uma advogada de tanto sucesso.

— Viável, sim. Realista, não. Pode acreditar quando digo que Nate não parecia querer reatar o namoro.

— Que outra explicação você tem?

Faço uma pausa e, por um momento, penso em algo que Robyn dissera sobre a lenda.

— Desculpe, Luce. Tenho uma ligação na outra linha — avisa Kate de repente. — É o CEO da empresa de *loan-out*. Falo com você mais tarde. — Antes que eu possa dizer qualquer coisa, ela desliga.

Passados cinco minutos, chego ao endereço da galeria e descubro o espaço em polvorosa. Um verdadeiro enxame de pessoas está do lado de fora, numa rua cheia de árvores, e a atmosfera perfumada está repleta de sons de risadas, conversas e tinir de copos. É um grupo bem-vestido, sofisticado, mas, também, é uma galeria também é sofisticada.

Localizada em Chelsea, ao lado de todas as galerias mais importantes, o que havia sido uma garagem transformou-se nesse espaço enorme em estilo loft, que abriga grandes nomes como Damien Hirst e ganhou fama por exibir instalações grandes.

Basicamente faz com que a Number Thirty-Eight pareça a minha sala de estar, penso, abrindo caminho pelas pessoas perfumadas e entrando. Imensos espaços brancos. Imensas obras de arte impressionantes. Preços altíssimos. Examino no meu catálogo o preço de uma pintura em especial e volto a examinar o número de zeros no final. Não, não é um erro de impressão.

O vernissage de hoje é uma exposição de um novo artista sobre o qual eu lera num dos releases que recebemos na galeria e estava curiosa para conhecer. Ele é pouco mais velho que eu. Sei disso porque, como sempre faço quando leio sobre um artista, pesquisei sua data de nascimento. É uma tolice, mas quando são mais velhos, de algum modo isso me conforta, pois concluo que ainda me resta tempo.

Tempo para quê? Para ter minha própria exposição?

Logo caio em mim. Mesmo agora, é como se um pedacinho secreto da minha consciência ainda se apegasse a esse sonho. Como se eu não pudesse esquecê-lo por completo.

Começo a andar pela galeria. Esta é uma das grandes vantagens do meu trabalho: sei de todas as exposições e costumo conseguir um convite de graça. Quero dizer, foi Magda quem me arranjou um convite, e outro para ela, mas não pôde vir. Precisou visitar a tia idosa que se mudou há pouco para uma casa de repouso.

Ao pensar em Magda, sou tomada por uma espécie de ansiedade. Recentemente ela parece preocupada. Não diz a razão, e, quando pergunto se está tudo bem, recebo a resposta de costume: "Maravilhoso, maravilhoso." Mas sei que não é bem assim, e sei que é porque a galeria não está vendendo como deveria. Na verdade, apesar de o objetivo de nossa exposição ter sido movimentar o negócio, as únicas pinturas que vendemos nos últimos tempos foram as que Nate comprou.

Nate. Quando esse nome surge na minha cabeça, eu logo o afasto. Não, não quero pensar nele. Para mim, chega de Nate. Meu tornozelo dói e faço uma careta. *Não pare, continue andando.*

Uma garçonete passa por mim com uma bandeja de champanhe. Aceito uma taça e tomo um gole. Saboreando as bolhinhas geladas, olho ao redor. E agora, por onde devo começar...?

Em vez de olhar para um quadro, pouso os olhos numa figura familiar com um boné de beisebol, vestindo uma camiseta desbotada e jeans, próximo a uma garçonete com uma bandeja de canapés. Ele está de costas para mim, mas eu o reconheço na hora.

O penetra de galerias.

— Oi. — Eu me aproximo e toco-lhe o ombro.

Ele se vira e, ao me ver, ergue as mãos se rendendo. Numa delas tem uma taça de champanhe, na outra, um *vol-au-vent*.

— Culpado — declara, sorrindo, antes que eu fale alguma coisa.

— E então, o que está achando? — pergunto, sorrindo de volta.

Surpreendo-me de ficar tão feliz por vê-lo. Logo concluo que é só porque estou aqui sozinha. Em eventos como este, é sempre bom ver um rosto conhecido, não importa de quem seja.

— Da arte ou do champanhe? — devolve Adam, divertido, os olhos brilhando.

— De ambos — respondo, rindo.

— Hummm, bem... — Ele toma um gole do champanhe e revolve o líquido na boca. — Eu diria que o champanhe é muito bom, melhor que o do último vernissage a que compareci...

Lanço-lhe um olhar mortífero.

— E a arte? — Ergo as sobrancelhas com ar questionador.

Ele me olha encabulado.

— Ainda não vi.

— Adam! — exclamo, e dou-lhe um tapinha amigável no braço.

— Você se lembrou do meu nome... — Ele parece surpreso.

— Hum... sim, minha memória não é tão ruim. — Constrangida e meio desconfortável, dou uma risada. — Acho que eu preciso bater em você com mais força. — Tento me recobrar recorrendo à violência e soco-lhe o braço uma segunda vez.

— Ai, não. — Ele recua e esfrega o braço. — Qualquer coisa me deixa roxo.

— Bem feito. Não acredito que ainda não viu nada da exposição. Dizem que está incrível.

— Estava esperando por você — afirma ele simplesmente.

— Por mim? — Agora sou eu que fico surpresa. Não apenas pela resposta dele, mas pelo meu estômago, que, de maneira inesperada, dá uma reviravolta como se fosse uma panqueca.

— Imaginei que talvez você viesse, do jeito que é apaixonada por arte... — Adam interrompe a frase, sorrindo, e não consigo distinguir se está caçoando de mim ou não. — Decidi esperar por você para me explicar tudo. Fez um ótimo trabalho na última vez.

Então é só porque eu entendo de arte, concluo, curiosamente desapontada.

— Elogios não vão salvar a sua pele — digo, logo ocultando meu desapontamento. — De qualquer modo, é a sua vez.

Ele olha para mim, os olhos apertados, como se agora achasse que sou eu quem o está provocando.

— Quer que eu leve você para ver um filme?

— Não era esse o combinado?

De repente, eu me surpreendo. Lucy Hemmingway, você está *dando em cima dele*? Quando a ficha cai, meu rosto fica vermelho. *Estou dando em cima dele.* Que diabos está acontecendo comigo?

— Bem, nesse caso, deixe comigo... — Ele assente e morde o lábio, muito concentrado em seus pensamentos.

— Está bem, faça o que achar melhor — digo, dando de ombros de forma descompromissada, como se não estivesse de fato ligando para nenhuma das duas coisas. Ora, não quero que ele tenha a impressão errada e imagine que *estou a fim* dele ou qualquer coisa ridícula assim. Porque não estou, claro.

Nós começamos a caminhar pela galeria.

Pensando bem, eu não estava dando em cima de ninguém, só estava sendo simpática. E engraçada. Sim, é isso, simpática e engraçada.

— Nossa, estou morrendo de fome — exclamo, tentando ser alegre e normal, desviando a conversa para um assunto seguro. Ao ver uma garçonete, sirvo-me de um pequeno folheado elaboradamente empilhado com lascas de várias coisas que não identifico. Enfio na boca de uma vez só. Era mesmo bem pequeno. — Hummmm, uma delícia. Você deveria experimentar — digo a Adam.

— Já comi meia dúzia. — Ele sorri, trocando a taça de champanhe vazia por outra cheia. — Mas acho que mais uns dois não farão mal. — Adam volta a se servir, e paramos em frente a uma grande escultura de metal vermelho espelhado.

— E o que é isso exatamente? — pergunta Adam, após um momento de pausa.

Examino o catálogo.

— Chama-se *Minanga*.

— E significa o quê? — Ele me olha de lado, na expectativa.

— Não faço ideia — confesso com um risinho.

O rosto de Adam se contorce num sorriso, formando rugas nos cantos dos olhos.

— Que tal tomar um pouco de ar fresco?

— Boa ideia.

Avançamos através dos grupos de pessoas, saímos para a calçada e mais adiante ao longo da rua, até que chegamos ao fim da multidão, onde tudo está mais tranquilo.

Por um momento, ficamos os dois ali, tomando nossos drinques. Depois, após um longo silêncio, Adam pergunta, com ar de falsa indiferença:

— E então, o seu namorado também vem?

Meu peito aperta e eu finjo estudar as bolhas no copo, mas sinto seu olhar em mim.

— Nós terminamos — digo, tentando soar casual.

Tentando disfarçar, olho para Adam para ver sua reação. Talvez eu esteja imaginando coisas, mas tenho quase certeza de ter visto surpresa e felicidade em seu rosto. No instante seguinte, seu semblante já havia mudado, voltando à indiferença dissimulada.

— Ah, o que aconteceu?

Pelo menos acho que é indiferença dissimulada. Talvez seja *mesmo* indiferença, e ele nem sequer se importe. Talvez eu esteja interpretando tudo errado.

De repente me sinto de volta aos meus 12 anos de idade, toda confusa, sem saber se Robert Pickles gosta de *mim* ou se está chutando minha cadeira na aula de matemática apenas por gostar de *chutar minha cadeira*. Jamais descobri, mas, depois de todos esses anos, eu deveria ter aprendido alguma coisa, descoberto alguns truques, melhorado nesse negócio de linguagem corporal.

Em vez disso, continuo um zero à esquerda, concluo, sentindo uma pontada de frustração. Se ao menos os homens fossem como os táxis de Nova York e tivessem uma luzinha que pudessem acender quando estivessem interessados e apagar quando não estivessem disponíveis. Assim nós saberíamos exatamente onde estamos pisando e não teríamos que nos preocupar com coisas como mal-entendidos e passar vergonha.

Como agora. Olho para Adam: a luz está acesa ou apagada?

Em prol da segurança, opto por "apagada".

— Não deu certo. — Dou de ombros.

Não lhe contarei a verdade, certo? Que eu acreditava que Nate era minha alma gêmea. Que nós pensávamos que não poderíamos viver um sem o outro, até nos darmos conta de que não podíamos viver um *com* o outro. E que acabamos tendo uma briga séria durante a qual ele disse coisas inacreditáveis sobre as minhas coxas, e eu fiz um comentário ofensivo sobre sua calvície.

Isso mesmo.

Melhor ficar com "Não deu certo".

— Sinto muito por isso — diz Adam em voz baixa.

— Obrigada. — Dirijo-lhe um sorriso triste, mas, no fundo, não quero que ele lamente saber que terminei com Nate, prefiro que fique feliz por eu estar solteira.

Espere aí, o que foi *isso* que acabei de pensar?

Quando me dou conta, de repente me surgem mais dois pensamentos: 1) se eu sou um desses táxis, minha luz acabou de acender, e 2) o que diabos é esse barulho?

Inesperadamente, sou distraída por sons que vêm de uma loja do outro lado da rua. Não a notara antes. É uma dessas lojas que vendem utensílios elétricos, exibindo na vitrine uma mistura de torradeiras, chaleiras, toca-discos e aparelhos de tevê, todos ligados no mesmo programa. Olho para eles, todas as telas brilhando com os mesmos gráficos gigantes, com o som alto de um jingle, que parece anunciar algum produto comercial. Mesmo do outro lado da rua, ouço as vozes retumbando: "*Muita grana* significa muita grana!"

Muita grana? Espere aí, esse é o nome de um dos programas de Nate, justo o que, de forma muito apropriada, considerando o nome, lhe rendeu todo o dinheiro que possui. Nate me contou sobre isso uma noite quando estávamos na cama, sobre como esse é um dos programas mais lucrativos e populares da tevê. Na ocasião, não prestei muita atenção. Para ser sincera, estava mais interessada no que estava sob as cobertas do que em prêmios em dinheiro, mas agora...

Agora observo, quase hipnotizada, um apresentador banal pulando em todas as telas, os dentes brancos brilhando como neon, e me retraio.

— Lucy?

Retorno ao aqui e agora.

— Ah, desculpe, eu me distraí — digo, envergonhada, virando-me para Adam.

— Você está bem?

— Desculpe... sim, estou — respondo sorrindo e dou de ombros.

Maldito Nate, ele está em todos os lugares. Quando não dou de cara com ele, sou lembrada dele. É como se não houvesse como escapar.

— Ah, bom, porque eu ia perguntar... hum... se você gostaria de... — Ele remexe os pés, meio constrangido.

Fico ansiosa. Ah, meu Deus, acho que ele vai me convidar para sair.

— Ei, você é a Lucy, não é?

De repente, somos interrompidos por uma voz alta, e meu coração despenca. Ah, não, vá embora. Quem quer que seja, vá embora!

— Sim, é você mesma!

Finjo que não ouvi.

— Você estava dizendo... — incentivo Adam a falar, meus olhos cheios de expectativas fixos nele, mas não adianta. O clima foi quebrado.

— Acho que aquele cara conhece você — diz ele, indicando alguém atrás de mim.

Escondendo meu desapontamento, viro-me e fico frente a frente com um homem baixo, usando um terno vistoso, que sorri para mim. Parece familiar, mas de início não consigo me lembrar de quem é...

— A festa da tevê naquela noite. Elogiei seu vestido... — Ele me refresca a memória.

— Ah, oi... Brad?

Claro, ele era aquele homem desagradável que ficava abraçando a minha cintura e contando uma piada suja atrás da outra.

— Brad de nome, *bad* de natureza. — Ele ri e acende um cigarro.

Eu vacilo. Em geral as conversas são uma troca entre pessoas, mas não há como responder a isso. Desesperada, seguro Adam.

— Vocês já se conhecem? Este é meu amigo Adam, esse é Brad. — Se eu achava que apresentá-lo a Adam me salvaria, estava errada. Brad o cumprimenta e se vira de volta para mim:

— E Nathaniel, como está?

Não posso acreditar nisso.

— Ah... hum, deve estar bem.

— Ele é um cara incrível. Vocês formam um casal fantástico.

Isto é um pesadelo. A qualquer momento irei acordar.

— Bem, na verdade... — começo, mas ele me interrompe virando-se para Adam.

— Sério mesmo, eles formam um belo casal.

Ah, meu Deus. Faça-o parar. Por favor. Pelo amor de Deus. Faça-o parar.

— Vou pegar outra bebida — diz Adam, e se afasta antes que eu possa impedi-lo.

Merda.

Penso em esvaziar minha taça e segui-lo, mas percebo, horrorizada, que não sou rápida o bastante. Relutante, viro-me para Brad, que agora fala de si mesmo. Procuro parecer interessada, uma sucessão de "Aham... Verdade?... Aham...", mas, passados dez minutos, continuo presa nessa conversa sufocante. Fico sorrindo e acenando a cabeça, e por dentro choro de frustração. É tudo culpa de Nate. Ele sabotou tudo isso para mim. Quando achei que Adam ia me chamar para sair, Brad apareceu e estragou tudo.

Isto é o que eu chamo de hora errada. Olho desesperada por cima de Brad para ver se consigo achar Adam. Ele se foi há séculos. Para onde terá ido?

Até que o vejo próximo da entrada da galeria, fumando um cigarro enrolado à mão e *conversando com uma garota*. Meu coração acelera. Uma morena muito bonita. Eles conversam intensamente, as cabeças inclinadas, e vejo que ela lhe toca o braço de leve. Minha barriga dá uma guinada. Quem é ela? Morta de ciúmes e desapontada, eu os vejo caindo na gargalhada. Parecem íntimos, à vontade, *juntos*.

— Desculpe, você me dá licença? — interrompo Brad de modo abrupto, no meio de uma frase.

— Ah... sim, claro — responde ele, pego de surpresa.

Afasto-me antes que Adam me veja olhando para ele e, através da multidão, corro para sumir na noite.

— Chegou cedo.

De volta ao apartamento, encontro Robyn sentada no chão da sala, de pernas cruzadas, cercada de pilhas de revistas.

— É — concordo, mal-humorada, e me jogo no sofá.

— Como está o tornozelo?

— Dolorido. — Estremeço ao tirar a sandália e massagear o tornozelo. Ficou muito inchado e um grande hematoma roxo começa a surgir.

— Tenho arnica em gel para isso. — Robyn procura na mesa em frente ao sofá, sobre a qual há mais revistas espalhadas, e descobre um tubo. — Passe três vezes por dia e ficará nova em folha — orienta ela, entregando-me a embalagem.

— Obrigada — agradeço com um sorriso. Depois a observo. Ela segura uma tesoura e ataca uma revista. — O que está fazendo? — pergunto, curiosa.

— Um quadro de visualização. — Robyn levanta um grande quadro de cortiça no qual prendeu vários recortes de revista. Há uma casa de campo de caixa de chocolate com rosas em volta da porta, algumas crianças de bochechas rosadas e um par de vira-latas parecidos com Simon e Jenny. No topo, colou letras que formam as palavras "Harold" e "alma gêmea".

— Pensei que você já tinha feito um desses.

— Não funcionou, por isso estou fazendo outro — explica Robyn, casualmente.

Não digo nada. Deve haver alguma lógica nisso tudo.

— Essa é a casa onde quero morar. Esses são os filhos que terei. — Ela começa a apontar para as diferentes fotografias. — Esses são meus cachorros.

— E onde está Harold? — pergunto, entrando na brincadeira.

— Pois é, esse é o problema, não consigo decidir. O que você acha deste? — Ela me mostra uma revista aberta na página de um anúncio de pós-barba, mostrando um homem vestindo um terno, alto, de cabelos escuros.

— Hum, sim, ele é bonito — concordo, procurando não pensar no que estamos de fato discutindo.

— Ah, bom. Eu também acho. — Ela segura a tesoura e, cheia de disposição, o corta fora. Em seguida, pega a cola e o coloca no meio do quadro.

— Você cortou fora o rosto — chamo atenção, olhando para o estranho que agora tem um espaço em branco onde o rosto deveria estar.

— Claro — confirma Robyn, como se aquilo fosse absolutamente normal e não algo próximo ao comportamento de um assassino psicopata. — Ainda não sabemos como é o rosto de Harold, não é? — Segurando a tesoura, ela continua a recortar a revista. — Por isso deixarei essa parte vazia até saber. — Ela olha para mim, com pedaços de papel grudados nos cabelos, como se fosse uma louca.

— Faz todo sentido.

— Certo, faz todo sentido — concordo, meio em dúvida.

— Ah, acabei de me lembrar de que tenho algo para você. — Procurando sob as revistas, ela descobre um envelope. — Entradas para o teatro!

— Uau, isso é ótimo, obrigada. — Sorrindo, pego os papéis com ela.

— Quem você vai levar? — pergunta Robyn, procurando parecer desinteressada.

Eu hesito. Sei que Robyn ainda é da opinião que eu deveria levar Nate, ainda mais depois do que aconteceu na academia; segundo ela, aquilo foi um "sinal" de que o universo está trabalhando para nos manter unidos, e a lenda está a todo vapor.

— Ninguém — respondo, desafiando-a. Por um breve instante penso em Adam. Gostaria de convidá-lo, mas depois de vê-lo com a morena... Tento não pensar nele. — Vou postar no eBay, vender e doar o dinheiro para a caridade — informo, decidida.

Na mesma hora o semblante de Robyn se ilumina.

— Ah, Lucy, que ideia incrível! — Ela sorri, tendo esquecido Nate por completo. — Conheço uma instituição perfeita. É um santuário de orangotangos onde trabalhei quando estava em Bornéu.

— Perfeito. — Sorrio, sufocando um enorme bocejo. Foi um longo dia, e não exatamente dos melhores. Para dizer a verdade, só quero ir para a cama e esquecer tudo. — Acho que chega por hoje — digo, levantando-me do sofá.

— Boa noite. — Robyn acena para mim e retorna ao seu quadro de visualização. — O "p" em serendipidade é mudo?

Eu paro na porta.

— Hum, acho que não.

— Legal, obrigada — murmura ela, e logo pega a cola e a tesoura. Saio e deixo Robyn, frenética, cortando página.

Quinze minutos depois, estou deitada na cama com meu laptop. Esqueça os homens, quero me casar com meu MacBook. Ele é confiável, leal, e até posso fazer compras com ele, penso, clicando no eBay.

Entro na seção "Vender" e digito na parte destinada à descrição do produto: "Um ingresso para a peça *Tomorrow's Lives* na Broadway." Acrescento alguns detalhes, em seguida posto as informações. Espero que alguém dê um lance, penso, procurando coisas para eu mesma comprar. Gostaria de uma bolsa nova... Começo a procurar na seção vintage. Posso gastar horas nisso, mas hoje não estou no clima. Fico pensando na galeria e em Adam. Estou triste. Eu nem sequer me despedi.

O arrependimento me consome. Queria saber o que Adam está fazendo agora. Deve estar com a morena bonita, se divertindo em algum lugar, enquanto eu estou aqui na cama com meu marido laptop. Olho para o teto e ouço o zumbido monótono do ventilador no peitoril da janela.

Antes que eu mergulhe ainda mais na tristeza, sou distraída pelo "ping" de um e-mail entrando na minha caixa de entrada. Olho sem interesse. É do Facebook.

Adam Shea enviou uma mensagem para você no Facebook.

É como se alguém de repente tivesse me plugado à fiação elétrica. Adam! O Adam. O Adam que reacendeu a luz do meu táxi?

De repente fico animada, clico no e-mail, que me leva ao Facebook, ao seu perfil e à sua foto. Examino-a com atenção. É uma foto de Adam com um chapéu estúpido e óculos. É um bom sinal. Pode-se descobrir muita coisa pelas fotos do Facebook. Qualquer foto em preto e branco de um rosto, de uma mulher posando de biquíni ou de um homem melancólico de peito nu é preocupante.

Da mesma forma que as pessoas que têm centenas e centenas de amigos. Ora, não são amigos *de verdade*, são apenas pessoas que eles conheceram por acaso numa boate alguma noite ou numa fila...

Examino o perfil de Adam. Ele tem 57 amigos — não são poucos nem muitos, é um número perfeito, concluo, feliz, sentindo-me como Cachinhos Dourados.

Agora é a minha vez. Interessada em ver um filme bom de verdade? Você desapareceu antes que eu pudesse convidá-la. Responda com um sim e tudo que você precisa fazer é levar a pipoca.

Leio a mensagem e uma imensa alegria me invade. Isso me ensinará a não chegar a conclusões precipitadas sobre morenas bonitas. Não perco tempo, digito "Sim" e, sorrindo de felicidade, aninho-me nos travesseiros. Estou pronta para desligar quando vejo uma atualização de status:

Nathaniel Kennedy está se sentindo no topo do mundo.

Fico muito aborrecida. Droga, não tenho como escapar dele? Rápido! Preciso retirá-lo da minha lista de amigos. Clico em "Desfazer a amizade", e ele desaparece.

Capítulo 20

Mas não é tão fácil assim.

Infelizmente, a vida real não é como o ciberespaço. Não posso apenas pressionar a tecla "delete" e apagá-lo, e, durante os dias que se seguem, Nate continua aparecendo em todo lugar. Não de forma tão literal, como se surgisse em carne e osso ao meu lado no metrô. São apenas coisas pequenas, aleatórias, que parecem ser irrelevantes, que sozinhas poderiam ser tomadas como coincidências sem importância... Mas quando juntamos todas as peças, começam a parecer muito *estranhas*.

Por exemplo, vivo encontrando ligações perdidas de Nate registradas no meu celular. No começo, tudo o que faço é ignorá-las, mas quando uma delas me acordou às 5h da manhã, eu acabei ligando de volta e perguntando o que ele queria.

— Nada — respondeu Nate, irritado, antes de jurar que não tinha me telefonado e que deve ter sido engano.

— O quê? Doze vezes? — questionei, bufando. Disse a ele que precisava aprender a bloquear o iPhone e desliguei.

O que por si só não é tão bizarro assim. Afinal, quem nunca sentou no celular e ligou para alguém sem querer ou atendeu um telefonema de um amigo e ouviu os passos dele na rua?

Bizarro *mesmo* foi Nate me telefonar no dia seguinte, reclamando que eu lhe telefonara! O que é impossível, "pois meu celular estava bloqueado", retruquei, indignada. Só que, mais tarde, quando verifiquei minha lista de chamadas, lá estavam mesmo todas aquelas ligações para o número dele.

Depois, houve um incidente esquisito, quando Magda me mandou para a área nobre da cidade num táxi para pegar alguns "suprimentos" com seu amigo, Dr. Rosenbaum, um homem de aparência peculiar, num jaleco branco, com um semblante rosado, brilhoso e sem expressão, cujo consultório possui salas enormes de frente para o parque. Era tudo muito cheio de sigilo e mistério. Após teclar um código secreto, fui conduzida ao interior. Pediram que entregasse o dinheiro e recebi uma bolsa de cremes e loções. Senti-me como se estivéssemos fazendo uma transação de drogas. Não que eu já tenha *feito* uma transação de drogas algum dia, mas, de qualquer modo, essa não foi a parte estranha. A parte estranha foi na volta.

Tudo estava perfeitamente normal. Eu voltava no táxi sem pressa, e o motorista parecia praguejar no celular numa língua que soava como russo, quando de repente o motor fez um barulho esquisito e parou. Adivinha *onde* nós paramos? Bem em frente ao prédio de Nate. Quero dizer *bem* em frente. Como se aquilo não fosse coincidência suficiente, foi no exato momento em que Nate saía do prédio! Precisei me abaixar no banco de trás para não ser vista. Mais alguns segundos e teria sido tarde demais. Não é estranho?

E não para por aí. Toda vez que ligo a tevê, Nate está lá. É bem verdade que não é ele em si, mas o *Muita grana* sempre está no ar. O que é pior, eu agora estou com o jingle na cabeça e não consigo parar de cantarolá-lo. É como se não pudesse escapar. O mesmo ocorre com o rádio. Só que nesse caso é com "No Woman, No Cry", de Bob Marley, que era a "nossa" música. Toda vez que a ouço, ela me faz lembrar de Nate.

Não a ouvia há anos. Em geral tocam Lady Gaga e Fergie e Katy Perry. Agora, nestes últimos dias, sempre que ligo o rádio, parece estar em todas as estações. É muito esquisito.

Tanto que me faz pensar em todas as outras coisas que me aconteceram recentemente e que, por não achá-las importantes, não pensei muito nelas. Como o desejo incomum de Nate de um dia entrar na nossa galeria, *por nenhum motivo aparente*, segundo ele mesmo confessou; *ou* a descoberta de que nós tínhamos estado nos mesmos lugares, nos mesmos anos, sem nos encontrarmos; ou nós dois acharmos os pingentes de novo, embora o meu estivesse perdido há anos.

À medida que os pensamentos vão se amontoando, como uma fileira de peças de dominó derrubadas, minha mente começa a zunir... encontrá-lo na rua depois de termos terminado; sentarmos lado a lado no restaurante japonês; o incidente na academia de ginástica — Manhattan é pequena, mas não *tanto* —; depois, naquela noite na galeria, ver todas as tevês ligadas no programa de Nate quando eu conversava com Adam; e, justo quando Adam estava a ponto de me chamar para sair, Brad aparecer de repente falando o nome de Nate, levando-o a se afastar...

Se eu fosse supersticiosa, seria bem capaz de acreditar que existe uma força superior tentando me impedir de sair com qualquer outra pessoa.

Mas não sou. Não acredito nessas bobagens, digo a mim mesma com firmeza. Está bem, admito que leio o horóscopo de vez em quando, e sim, é verdade que uma vez consultei uma cartomante. Mas isso foi há muitos anos, numa festa da escola, e é claro que o tempo todo *eu sabia* que era a Sra. Cooper, a professora de química, usando uma roupa de dançarina do ventre. Não existe a menor chance de algum dia eu ser como Robyn e acreditar numa tolice como uma lenda de amor eterno. O fato de estar pesquisando isso no Google não significa que comecei a ter ideias insanas sobre o que está acontecendo.

Digito "Lenda da Ponte dos Suspiros" e aperto "enter". Uma página se abre.

> Lenda veneziana local segundo a qual um casal que se beije ao passar sob a Ponte dos Suspiros numa gôndola na hora do pôr do sol, ouvindo o repicar dos sinos da Igreja de São Marco, terá garantido amor eterno, sem que nada possa separá-los. Ficarão unidos por toda a eternidade.

Como eu disse, é simplesmente loucura, ridículo, o maior absurdo. Saio rápido da página e dou uma olhada no Facebook para ver se Adam respondeu minha mensagem, mas em vez disso só vejo Nate. Ele ainda está na minha página inicial! E continua sendo meu amigo no Facebook! Vejo sua fotografia e acho difícil acreditar nisso.

Tomada de pânico, esmurro meu teclado.

Delete! Delete! Delete!

— Tenho a impressão de que não consigo terminar esse namoro com Nate.

Avançamos para o fim de semana. Estou com Robyn e Kate num salão de beleza minúsculo de Chinatown, especializado em cuidar de unhas. É uma tarde de sábado, estou confortável, sentada numa cadeira de massagem, com as mãos e os pés sendo cuidados por duas moças vietnamitas miudinhas, que ao mesmo tempo lixam, cortam, friccionam e falam sem parar.

É minha primeira vez aqui, mas parece ser um ritual semanal de toda nova-iorquina. Isso deve explicar a reação de choque que minhas unhas provocaram quando cheguei. Cuidar das próprias unhas, das mãos e dos pés, pode ser suficiente em Londres, mas em Manhattan a história é bem diferente.

— O que você quer dizer com não conseguir terminar com ele? — pergunta Kate, sem afastar os olhos do BlackBerry, no qual consegue escrever um email de trabalho com a mão que está livre.

— Quero dizer que não consigo me livrar dele. Ele está em todo lugar para onde olho.

— Manhattan é pequena. Apenas o ignore — retruca ela, categórica.

— Não é tão fácil assim

— É, sim. Estou sempre encontrando meu CEO rival da Lloyds Carter. Ontem à noite até o encontrei no médico.

Uma das vietnamitas que está fazendo a unha de Kate dá um tapinha na mão dela para afastá-la do BlackBerry. Minha irmã franze o cenho, troca de mão e continua teclando com o polegar.

— Não, é mais que isso — afirmo. — O que você estava fazendo no médico?

— Ah, eu estava com Jeff. Ele ainda não se livrou daquele mal-estar. Parece que está com algum tipo de vírus.

— O que você quer dizer com é mais que isso? — pergunta Robyn, desviando os olhos do livro que está lendo, *Pensamento cósmico facilitado*, enquanto aplicam pequeninas flores cintilantes em cada unha dos pés dela.

— Não é só o fato de eu encontrar Nate várias vezes por acaso. São várias coisinhas que acontecem.

— Pode dar um exemplo? — Robyn me olha com interesse.

— Claro. É muito estranho eu não conseguir tirá-lo da lista de amigos do Facebook. Faz três dias que tento, e toda vez que entro no Facebook, sou recebida com uma atualização de status de Nate e a foto de seu perfil.

— Que história é essa, todo mundo com essa bobagem de Facebook? — Kate desvia os olhos do BlackBerry. — Não tenho tempo para Facebook, mas não paro de receber e-mails de amigos querendo me perturbar! — Ela revira os olhos, contrariada.

— Já dei minha opinião. É o poder do universo mantendo vocês juntos — diz Robyn, como se isso fosse perfeitamente óbvio.

Kate, boquiaberta, a encara com desprezo.

— É verdade — insiste Robyn, indignada. — É a lenda da Ponte dos Suspiros. Nada poderá separá-los.

— Você não tem abusado daquelas suas ervas, tem? — resmunga minha irmã.

— É verdade mesmo!

— Que despautério!

— Não sei o que essa palavra significa — retruca Robyn, com o rosto vermelho —, mas você deveria mesmo abrir mais a mente.

— Tenho a mente muito aberta, obrigada. Só não sou louca — replica Kate com desdém. — Não é o universo que os mantém juntos, é Nate! É tão óbvio. Ele faz de tudo para reatar o namoro com Lucy!

Olho para as duas, minha irmã e minha colega de apartamento, cada uma defendendo sua maneira de pensar, como dois boxeadores num ringue. Kate, no canto racional-cético-beirando-o-cinismo-total; Robyn, no canto irracional-crente-beirando-uma-fuga-para-o-mundo--das-fadinhas.

E eu?

Estou em algum lugar no meio. Mudo de cantos. Vou e volto. Quero dizer, Kate tem razão, deve ter, no entanto...

Vem à minha lembrança uma conversa com Nate num restaurante logo que voltamos a namorar. Descobrir que durante todos esses anos tínhamos estado nos mesmos eventos foi muito estranho. Tive a impressão de que algo tentava nos reaproximar.

Algo que agora não permite que nos separemos.

Como a lenda da Ponte dos Suspiros.

Quando esse pensamento me ocorre, sinto um calafrio na espinha.

O que é ridículo. Que bobagem, isso não passa de uma lenda boba, um faz de conta para os turistas.

Estou deixando minha imaginação ir longe demais. Isso não é um episódio de *Além da imaginação*; estamos falando da vida real. Coisas assim não podem acontecer de fato. Podem?

Volto os olhos para a revista que está aberta no meu colo. Eu a peguei na pilha de revistas velhas ao chegar e a folheei, distraída, mas agora estou paralisada. Porque ali, na página aberta, há um teste. O teste sobre alma gêmea.

Respiro fundo.

— Algum problema? — Kate interrompe a discussão com Robyn e olha para mim. — São as cutículas? Sempre peço que não tirem as minhas.

Balanço a cabeça, negando, e mostro a revista.

— É *aquele* teste — respondo, quase num sussurro.

Robyn arregala os olhos. E, com o tipo de entonação que se usa em trailers de filmes, afirma, solene:

— É um sinal.

Kate olha de uma para outra, sem acreditar.

— Não, não é sinal nenhum! — exclama, irritada, e se inclina para tirar a revista das minhas mãos. — É uma cópia antiga da maldita *Cosmo*! — Jogando-a na cesta, Kate balança a cabeça, exasperada. — Francamente, vocês duas!

— Você tem que impedir que a lenda se torne realidade — continua Robyn, ignorando Kate. — Precisa quebrar o encanto.

— Encanto? — pergunta minha irmã, brava, falando alto, com sarcasmo.

— Parece mais um tipo de maldição — murmuro com tristeza.

— Seja o que for. — Robyn estala a língua. — Você precisa fechar o corpo.

— Abrir parece mais interessante — debocha Kate, sem conseguir resistir ao trocadilho.

— Você entendeu o que eu quis dizer — retruca Robyn de forma áspera.

— Tanto faz — diz Kate, dando de ombros. — Jeff não anda interessado em nada disso nos últimos tempos.

Ela dá uma risada seca, mas minhas antenas captam algo no ar. Kate costuma fazer observações engraçadas, até mesmo sarcásticas, sobre seu relacionamento, mas hoje sua voz está diferente.

— Está tudo bem, Kate?

Ela me encara, e eu quase consigo ver suas defesas se erguendo.

— Sim — responde, com ar de desdém. — Por que não estaria?

— Eu me referia a você e Jeff.

Kate se contrai.

— Claro. Só que ele continua mal de saúde. Deve precisar de algum antibiótico, mas você sabe como são os homens com relação a remédios. — Ela dá de ombros. — Não é nada.

— Ah... tudo bem — digo, logo abandonando o assunto. Não sou idiota de tentar pressionar minha irmã. Se um assunto está encerrado, ele está trancado, aferrolhado e protegido, em segurança absoluta, e ninguém, ninguém mesmo, terá acesso.

— Pronto, terminei. — A manicure que faz minhas unhas toca a minha perna para avisar.

— Nossa, está lindo! — exclamo, maravilhada, balançando as unhas das mãos e dos pés pintadas de um cor-de-rosa claro e cintilante.

Nem parecem ser minhas. Estou acostumada a ter unhas quebradas, lascadas, roídas ou pingadas de tinta, mas agora elas se transformaram em unhas tratadas nova-iorquinas.

Balanço-as no ar, orgulhosa, para mostrar a Robyn e Kate.

— Vejam!

— Ah, lindas, vejam as minhas — fala Robyn, efusiva, agitando os dedos reluzentes dos pés de modo que as florezinhas sejam iluminadas pela luz.

— Hum, estão maravilhosas — expresso meu entusiasmo, e nós passamos algum tempo comparando, até que nos lembramos de Kate. — E as suas? — pergunto, virando-me para ela, que já calça as sandálias.

— Estão bem — confirma Kate com um aceno de cabeça rápido enquanto prende uma fivela. — Só usei esmalte incolor, como sempre.

Minha irmã às vezes não é nada divertida.

— Se quiser pagar... — começa a proprietária do salão, uma figura matriarcal usando um avental florido, ainda mais baixa que todas as outras moças vietnamitas, gesticulando impaciente para indicar o caixa e a longa fila de mulheres que aguardam nossas cadeiras.

— Ah, desculpe, claro.

Saio logo da cadeira e começo a mexer na bolsa. Retiro objetos e, ao fazê-lo, ouço um som metálico de algo caindo no chão.

Deve ser alguma moeda, penso, entregando uma nota de vinte dólares. Vinte dólares para cuidar das mãos e dos pés! Ah, como amo Nova York.

— A senhorita deixou cair isso.

Vejo uma das moças vietnamitas pegar algo no chão. Ela estende a mão para mim com algo que se assemelha a uma moeda.

— Ah, muito obrigada. — Sorrio e me aproximo para pegar, quando percebo que não é o que eu pensava. É uma moeda, sim. Na verdade, *é a metade de uma moeda*.

Meu estômago embrulha na hora.

— Isso é impossível. — Apalermada, encaro o objeto na palma da minha mão, minha mente a mil.

— O que é agora? — Kate me fita sem entender nada.

— Meu pingente — respondo, gaguejando, e lhe mostro. A corrente se foi, mas não tem erro, é o meu pingente, com certeza.

Robyn respira fundo.

— Mas eu vi quando você jogou fora...

— No parque — concluo a frase. — Eu sei, é impossível. — Olho para a moeda partida e passo o polegar na borda irregular. — Deve haver alguma confusão. Ela deve ter ficado presa na minha roupa... ter caído na minha bolsa acidentalmente... ter se perdido de algum modo.

Olho para Robyn e Kate. Pela primeira vez, minha irmã não diz nada. Em vez disso, ela me fita, de olhos arregalados, muda de espanto.

Não posso mais ignorar esta situação, convencer-me de que não está acontecendo. Por mais estranho, inacreditável e absurdo que seja, algo de muito esquisito está rolando. Não sei que nome dar a isto, não entendo o que é, mas não há como negar: a lenda está se tornando realidade.

Apesar do calor, sinto um calafrio, e meus braços se arrepiam.

Ah, Deus.

O que faço agora?

Capítulo 21

Assim como em nossa infância, minha irmã mais velha vem em meu socorro.

— Você precisa de uma estratégia — orienta ela, entrando totalmente no modo advogada.

— Ah, você quer dizer algo como ler o horóscopo dela? — sugere Robyn com ar alegre.

Kate dirige-lhe um olhar fulminante.

— Não, quero dizer um plano de ação para alcançar um objetivo específico — explica Kate sem paciência. — Fazemos uso disso com frequência na advocacia. Temos que aplicar um plano à sua situação, criar uma abordagem sistemática para resolver esse problema atual e lidar com os objetivos de forma metódica, até que o resultado desejado seja alcançado.

Olho para Kate sem expressão.

— Pode repetir, mas dessa vez na minha língua?

Kate já está impaciente.

— É muito simples. Você quer terminar com Nathaniel, mas algo ou alguém parece estar evitando que isso aconteça.

— Como a lenda — sugere Robyn.

— Ou o próprio Nathaniel — retruca Kate que, após um breve momento de abalo, logo voltou à sua opinião original.

— Não me importa o que é — decreto. — Só quero que pare.

— Está bem, então venha comigo — comanda Kate. — Vamos pôr a mão na massa. Com ou sem a lenda mágica, isso funcionará.

Confie em mim, seus problemas vão desaparecer depois disso. Não me importa o que você diz sobre o seu universo — acrescenta ela, lançando um olhar sério para Robyn. — Universo uma ova.

Robyn parece ofendida.

— Você não pode alterar o curso do destino — afirma ela determinada.

— Veremos.

— Não funcionará. As leis do nosso mundo não têm qualquer efeito sobre as leis do universo.

— Tem algum plano melhor? — zomba Kate. — O que você sugere? Um feitiço? Cristais? Ervas chinesas? Precisamos ter uma atitude agressiva e dura.

— Eu só acho que você está muito incrédula — diz Robyn, ressentida.

— O que você esperava? Sou advogada — diz Kate, impassível. — Não sou paga para ter imaginação.

Minha irmã não perde tempo. Armada de uma pasta contendo blocos de notas, canetas esferográficas e seus famosos marcadores de texto de muitas cores, ela nos leva para um restaurante próximo, pequeno e descontraído, a fim de preparar nosso caso. Eu nunca tinha visto minha irmã em ação e estou impressionada. Num instante, ela transforma uma mesa de canto de vinil vermelho em escritório, enrola as mangas da blusa, instrui o garçom com ar de infeliz para que não deixe faltar café, e começa a falar sobre táticas.

Depois de seis horas intensivas, zunindo sob o efeito de um forte coquetel de cafeína e exaustão, ela por fim sugere a Estratégia. Sublinhado duas vezes e marcado em laranja fluorescente, é um documento de quatro páginas, 25 itens e intitula-se "Como livrar-se de sua alma gêmea".

```
1. Conseguir um mandado de segurança.
```

Esta foi a sugestão imediata de Kate:

— Ter uma irmã advogada e um cunhado policial tem que servir para alguma coisa.

Porém, ela reconheceu, relutante, que os tribunais poderiam não apoiar nosso caso. "Meritíssimo, estou aqui para requerer um mandado de segurança para evitar que a reclamante, Lucy Hemmingway, seja perseguida pelo acusado, Nathaniel Kennedy, como seu amigo no Facebook, bem como pelo programa de tevê *Muita grana*, produzido por ele, e, ainda, pela música deles, 'No Woman, No Cry', de Bob Marley, que vem sendo tocada com insistência no rádio, como nunca acontecera antes."

Exatamente.

Melhor é sua ideia de eu aparecer no apartamento dele sem avisar e:

```
2. Declarar que você o ama.
```

Essa sugestão tem êxito garantido. O plano é eu declarar meu amor eterno e — *puf* — vê-lo desaparecer para sempre.

Só para o caso de ser necessário uma munição extra:

```
3. Não depilar as pernas antes.
```

Para que eu possa aparecer de saia.

```
4. Deixar crescer os pelos das axilas.
```

Melhor ainda, aliar essa medida ao uso de uma blusa de alcinha fina.

```
5. Aliás, agir sem nenhuma reserva e deixar crescer
   também os pelos da virilha.
```

E depois cruzar as pernas ao estilo Sharon Stone.

6. Esquecer o desodorante.

Não parece muita coisa, mas está fazendo 32 graus em Manhattan. Ter axilas suadas é uma coisa, mas ter axilas suadas *e peludas* é bem diferente.

7. Falar sobre menstruação.

Por exemplo, "Ah, estou exausta, mas é porque *estou menstruada*". Não deixar de usar muitas palavras como fluxo, sangue, cólica, inchaço, retenção de líquido, TPM e acne.

8. Melhor ainda, usar o banheiro e deixar à vista um absorvente interno tamanho super-super-plus esquecido ali.

Os homens têm medo de absorventes internos como os cães têm medo de trovoada. Eles se retraem.

9. Pensando melhor, troque por deixar no banheiro um absorvente super-super-plus.

Depois dizer que tive "um acidente" e perguntar se ele poderia dar um pulo na farmácia e comprar os já mencionados absorventes gigantes. Por favor, chuchuzinho.
O que me leva a:

10. Dar a ele um apelido bobinho e falar com voz fofa.
11. Dizer que quer se casar e sugerir dar uma olhada em alianças.
12. Começar a bombardeá-lo com telefonemas, e-mails e mensagens de texto.

O objetivo disso tudo é Nate pensar que sou uma mulher obsessiva e perigosa e apagar meu número de sua lista mais rápido do que conseguimos dizer *Atração fatal*. Resultado: eu nunca mais receberei uma ligação por engano.

13. Perguntar-lhe quantas mulheres ele já teve.

E então dobrar a quantidade e dizer que é o número que tive. Não, triplicar.

14. Aparecer num bar quando ele estiver lá com os amigos.
15. Usar um moletom na ocasião do item anterior.

Isso tudo sem nenhuma maquiagem, com os cabelos puxados para cima num coque e usando legging. Ah, e uma legging suja e meio esgarçada na bunda.

16. Depois, contar aos amigos dele piadas engraçadas sobre disfunções eréteis/ejaculação precoce/pênis pequeno.

Se é que você me entende.

17. Ser pegajosa.

Pense em grude. Pense em Posh com Becks.

18. Peidar.
19. Arrotar.
20. Limpar o nariz com o dedo.
21. E depois comer a meleca.

Está bem, isso é mesmo muito nojento, mas é como participar do programa *No limite*, fazendo coisas estranhas. Mas neste caso seria *No limite de um relacionamento*.

```
22. Paparicar bebês.
23. Pegar o iPod dele e incluir músicas sem avisá-lo.
```

Sugestões: "You're Beautiful", de James Blunt, a trilha sonora de *Mamma Mia!* e os maiores sucessos de *Take That*.

```
24. Cancelar o pay-per-view dele para um jogo
    importante.
```

Um dos clientes de Robyn trabalha com tevê a cabo e pode hackear — quero dizer, "examinar" — as contas dos clientes.

```
25. Comprar revistas de noivas.
```

E carregá-las comigo sempre.

Só para o caso de voltar a encontrá-lo "acidentalmente", penso, examinando uma estante de livros para certificar-me de que Nate não está por perto.

Estamos na segunda-feira seguinte, e, a caminho do trabalho, entro na McKenzie's, a livraria perto de casa. Passeio pelos corredores cheios de brochuras e livros de capa dura empilhados nas mesas e me aproximo da seção de revistas.

Deus, eu não tinha noção de que havia tantas. Há uma variedade incrível de publicações sobre casamento expostas nas prateleiras. *Noiva isso, Casamento aquilo...* Pego várias. Decido que seria bom levar algumas sobre bebês, e agarro uma revista com uma foto de uma gestante cuja manchete é "Pronta pra ser mamãe!".

Quero dizer, não é *exatamente* isso que está escrito, mas com certeza é o que Nate pensará ao ver a capa da revista, concluo, pegando um exemplar. Torço para que a estratégia dê certo. Kate está convencida de que funcionará. "Nunca perdi um caso", dissera, determinada, ao me entregar uma cópia. A esta altura, meu desespero é tão grande que aceito tentar qualquer coisa.

O telefone começa a tocar. Examino a tela. É Nate. *De novo*. Esta manhã já recebi meia dúzia de telefonemas dele que não atendi. Ele insiste que não me liga de propósito, e é difícil saber no que devo acreditar. Seleciono *rejeitar*. Espero sinceramente não ser a primeira derrota de minha irmã...

— Olá. Encontrou tudo de que procurava? — Uma vendedora sorridente interrompe meus pensamentos.

— Sim, obrigada — respondo, também sorrindo.

— Está se preparando para o grande dia? — Ela aponta para as revistas de noivas.

— Hum, sim... algo assim — confirmo com um aceno de cabeça e as seguro apertado junto ao peito. O grande dia em que poderei esquecer tudo sobre Nate. Sinto o celular vibrar no bolso. Ah, de novo, não.

Desta vez, atendo.

— Oi, Nate — cumprimento-o, cansada.

— Lucy? — diz ele, resignado. Apesar do que Kate afirma, sua voz não é a de um caçador à minha espreita, e sim a de uma pessoa tão cheia disso tudo quanto eu.

— Eu.

Ouço um suspiro profundo.

— Tchau.

— Tchau.

Desligo. Não sei o que pensar ou em quem acreditar — em Robyn ou em Kate —, e decido-me por uma abordagem mais cautelosa.

— Se precisar de ajuda, meu nome é Emily.

— Obrigada.

Sigo em direção ao caixa, passando pelos livros de autoajuda, quando de repente uma seção chama minha atenção: "Amor e

Romance." Passo os olhos nas lombadas de centenas de livros. Existe até uma prateleira inteira sobre almas gêmeas: *Como encontrar sua alma gêmea, Como manter sua alma gêmea, Como saber que ele é sua alma gêmea, Ele é sua alma gêmea?*.

— Na verdade... — dirijo-me a Emily, a vendedora sorridente.
— Sim? — diz ela, sorrindo, aguardando o resto da frase.
— Você tem livros sobre como se livrar da alma gêmea?

Dez minutos depois, ao chegar à Number Thirty-Eight, fico surpresa por encontrar a galeria fechada. Isso é estranho. Onde está Magda? Da calçada, com as revistas e o obrigatório *latte* com uma dose dupla de café nas mãos, vejo, perplexa, que as grades eletrônicas por fora das janelas ainda estão fechadas. Durante todo esse tempo em que trabalho aqui, jamais aconteceu de eu chegar antes de Magda. Examino o relógio. Pelo que me conheço, o mais provável é que eu tenha feito alguma confusão de horário. Mas não, já passa um pouco das 10h.

Pasma, equilibro o café e as revistas numa das mãos, pesco o chaveiro na bolsa e destranco a porta. Ao entrar na galeria escura, o alarme começa a bipar, contando os vinte segundos ou coisa parecida que tenho para teclar o código. Por um instante, entro em pânico. Merda, qual é o número? Mas felizmente me lembro a tempo. Claro, é o ano do nascimento de Magda — lembro-me de tê-la ouvido mencionar algum dia.

Um, nove, seis, cinco.

O alarme silencia, e, quando pressiono o botão para a grade da janela, acendo as luzes. Um esplendor de cores invade as sombras conforme as obras de arte são iluminadas. Uma torrente de prazer me invade. Há algo mágico em estar a sós numa galeria. Quando eu era pequena, certa vez me perdi de meus pais no Louvre, em Paris, e me vi sozinha numa sala cheia de quadros. Provavelmente, a maioria das crianças ficaria amedrontada, começaria a chorar, tentaria em desespero achar os pais, mas ainda me recordo da sensação de prazer de estar cercada de todos os diferentes rostos, figuras e cores. Foi como estar perdida num mundo da imaginação.

Mas, para minha infelicidade, minha mãe viu a situação de uma forma muito diferente da minha. Lembro-me de ter levado uma tremenda bronca quando por fim me encontraram, e, pelo resto da viagem, fui obrigada a não sair de perto dela.

Recolho a correspondência, dirijo-me ao balcão de recepção e a deposito sobre ele, com as revistas. Tomo um gole de café, ligo o computador e examino nossos e-mails. Nada de muito importante... Alguns releases liberados para publicação, o currículo de um estudante de arte para um estágio, uma fatura do bufê que usamos para a inauguração da galeria, intitulada "A pagar. Urgente".

Tiro os olhos do computador, mas ainda não há nenhum sinal de uma mulher com um penteado de colmeia, então clico no Facebook. Ah, só um minutinho... Um pouco ansiosa, decido entrar. Nos últimos dias, Adam e eu temos trocado mensagens. Tudo muito despretensioso e amigável. Ele me mandou uma falando sobre o curta no qual está trabalhando; respondi com um texto cuidadosamente preparado sobre minha semana no trabalho.

Escrevi com cuidado porque queria parecer ao mesmo tempo entusiasmada e calma. Falante, mas tranquila. Ocupada, mas não *muito*. Indicando que, se ele quis marcar um encontro para ir ao cinema, minha agenda não está tão cheia assim.

Está bem, a verdade é que ela está completamente vazia, mas Adam não precisa saber. Não precisa saber quanto trabalho me dá cada mensagem que lhe envio, garantindo que fique *perfeita*.

Nossa, era muito mais fácil quando as pessoas se limitavam a pegar o telefone e falar.

Ah, olhe só, tem uma mensagem não lida na minha caixa de entrada. Sinto um frio na barriga quando abro. É de Adam.

Estou livre essa semana, se você quiser fazer alguma coisa. Me ligue.

Embaixo, ele acrescentou seu número de telefone. Não tiro os olhos da mensagem, como se quisesse ver nela algum outro sentido além de ele estar livre essa semana e querer que eu ligue para ele. Ah, tenha dó, Lucy, qual é a sua? Ele quer sair com você! O nervosismo traz o frio na barriga de volta. Não sei por que estou tão agoniada.

Porque gosta dele, sussurra uma voz na minha cabeça. *E porque é o primeiro cara que você já gostou de verdade além de Nate.* Ao ser lembrada de Nate, enfio a mão no bolso e seguro a Estratégia. Não sei ao certo quando terei oportunidade de colocá-la em prática. Ou mesmo se funcionará. Não estou nada convencida de que minha irmã tenha razão. Não acho que seja tão simples. Agora, no entanto, não tenho nenhuma outra opção.

Um latido agudo do lado de fora me faz desviar os olhos da tela do computador, bem a tempo de ver a porta se abrir e Magda aparecer. Ela está usando um vestido fúcsia estilo Jackie Onassis, com sapato alto combinando e uns óculos escuros tão grandes que lembram os de um soldador.

— Bom dia! — cumprimento-a animada, correndo para ajudá-la. Magda traz uma bolsa Valentino sob um dos braços e, sob o outro, um grande pacote.

— Ah, Luzy! — diz Magda, esbaforida. — Obrigada, obrigada.

Tiro o pacote das mãos dela e a sigo, zelosa, conforme ela atravessa o chão de concreto polido da galeria em passos minúsculos, toda rígida, devido ao vestido muito apertado.

— Sinto muito ter me atrasado — continua ela, passando a mão nos cabelos para se certificar de que o spray mantinha todos os fios no lugar. — Muito mesmo.

— Ah, está tudo bem, não se preocupe — procuro acalmá-la, e em seguida faço uma pausa. — Onde quer que eu coloque isso? — pergunto, indicando o pacote.

— Em qualquer lugar, não importa. — Ela torce o nariz com ar de desprezo, balançando a mão coberta de diamantes como se fosse um spray perfumador de ambiente. Quando alcança uma cadeira, instala-se com cuidado. — Desde que eu não precise olhar.

— O que é? — indago, apoiando-o contra a parede.

— Um quadro, de minha tia Irena.

— Ah, ela lhe deu uma pintura? — Com a curiosidade despertada, examino o pacote, querendo saber como é a pintura.

— Se é que se pode chamar de pintura — diz Magda com ar melancólico. — Ela me deixou em testamento.

— *No testamento dela?* — Viro-me bruscamente para Magda. Eu supunha que os óculos de sol eram por conta de mais alguma plástica que ela tivesse feito, mas agora percebo que seu rosto está vermelho e inchado, mesmo sob as camadas de maquiagem. E ela está fungando. — Ah, sinto muito, eu não sabia. Quando ela...?

— No fim de semana — responde Magda, tirando uma caixa de lenços de papel da sacola e assoando o nariz bem alto.

— Ah, não. — Agacho-me ao seu lado e aperto-lhe a mão num gesto de apoio. — Foi de repente?

— Nada é repentino quando se tem 96 anos. — Magda dá de ombros, as palmas das mãos estendidas. — Ela teve uma vida boa.

— Você está bem? — pergunto, preocupada.

— Minha vida está ganha. — Ela dá de ombros de novo e assoa o nariz.

— Não, eu quero dizer quanto à sua tia.

— Ah, sim, sim. — Ela faz um aceno de cabeça. — Tudo está maravilhoso.

Analiso o rosto inchado de Magda, meio escondido sob os óculos escuros, e sinto uma vontade enorme de protegê-la.

— Não, nem tudo está maravilhoso — ouço-me dizer, e me surpreendo diante de tanta franqueza.

Magda também, pois ela me fita chocada.

Por um momento, penso que ela vai se enfurecer e engulo em seco.

— Quero dizer, não está, não é mesmo? — insisto, procurando evitar que a voz vacile.

Faz-se uma pausa, e Magda então parece desmoronar para dentro, dobrando-se como uma tábua de passar fúcsia, deixando visíveis apenas as ombreiras e o penteado de colmeia. Observo quando ambos começam a tremer e de repente percebo que ela está soluçando.

— Ah, Sra. Zuckerman...

Olho para ela e me sinto inútil. Não sei o que fazer. Procuro ser educada e agir de maneira adequada, já que temos uma relação de empregado e chefe. Afinal, não posso simplesmente abraçá-la e dizer "Calma, calma".

Ah, que se dane isso de agir de maneira adequada.

— Calma, calma — conforto-a, debruçando-me sobre ela para dar-lhe um grande abraço. Eu nunca havia percebido o quanto Magda era pequena, mas é como envolver uma criança nos braços. — Não se preocupe, vai ficar tudo bem. Ela está num lugar melhor agora.

De repente, Magda para de chorar e olha para mim. Ela empurra os óculos escuros para a testa e me fita, perplexa.

— Essas lágrimas não são por Irena.

— Não?

— Ora! Claro que não. — Magda franze o cenho. Ou pelo menos tenta, mas depois de tantas injeções no rosto, mal consegue mexê-lo. — Irena viveu como uma rainha. Tinha empregados, peles, diamantes. — Ela agita os dedos para mim, os anéis parecendo um soco-inglês. — Diamantes de verdade, não falsos como os meus!

— Esses são falsos? — É a minha vez de ficar perplexa.

Magda soluça e solta um gemido de dar pena.

— Tudo é falso: os diamantes, as Gucci, as Louis Vuitton... — Ela joga a sacola para longe como se não conseguisse vê-la. — Estou falida, Luzy, falida!

Eu a fito, alarmada.

— Mas eu pensava que...

Não sei bem o que pensava, para ser sincera. Mas, com as roupas de marca, a cirurgia plástica, e o endereço no Upper West Side, concluí...

— As aparências enganam, Luzy — continua Magda. — É o que minha tia Irena dizia. — Ela balança a cabeça. — O banco, eles são ladrões, querem levar tudo de mim, o apartamento, a galeria...

— *A galeria?* — Um pânico repentino toma conta de mim.

— Sou terrível com dinheiro. Pego emprestado aqui e ali. — Magda arqueia os ombros e balança as mãos para lá e para cá.

Olho para ela e sou tomada de um temor frio, penetrante. Meu primeiro pensamento é por Magda. Deve ser terrível, na idade dela, saber que pode perder a casa. Mas eu estaria mentindo se não dissesse que estou preocupada com o que a perda da galeria significaria para mim. E quanto à galeria em si?

— Este lugar não pode fechar. Simplesmente não pode! — exclamo, sem pensar.

Magda fica de pé, segura minha mão e levanta nossos braços para o alto como se estivéssemos fazendo um protesto.

— Faremos tudo o que pudermos, Luzy — decreta ela, numa espécie de brado de guerra. — Tudo. Não seremos vencidas. Não teremos medo.

— Hum... Claro, claro.

— A situação ainda não está perdida. Há um artista novo surgindo, com grande potencial. Ele mora em Vineyard. Se conseguirmos conhecê-lo, talvez possamos expor seu trabalho. Ele é incrível. Incrível mesmo! Ele nos salvará! — exclama Magda, entusiasmada.

Observando-a recuperar as forças e voltar a ser aquela pessoa entusiasmada, minha afeição por Magda cresce, e sinto um grande alívio.

— Parece promissor. — Sorrio. Talvez ela tenha razão e tudo acabe bem.

— Ah, pois é sim, você vai ver. — Com os olhos brilhando, Magda se levanta, tira o pó do vestido tubinho, dá um jeito no cabelo e respira fundo. — Então chega de lágrimas. Irena me mataria. Ela diria: "Magda, o que você está fazendo, agindo como uma bebezona?" Irena era gêmea de minha mãe, e foi como uma mãe para mim.

Preparo-me para me afastar quando me vem um pensamento.

— Você disse que Irena tinha 96 anos?

— Quase 97 — responde Magda, orgulhosa.

Paro e faço as contas.

— E você nasceu em 1965 — digo, lembrando-me do código do alarme. — Então isso significa...

Franzo a testa. Não pode estar certo. Devo ter entendido errado.

— Sua mãe tinha 51 anos quando teve você?

Magda fica roxa.

— Hum... sim, pois é! — Ela pigarreia e finge estar tão surpresa quanto eu. — Os médicos ficaram pasmos! Eu fui praticamente um milagre!

Capítulo 22

Na volta para casa, Magda não me sai da cabeça. Apesar de seu brado guerreiro, de sua animação e de seu otimismo quanto a salvar a galeria e tudo ficar maravilhoso, estou preocupada.

Talvez seja minha criação em Manchester, o pessimismo do Norte incutido em mim desde criança, segundo o qual, se as coisas podem dar errado, elas certamente darão. Ou pode ser o telefonema que recebi do Departamento de Água e Luz, reclamando que um pagamento estava muito atrasado e avisando que tínhamos 21 dias para regularizar a conta ou o nosso abastecimento seria cortado. Ou talvez seja o fato de eu ter pegado Magda algumas vezes, ao longo do dia, pálida e assustada, apesar do blush exagerado.

No caminho para casa, paro na lavanderia e pego a roupa lavada. Depois da minha grande arrumação no fim de semana, enchi um grande saco plástico com roupas amarrotadas e, acrescentando algumas peças de Robyn, levei tudo para a lavanderia próxima, Fluff and Fold. Eu adoro a Fluff and Fold. Eles são a versão nova-iorquina das nossas lavanderias automáticas inglesas, mas vão muito além. É mais ou menos como comparar um Aston Martin a um Fiat Panda: ambos fazem o que você precisa deles, mas um o faz com um serviço de lavagem cinco estrelas super-requintado, que inclui afofar, dobrar, passar e deixar com aquele cheiro gostoso de recém-lavado.

O que é incrível, considerando que ao lado há um restaurante chinês, reflito, enquanto pego comida para viagem para mim e para Robyn.

— A comida chegou! — exclamo ao entrar no apartamento.

Bato a porta e logo sinto um aroma doce e pungente. Que cheiro é esse? Sigo meu olfato, entro na cozinha e encontro uma penumbra de luz de vela. Robyn está sentada à mesa da cozinha, inclinada sobre um livro grande de capa dura do tamanho de um catálogo telefônico. Na mão direita, tem um ramo de sálvia queimando, o qual ela sacode sobre a cabeça.

E pensar que eu costumava chegar em casa e encontrar meus colegas de apartamento assistindo novela.

Ao me ouvir, Robyn me fita, de olhos arregalados e desgrenhada.

— Descobri um feitiço!

Algumas semanas atrás, eu teria deixado cair meu yakisoba de legumes por todo o chão de linóleo da cozinha de tão chocada diante de tal afirmação, mas estou me acostumando rápido a Robyn e seus modos excêntricos. Isso posto, porém, vale dizer que um quadro de visualização é uma coisa, mas o que está acontecendo aqui é *outra*.

— *Um feitiço?* — repito, por falta do que dizer.

Era isso ou "Ah, qual?" e eu *ainda* não estou oficialmente louca.

— Sim! Aqui! — exclama Robyn triunfante, segurando o livro de capa de veludo vermelho-escuro com o título *Feitiços e encantos* incrustado em dourado. — Peguei emprestado de meu amigo Wicker, do grupo de instrumentos de percussão que eu participava — continua ela, animada. — Eu tinha de fazer alguma coisa. Sei que sua irmã acredita que a Estratégia funcionará, mas temo que não seja tão simples assim quando se trata do poder do universo.

Deixo minha roupa lavada num canto da cozinha, abro espaço na mesa para colocar a comida que acabei de trazer e começo a desembalar as pequenas caixas de papelão vermelho e branco.

— Estive pensando. Não quero discordar de Kate — explica Robyn, já discordando —, mas, quando se trata de forças que você desconhece, é preciso mais que um documento. — Ela franze o nariz com desdém. — Não estamos falando de direito, mas de lendas!

Faz-se uma pausa, e eu percebo que é a minha chance de dizer alguma coisa. Qualquer coisa. Só que, para ser sincera, não sei o que dizer.

— Chama-se "Feitiço Bons Ventos o Levem" e tem por objetivo livrar a pessoa de um pretendente indesejado. — Ela me encara com os olhos brilhando. — Não é incrível? Pode acreditar nisso?

— Não consigo acreditar, mesmo — respondo, quando tenho condições de abrir a boca. — Porque é completamente doido! — declaro, agitando um guardanapo. — Sério, Robyn, *feitiços*? O que é isso, Harry Potter? É loucura!

Robyn ergue as sobrancelhas.

— Acho que é um pouco tarde para tudo isso, não acha? — comenta ela, irritada.

Abro a boca para retrucar, mas não sei o que dizer. Ela tem razão.

— E então, quer ouvir como é o feitiço ou não? — pressiona ela, de mau humor.

— Continue — digo, resignada.

— Está bem. É um feitiço de expulsão, e feitiços de expulsão têm um ritual poderoso, complexo, planejado para quebrar ou desfazer outros feitiços ou maldições.

— Como a lenda — saliento. Sim, é melhor não agir com desdém. Estou andando por aí com um documento de quatro páginas e 25 itens porque beijei minha alma gêmea debaixo de uma ponte e agora estou presa ao sujeito.

— Isso mesmo. Elas também podem banir pessoas para longe de você. — Robyn dá um soco na mesa. — Perfeito! Dois coelhos numa cajadada só!

— Perfeito — repito, representando meu papel. — Nós temos shoyo?

Afinal, se a lenda pode se tornar realidade, talvez esse negócio de feitiços e magia possa dar em algo.

— No armário à direita, prateleira do meio — instrui Robyn, voltando ao livro. — Diz aqui que todos os rituais de expulsão são feitos de noite, utilizando ingredientes mágicos especiais...

— Por falar em ingredientes, eu trouxe yakisoba de legumes e rolinho primavera para você. Está bom assim?

— Humm, perfeito — aprova Robyn.

Eu puxo um banco e me sento ao seu lado.

— Enquanto magias com velas são fortes, porém suaves, feitiços de expulsão e de ligação envolvem uma energia mais rápida e poderosa. — Robyn mergulha o rolinho primavera no molho de pimenta e o utiliza como uma lança para golpear um Nate imaginário. — Um murro poderoso!

Manchas de molho espalham-se por todo canto, e dou a Robyn um guardanapo.

— Então, o que você precisa fazer é o seguinte... — Dando uma mordida, ela mastiga furiosamente, para depois pigarrear. — "Em um pedaço de pergaminho ou de papel reciclável, escreva o nome e a data de nascimento da pessoa que você deseja que 'se afaste'. Use tinta preta para isso. Muitos ciganos também recomendam o uso de uma caneta tinteiro antiga, em vez das esferográficas." — Ela se interrompe. — Droga, eu não tenho uma dessas. Você tem?

— Hum... sim, creio que sim — respondo, com a boca cheia de macarrão. — De quando fazia desenhos em bico de pena.

— Ótimo. — Robyn acena a cabeça e em seguida se detém. — Você desenhava em bico de pena? — Ela parece intrigada. — Uau. Posso ver seus desenhos?

— Ah, faz séculos. — Dou de ombros. — Não sei ao certo onde os guardei.

— Hum! — Robyn me encara por um momento, como se estivesse pronta para dizer alguma coisa, mas parece pensar melhor e retorna ao livro de feitiços. — Onde eu estava? Ah, sim... "Deixe a tinta secar, sem borrar. Depois, embrulhe uma peça de roupa dele em volta de um osso de pernil."

Paro de comer e faço uma careta.

— Eca!

— Ah, isso é fácil. Tenho um no freezer — diz Robyn com naturalidade.

Olho para ela, espantada.

— Pensei que você fosse vegetariana.

— É dos cachorros — explica Robyn, levantando-se e abrindo a porta do freezer. Uma pequena nuvem de gelo seco aparece, e, após procurar com afinco, ela tira um osso grande congelado, embrulhado num saco plástico. Jenny e Simon começam com latidos frenéticos, acreditando que receberão um banquete, mas Robyn os enxota, dizendo: — Não é para vocês. É pra Lucy se livrar do amor da vida dela.

Eles latem e começam a salivar. De repente me vêm à mente lembranças de histórias de pessoas encontradas em suas casas, seus corpos meio devorados por seus pastores alemães. Faço uma observação mental para manter a porta do quarto bem fechada esta noite.

— "Coloque o osso de pernil num saco plástico com duas penas pretas, de preferência de corvo ou de uma ave de rapina, acrescente uma pitada de uma ou mais ervas mágicas, como folhas de freixo, trevo, ligústica, lilás ou alho. Em seguida, pegue o papel com o nome dele, dobre três vezes e jogue dentro também. Amarre muito bem com barbante vermelho." — Robyn olha para mim e franze a testa. — Está fazendo a lista de todos esses ingredientes? — pergunta, mal-humorada.

— Hum... — Depois de ficar absorta em um delicioso rolinho primavera, envergonhada, pego a caneta e uma folha de papel.

— "Em seguida, leve o saco para uma área aberta, um pequeno espaço de terra, desamarre-o e tire a folha de papel. Acenda uma vela branca e queime a folha na chama, mentalizando o nome dele e imaginando que ele está fugindo de você, e diga..." — Robyn pausa e faz uma voz séria. — "'Ventos do Norte, do Leste, do Sul e do Oeste, levem esses afetos para um lugar celeste. Faça com que o coração dele esteja livre e aberto, e que sua mente saia daqui de perto.'"

— É isso aí? — Escrevendo furiosamente, desvio o olhar para Robyn.

— Não, depois você tem que enterrar o osso de pernil.

— Nossa, é bem complicado, hein? — resmungo. — Talvez o mandado de segurança fosse mais fácil.

— Ah, e você tem de fazer isso exatamente às 22h.

— Por que às 22h?

— Porque é o que o feitiço diz — responde Robyn sem rodeios. Pegando um bocado de yakisoba com os *hashis*, ela mastiga, pensativa. — E tem mais uma coisa.

Olho para ela precisando me controlar.

— Esse feitiço deve ser feito quando a lua estiver em quarto minguante.

Faz-se um silêncio, e nós duas olhamos para fora, através da janela aberta. A maior parte do que vemos é a parede de tijolos grafitada, mas há um pequeno pedaço sobrando. Através dele, a lua em forma de crescente invertido brilha no céu.

— Ela está minguando! — exclama Robyn, animada.

O pânico nos domina. De repente tenho uma sensação horrível de que farei mesmo tudo isso.

— Já terminou? — Mudando de assunto, levanto-me para pegar as embalagens e os *hashis* e limpar a mesa.

Robyn olha para mim.

— Amanhã à noite — diz ela, decidida.

— O que tem amanhã à noite? — pergunto, tentando bancar a idiota.

— É quando você tem que fazer o feitiço! — Ela suspira, como se fosse a coisa mais óbvia do mundo que é isso que eu deveria fazer numa noite de terça-feira em Manhattan.

Encaro Robyn por um momento, e de repente tenho a impressão de que a sanidade entra voando pela janela e me dá um murro na cabeça.

— Não vou fazer isso amanhã à noite! Nem depois de amanhã! Ou qualquer dia que seja! — exclamo, balançando a cabeça como se estivesse trazendo a razão de volta para ela. — É um absurdo, não vou fazer nada disso.

— Não é absurdo — diz Robyn, ofendida.

— Que seja. — Suspiro, em seguida respiro fundo. — Não vou fazer.

— Mas se não se livrar de Nate, não poderá abrir espaço no seu reservatório de amor para mais ninguém — argumenta ela.

— Meu reservatório de amor?

— É como eles descrevem no livro que estou lendo — defende-se Robyn corando. — Ele precisa ficar vazio antes de ser preenchido de novo por outra pessoa. Adam, por exemplo. — Robyn ergue as sobrancelhas, e tenho a sensação de que o *meu* rosto corando. Eu lhe contara tudo sobre Adam na hora do almoço. Quero dizer, eu havia lhe mostrado nossa troca de mensagens e, sendo Robyn a boa amiga que é, analisara cada palavra com muito zelo e cuidado para chegar à seguinte conclusão: "Ele gosta de você." O que não foi lá uma grande novidade, mas mesmo assim.

— Acho que precisamos ser realistas — sugiro, tentando manter a calma. — Meu nome é Lucy. Sou de Manchester. Uso calcinhas de lojas de departamento. Não faço feitiços.

— É só unzinho — insiste Robyn, tentando me persuadir.

— Enterrar ossos, acender velas e recitar uma rima? — Pressiono o pedal da lata de lixo com o pé e jogo as caixas de papelão para reciclagem. — Não, não vou fazer isso.

Robyn fica vermelha em silêncio. Por um momento nenhuma de nós fala.

— Peguei nossa roupa na lavanderia — digo, enfim, para quebrar o clima desagradável.

— Obrigada.

Em seguida, voltamos ao silêncio estranho, enquanto desamarro a sacola de plástico que contém nossa roupa e começo a desembrulhá-la.

— Lucy, eu realmente acho que você deveria reconsiderar — afirma Robyn, passado um tempo. — Não ignore as coisas que você não consegue entender.

— Não foi o que falou quando estava tentando fazer seu imposto de renda — relembro, empilhando a roupa sobre a mesa. Engraçado, não me lembro de nós termos toalhas brancas com monogramas.

— É diferente — contesta ela, irritada.

— Não me importa. — Balanço a cabeça. — Não vou sair tarde da noite para enterrar um osso e recitar umas frases ridículas para me livrar do meu ex-namorado.

Hum, eu também não reconheço essas camisetas. Nossa, elas parecem muito grandes. Ergo uma delas no ar.

— Essa camiseta é sua?

Robyn balança a cabeça.

— Mas magia se combate com magia — argumenta ela.

Reviro os olhos.

— Valeu, Dumbledore.

— Estou falando sério!

— Eu sei, é isso que me preocupa.

Espere aí, camisas masculinas? E calças masculinas? Não estou gostando disso.

— Não sou eu que não consigo terminar com minha alma gêmea — implica Robyn, passados alguns instantes.

— Olhe só, eu não vou fazer feitiço nenhum. — Respiro fundo. — É isso aí. Ponto final.

— Na minha opinião, você está cometendo um grande erro. Existem forças maiores que nós, forças que nós não entendemos...

Ouço Robyn falando, mas é como um zumbido, um barulho de fundo. Eu me desliguei. Não estou ouvindo. Em vez disso, tenho os olhos fixos nas minhas roupas lavadas.

O problema é que não são as minhas roupas.

Estou perplexa, confusa, até mesmo resignada. Solto um grunhido alto de frustração.

— São dele.

— O quê? — Robyn interrompe seu discurso e franze o cenho, confusa. — O que são dele?

Ergo no ar uma cueca de abacaxis e balanço para Robyn.

— Sobre aquele tal feitiço...

— Vocês têm velas brancas?

Pulamos para a noite seguinte, depois do trabalho. Estou na confusão tumultuada da loja de ferragens Burt's com minha lista de compras. Meu lado racional, que despreza horóscopos e passa embaixo de escadas com determinação, ainda não consegue acreditar que irei adiante com isso. Mas meu outro lado, que devolveu toda a roupa de Nate à Fluff and Fold, está desesperado.

Brenda, a assistente do gerente da lavanderia, não conseguia entender como aquilo ocorrera. "Temos filiais por toda Manhattan, mas não posso imaginar como isso aconteceu", dissera ela, perplexa. Enquanto desculpava-se sem parar, ela batia no teclado do computador como se ele fosse o verdadeiro responsável. "Segundo nosso cadastro, o endereço do Sr. Kennedy fica a mais de cinquenta blocos de distância!"

Tive tanta pena de Brenda que quase lhe ofereci uma explicação. Digo *quase* porque concluí que uma explicação envolvendo séculos de lendas antigas, pontes italianas e almas gêmeas só complicaria as coisas. Era melhor fazer o papel da cliente insatisfeita que o de maluca.

Por fim, tudo foi resolvido. Se eu tinha recebido as roupas dele, era provável que ele tivesse recebido as minhas. E, de fato, conforme Brenda digitava no teclado do computador sem parar, uma mensagem de Nate apareceu no meu celular.

Deixe-me adivinhar. Você está com as minhas roupas.

Respondi a mensagem.

Deixe-me adivinhar. Você está com as minhas.

— Aqui está. Mais alguma coisa?
Volto à realidade e vejo Burt descendo a escada com agilidade e rapidez, com um embrulho de velas na mão. Para um homem de cerca de 80 anos, ele está em ótima forma.

Volto a examinar a lista. Robyn providenciou o osso de pernil, o alho e todas as ervas de nomes exóticos. O barbante, eu já tinha. Agora tenho as velas. Ficou faltando...

— Vocês vendem penas?
— Penas? — resmunga ele com certa agressividade. — Que tipo de penas?
— Pretas, de preferência de corvo ou de ave de rapina.
Burt coça o queixo barbado com as unhas e me olha desconfiado.
— Você não leu a placa? Esta é uma loja de ferragens, não de animais.
— Ah, sim, claro, desculpe — respondo, gaguejando. Apresso-me em pagar e saio da loja. Que situação desagradável. Eu estou parecendo uma louca.

Faço o caminho de volta para o apartamento. É isso, então. Se não conseguir encontrar as penas, não vou poder fazer o feitiço. Sinto uma pontada secreta de alívio ao ver que vou escapar dessa fria, quando viro a esquina e sou atingida por uma inesperada rajada de vento de verão. Lixo voa ao meu redor, um saco plástico se infla de ar e gira como uma bailarina, e então algo esvoaçante passa por mim e cai na calçada à minha frente. Olho para ver o que é.

Duas penas. Duas penas pretas.
Não sou supersticiosa, mas isto é o que eu chamaria de um sinal.

Às 21h30, estou com tudo arrumado, pronta para sair. Ou melhor, quase.

— Penas? — pergunta Robyn. Armada com uma lista de tudo o que necessito, ela faz uma checagem final para garantir que não falta nada.

Tiro cada item da sacola e agito no ar para ela ver.

— Ticado. — Robyn as elimina da lista com um ar solene. Ela leva tudo muito a sério. É quase como uma operação militar: Operação Bons Ventos o Levem.

— Barbante vermelho?

Repito a confirmação.

— Ticado.

— Osso de pernil?

Retiro-o da mochila. Está embrulhado na cueca de Nate. Eu de fato havia devolvido a roupa dele à lavanderia, mas fiquei com isto. Em parte porque precisava de um item de sua roupa para a magia, mas principalmente porque Nate não deve usar uma cueca dessas. Nem comigo nem com nenhuma outra garota. Era preciso sumir com ela. Vejo isso como uma vitória para todas as mulheres. Como receber o direito de voto ou direitos iguais: nenhuma mulher depois de mim jamais terá que sofrer o horror de se deparar com a cueca de abacaxis.

— Maravilha! — Terminada a lista, Robyn abre um amplo sorriso. — Agora, boa sorte!

— Obrigada — agradeço, insegura. Algo me diz que precisarei de muita sorte mesmo.

Eu queria que Robyn me acompanhasse, mas ela tem aula de cura através de reiki. Além do mais, conforme me explicou, eu precisava fazer isso sozinha, do contrário o feitiço não funcionaria. Ela me informara que "a magia exige isso".

Pelo visto, magia exige muita coisa.

Deixo o apartamento e parto em direção a um parque minúsculo, a poucas ruas de distância. Não chega a ser bem um parque, é mais um pequeno triângulo com alguns bancos, uns canteiros de flores e um gramado. Durante o dia, costuma ser muito frequentado por pessoas que almoçam nos bancos ou se esparramam na grama e conversam, leem jornal ou apenas aproveitam aquele pequeno ponto de natureza em meio aos arranha-céus de aço, com suas flores parecendo respingos brilhantes de cor contrastando com o concreto cinzento.

Mas agora, à noite, está totalmente vazio e escuro. Não que algum lugar de Manhattan fique um breu de verdade, com todas as luzes da cidade. Mas percebo, apreensiva, que está escuro o bastante, e chego a estremecer.

Tento mexer no portão. Está trancado. Precisarei pular.

Não é a primeira vez que questiono minha sanidade, mas como minha irmã orientou, devo manter a visão do todo. "Esqueça a história de que o importante é o caminho, não o resultado", exclamara ela. "O resultado é o sentido de *tudo*! O caminho não importa."

Um casal passa por mim. Agacho-me e finjo amarrar o cadarço do sapato. Ajo somente por instinto. Nem sequer estou *usando* sapatos de amarrar, e sim sapatilhas. Nossa, eu com certeza nasci para este tipo de coisa, reflito, bastante impressionada comigo mesma. Continuo agachada até eles se distanciarem. Em seguida, faço um rápido exame da área ao meu redor para me certificar de que não há ninguém mais por perto e pulo o portão.

Por um breve instante, imagino que poderia acabar empalada, e minha vida sexual passa num flash diante dos meus olhos, mas logo me vejo do outro lado. Vem aquela sensação de triunfo. Consegui entrar! Agitada devido ao nervosismo e à empolgação, me apresso na direção de um dos canteiros. Preciso fazer tudo e terminar o mais cedo possível para sair logo daqui. Acendo a vela e seguro a folha de papel que contém o nome e a data de nascimento de Nate junto à chama. Ela pega fogo na hora, muito mais rápido do que eu supunha que aconteceria.

Merda, onde foi parar o poema? Quero dizer, o cântico. Merda.

Procuro como uma louca a outra folha de papel na bolsa, e por um breve instante entro em pânico, temendo ter queimado a folha errada — merda —, mas finalmente a encontro. Graças a Deus. Respiro fundo. Céus, meus nervos estão em frangalhos.

— "Ventos do Norte, do Leste, do Sul e do Oeste..." — começo a papaguear o texto todo. Robyn me mandou fechar os olhos e respirar a cada palavra, mas leio o mais rápido que posso. — "... e que sua mente saia daqui de perto."

Observo a folha de papel transformar-se em cinza e ser levada pelo ar da noite.

Perfeito. Essa parte terminou. Agora só falta enterrar o osso de pernil. Fico mais relaxada. Não foi tão difícil, não é? Toda aquela preocupação por nada. Na verdade, essa história de magia é super-tranquila, penso, pegando a concha de sopa — nós não tínhamos uma colher de pedreiro — para cavar um buraco.

Então, de repente, naquele exato instante, ouve-se uma sirene aos berros, e sou envolta numa luz intensa e desagradável. Viro-me para essa claridade, piscando sem parar diante do brilho da luz.

Que diabos...

E então ouve-se uma voz através de um megafone:

— Fique onde está e ponha as mãos para cima. Aqui é o Departamento de Polícia de Nova York.

Capítulo 23

Tudo bem, não entre em pânico.

Depois de um passeio assustador algemada num carro de polícia, estou sentada numa cadeira de plástico muito dura da Nona Delegacia de Polícia, sendo interrogada por um certo policial McCrory muito mal-encarado.

Pensando bem, talvez eu devesse entrar em pânico.

— Deixe-me entender isso direito... — Ele pigarreia e examina suas anotações. — Você invadiu uma propriedade do município e acendeu uma fogueira.

— Uma vela — corrijo. — Uma vela branca.

É importante ser o mais clara possível e me ater aos fatos, digo a mim mesma em silêncio. Do contrário, posso ser erroneamente processada por um crime que não cometi. Como roubo. Ou sequestro. *Ou até mesmo assassinato.*

Estou assustada.

Fatos, Lucy. Lembre-se, atenha-se aos fatos.

— E por que fez isso?

— Eu precisava queimar uma folha de papel e dizer um cântico.

— *Um cântico?* — As sobrancelhas do oficial erguem-se como duas lagartas cinzentas, cabeludas, grossas, correndo pela testa.

— Bem, era mais como um poema. Meu Deus, como era mesmo? — Tento lembrar, quebrando a cabeça, mas estou tão nervosa que mais parece que meu cérebro é um computador recém-formatado, agora sem arquivo algum. — Hum, algo sobre ventos...

— Segundo essas anotações, você também foi pega tentando enterrar um animal morto.

— Era um osso de pernil — logo explico. — Minha colega de apartamento os guarda no freezer para Simon e Jenny.

— Simon e Jenny?

— Os cachorrinhos dela, ambos vira-latas. Umas gracinhas. Quero dizer, Simon é, mas os dentes de Jenny são horríveis. Não que isso a deixe feia. Quero dizer, talvez ela não ganhasse um prêmio em uma dessas competições de cães, mas...

— Srta. Hemmingway, quer fazer o favor de não fugir do assunto?

— Ah, sim, desculpe, claro — digo prontamente. — Policial.

Merda. Já vi esses programas de investigação. Robyn sempre assiste a *CSI*, entre *Oprah* e o DVD de *O segredo*. Se eu não for cuidadosa, o policial McCrory me jogará numa cela com um bando de malucos e prostitutas chamadas Roxy que mastigam chicletes e parecem violentas, mas na verdade são gentis e têm um filho doente em casa, e só tentam viver com o pouco dinheiro que ganham. Aliás, não, isso não foi em *CSI*, foi um episódio de *Lei e ordem*.

— E você estava fazendo isso tudo para terminar com o seu namorado?

— Ex-namorado — corrijo na hora. — Nós já terminamos.

Franzindo o cenho, o policial McCrory apoia a caneta na mesa, se agita na cadeira, une as pontas dos dedos das mãos e me fita com dureza.

Droga. Isso não é um bom sinal.

— Srta. Hemmingway, sabe que o Departamento de Polícia de Nova York tem motivos para acreditar que violou a lei em três pontos...

Realmente nada bom.

— Violar os limites de uma propriedade municipal, provocar propositalmente um incêndio...

— *Incêndio?* Mas eu só queimei um pedaço de papel que tinha o nome do meu ex...

Já passei por ocasiões na vida em que eu deveria mesmo ter ficado de boca fechada. Por exemplo, aos 18 anos, tomei um porre horrível de cidra e disse a Jamie Robinson, com quem eu saíra três vezes, que estava perdidamente apaixonada e queria ter filhos com ele. Não é preciso contar que não houve um quarto encontro.

Houve também a ocasião em que minha mãe me comprou um macacão de seda amarela por ser essa a minha cor predileta. É verdade, mas gosto de amarelo porque me lembra girassóis e o brilho do sol. Isso não quer dizer que eu goste de macacões grandes, grossos e brilhosos, que mais fazem parecer que estou enjoada em mar aberto.

Não foi de todo mal, contudo, pois minha mãe avisou que o devolveria se eu não gostasse, e garantiu que não se magoaria nem se ofenderia. Por isso, eu lhe disse que tinha sido uma atitude muito gentil, mas se ela se não se importasse de devolver..

Minha mãe caiu no choro na hora.

E agora é uma dessas ocasiões, penso, olhando para o policial McCrory com certa apreensão. Se eu disser qualquer coisa, me arrependerei profundamente. Preciso manter a boca tão fechada que nem um abridor de latas consiga abrir.

— E resistência à prisão — conclui ele, muito sério.

— Não é verdade! — exclamo, sem conseguir me conter. — Veja bem, sei que pareceu ser assim, mas eu estava pulando a grade para me *aproximar* de vocês, não para fugir.

— Srta. Hemmingway — diz o homem com severidade.

— Policial McCrory. — Endireito-me na cadeira. Pronto. Ele me acusará.

— Preciso dizer uma coisa.

— Sei o que o senhor vai dizer — falo sem pensar. Ah, paciência. Agora é tarde demais, reconheço que é o meu fim.

— Sabe?

Limpo a garganta, nervosa, e começo:

— Você tem o direito de permanecer em silêncio. Qualquer coisa que disser pode e será usada contra você no tribunal. Tem o direito de falar com um advogado e de ter um advogado presente durante qualquer interrogatório. Se não puder pagar um profissional, terá direito a um, pago pelo governo.

Por um instante faz-se silêncio absoluto, e o policial me fita sem expressão. Depois, balançando a cabeça, solta um assobio baixinho.

— Uau! — exclama, por fim.

— Minha colega de apartamento é uma grande fã de *CSI* — explico, com a voz trêmula de medo. — Sei como isso funciona.

Passam diante dos meus olhos cenas em que estou sendo levada para as celas da prisão, flashes das reações de choque dos meus pais, de Kate atuando como advogada para me libertar... e as notícias no jornal:

GAROTA INGLESA PRESA NOS ESTADOS UNIDOS – SENTENÇA DE PRISÃO PERPÉTUA POR TENTAR TERMINAR O NAMORO COM SUA ALMA GÊMEA

"Ela acreditava ter encontrado o homem de sua vida", diz sua antiga colega de apartamento, Robyn Weisenberg, "mas depois não conseguia livrar-se dele. O universo não permitia. Foi uma tragédia."

Ainda assim, não deixa de ser uma maneira de conseguir terminar com Nate. Uma sentença de prisão perpétua.

— E então, tem alguma pergunta?

Retorno à realidade e vejo o policial McCrory. Ele aguarda uma resposta.

Minha boca está seca.

— Tenho direito a dar um telefonema? — gaguejo. Meus olhos começam a lacrimejar, e estou um pouco tonta. — Antes de ser... — Mal consigo pronunciar aquelas palavras. — Antes de ser presa.

— Presa? — Ele ergue as sobrancelhas. — Srta. Hemmingway, você não me ouviu? Está livre, pode ir.

Olho para ele em estado de choque.

— Livre?

— Vou deixar você ir embora só com uma advertência. — Ele remexe seus papéis.

Levo um segundo para absorver a informação e então...

— Ah, meu Deus, obrigada! — exclamo, surpresa. — Obrigada, obrigada, obrigada!

Dominada pelo sentimento de gratidão e pela sensação de alívio, pulo da cadeira e, sem pensar, abraço aquele corpanzil em um uniforme azul. Assustado, o policial McCrory parece travar, parado feito estátua, seus braços abertos como os de um espantalho.

— Ah, desculpe. Eu só estava... — De repente consciente de que estou dando um abraço de urso em um oficial de polícia em plena delegacia, dou um pulo para trás. — Desculpe. Estou muito emotiva. — Meus olhos começam a arder.

— Eu entendo. Sei o quanto pode ser difícil terminar um relacionamento — diz ele, baixando a voz. — Minha mulher me abandonou faz menos de um ano. — Ele se aproxima de sua mesa, pega uma caixa de lenços de papel e a estende para mim.

— Ah, eu sinto muito — comento, pegando um lenço.

— Fugiu com meu melhor amigo. Mas ela ainda está aqui. — Bate no peito com a palma da mão gorda, os olhos brilhando, e pega um lenço de papel para si. — É como se ela estivesse aonde quer que eu vá.

— Sei como é — digo, com amargura.

Fungando, o homem assoa o nariz alto.

— Eu só quero esquecê-la.

— Eu também — confesso, pensando em Nate. — Quero dizer, esquecê-lo.

O policial McCrory e eu trocamos olhares de solidariedade. Depois, lembrando-se de sua função, ele guarda o lenço no bolso e pergunta, com a voz rouca:

— Existe alguém que você possa chamar para vir pegá-la?

— Ah, eu estou bem. Tomarei um táxi.

— Não vou deixar que saia daqui sozinha. Não quero que volte a violar a lei. — Ele me observa, e percebo que seus olhos brilham.

Penso em Robyn. Seria minha escolha óbvia, mas esta noite ela ia para a aula de reiki e em geral termina tarde. Na semana passada, Robyn ficou fora até altas horas enquanto liam sua aura, e não, isso não me parece ser um eufemismo para outro tipo de coisa

Também posso chamar Kate. Consulto o relógio. É quase meia-noite. Pensando melhor, não, Kate não é uma opção. Já deve estar na cama há horas, com os tampões de ouvido e a música com o som de ondas ligada. Ela acorda às 5h todas as manhãs para ir à academia e não vai ficar muito feliz ao ser tirada da cama por sua irmã mais nova. Ainda mais ao descobrir que estou na delegacia no centro da cidade.

Quebro a cabeça pensando. Magda? Magda é a chefe mais liberal que já tive, mas há liberais e liberais. Telefonar à meia-noite e pedir o favor de vir me pegar na delegacia não deve exatamente impulsionar a minha carreira. Resta então... Passo os olhos pela lista de contatos do celular.

Adam.

Seu número parece pular da tela. Gravei no celular quando ele me mandou no Facebook. Encaro o telefone por alguns instantes, brincando com a ideia, considerando a possibilidade.

Bem, foi ele quem disse que eu devia ligar.

— Lucy! Você está bem?

Vinte minutos depois, desvio os olhos do chão gasto da delegacia, vejo as portas corta-fogo se abrirem e, não consigo evitar de pensar, Adam surge como um cavaleiro de armadura reluzente. Exceto que ele está usando uma camiseta surrada, o boné de beisebol e um jeans rasgado. Adam olha para mim, o rosto franzido de preocupação, e meu coração parece aumentar em meu peito. Nunca estive tão feliz de ver alguém em toda minha vida.

— Sim... estou. — Dou um pulo da cadeira de plástico para cumprimentá-lo, mas logo me contenho, dando conta da situação. — Está tudo certo.

— Você costuma passear em delegacias só para passar o tempo? — pergunta ele, com um sorriso torto, divertido.

Sinto meu rosto ficando vermelho.

— Não tinha nada de bom nos cinemas — ironizo.

Ele solta uma risada tranquila, relaxada, e, inclinando a cabeça para o lado, me analisa de cima a baixo.

— Tem certeza de que está bem? — pergunta baixinho, segurando a minha mão e a apertando com gentileza.

Quando seus dedos roçam os meus, um leve formigamento sobe minha espinha.

— Absoluta. — Confirmo com um aceno de cabeça, mas, ao dizer as palavras, meus lábios tremem de modo inesperado. — Está tudo bem. — Ainda consigo dizer, e depois, para meu total constrangimento, desabo a chorar.

Capítulo 24

Adam me acompanha de volta ao apartamento. Encontramos Robyn e os cães dormindo no sofá, roncando alto, com um episódio de *Oprah* ao fundo em baixo volume. Passamos por eles na ponta dos pés para não acordar Simon e Jenny — já aprendi que nada acordaria Robyn, cuja definição de sono é mais como *entrar em coma* —, pego na geladeira uma garrafa de vinho pela metade, depois duas taças, e sigo para o quarto. É uma noite quente e úmida. Adam e eu abrimos a janela de vidro, velha e frágil, e pulamos para a escada de emergência.

— Sinto muito por ter caído no choro daquele jeito — repito pela milionésima vez, ao me sentar num degrau de metal e servir o vinho. — Estou morrendo de vergonha.

— Ei, sem problemas. — Sentado no degrau acima do meu, Adam dá de ombros, tira o tabaco do bolso e o acena para mim como que perguntando se me importo. — Costumo ter esse efeito sobre as mulheres.

Achando graça da observação, respondo que não, balançando a cabeça, dirijo-lhe um sorriso agradecido e lhe entrego uma das taças de vinho.

— Então ao que parece você escapou por sorte — continua Adam, lambendo o papel do cigarro. — Tentar resgatar o gato e ficar presa ali...

— Hum... sim, eu sei. — Aceno a cabeça concordando, com os dedos cruzados atrás das costas. — Que sorte a minha, a polícia ter me encontrado!

Em minha defesa, não fui eu quem inventou essa história, e sim o policial McCrory. Ao ser apresentado a Adam, ele o levou para um canto para "explicar a situação". Apenas mais tarde, quando estávamos indo embora, com instruções severas para que Adam "tomasse conta dessa mocinha", o policial McCrory olhou para trás e piscou para mim. Foi então que concluí que ele havia feito alguma coisa. Algo que não tinha nada a ver com o cumprimento da lei.

— Obrigada por me buscar — agradeço, tímida — e por ter sido tão gentil.

— O prazer foi meu. — Adam sorri. — Estou acostumado a resgatar donzelas em apuros.

— Ah, é?

Examino-o na escuridão, com o brilho suave e cintilante do pisca-pisca do meu quarto formando padrões em seu rosto, e por um breve instante me sinto um pouco insegura. *Donzelas?* Que donzelas? Quem são as donzelas?

— Claro. — Adam acena a cabeça com o semblante sério. — É meio que uma atividade paralela. Quando não entro de penetra em algum vernissage. — Ele olha para mim, zombeteiro, e soco-lhe o braço de brincadeira. — Ei, ainda tenho uma mancha roxa onde você me socou da última vez!

— Bem, agora você tem uma segunda para combinar. — Sorrio com ar de lamento.

— Essa é minha recompensa por ter saído correndo no meio de um filme?

Olho para ele, surpresa.

— Você saiu no meio de um filme? Por minha causa?

— Uma seção noturna de *Annie Hall* no Pioneer Theater. — Adam confirma com um aceno de cabeça e, ao ver minha expressão, logo acrescenta: — Não se preocupe, já vi um milhão de vezes, conheço o final. — Ele passa a falar em uma voz engraçada: — Acho que é mais ou menos assim que me sinto sobre relacionamentos. Você sabe, eles são totalmente irracionais, loucos, absurdos... Mas acho que continuamos entrando neles porque a maioria de nós não vive sem ter alguém.

Ao ouvi-lo, sinto um misto de divertimento e afeto.

E de algo mais.

Sem mais nem menos, estou a fim dele. Quero dizer, eu estou *mesmo* a fim dele.

— Não, essa é sua recompensa. — De forma impulsiva, eu me inclino e beijo-lhe o rosto. Sua pele é macia e ele cheira um pouco a fumaça de cigarro... E então, percebendo que me demorei um milésimo de segundo mais do que deveria, recuo, envergonhada.

Que constrangedor. Por que apenas não o agarra à força e tasca um beijo de língua, Lucy? Por que não?

— Não é uma grande recompensa — acrescento, me dando conta e tentando fazer uma piada da situação.

Francamente, eu não poderia ser pior nisso. Quando não estou me jogando para cima dele, estou fazendo piadas sem graça.

Adam analisa meu semblante e, por um instante, imagino que vai dizer ou fazer alguma coisa. Mas depois parece pensar melhor.

— Aceito dinheiro vivo ou cheque — graceja ele.

— Tenho certeza de que não tenho como pagar — respondo no mesmo tom irônico.

— Ah, eu estou certo de que podemos chegar a um acordo — replica ele, os olhos fixos nos meus.

Meu peito se aperta. Adam está dando em cima de mim, certo? Isso com certeza é dar em cima de alguém. Mas como toda minha autoconfiança me abandonou, fico em dúvida. Ele pode estar sendo apenas amigável, raciocino. Quero dizer, seu convite para assistirmos a um filme poderia ser uma simples retribuição de favores por eu lhe ter mostrado o MoMA. Pode não significar nada.

Com esse pensamento, logo tenho outro: isso significa que provavelmente ele não está interessado em mim desse jeito. Seguido de outro: ando interpretando tudo errado. E outro: ele só foi legal ao me resgatar na delegacia... À medida que os pensamentos ganham força, minha esperança começa a desaparecer como se fossem nós se desfazendo. Na verdade, ele não deve ser solteiro... É bem provável que tenha uma namorada... Aposto que é a morena da galeria.

— E então, você é solteiro? — De repente eu tenho aquela sensação estranha de ouvir uma voz falar por impulso, me perguntando a quem ela pertence. Então noto, horrorizada, que é minha.

No meio de um gole do vinho, Adam para.

Que vergonha. *Que vergonha.*

— Na verdade, eu quis saber... se... — Procuro desesperada algo para dizer que não me deixe parecer uma... uma... Ah, isso é horrível. Não posso nem pensar nessa palavra.

— Se eu tenho namorada? — pergunta Adam com toda calma. Paro de procurar o que dizer e o encaro, resignada.

— Sim, é isso que eu queria saber. — Eu me preparo para a resposta. Está bem, então ele tem uma namorada, a morena bonita, e eles são muito felizes juntos, mas tudo bem, podemos ser amigos. Amigos platônicos. Como em *Harry e Sally: Feitos um para o outro.*

Aliás, não, Harry e Sally terminaram dormindo juntos. Ah, droga.

— Não, eu não tenho namorada. Tinha, mas terminamos há pouco tempo.

— É mesmo? — indago, feliz e aliviada. — Quero dizer, que desagradável. Terminar um namoro é difícil — acrescento, procurando parecer melancólica, como é de se esperar.

Embora não tão difícil quanto *não ser capaz de* terminar um namoro, penso por um instante, esfregando o punho ainda dolorido das algemas.

— Não exatamente. Ela me traiu. — Adam dá de ombros.

Fico chocada. Não posso imaginar alguém querendo traí-lo.

— Nossa, que horrível.

— Sim, descobrir não foi divertido, mas depois que aconteceu, acabou muito rápido. — Ele dá uma tragada no cigarro que enrolou. — Não faz sentido continuar como casal. Nunca mais você consegue confiar na pessoa depois de uma coisa dessas... — Ele se interrompe como se estivesse meditando sobre aquilo e me oferece um cigarro. — Você fuma?

Hesito.

— Só em ocasiões especiais.

— Tirar alguém da cadeia é uma ocasião especial para você?

— Talvez. — Concordo com um aceno de cabeça, acompanhando-o na brincadeira, e ele me passa o cigarro. Ao inalar a fumaça, minha cabeça começa a girar um pouco, de um jeito gostoso. Sinto-me relaxar aos poucos depois da loucura desta noite, e por algum tempo permanecemos em silêncio; estamos apenas sentados juntos, tomando vinho e ouvindo os sons de Manhattan, como se fosse uma música de fundo.

— Acho que esse encontro está sendo bem diferente da maioria dos meus primeiros encontros — diz ele em dado momento.

— Hum... sim, acho que sim — concordo, tentando manter a voz estável, mas a frase de Adam não me sai da cabeça. *Nós estamos num primeiro encontro?* Então ele não estava sendo apenas amigável. Uma sensação de alegria me invade, logo seguida de uma pressão repentina. Tomar vinho na escada de incêndio e compartilhar um cigarro de repente oficializou tudo. Se este é o nosso primeiro encontro, eu deveria ter feito um esforço, lavado os cabelos, pelo menos ter usado um pouco de rímel. Deveria estar dando mole, jogando os cabelos recém-lavados para o lado, tentando impressionar.

Francamente, sou um desastre. Por que ninguém me *disse* que este seria um primeiro encontro? Em vez disso, por pouco não fui presa, caí em prantos, não estou usando nenhuma maquiagem, meus cabelos estão presos com um elástico, e acabei de bater nele.

No entanto... olho para Adam, sentado na minha frente na escada de incêndio, e meu nervosismo desaparece na escuridão com a mesma rapidez com que surgiu. E nada disso parece importar.

Talvez o elástico de cabelo, penso, e o retiro sem demora. Tento agitar os cabelos de maneira discreta, quando percebo que tomamos todo o vinho.

— Ah, olhe só, acabou — digo, levantando-me. É uma boa desculpa para voltar correndo para dentro e me olhar no espelho.
— Vou pegar mais uma garrafa.

Na verdade, nem sei se temos outra garrafa, mas tenho certeza de que encontrarei umas cervejas em algum lugar.

— Ei, eu posso fazer isso. — Adam faz menção de se levantar, mas eu o empurro de volta.

— Não, tudo bem, eu mesma vou.

— Ah, está bem.

Ele volta a se sentar, sem entender muito bem. Nunca se viu alguém tão ansioso para ir à cozinha pegar uma garrafa de vinho quanto uma garota que acabou de descobrir que está num primeiro encontro e precisa passar um pouco de base no rosto e brilho nos lábios. Pronto.

Deixo Adam na escada de incêndio, pulo a janela de volta e corro para a cozinha. Não encontro nenhum vinho nem cervejas. Há, contudo, a garrafa de tequila que eu e Robyn guardamos para emergências. Olho para a garrafa por um instante, analiso como Adam veria isso, e acabo levando-a com dois copinhos.

Após alguns minutos, um pouco de base, um brilho de framboesa nos lábios e um toque apressado de alguns produtos nos cabelos, retorno ao quarto para me juntar a Adam na escada de incêndio. Só que ele não está mais lá. Encontro-o sentado no chão do meu quarto, de pernas cruzadas e de costas para mim, observando alguma coisa.

— Quem fez isso? — pergunta Adam ao me ouvir entrar.

Olho por cima dele para ver a que se refere.

— Ah, é um dos meus antigos cadernos de desenho. — Estendo a mão com a garrafa de tequila para ele. — Parece que só temos isso.

Adam me ignora.

— Eles são seus? Você fez esses desenhos? — Ele folheia o caderno, para numa das folhas e a ergue para me mostrar. — Você desenhou isso?

— Hum... sim. — Dou de ombros distraída, coloco os copinhos sobre a cômoda e abro a garrafa, começando a servir a tequila. — Faz muito tempo.

— Quem é?

Paro o que estou fazendo e olho. É um desenho em bico de pena de uma senhora idosa, o rosto virado para a luz, o corpo na sombra.

— Não sei. Eu a vi sentada num banco de parque. — Minha mente volta no tempo. — Lembro que ela lia um livro apoiado no colo. Mas os olhos estavam cerrados, e o rosto, virado para o sol, como se ela estivesse perdida em seu próprio mundo.

— É sensacional, Lucy — comenta Adam num tom de voz baixo. — Todos são incríveis.

Eu sorrio, sem graça.

— Ah, não seja bobo, são só uns desenhos. — Estendo a mão com um copo, e ele pega sem dizer nada.

— É sério, Lucy. — Ele me fita, os olhos muito abertos. — São incríveis. Você é muito talentosa.

Sinto meu rosto corar diante dos elogios de Adam. Tomo um gole de tequila e ajoelho-me ao seu lado.

— Esses são todos os seus cadernos de esboços? — Ele aponta para uma pilha de cadernos entulhados nas prateleiras. Apesar de minhas tentativas de fazer uma arrumação e tirar muita coisa, a estante continua cheia demais.

Faço um sinal de cabeça confirmando.

— As telas ficaram na Inglaterra.

— Telas?

— As pinturas — explico. — Não dava para trazer tudo comigo. Elas ficam na casa dos meus pais, guardadas na garagem.

— Você deixa suas telas escondidas? — Ele me fita, sem acreditar. — Deveria expor em algum lugar, para que todos pudessem ver.

— Você nem sequer viu minhas pinturas — retruco, achando graça de seu entusiasmo. — Pode ser que não goste.

— Não tem fotos delas?

— Hum... Acho que em algum lugar tenho umas polaroides.
— Onde? Quero ver!

Sei que Adam não descansará enquanto não vê-las, então me debruço sobre as prateleiras e procuro um pouco, até que encontro uma velha caixa de sapatos.

— Aqui estão. — Passo-lhe a caixa. — As cores já devem estar meio desbotadas, faz uns anos que tirei essas fotos.

Observo enquanto ele abre a caixa. Está cheia até a borda de uma confusão de fotos. É outra coisa que eu deveria arrumar, digo a mim mesma, quando ele começa a esvaziá-la. Preciso ser muito mais organizada..

— Uau!

Abandono meus pensamentos e vejo Adam com os olhos fixos em mim. Mas ele não me olha como de costume, e sim como se um homenzinho verde do espaço estivesse sentado na minha cabeça.

— Eu não fazia ideia — diz ele agora, os olhos arregalados de assombro.

De que eu sou uma total bagunceira e que a condição limpa e arrumada deste quarto é meramente temporária? De que sou viciada em sanduíche de atum com queijo e minhas coxas são a prova disso? De que meu nome do meio é *Edna*?

— Você é uma artista maravilhosa, Lucy. Tem muito talento As cores, as formas... — Ele mostra as polaroides, uma por uma. — Quero dizer, esta aqui é incrível. — Logo pega outra. — E esta aqui. Olha só o rosto deles...

Observo-o, sem graça diante dessa demonstração de entusiasmo. No entanto... sinto algo mais, uma alegria antiga, uma possibilidade, *um sonho*.

— Você acha isso mesmo — digo, quase num sussurro.

Adam para de olhar as polaroides e me encara.

— É, eu acho isso mesmo. — Ele segura minha mão e me puxa para mais perto de si sem tirar os olhos de mim. — Eu acho isso mesmo.

Adam inclina-se na minha direção — ou sou eu que me inclino na direção dele? Não consigo lembrar. Só me lembro de seus lábios contra os meus, e de meu coração acelerado contra o peito quando começamos a nos beijar.

Fecho os olhos. Quis fazer isso a noite toda. Eu me aproximo mais.

Ele se afasta de forma abrupta.

— Lucy.

Solto um gemido de espanto e tento puxá-lo de volta para mim.

— O que é isso?

Relutante, abro os olhos. Meu coração continua acelerado, e eu ainda sinto o gosto dos lábios dele nos meus.

— O quê? — murmuro sem muita clareza.

— Isso — repete ele, só que desta vez com mais firmeza.

Dirijo os olhos para onde ele está indicando, um pouco tonta de desejo, perguntando-me o que é. Com certeza não devem ser mais esboços...

Ah. Meu Deus.

De repente eu vejo. Minha mochila caiu da cama, o conteúdo esparramou-se, e ali, caída no tapete, rindo de mim, me provocando, arruinando a minha noite, está...

— Uma cueca — respondo, ofegante, com o rosto contorcido numa expressão de horror.

— Existe algo que você não está me contando? — Adam me encara com dureza. Sua expressão relaxada de sempre desapareceu, dando lugar a um semblante severo.

— Não. — Apresso-me em responder. — Quero dizer, sim, mas, hum, não. — Estou atrapalhada. Não posso contar a verdade sobre esta noite, sobre magias, almas gêmeas e ossos de pernil embrulhados em cuecas. Ele vai pensar que está beijando uma louca.

— Ocorreu uma confusão. A lavanderia me entregou a roupa de outra pessoa — explico logo. Ora, essa é a verdade.

Um pouquinho dela.

— Está bem... — Adam parece aceitar a explicação, mas logo pergunta: — Então onde está o resto dela?

— Hum... eu devolvi.

— Mas guardou a cueca? — Adam ergue as sobrancelhas.

Merda, ele não acreditou. Acha que estou dormindo com alguém. *E você o culpa, Lucy?*, diz uma vozinha interior. *Você estava com a cueca de outro homem no chão do seu quarto*. Retraio-me com medo. Isso não parece nada bom. De repente, eu me lembro da história da ex-namorada de Adam que o traiu. Droga, isso de fato não parece bom.

— Não é o que você pensa — digo ansiosa.

— Como sabe o que estou pensando? — dispara ele de volta.

— Eu não sei... Só estou supondo. — Suspiro fundo e ergo os olhos para encontrar os dele. Não faz sentido tentar explicar. Não posso. — Veja bem, eu sei que parece meio estranho, sei o que você deve estar imaginando, mas precisa confiar em mim.

Faz-se um longo silêncio, e ele me fita por muito tempo. Depois, se levanta aos poucos. Meu peito aperta. Ele não acredita em mim. Sinto um pouco de medo.

— Tudo bem — diz Adam depois de uma pausa. — Confio em você.

— Verdade? — Fico aliviada. Por um momento, achei que tínhamos terminado antes mesmo de começar.

— Só tem uma coisa...

Olho para Adam, apreensiva.

— Por que essa estampa de abacaxis? — pergunta ele.

Quando o vejo sorrir, caio na risada.

— Engraçado você ter perguntado isso. Já me fiz a mesma pergunta...

Capítulo 25

Na manhã seguinte, chego ao trabalho e sou informada de que tenho um voo agendado para Martha's Vineyard, para encontrar o novo artista que Magda tanto tem elogiado.

— O quê? *Hoje?* — Com meu *latte* pela metade, sou pega completamente de surpresa. Paralisada, encaro Magda.

— Não tem hora melhor que agora — responde ela, partindo um pedaço de *bagel* para dar a Valentino. — Precisamos convencê-lo a exibir na nossa galeria antes que outra pessoa o faça.

— Mas e os voos, a hospedagem...? — Começo a lançar obstáculos como se fosse uma atiradora de facas.

— Tudo resolvido. — Magda os afasta, entregando-me um grande envelope pardo. — Uma amiga da academia de ginástica fez tudo para mim. A filha trabalha numa agência de viagens. Ela me devia um favor por ter-lhe arranjado um marido. E acredite, *não foi fácil*! — Magda estala a língua. — Quarenta e um anos, três gatos e maníaca por Judy Garland. Sabe como é?

Mas não estou ouvindo de fato, ocupada em rasgar o envelope e retirar a passagem aérea.

— Meu voo é às 14h30? — pergunto quase sem fôlego.

— Que ótimo — diz Magda sem prestar muita atenção, fazendo cócegas no queixo de Valentino.

— Magda, isso significa que preciso partir para o aeroporto em... — Faço as contas. — Menos de duas horas!

— Eu sei. Você não deveria estar em casa fazendo a mala? — Magda me fita de cenho franzido, como se estivesse surpresa de me ver ainda por aqui. — Não vai querer perder o voo.

— Mas... — Abro a boca e logo a fecho de novo. Não adianta. Quando Magda quer que algo seja feito, quer para ontem.

— Ah, e aqui está sua leitura para a viagem. — Ela me entrega algumas páginas arrancadas de uma revista. — É um artigo sobre Artsy.

— Quem é Artsy?

— Nosso novo artista! — exclama Magda, fazendo uma pausa para dar de comer a Valentino na mão. O cão começa a latir alto, ela o pega no colo e o cala com um monte de beijos. — Lembre, Luzy, a galeria conta com você!

Forço um sorriso. Legal. Sem pressão.

Pego um táxi para casa e atiro algumas coisas na minha mala. Não faço ideia do que levar. Nunca estive em Martha's Vineyard e não sei o que esperar. Lembro-me vagamente de ter lido algo em meu guia turístico sobre essa ilha pequena perto de Cape Cod, onde presidentes americanos passam férias, mas não tenho tempo para pesquisar no Google. Quero dizer, será mesmo um vinhedo, como o nome Vineyard sugere? Será que vou me deparar com Obama? Devo levar meu vestido de festa ou um short?

Por fim, decido levar ambos, além de muitos outros itens que não combinam entre si. Corro para o táxi que me aguarda e seguimos direto para o aeroporto. Enquanto atravessamos Manhattan, examino o restante dos documentos de viagem. O voo de volta é na manhã de sexta-feira. Sexta-feira? Isso é daqui a séculos.

Na verdade, não é bem assim — são só dois dias — mas *parecem* ser séculos porque não poderei ver Adam até lá.

Adam.

Quando ele surge na minha cabeça, lembro-me da noite passada. Aquela foi por pouco. Por um breve instante, achei que havia estragado tudo por causa da maldita cueca de Nate, mas felizmente consegui salvar a situação. Embora não saiba ao certo por quanto tempo. Ansiosa, tiro o celular do bolso e mando uma mensagem para Adam:

Obrigada pela noite passada.

Faço uma pausa. Penso em acrescentar mais alguma coisa sobre a noite maravilhosa que tive, dizer que gostaria muito de vê-lo de novo... Começo a escrever, mas logo me interrompo. Ah, não, não posso colocar isso. Dará a impressão de que estou muito entusiasmada. Apago essa parte. Olho para o celular, agoniada. É tão difícil mandar mensagens. É como se cada palavra carregasse um grande significado, e, por fim, surge o momento da grande decisão sobre se devo ou não finalizar com um beijo.

Reviso o texto e acrescento "bjs". Quero ao menos parecer amigável, e a abreviação soa informal o bastante. E, para completar, eu quero mesmo beijá-lo, mesmo que seja apenas em uma mensagem de texto. Logo teclo "enviar" antes que mude de ideia. Em poucos segundos ouço o bipe de uma mensagem dele.

Oi, encrenca. Cadê vc? N me diga q foi presa de novo...

Rio para mim mesma. Pela rapidez da resposta, concluo que é óbvio que ele não sofreu para escrevê-la, e clico em "responder".

Não, estou num táxi indo p o aeroporto. Vou p MV conhecer 1 artista novo.

Dois segundos, e mais uma mensagem:

Qdo volta?
Sexta.
Deixa 1 vaga na agenda sexta à noite. Tenho 1 surpresa.

Surge uma pontada de euforia.

O q eh?
Se eu contasse, n seria surpresa, certo?

Sorrio para mim mesma e me despeço, me sentindo mais tranquila. Talvez seja de fato uma *boa* coisa eu viajar por alguns dias, penso, tentando ver o lado positivo. Isso colocará alguma distância entre mim e Nate, e não precisarei me preocupar com a possibilidade de encontrá-lo por acaso. Ou de pensar nele. E poderei me concentrar em Adam.

Animada por esse pensamento, olho pela janela.

Se tudo correr bem, na sexta-feira, quando eu voltar, meu relacionamento com Nate parecerá apenas um pesadelo.

Chego ao aeroporto JFK e dirijo-me ao balcão de check-in da Jet Blue. Ali descubro que meu voo não é direto e que precisarei fazer uma conexão em Boston. Mas não importa, Boston fica a apenas uma hora de distância. Ao chegar à minha poltrona no avião, decido que lerei o artigo sobre Artsy. Ah, isto é muito bom. Assento de veludo, descanso para os pés muito confortável, uma tela de tevê só para mim com vários canais... Peço um copo de vinho, afivelo o cinto de segurança e me acomodo feliz com meu artigo. Começo a ter uma sensação muito boa sobre esta viagem.

O voo é tão confortável que quase desejo que ele não acabe tão cedo. Leio o artigo, mudo de canal várias vezes, e, quando dou por mim, já estamos aterrissando em Boston. Logo estou passeando pelas lojas do aeroporto, matando o tempo antes da minha conexão. Adoro aeroportos. É como se eu tivesse entrado em um universo paralelo, onde a vida real não existe. As pessoas chegando e partindo, o burburinho ansioso, a sensação de transitoriedade. É como se nada importasse.

Dinheiro, por exemplo. Em geral, no mundo real, eu hesitaria na hora de escolher comprar um hidratante caro, mas de algum modo, no Mundo dos Aeroportos, é como se 90 dólares fossem o dinheiro falso usado nas partidas de Banco Imobiliário. Não parecem contar, reflito, entregando com alegria meu cartão de crédito. Ah, e olhe só, ao lado do caixa, esses lindos ímãs de geladeira com as palavras "Boston Red Sox". Acrescento dois à minha cesta de compras. Não sei muito bem quem são os Boston Red Sox, mas talvez Robyn goste do *souvenir*, pois costuma grudar horóscopos, receitas vegetarianas e listas de coisas a fazer na geladeira. Falando em *souvenir*, que tal aquela toalha de mão com estampa de uma grande lagosta vermelha para mamãe?

Saio da loja com duas sacolas cheias e estou entrando em outra de aparelhos eletrônicos (o estranho é que eu nunca tive nenhum interesse em massageadores de pescoço elétricos ou em máquinas de som que ajudam a dormir, mas aqui, no Mundo dos Aeroportos, eles me fascinam), quando ouço meu nome.

"Última chamada para a Srta. Hemmingway. Por favor, dirija-se com urgência para o Portão 4B. Seu voo está prestes a partir."

E consulto meu relógio.

Droga. Quando vejo a hora, meu coração dispara. Como isso aconteceu? Uma hora e meia passaram sem que eu percebesse, e agora estou atrasada! Vou perder o voo!

Merda, merda, MERDA.

Xingando baixinho, saio correndo, passando pelos diversos portões de embarque, sacolas batendo nas pernas. Claro que o meu portão de embarque tem que ser o mais distante, e quando eu chegar lá, já estarei suando por todos os poros e sem ar.

— Srta. Hemmingway? — Uma funcionária do pessoal de terra usando um blazer laranja florescente me aguarda de walkie-talkie na mão e uma expressão bastante zangada no rosto.

— Sim, sou eu mesma — respondo, ofegante. Meu coração bate contra as costelas e tenho a impressão de que vou desmaiar.

— Depressa! O voo está pronto para partir — avisa ela num tom de reprimenda, pegando meu cartão de embarque.

— Eu sei, sinto muito... — começo a me desculpar, mas ela se apresa em me conduzir pela entrada.

— O ônibus aguarda para levá-la ao avião.

Olho pelas portas de vidro do veículo.

— Obrigada. — Faço uma pequena pausa. — Hum... onde está o avião? — Passo os olhos pela pista em busca de uma aeronave semelhante à anterior, mas só vejo um pequeno avião com uma hélice.

— Bem ali! — responde ela de forma brusca, apontando, como se eu fosse uma idiota.

Apontando para o pequeno avião com a hélice.

Ainda assim, não é o momento adequado para ficar nervosa, digo a mim mesma determinada enquanto entro apressada no ônibus, que logo sai correndo pela pista. O voo dura apenas trinta minutos, não pode ser tão ruim assim. Vamos decolar e pousar antes mesmo que eu possa me dar conta.

Quando subo a escada de metal, ouço o zumbido forte das hélices que já estão girando. Através de uma portinhola, examino o interior da aeronave e, ao ver poucos assentos, percebo que é ainda menor por dentro do que aparenta ser por fora. E tão barulhenta! Ao entrar, preciso me inclinar para não bater a cabeça, e sou recebida por uma comissária de bordo usando fones de ouvido. Ela me aguarda impaciente para pegar minhas sacolas e me levar para o último assento livre, e depois voltar para fechar a porta.

Meio atrapalhada, me sento logo e aperto o cinto. No último segundo. Mal tive tempo de tomar fôlego e observar o ambiente, quando o barulho dos motores fica mais alto, e o avião começa a acelerar pela pista. Fecho os olhos bem apertados, ouvindo o zunido das hélices, sentindo a vibração dos trens de pouso no chão, e logo o avião empina o nariz e levanta voo, subindo com firmeza.

Fico aliviada. Ótimo, o pior já passou.

— Aceita algo para beber?

Abro os olhos e vejo a comissária de bordo, sem os fones de ouvido.

— Só uma água, obrigada. — Pego a revista nas costas da poltrona da frente e começo a folheá-la.

— E para o senhor?

— Nada, obrigado — diz meu vizinho com uma voz irritada.

Fico paralisada no ato de folhear uma página. *Conheço essa voz.*

Até agora, eu tinha uma vaga consciência de que havia uma pessoa ao meu lado, pois não olhara naquela direção. Agora, porém, cada célula do meu corpo está em alerta total e dá um vertiginoso mergulho, como se eu tivesse acabado de pular de um avião sem paraquedas. Aliás, não seria má ideia. Pelo menos finalmente ficaria livre.

Em vez disso, continuo examinando a revista, torcendo para não ser verdade. Isto é, para a pessoa ao meu lado *não* ser quem eu sei que é. Se não pensar nem sequer no nome dele, posso fingir que não é real. Estou tendo uma alucinação. Ou algum tipo de sonho muito real, e a qualquer momento acordarei e me verei de volta ao apartamento de Nova York, não a quase oito mil metros de altura, num pequeno avião de nove lugares, sentada ao lado de...

— Você só pode estar brincando comigo. *Lucy?*

E lá se vai meu sonho.

Depois de tentar me esconder atrás da revista o máximo que podia, ergo os olhos por cima dela.

— Ah, olá, Nate — respondo, tentando não encontrar os olhos dele. Como se, de algum modo, eu ainda conseguisse fingir que isto não está de fato acontecendo.

Quero dizer, de verdade.

ISTO NÃO PODE ESTAR DE FATO ACONTECENDO.

Mas é claro que está.

— Meu Deus, é você!

— Aqui está. — A comissária reaparece com minha água.

— Ah... obrigada. — Grata pela interrupção, tomo um bom gole. Este voo só dura trinta minutos. Já devem ter passado cinco. Penso em tentar ignorar Nate pelos próximos vinte e cinco.

— O que diabos você está fazendo aqui?

Só não é tão fácil assim quando ele está sentado a centímetros de distância, olhando para mim, perplexo, e insistindo em falar comigo.

— Vou para Martha's Vineyard — respondo sem emoção, virando-me para ele. — E você?

Nate franze o cenho.

— Isso não tem nenhuma graça, Lucy.

— Acredite, eu sei disso — concordo, lamentando. — Por acaso estou rindo?

Nós nos encaramos. Eu nunca vira Nate sem palavras, mas agora ele parece não saber mesmo o que dizer ou fazer. Sei como se sente. Isto está passando dos limites do ridículo. Quero dizer, o que devo fazer agora? Não há regras a seguir numa situação dessas, certo?

Não, mas há a Estratégia.

De repente, ouço a voz de Kate no meu ouvido e me fortaleço. Talvez ela tenha razão. Pode ser que funcione. Afinal, nada mais funcionou até agora. A magia de Robyn foi um desastre total. Tive sorte por não acabar na cadeia — e esta *seria* uma oportunidade perfeita para colocar a Estratégia em ação... Faço uma pausa, as engrenagens do meu cérebro girando. Durante a vida inteira ouvi minha irmã mais velha em tempos de crise. Ela sempre sabe qual é o melhor caminho a seguir.

Dane-se, está decidido. Vou investir nisso. Não tenho nada a perder, exceto Nate.

Antes de mais nada, preciso refrescar a memória. Pego a bolsa embaixo do assento, e, de modo furtivo, retiro do bolso da frente o documento de quatro páginas que levo sempre comigo, aonde quer que eu vá, junto às revistas de noivas e de bebês.

— Trabalho — comento de maneira casual com Nate, que me observa com uma carranca.

Desdobro o documento e, apressada, passo os olhos nos vinte e cinco itens. Tudo bem, então lá vai, sem nenhuma ordem específica. Começarei por algo fácil...

19. Arrotar.

Quando criança, uma das minhas brincadeiras nas festas era arrotar "The Frog Chorus". Não faço isso há anos, portanto, não tenho certeza se ainda consigo, penso comigo mesma, engolindo um bocado de ar.

— Buuuurp. — Solto um arroto bem alto.

Uau, então ainda funciona, confirmo, triunfante.

Percebo a expressão chocada de Nate.

— Opa, desculpe. Estou com um pouco de gás. — Sorrio docemente.

Com uma expressão de choque, Nate vira-se para o outro lado, abre a pasta, pega alguns documentos e começa a ler.

— Buuuuuurp.

Nate se retrai.

— Não dá para você tomar alguma coisa para isso? — pergunta ele, tenso.

— Não na verdade. Precisa sair, de um jeito ou de outro. — Forço um sorriso pesaroso. — É melhor sair por aqui do que por lá. — Sinalizo para baixo.

As narinas de Nate dilatam-se e quase consigo vê-lo se contorcendo no assento. Como eu. É uma situação insuportavelmente constrangedora.

Mas necessária, digo a mim mesma com firmeza.

Bloqueando qualquer vestígio de decoro, continuo com a Estratégia e passo para o ponto número sete.

— E já estou tendo problemas mais que suficientes lá embaixo, estou naqueles dias e tudo.

— Naqueles dias? — Nate franze as sobrancelhas, sem entender.

— *Minha menstruação* — explico, ofegante, em voz alta. — Você sabe, cólicas, acne, inchaço. — Levanto a camiseta e estufo a barriga o máximo possível. — Quero dizer, olhe para isso! Não parece a barriga do Buda?

Nate não poderia estar mais horrorizado. Fica pálido e se encolhe como se a qualquer instante um alienígena estivesse a ponto de sair da minha barriga inchada, através de uma explosão, para comê-lo vivo.

— Sério, você já viu alguma coisa assim? — continuo, elevando a voz um pouco mais para que possa ser ouvida acima do zumbido monótono da aeronave. Tomando entre as mãos o maior volume possível de barriga e formando dois pneus de carne, balanço para ele de modo ameaçador. — Quase pareço grávida.

— Lucy! — reclama Nate, enfim conseguindo recuperar a voz e fazendo sinal para que eu abaixe a camiseta. — Por favor! As pessoas estão olhando.

E essa é a intenção, é claro. O pior pesadelo para Nate é "as pessoas olhando". Imagine se você fala alto demais ou faz alguma coisa idiota e alguém olha na sua direção. Sinto-me um pouco má por torturá-lo assim, mas logo me conformo. É uma questão de estar sendo cruel para fazer uma bondade. Para nós dois.

— Por falar nisso, eu bem queria estar grávida — continuo em voz alta. — Estou louca pra ser mãe.

Isto é fantástico! Estou passando por quase todos os pontos da Estratégia numa rapidez estupenda.

Várias pessoas se viram para olhar para nós. Nate fica roxo de vergonha e tenta me ignorar fingindo examinar os documentos que estava lendo. Contudo, consigo perceber que os segura com tanta força que os nós dos dedos ficam brancos.

— Eu adoraria ter um bebê, e você?

— Não creio que este seja o momento ou o lugar adequado — murmura ele, lacônico, folheando os papéis.

Engulo em seco, reunindo coragem para partir para o golpe final. Minha *pièce de resistance*. A gota d'água. Olho ao redor e vejo que temos uma plateia cativa.

— Imagine só se nós tivéssemos um bebê. Seria tão fofo!

Ele faz uma expressão sufocada, enquanto os outros passageiros aguardam sua reação.

— Eu preferia não ter — consegue dizer Nate com o rosto ardendo.

— Gosto de Daisy para menina. Que nomes você gosta?

Nate trinca os dentes. De fato, faz tudo para não perder a compostura. Fita a plateia de cara feia, em seguida me encara, furioso.

— Olhe aqui, se você não se importa, eu preciso mesmo colocar o trabalho em dia — diz irritado, dirigindo-me um olhar que, se pudesse matar, eu não estaria mais de sete mil metros acima da terra, e sim sete palmos abaixo dela.

— Claro, ursinho — digo, com uma falsa expressão zangada.

Um apelido bobinho. Numa voz fofa. Brilhante.

— Eu também preciso colocar minha leitura em dia. — Procuro na bolsa minha revista sobre gravidez e começo a folhear as páginas repletas de fotos de bebês saudáveis. Vejo Nate olhar de soslaio, depois afastar os olhos depressa, e sorrio para mim mesma.

Com um pouco de sorte, já, já teremos terminado de uma vez por todas.

Capítulo 26

Nate e eu não nos falamos pelo resto do voo, e depois da aterrissagem nos despedimos, murmurando coisas como "vejo você por aí" e "claro", enquanto ambos esperam fervorosamente que isso não ocorra. Encontro minha bagagem e saio do aeroporto para pegar um táxi.

— Menemsha Inn, por favor — peço ao motorista ao entrar e abaixar o vidro da janela.

É um fim de tarde agradável e ameno. Viro-me para a janela para admirar o sol que se põe devagar no horizonte. É a hora mágica. Tudo é banhado por uma luz cor de mel, e, para quem sai da loucura que é Nova York, a ilha parece calma e silenciosa. Dá para ver que aqui o ritmo de vida é mais lento ao passar pelas vielas rústicas margeadas por paredes de pedras artesanais, pelos campos de flores silvestres e pelas casas de madeira e curiosas lojinhas que parecem ter saído do seriado de tevê *Os Waltons*.

Segundo o taxista, ficarei hospedada na parte residencial da ilha, que fica no lado mais distante, onde Artsy tem seu estúdio. É também a mais selvagem, como pude concluir ao passarmos por praias brancas expostas ao vento, com penhascos, gramados e um farol imponente, erguido sobre uma rocha.

Após trinta minutos de viagem, chegamos ao decrépito porto de pesca de Menemsha — tão pequeno que você pode nem notá-lo —, e o táxi para num estacionamento de cascalho. No final, há uma simpática pousada de telhado íngreme, janelas brancas e uma varanda de madeira, onde um gordo gato laranja está mergulhado num sono profundo, enroscado numa cadeira de balanço.

Ao passar por ele com a bagagem, coço-lhe a barriga e ele se espreguiça e boceja, indiferente.

— Seja bem-vinda ao Menemsha Inn — exclama uma mulher corpulenta de rosto vermelho quando entro na recepção. — Meu nome é Sylvia.

— Olá. Sou Lucy Hemmingway. Quero fazer o check-in para duas noites.

— Um momento, por favor. — Alegre, ela digita no teclado do computador. — Ah, sim, reservamos o quarto externo para você. É um dos meus preferidos. Fica ao fim do corredor, num anexo. Tem vista completa para o mar.

— Excelente — comento, feliz. Apesar do começo duvidoso, estou ansiosa para passar esses dias aqui em Vineyard. De fato, é como voltar no tempo. Olho ao redor e observo a grande lareira de pedra, as fotografias emolduradas de barcos de pesca em preto e branco, o relógio antigo de pêndulo fazendo tique-taque no canto da sala.

— Ah, meu Deus.

Quando me viro para Sylvia, vejo que seu sorriso murchou

— Aconteceu alguma coisa?

— Hum... — Ela continua digitando. Na verdade, agora não parece alegre como antes, e digita de modo frenético. — Acho que nós temos um pequeno problema.

Fico apreensiva. Não gosto da maneira como ela usou "nós"

— Problema?

— Parece que fizemos duas reservas para o quarto externo.

— Ah. — Fico um pouco desapontada. Depois de toda a propaganda que ela fez do quarto, eu já estava ansiosa para ficar nele. Ainda assim, não creio que seja um problema. Ficarei aqui somente duas noites. — Bem, não faz mal. Tenho certeza de que todos os

quartos são ótimos — digo, colocando panos quentes na situação.
— O que mais vocês têm disponível?

Faz-se um silêncio sinistro.

— Esse é o problema. Não temos nenhum outro disponível. Estamos lotados.

Olho de novo para Sylvia, lutando para entender o que está dizendo.

— Mas minha reserva foi confirmada. — Balanço na mão os documentos que Magda me deu.

— Eu sei, meu bem, mas o outro senhor também.

Eu a fito com desagrado.

— Que senhor?

Naquele instante, a porta se abre, e quase caio dura.

Eu deveria saber.

— Nathaniel — cumprimento-o com formalidade.

— Lucy — responde ele com um breve aceno de cabeça.

— Ah, vocês dois se conhecem? — pergunta Sylvia, olhando de um para o outro, admirada.

— Intimamente — responde Nate através dos dentes cerrados.

Sylvia faz uma expressão de alívio.

— Ah, como eu fui boba, não percebi que estavam juntos.

— E não estamos mesmo — contesto, na hora. — Quero dizer, não juntos... Bem, estamos... — Olho para Nate, que escreve um e-mail no seu iPhone. — Mas não deveríamos estar... — Interrompo a frase. Não adianta.

— Ah, entendo. — Ela arregala os olhos, em seguida abaixa a voz e diz: — Não se preocupem, aqui no Menemsha Inn somos muito discretos. Vineyard tem uma tradição de acomodar presidentes e celebridades mundialmente famosas.

Olho para ela sem expressão.

— Que, por acaso, eram casadas — acrescenta ela, erguendo uma sobrancelha espessa.

De repente, eu entendo. Ah, meu Deus, ela pensa que nós temos um caso!

— Não é isso. — Logo tento explicar, mas Sylvia plantou uma expressão reservada no rosto e estende a mão com a chave.

— Muito discretos — repete num sussurro.

Olho para a chave. Por um milésimo de segundo, penso em tentar pedir outro quarto, mas foi um longo dia e estou exausta. Só quero tomar um banho e ir para a cama.

E se você não pegar aquele quarto primeiro, Nate o fará, sussurra uma voz dentro da minha cabeça.

— Está ótimo, obrigada — apresso-me em dizer, pego a chave e logo parto e atravesso o corredor.

— O quarto externo fica à sua esquerda — grita ela para mim.

Em seguida, ouço a voz de Nate.

— Desculpe, mas eu pensei que estava no quarto externo...

Passados cinco minutos, ouço uma batida forte na porta. Por um instante, penso em ignorar, fingir que não ouvi, na esperança de que passe.

Como se fosse funcionar. Vamos lembrar que estamos falando de Nate

Preparo-me e abro a porta.

— Ah, é você — digo, fingindo uma expressão de surpresa inocente.

— É claro que sou eu — responde ele, ríspido, passando por mim. — Esse é o meu quarto.

— É o meu — retruco, desafiadora.

— É o que parece.

Ele olha minhas coisas, que já estão espalhadas pelo cômodo inteiro. Não sei como consigo fazer isso. Em cinco minutos sou capaz de transformar um local perfeitamente arrumado, dando a impressão de que moro ali há anos. Eu poderia trabalhar num desses programas de tevê de transformação de casas, mas em uma versão um pouquinho diferente.

— Tentei de tudo — continua Nate —, mas estamos em agosto, que é o mês mais movimentado aqui, e não há nenhum quarto disponível na ilha. — Ele larga a mala no chão.

— O que quer dizer com isso? — Olho nervosa para sua mala.

— Quero dizer que um de nós terá que dormir no sofá.

Nós nos viramos para o sofá. Enfiada no canto, há essa coisa pequena feita de vime, com almofadas de formato arredondado, bordadas com conchas do mar, combinando com o tema náutico do quarto.

— Eu tenho 1,92m de altura — diz ele, virando-se para mim.

— E daí?

— Vai ter que ser você — conclui Nate. Ele tira o paletó e o pendura no encosto da cadeira. Em seguida, descalça os sapatos, joga-se na cama, pega o controle remoto e liga a tevê.

Eu o observo, assombrada.

— Ei, espere um pouco — protesto.

Nate muda os canais e parece não me ouvir.

— Acho que não é bem assim.

— Não é o quê? — pergunta ele, sem dar muita atenção, ajeitando-se melhor no travesseiro.

De repente, Nate dá um soco na colcha.

— Ah, que ótimo, é o jogo! — exclama ele, animado.

— Eu, no sofá — falo bem alto.

Não obtenho resposta. Nem sequer vislumbro uma reação. É como se eu não estivesse aqui. Ando até a tevê e me posiciono na frente dela.

— Que diabos...? — Ele me fita com ódio e gesticula com o controle remoto. — Assim eu não vejo o jogo!

— Estou com um problema na coluna — digo, cruzando os braços.

— Desde quando? — pergunta ele exasperado.

— Desde... quando... fiquei... menstruada — respondo bem devagar.

Nate empalidece.

— Está bem, tanto faz. — Ele suspira, jogando as mãos para o alto. — Não quero discutir com você.

Eu não estava preparada para ouvir aquilo.

— Não?

Nate demora a responder. Primeiro, debruça-se sobre a mesa de cabeceira e tira as lentes de contato com destreza. Depois, pega os óculos, coloca-os no nariz e se vira para mim.

— Olhe, eu não sei o que está acontecendo. Não sei por que somos empurrados um para o outro o tempo todo, e gosto disso tanto quanto você. Mas, por ora, estamos presos aqui, um com o outro. Então, por que não fazemos uma trégua pelas próximas 48 horas?

Olho para Nate com desconfiança. Droga, ele está sendo razoável demais. Não deveria ser assim. Ele deveria estar furioso. Chocado. Horrorizado. Deveria pegar o paletó e sair do quarto neste instante, bater a porta e declarar que não quer me ver nunca mais. E se tudo correr bem, nunca mais me verá mesmo. E não o verei também.

E nós dois poderemos viver felizes para sempre. *Separados*.

No entanto...

Reprimo um bocejo. Estou exausta e amanhã terei um dia cheio. Encontrarei Artsy no estúdio dele e, se tudo der certo, o convencerei a expor na galeria. Fico ansiosa só de pensar na responsabilidade que tenho nos ombros. Eu preciso mesmo descansar. Talvez Nate tenha razão e esteja na hora de um cessar-fogo.

Hesito, e então...

— Chegue para lá.

Nate parece surpreso por um momento, mas se desloca obedientemente para um dos lados da cama. Sento-me no outro lado e me recosto nos travesseiros de penas. Ah, que sensação boa.

— Vou pedir serviço de quarto. Está com fome? — pergunta ele, olhando-me de esguelha.

— Ah, acho que não... — começo a frase, mas logo a interrompo quando minha barriga reclama. — Na verdade, sim, estou morrendo de fome.

— Dizem que a sopa de mariscos daqui é maravilhosa — continua ele.

Sorrio sem muito ânimo.

— Está bem, então que seja sopa de mariscos.

Nate pega o fone e disca, em seguida cobre o bocal.

— Só para deixar bem claro, isso é tão doloroso para mim quanto para você. — Em seguida, volta para o fone e pergunta: — Quer torradas com a sopa?

Depois de comermos duas tigelas da sopa de mariscos mais deliciosa que se pode imaginar, Nate declara que vai dormir.

— Quer usar o banheiro primeiro ou posso ir? — pergunta ele com educação.

— Tudo bem, pode ir — respondo, com a mesma polidez.

Está vendo, Lucy, nós temos condição de fazer isto, digo a mim mesma quando ele desaparece por cinco minutos, e depois ressurge em sua camiseta e cueca samba-canção. Somos dois adultos maduros. Olho para a cueca e fico horrorizada. Livrei-me daquela dos abacaxis, mas essa tem Rodolfo, a rena do nariz vermelho? Logo desvio o olhar. Não olhe, Lucy, não olhe. Finja que não está acontecendo.

Mantenho os olhos fixos na tela da tevê. Só que, em vez de se encaminhar para o sofá, ele volta para a cama e se prepara para entrar nas cobertas. Hum, espere aí. Olho de soslaio e o vejo se aconchegando num travesseiro. *Que...?*

Fico horrorizada e indignada, mas continuo calma.

Está bem, então tenho duas opções:

1. Suspender a trégua, ter uma briga com ele e tentar tirá-lo da cama a força (porém, considerando que ele tem 1,92m de altura e cerca de 82 quilos, isso não será fácil).
2. Dormir no sofá.

Aborrecida, olho para o sofá de aparência desconfortável. É muito injusto. Absurdamente injusto. Por que é que sou eu quem precisa... Mas no meio do discurso louco do meu cérebro, surge uma terceira opção:

3. Levar a Estratégia um passo adiante e dividir a cama com Nate.

Ah, não.
Ah, não, ah, não, ah, não.
Só de imaginar, estremeço. Embora poucas semanas atrás não houvesse nada que eu desejasse mais do que estar numa cama com Nate, agora não consigo pensar em nada que eu queira menos. Como diz minha irmã, tudo é uma questão de *timing*. E o meu *timing* está péssimo, penso, fitando-o.

E quanto à nossa trégua?
Ele quebrou a trégua quando entrou na cama, defende a outra voz na minha cabeça.

Mas...
Não há regras no amor e na guerra, me lembra a voz. *Ou quando está difícil se livrar da alma gêmea...*

Certo, tudo bem. Já me convenci. Agora que comecei, tenho que ir até o fim.

Sentindo-me como um soldado que se prepara para uma batalha, pego meu nécessaire e meu "uniforme", e marcho para o banheiro. Preciso me tornar o menos atraente possível, digo a mim mesma, esfregando o rosto para tirar a maquiagem. Dois olhos inchados me fitam na imagem do espelho. Hum, nada mau. Prendo os cabelos no alto da cabeça num coque desgrenhado. Nada mau mesmo. Aperto o tubo de pasta de dente e aplico um pouco no nariz e um pouco no queixo — como se fossem duas grandes pitadas de creme. Nojento! Excelente.

Agora vamos ao "pijama". Nossa, quanta diferença duas semanas podem fazer. Antes, quando eu dormia com Nate, passava brilho nos lábios, perfume no pulso e usava a lingerie de ocasiões especiais. Agora, estou usando uma camiseta velha e as calcinhas feias e grandes que uso durante a menstruação e sempre levo comigo para possíveis emergências. O mesmo acontece com os absorventes internos.

Tiro-os da caixa e os espalho pelo banheiro, como algumas pessoas espalhariam pétalas de rosa, além de um tubo pela metade de remédio para candidíase (outro de meus suprimentos para emergências), que deixo numa posição visível ao lado da pia, com as palavras "para infecções fúngicas" viradas para cima. Genial! Depois de uma última examinada no espelho e de quase morrer de susto, volto para o quarto.

Droga, Nate parede estar dormindo. Ao vê-lo esparramado no meio da cama e usando mais do que a metade das cobertas, percebo que meus planos correm o risco de serem frustrados. Não tive todo esse trabalho para nada... Preciso pensar rápido. Pego o controle remoto e ligo a tevê. Está passando *Sintonia de amor*. Perfeito. Todos os homens odeiam esse filme. De fato, um ex-namorado meu ficava coberto de urticárias toda vez que Meg Ryan aparecia na tela.

Aperto o botão do volume e aumento o som.

— Huh? — Nate vira-se e abre os olhos. Quando me vê, fica horrorizado. — O que é isso no seu rosto?

— Creme para espinhas — respondo, puxando para cima minha grande calcinha preta de menstruação. Nate me analisa de cima a baixo. — Estou toda pipocando. Acabei de me espremer no banheiro. — Faço uma careta. — Sério, se você visse a quantidade de pus que saiu de cada espinha!

Ele parece estar a ponto de vomitar.

Puxo as cobertas, entro no outro lado da cama, e então, por um breve instante, estremeço de dúvida. E se todo esse esforço não servir para enojá-lo? E se Nate achar que estou dando em cima dele? E se ele estiver — respiro fundo, pois o pânico começa a dar um nó na minha barriga — *excitado*?

Quando esse pensamento aterrorizador me ocorre, surge também um outro: e se Kate estava certa, e ele *está mesmo* tentando voltar comigo?

Ah, merda, eu sei... Relembrando a Estratégia, enfio o dedo no nariz para limpá-lo, só para garantir. No entanto, eu não precisava ter me preocupado. Nate faz uma expressão de muito nojo e foge na hora, encolhendo-se o máximo possível no lado dele da cama.

— Boa noite — digo, forçando-me a soar despreocupada.

— Hum... ah, boa noite — diz Nate com a voz meio ríspida.

Olho disfarçadamente para ele. Ele puxou as cobertas até o pescoço, e continua no outro lado da cama, bem distante de mim. Com um suspiro de alívio, retiro o dedo do nariz. Graças a Deus. Cheguei a pensar que acabaria tendo que comer aquilo.

Trêmula, apago a luz.

Serão 36 horas bem longas.

Capítulo 27

Na manhã seguinte, ao acordar, percebo que estou sozinha na cama.

Nate se foi!

Por um milésimo de segundo, a alegria atravessa meu coração como uma bala de prata. Kate, você é um gênio! Estava certa! A Estratégia funcionou! Radiante, me espreguiço na cama como se fosse uma estrela do mar, apreciando a sensação de espaço, liberdade, triunfo.

A mala de Nate continua aqui. *Merda*.

Desanimada, empurro as cobertas e pulo da cama. Ah, como ele disse, são só dois dias. Não é como se fosse para sempre.

É o que você pensa, relembra-me a voz do destino na minha cabeça

Ah, cale a boca

O telefone toca, interrompendo meus pensamentos. Eu me aproximo e atendo.

— Alô?

Faz-se uma breve pausa e então uma voz feminina diz:

— Ah, devem ter passado para o quarto errado. Sinto muito por tê-la incomodado.

— Não se preocupe. — Reprimo um bocejo. — Que quarto deseja?

— Hum... — Ouço o farfalhar de papéis. — Creio que é o quarto externo.

— É esse mesmo.

— Ah... — Ela parece confusa. — Eu queria falar com Nathaniel Kennedy.

— Você quer dizer Nate? Ele já saiu... — Mas então me passa pela cabeça que posso estar enganada. — Aguarde um instante. Ele pode estar no chuveiro... — Apoio o fone na mesa de cabeceira, pulo da cama e mexo na maçaneta da porta do banheiro para ver se está trancada. Não está, e o banheiro está vazio. — Não, sinto muito. Quer deixar um recado?

Faz-se um silêncio no outro lado da linha.

— Você pode tentar o celular. Tem o número dele...? Alô?

Ela desligou. Fico meio aborrecida. Odeio quando as pessoas fazem isso. É muita falta de educação.

Olho para o fone, irritada. Mas, com determinação, logo afasto todos os pensamentos sobre Nate e seus amigos mal-educados, coloco o fone no gancho e me dirijo correndo para o banheiro. Meu grande encontro com Artsy será esta manhã. Não posso pensar em nada além disso. Tomo uma chuveirada rápida e me apronto.

Minha barriga revira de nervoso. De acordo com o artigo que li no avião, Artsy é um "recluso excêntrico". Considerando que o jornalista já deve ter lidado com muitos artistas, é mais provável que seja a maneira educada de dizer que Artsy é difícil, hostil e muito esquisito.

E minha função é ser amigável com ele e persuadi-lo a fazer uma exposição na galeria. Desisto de arrumar melhor os cabelos e corro para o táxi que me aguarda do lado de fora. Ninguém até hoje conseguiu essa façanha, portanto, não será fácil. Talvez seja até mesmo impossível. Penso em Magda e no quanto ela está depositando todas suas esperanças nesta reunião.

O táxi sai do hotel e, à medida que segue pela avenida costeira em direção a Aquinnah, a parte mais remota da ilha, na extremidade sudoeste, assumo meu pessimismo padrão de Manchester. Começo a imaginar uma reunião horrível, malsucedida, e depois me vejo contando para Magda que fracassei, que tudo está acabado, que ela não tem mais casa, nem eu tenho emprego.

Chega!!!!

Dou um basta no meu pessimismo e logo procuro me animar. Isso não é nada bom. Não posso aparecer lá com esse tipo de pensamento. Devo ser alegre, otimista, positiva. Só o fato de Magda ter conseguido que Artsy concordasse em ter uma reunião comigo é impressionante. Após anos na profissão, ela conhece muita gente e já pediu muitos favores, mas parece que o que decidiu tudo foi o fato de ela e Artsy partilharem da mesma filosofia: a arte deve ser livre para ser apreciada por todos. O que é maravilhoso.

Agora, isso posto, a arte dele não é de graça. Pelo contrário, suas obras chegam a custar dezenas de centenas de milhares de dólares.

Ainda assim, não será preciso debater minúcias, digo a mim mesma com firmeza, quando chegamos a um portão escancarado, com um aviso de "Mantenha distância", e entramos numa rua muito malcuidada. O motorista parecia saber exatamente para onde se dirigia quando lhe pedi para ir à "casa do Artsy" (o único endereço que eu tinha). Sacudindo no banco traseiro, vejo à nossa frente, pela janela do carro, uma casa de fazenda caindo aos pedaços.

— Não dá para continuar — declara o taxista num dado momento.

— Ah, aqui está ótimo, obrigada. — Pago a corrida, saio do táxi e, quando ele volta de ré pela rua, olho ao redor.

O jornalista que avisou sobre a longa distância não estava errado. Encarapitada no alto de um despenhadeiro, estou cercada de morros cobertos de moitas e de terras cultiváveis ainda virgens. Eu me aproximo. Uma das janelas, velha e castigada pelo tempo, parece trancada, e muitas galinhas correm livres em volta da casa. Corajosa, bato à porta. Nada. Bato uma segunda vez. Nada ainda.

Pergunto-me se Artsy se esqueceu da minha visita. Insegura, fixo os olhos na pintura da porta, que está descascando, sem saber o que fazer. Não posso ligar para ele. Artsy não tem telefone fixo nem celular. Nem enviar um e-mail, pois ele também não tem internet nem endereço de e-mail. Ao que parece, Magda precisou enfrentar um longo e complicado processo para conseguir entrar em contato com o homem. Telefonou para vários amigos de amigos na ilha que passaram mensagens secretas de um para outro, como se fosse algo no estilo da Resistência Francesa.

Aguardo mais alguns minutos, mas agora está perfeitamente claro que não há ninguém na casa. O que é estranho para um recluso, mas pode ser que hoje ele não esteja se sentindo tão recluso assim e tenha saído. Afasto-me da varanda e hesito por um instante, sem saber o que fazer. Acabo decidindo dar uma olhada em volta da casa, já que estou aqui.

Como estou de sandálias novas, escolho andar pela grama e vou pelos lados dos celeiros e de outros prédios que se encontram no mesmo estado precário da casa. Há um trator abandonado, uma bicicleta enferrujada apoiada numa parede, uma bateria de percussão... Uma bateria? O que uma bateria está fazendo no meio de um campo? Protejo os olhos do sol forte e a examino, espantada, antes de ser distraída pela visão de um homem mais adiante, escavando um canteiro de legumes.

Talvez ele possa ajudar. Eu me aproximo.

— Por favor, o senhor sabe onde posso encontrar Artsy?

Endireitando-se, ele se vira e, quando me vê, vem ao meu encontro. Alto, de ombros largos, ele está usando um chapéu, calças de golfe e meias com estampa losango. É muito parecido com a estátua de bronze de Sherlock Holmes em Londres, na saída da estação de metrô de Baker Street. É uma visão bizarra. E o fato de ele ter uma barba comprida e espessa e estar fumando um cachimbo não ajuda muito. Além de usar óculos de proteção.

Ele os tira do rosto e me observa com atenção.

— Quem procura por ele? — pergunta, num forte sotaque sulista.

— Meu nome é Lucy Hemmingway. Sou da Number Thirty-Eight, uma galeria em Nova York. — Percebo que estou falando rápido demais e sem articular bem as palavras.

Ele estende a mão, que é do tamanho de um prato.

— Artsy. Prazer em conhecê-la.

Claro. Tinha que ser ele. Quem mais usaria um traje desses?

— Ah... olá — gaguejo e o cumprimento com um sorriso. Artsy não é nada como eu imaginava, embora não saiba ao certo o que imaginava, já que ele não se deixa fotografar.

O homem me entrega uma pá.

— Você pode me ajudar a cavar para colher batatas.

Cavar e colher batatas? Olho para a terra e tento não pensar nas sandálias novas que usei especialmente para este encontro.

— Ah... obrigada.

Felizmente parece que Artsy não é apenas um artista, ele é também um verdadeiro cavalheiro.

— Aqui, use isso — recomenda ele, animado, com dois sacos plásticos nas mãos. — Para não sujar os pés.

Durante uma hora, escavo a terra procurando batatas com os pés cobertos com os sacos plásticos. Um pouco surreal, e não a primeira impressão que eu pretendia dar, mas Artsy é famoso por ser excêntrico, portanto, nunca seria um encontro tipo ele e eu conversando enquanto bebemos um cappuccino.

Durante todo esse tempo, não falamos de arte. Em vez disso, conversamos sobre compostagem, fertilizantes orgânicos e os benefícios do esterco de cavalo em contraposição ao bovino. É óbvio que quem mais fala é ele — meu conhecimento sobre esterco bovino é limitado ao fato de eu uma vez ter pisado em bosta de vaca numa fazenda próxima à casa dos meus pais —, enquanto ouço com educação e o observo com umas olhadelas furtivas. O artigo não dizia sua data de nascimento — Artsy é muito reservado quanto a isso, bem como a muitas outras coisas —, mas, sob a barba e os óculos, avalio que deve estar na faixa dos 30 anos.

E percebo que é atraente, notando os olhos azuis penetrantes e os dentes brancos perfeitos, ocultos sob a barba e só revelados quando ele sorri. É como se a barba e a roupa estranha fizessem parte de um disfarce, de sua vontade de permanecer anônimo. Contudo, quando dobra as mangas da camisa e expõe antebraços grandes e bronzeados, vejo que, se tirasse a barba e usasse jeans e camiseta, seria um pecado de tão bonito.

Depois de uma hora de trabalho duro ao sol quente, Artsy enfim declara que está na hora de um intervalo para tomar um sorvete.

— Baunilha ou pistache? — pergunta ele, quando nos encaminhamos para um dos celeiros, onde há uma grande geladeira com os dizeres "Me coma". Ele abre a geladeira, que contém apenas tigelas de sorvete e pilhas de casquinhas.

— Baunilha, por favor — peço, sorrindo diante de sua excentricidade.

— É para já. — Artsy pega uma casquinha, escava uma bola de sorvete para mim, em seguida prepara uma para si. — Que delícia, hein? — Ele me fita esperando aprovação. — Adoro essas casquinhas. São feitas de waffles verdadeiros, sabe?

— Humm, delicioso — elogio e aceno a cabeça em aprovação.

— Então... — Enquanto dá uma lambida no sorvete, ele me analisa.

— Então... — digo, tentando parecer despreocupada, sem deixar transparecer o quanto estou nervosa. Não posso adiar mais. Eu preciso trazer à tona sua arte. Respiro fundo e engulo. — Quanto às suas pinturas...

— Quer ver? — Artsy sorri para mim.

Pega de surpresa, mantenho os olhos fixos nele. Caramba, como foi fácil.

— Claro. — Mais relaxada, correspondo com um amplo sorriso. — Eu adoraria.

O estúdio é um grande celeiro nos fundos da fazenda. Quando Artsy abre a porta de correr, raios de sol inundam o ambiente, iluminando as partículas de pó que brilham no ar como flocos de neve. Estou muito ansiosa. Artsy é um talento novo, um grafiteiro conhecido por suas frases irônicas e imagens subvertidas, e cá estou eu, adentrando seu santuário, onde ele trabalha, onde cria, onde a magia acontece. Sinto-me como um explorador prestes a descobrir um mundo totalmente novo.

O que descubro, porém, é um varal gigante, do comprimento do celeiro, com dezenas de folhas brancas e grandes penduradas, gravadas com vários gráficos e slogans. Em uma delas, há um coração gigante com todos os seus detalhes anatômicos, contendo as palavras "Vida é amor" pintada com spray de um lado a outro. Em outra, um desenho de uma série de silhuetas de mãos que escrevem "É complicado". A próxima é apenas uma folha branca limpa, e, bem no meio, em letra tão pequena que é preciso se aproximar bastante e apertar os olhos para ler, está escrito "Por quê?".

— Uau, elas são...

— Diferentes? — termina ele.

— Muito. Ah, me conte, por que escolheu usar folhas de papel como suporte?

Estou esperando uma resposta longa e complicada, mas, em vez disso, Artsy limita-se a dar de ombros.

— Você tem ideia de quanto custa uma tela desse tamanho? — Ele faz uma careta. — Um verdadeiro assalto!

Sorrio diante de sua sinceridade. Começo a gostar de verdade de Artsy. Como sua arte, ele com certeza é uma pessoa diferente.

— As folhas de papel funcionaram muito bem, mas também usei outros materiais... — Artsy caminha mais para o interior do celeiro, passando por pilhas de latas de tinta, pincéis e aerossóis, até chegar a outro varal. Este está repleto de camisas, calças, meias e roupas de baixo... todas sujas e cobertas de pinturas com slogans e palavras.

— É uma espécie de metáfora para colocar a roupa suja para secar — explica ele. — Exceto que eu estou mesmo fazendo isso com a minha. — Ele se inclina para cheirar uma meia. — Eeeca.

— E qual é a razão para todos os guarda-chuvas? — pergunto, divertida, apontando para um varal inteiro cheio deles, cada um pintado com um grafite diferente.

— Ah, eles funcionam muito bem como telas. Além disso, achei que poderia realçar o problema dos guarda-chuvas perdidos. Todo mundo está sempre perdendo o guarda-chuva. Eles são deixados no metrô, em cafés, em bares. Mas onde todos vão parar? — Artsy me olha com ar questionador. — Talvez exista algum universo paralelo onde todos estejam se reunindo em um barzinho para solteiros, encontrando outros guarda-chuvas solitários, criando casais descombinados à prova d'água...

— Talvez — concordo. Ele é mesmo doido, no entanto há algo de infantil em sua imaginação e um entusiasmo que é estranhamente atraente. Falando nisso, as pessoas excêntricas sempre são atraentes, não são? Como a sua tia maluca que está com 80 anos e usa boá de plumas e dança cancã. Aliás, não, essa é a minha tia maluca.

— E então, o que achou?

Viro-me e vejo Artsy olhando para mim, o cenho franzido, como uma criança esperando aprovação.

— Acho que a galeria adoraria representar você — afirmo, meio nervosa. Afinal, ele deve ter ouvido isso um milhão de vezes.

Ainda assim, parece maravilhado.

— Verdade?

— Sim, verdade.

— Heh. — Ele sorri para si mesmo e parece revirar a ideia na cabeça. Penso que vai dizer alguma coisa, *qualquer coisa*, mas então coloca os óculos e estende a mão. — Agora eu preciso voltar para as minhas batatas.

Nosso encontro deve ter chegado ao fim.

— Ah... sim, claro. — Eu sorrio, escondendo minha decepção, e o cumprimento. — Foi ótimo conhecê-lo, e obrigada por ceder seu tempo...

Eu nem terminei a frase, quando Artsy sai do celeiro. Corro atrás dele antes que me tranque lá dentro. Para ser sincera, não duvido que o fizesse.

— E então, mais alguma pergunta? — Artsy fecha o cadeado da porta e se vira para mim. — Fale agora ou cale-se para sempre. — Girando a mão sobre a cabeça, ele faz um arremedo bobo de uma reverência formal.

Eu não movo um músculo. Não há nada que ele possa fazer ou dizer agora que me surpreenda.

Exceto...

— Por que todo o segredo? — pergunto sem pensar.

Sua expressão anuvia-se, e uma grande ruga lhe aparece na testa, descendo sob a lente dos óculos.

Ah, merda, eu e essa mania de falar demais. Na mesma hora me arrependo de ter perguntado. Por que fiz isso? E justo quando tudo ia tão bem. Com um certo pânico, tento fazer o que sempre faço quando me arrependo de ter dito algo, que é falar ainda mais.

— Quero dizer, ninguém sequer sabe o seu nome verdadeiro.

Quando na verdade eu deveria apenas calar a boca.

— Você pergunta ao Sting o nome verdadeiro dele? — pergunta Artsy. — Ou à Madonna?

— Na verdade, Madonna é o nome verdadeiro dela — sou obrigada a dizer.

— Sério? — Ele demonstra surpresa, e logo abre um de seus belos sorrisos. — Nesse caso, eu vou contar um segredo. Na verdade, é de dar vergonha mesmo... — E, pressionando a barba espessa contra meu rosto, sussurra ao meu ouvido.

Capítulo 28

— O nome dele é Harold!

Uma hora depois, num café no centro da cidade, telefono agitada para Robyn.

— Lucy? — Ela soa desorientada. — Está tudo bem?

— Você ouviu o que acabei de dizer?

Desde que Artsy me contou seu verdadeiro nome, fiquei desesperada para falar com Robyn e contar as novidades, mas o sinal na ilha é tão fraco que só agora, de volta ao centro da cidade, consegui por fim completar a ligação.

— Hum, desculpe... O que foi?

— O artista que eu vim encontrar em Martha's Vineyard — quase grito ao telefone. — Você não vai acreditar, mas o nome dele é Harold!

Robyn respira fundo.

— Você conheceu alguém que se chama Harold? — murmura ela.

Está bem, então eu estou quebrando *um pouco* o acordo de sigilo.

— Mas é segredo — logo acrescento. Eu sempre fui péssima em manter segredos. Por sua própria natureza, tão logo se sabe de um, é preciso contar a alguém. Mas este é mais que um simples segredo, penso, justificando-me. É o destino de Robyn. *Este é Harold!*

Deus, estou ficando igual a ela.

— Como ele é? — pergunta baixinho.

— Alto, moreno, bonito... — Interrompo a frase. — Quero dizer, seria, se tirasse a barba enorme e usasse roupas diferentes, mas tenho certeza de que você pode resolver isso.

Faz-se um silêncio do outro lado da linha.

— Robyn? Você está aí?

— Sim, estou. — Ela parece estranhamente calma. Eu imaginava que fosse ouvir gritos de animação. Mas não, *sou eu* quem está gritando animada. De repente, me dou conta de que talvez ela esteja em estado de choque.

— Ei, você está bem? — pergunto, preocupada. — Sei que pode ter sido um baque para você.

— Não é bem um baque — diz Robyn sem nenhuma emoção.

— Não? — Agora quem está chocada sou eu.

— Claro que não — responde, muito tranquila. — Eu sempre soube que ele estava em algum lugar e, de um jeito ou de outro, o encontraria. Como eu poderia não encontrá-lo? Ele é minha alma gêmea — afirma ela com absoluta certeza. — Era apenas uma questão de onde e quando. Como tudo é uma questão de *timing* e lugar, e... — Ela se interrompe. — Desculpe, Dê, estou no telefone. Não demoro.

— Quem é Dê? — pergunto, achando estranho.

— Ah... hum, Daniel — responde Robyn, parecendo encurralada. — Estamos em Rockaway Beach. Está muito quente, por isso viemos passar o dia na praia. Você nunca esteve aqui, não é?

Ela está mudando de assunto, o que significa apenas uma coisa: está escondendo algo.

— O que está acontecendo entre você e Daniel? — pergunto, desconfiada.

— Nada — responde Robyn com ar inocente. — Somos apenas amigos. — Ela abaixa a voz. — É só platônico.

— Ei, Robyn, pode passar filtro solar nas minhas costas?

— Você está passando filtro solar nele?

— Desculpe, Lucy, mas tenho que desligar.

— Desligar? — Olho para meu celular, incrédula. Será que ouvi mal? Ela está em busca de Harold há meses. Visitou um vidente, fez um quadro de visualização, acendeu velas, fez juramentos, abordou estranhos na rua. E agora aqui estou eu lhe telefonando para avisar que o encontrei, *e ela quer desligar?* — Está bem — digo, relutante. — Não deixe de cruzar todos os dedos das mãos e dos pés. Se ele decidir fazer uma exposição conosco, você o conhecerá.

— Conhecerei quem? — pergunta ela, distraída.

— Harold! — exclamo, sem acreditar.

— Ah... que ótimo.

É impressão minha ou Robyn não poderia ter achado isso *menos* ótimo?

— Ah, divirta-se na praia.

— Obrigada! Tchau.

— Tchau.

Quando desligamos, fico meio confusa. A conversa não seguiu o rumo esperado. Percebo que nem sequer tive chance de contar que Nate está aqui. Ora, mas isso pode esperar até eu voltar para Nova York. Afinal, agora falta pouco. Meu voo é amanhã de manhã, e à tarde já estarei em casa.

Terei muito tempo para me arrumar para o encontro com Adam.

Ao pensar nisso, tenho uma sensação deliciosa de alegria e ansiedade. Desde que cheguei à ilha, procurei não pensar em Adam. Não queria me distrair antes do grande encontro com Artsy pensando naqueles cílios longos, no modo como ele me olhou naquela noite em que nos sentamos na escada de incêndio, *naquele beijo*.

Quando não estou pensando em Artsy, concluo, com pesar, meus pensamentos são raptados por Nate; relembro a noite de ontem, nós dois no quarto externo... Mas logo volto ao meu encontro com Adam. Concentre-se, Lucy, concentre-se.

Penso em lhe telefonar, mas o bipe da bateria do meu celular me avisa que esqueci o carregador na mala, e ainda tenho de telefonar para Magda. Faço uma ligação rápida para ela e conto sobre o encontro, o que me faz ver que ainda não sei dizer como foi a reunião.

— Nós colhemos batatas, tomamos sorvete e conversamos sobre guarda-chuvas. — Após desligar, termino meu café, saio e vou caminhar pelo porto.

Uma pequena balsa avança pela água. Debruço-me no muro e observo. Estou estranhamente melancólica. De fato, não terei saudades de dividir a cama com Nate, mas seria bom ficar aqui um pouco mais, explorar a ilha. Na volta do encontro com Artsy, peguei um táxi com um motorista muito amigável, que me encheu de histórias sobre o lugar, inclusive de quando Steven Spielberg filmou as cenas famosas de *Tubarão* aqui. Depois falou do trágico acidente de carro ocorrido em 1969 envolvendo Teddy Kennedy e uma jovem. Ela morreu quando eles voltavam de uma festa, tarde da noite. O carro ficou desgovernado e caiu de uma ponte que os levaria à pequena ilha de Chappaquiddick.

É de lá que vem a balsa. Observo-a por mais algum tempo enquanto ela atravessa com calma o pequeno espaço entre as duas ilhas. Estou acostumada a balsas enormes que navegam no oceano, mas essa mais parece um pequeno pedaço de uma estrada que alguém cortou e fez flutuar na água. Noto que nela só cabem três carros e apenas alguns passageiros de pé.

A balsa se aproxima e posso observá-los. Há um casal com suas bicicletas, uma mulher com um bebê de 1 ou 2 anos e... Aquele é Nate? Aperto os olhos devido à luz do sol. Sim, sem dúvida é ele. Eu reconheceria em qualquer lugar aquela combinação de paletó azul-marinho, camisa azul-claro e calça de algodão cáqui com pregas. Quando se trata de roupas, Nate não é informal; ele faz o estilo meia-idade. Está conversando com uma mulher muito bem-vestida, e eles se despedem quando desembarcam. Em seguida Nate caminha na direção do lugar onde estou sentada.

— Ei, que surpresa ver você por aqui. — Consigo sorrir quando ele passa por mim.

Nate olha para mim e para. Não parece muito satisfeito.

— Você de novo.

Mordo a língua. Pense como uma pessoa madura. Pense como Bruce e Demi. Pense que será só mais uma noite e tudo terminará.

— Dormiu bem? — indago.

Nate empurra os óculos para a testa e olha para mim.

— Já tive noites melhores — responde com ironia. — E você?

Vem à minha mente a noite horrível que passei *naquela* cama, nervosa e acordando a cada cinco segundos, com medo de me aninhar nele por engano durante o sono.

— Também já tive noites melhores.

— Então parece que concordamos em algumas coisas. — Ele sorri sem querer. — Como foi o seu dia?

— Bom. E o seu?

Veja só. Estamos sendo tão civilizados um com o outro. É incrível.

— Bom. — Nate faz uma pausa. — O que foi que você disse que veio fazer aqui mesmo?

Eu não disse. Estava muito ocupada arrotando, enfiando o dedo no nariz e espalhando absorventes internos pelo banheiro. Agora me sinto muito culpada.

— Eu tinha uma reunião com um artista. — É melhor não falar demais.

Se meu medo é que Nate me faça perguntas, não preciso me preocupar.

— Ah — diz ele, mais por educação do que por interesse verdadeiro. Nate nunca foi muito interessado no meu trabalho. Sempre falava da carreira dele.

— E você? — devolvo-lhe a pergunta.

Ele sacode alguns folhetos que tem nas mãos.

— Vim para ver alguns imóveis.

— Quer comprar uma casa aqui? — pergunto. Curiosa como sou, dei uma olhada mais cedo nas vitrines de alguns corretores de imóveis e, acredite, eles *não* são baratos.

— Ainda estou pensando. — Ele dá de ombros com ar despreocupado. — Para o verão.

— Uau. — Nossa, ele está mesmo cheio da grana, hein? Uma cobertura alugada em Nova York e uma casa em Vineyard. Por um breve momento, imagino como seria minha vida se nosso reencontro tivesse tomado um rumo diferente. Eu e Nate em nossa casa de veraneio maravilhosa, nosso refúgio, com uma praia particular só para nós dois.

— Vou voltar para o centro a pé.

— Ah, eu também — digo.

Do jeito que as coisas vão, essa vida ainda pode acontecer, reflito, meio apavorada.

Começamos subindo a rua principal. Ela me lembra Cotswolds, com suas lojas de *souvenirs*, as galerias de arte e os turistas. Para todo lugar que se olha, há alguém tomando sorvete de chocolate, fotografando alguma coisa ou apenas olhando sem interesse para as vitrines que vendem gatos de louça pintados, quadros horríveis, joias antigas... Observo um casal passar por uma pequena vitrine em curva, abraçado, ela se inclinando para a frente, *ele se afastando*.

E tenho uma ideia.

— Ei, olhe aqui — digo num tom de voz alto, segurando Nate pelo cotovelo e levando-o até a loja.

— Hã? O quê? — Embora a recepção de sinal na ilha seja quase nula, Nate conseguiu um sinal fraco e conversa com sua corretora de imóveis sobre vistas amplas e pisos aquecidos.

— O que acha?

O casal já se afastou e temos a vitrine inteira para nós. É bem como pensei: uma vitrine inteira de anéis antigos. *Alianças de noivado antigas.*

— Desculpe, Jennifer, um minuto. — Nate cobre o iPhone com a mão e se vira para mim, confuso. — Para que você me arrastou até aqui?

— Que tal o de safira rosa com diamante baguete?

Meu Deus, não posso acreditar que sei tudo isso. Diamante baguete? Onde aprendi isso? As mulheres devem absorver esse tipo de conhecimento por osmose.

— Sim, é muito bonito — diz Nate, sem sequer olhar antes de voltar para o telefonema. — Oi, Jennifer. Desculpe, você estava falando sobre piso aquecido?

É mais difícil que eu esperava.

— Talvez você pudesse comprá-lo para mim? — digo bem alto e lanço um olhar suplicante para Nate.

Uma ruga profunda divide sua testa ao meio.

— Quer que eu compre isso? — pergunta ele, sem acreditar.

— A ideia é essa.

— Desculpe, não, Jennifer, eu não estava falando sobre a casa de Chappaquiddick. — Nate me encara com ódio. — Pode me dar um minuto? Telefonarei num instante. — Ele desliga o telefone, com uma expressão de fúria. — Nossa, Lucy! — exclama ele. — O que deu em você? Por que diabos eu compraria um anel para você, pelo amor de Deus?

Arregalo os olhos de propósito.

— Por que os homens costumam comprar anéis para as mulheres?

Nate me fita perplexo. Até que, de repente, entende.

— Que história... — Nate se interrompe, tentando se conter. — Você *enlouqueceu?*

— Não. — Balanço a cabeça. — É só que... — As palavras ficam presas na garganta e engulo em seco. Vamos, Lucy, você consegue. Reúno toda a minha coragem e penso na Estratégia. Foi a segunda sugestão de Kate. Segundo ela, jamais falharia... Fecho as mãos com força e cometo a loucura. — Estou apaixonada por você.

Nate me olha para como se eu de repente tivesse arranjado duas cabeças. A cor parece sumir de seu rosto, e um milhão de emoções diferentes passam por seu semblante: choque, descrença, pavor, ceticismo, até que ele se firma na suspeita.

— O que você está aprontando? — Nate aperta os olhos e me examina.

— Aprontando? — Finjo inocência. Não finjo bem.

— Você e eu sabemos que não é verdade — diz ele. — Ah, por favor, *aquelas calcinhas de vovó?* — Ele faz uma careta. — Nenhuma mulher usaria aquilo do lado do homem que ama.

Sinto meu rosto corar.

— Não, mas... — Estou pronta para argumentar, mas de que adiantaria? Não iria funcionar. Nate não acreditaria, e quem poderia culpá-lo? — Está bem, você tem razão. Não estou apaixonada.

— Bom. Porque como você deve imaginar, eu também não.

— Vejo que isso é outra coisa sobre a qual nós concordamos, então — digo, sentindo-me uma imbecil depois do meu ataque.

Nate lança-me um olhar fulminante.

— Acredite, eu estou tão horrorizado quanto você por estarmos nos encontrando por acaso o tempo todo nestes últimos dias. Quando você se sentou ao meu lado no avião, fiquei preocupado.

— Ficou?

— Você está brincando? Claro. Já foi ruim encontrá-la por acaso o tempo todo em Nova York, mas ficarmos os dois presos numa ilha juntos? Devo confessar que, para mim, você estava me seguindo.

— *Eu?* — Olho para ele, indignada. — Seguindo *você?*

— Convenhamos, há coincidências e *coincidências*. — Nate ergue as sobrancelhas. — Eu achei que você estava procurando uma maneira de voltar comigo.

Fico sem fala. Completamente sem fala.

— Um amigo meu achou que era óbvio. Quero dizer, todos aqueles telefonemas. — Ele me encara. — Parece que é o que as garotas fazem.

— *É o que as garotas fazem?* — repito. Não posso acreditar que estou ouvindo isso.

— Ele disse que você devia ser uma ex-namorada psicopata. Olho para ele, furiosa, sem acreditar.

— *Eu? Uma ex-namorada psicopata?* — Ah, meu Deus, espere até eu contar isso a Kate.

— Por um momento, quase acreditei nele. — Nate faz uma pausa, como que se criando coragem, e acrescenta baixinho: — Até ver aquela calcinha. — Ele faz uma expressão assustada, mas percebo que reprime uma risada, e acabo rindo também.

— Tem sido difícil para mim também — confesso.

— Tenho certeza disso — concorda Nate. — Não é agradável para nenhum dos dois.

— Talvez nós possamos terminar como amigos — comento, quando nos afastamos da joalheria.

— Ei, não precisa de tanto — replica Nate sendo cínico.

— Está bem, que tal conhecidos? Nosso único contato poderia ser um cartão de Natal todo ano — sugiro. — A não ser, claro, que eu esqueça.

— Ou que eu acabe deletando seu endereço da minha agenda. Por acidente, claro.

Percebo uma mudança, como se estivéssemos começando uma nova fase no nosso relacionamento, um entendimento.

— Parece perfeito — digo, sorrindo.

— Não é mesmo? — Nate sorri em resposta

Terminamos ficando no centro e jantamos juntos. Tudo vai bem, exceto quando o repreendo por querer provar todos os vinhos do cardápio (quero dizer, francamente, estamos no Pappa's Pizza, onde só tem dois vinhos: o tinto da casa e o branco da casa), e quando ele me critica por usar os dedos para comer a entrada de lulas cozidas que estamos dividindo.

Depois, Nate me dá uma bronca quando leio uma mensagem de Adam depois de ouvir o alerta no celular — "Estou ansioso por amanhã" — e a respondo — "Eu tb. Bjs" —, e eu o acuso de ser um hipócrita por usar o iPhone à mesa. Como resultado, ele faz aquele gesto com a mão tentando me silenciar por falar alto demais, e eu, furiosa, digo bem alto para ele não encher a paciência.

Entremeados por vários silêncios longos acompanhados de mau humor de ambas as partes.

De modo geral, contudo, é um jantar bem civilizado, e embora não seja uma experiência que eu queira repetir, ambos saímos vivos, o que significa alguma coisa, considerando que havia instrumentos de cutelaria afiados na mesa.

Após o jantar, na saída do restaurante, Nate me oferece uma carona de volta para o hotel em seu carro alugado, o que é uma sorte, pois começou a chover pesado.

— Deve ser um temporal se aproximando — comenta, parando na porta para arrumar o colarinho. — Aqui esses fortes temporais de verão são comuns.

— Temporais fortes? — repito. — Quão fortes?

— Ah, bastante. — Nate dá de ombros e sai pela escuridão, cobrindo a cabeça com o blazer. — Vamos, corra!

Droga. Respiro fundo para me preparar e corro atrás dele pelo estacionamento. Levamos poucos segundos apenas, mas, quando entro no carro, estou encharcada.

— Você não tinha uma jaqueta? — pergunta ele, sendo óbvio.

— Se tivesse, estaria usando — respondo, batendo a porta e tirando o casaquinho de lã ensopado. Olho de esguelha para Nate. Ele está absolutamente seco. — Sabe, um cavalheiro teria me emprestado a dele.

— Por que eu deveria lhe emprestar meu blazer? — retruca, engrenando o carro e se dirigindo para a saída do estacionamento. — É culpa sua, não foi sensata o bastante para trazer uma jaqueta. Esse é o seu problema, Lucy. Você não tem um pingo de bom senso.

Adoto um ar determinado.

— Como eu poderia saber que ia cair uma tempestade? — pergunto, tentando permanecer calma.

— Você não verificou a previsão do tempo?

— Não, Nate, eu não verifiquei a previsão do tempo — respondo, irritada.

— Pois então — diz ele, convencido —, que isto sirva de lição.

Socorro! Ele age como se fosse tão superior que me dá vontade de mandá-lo engolir a sua maldita previsão de tempo, mas em vez disso respiro fundo, ignorando-o, fecho as mãos e olho pela janela.

Está um breu do lado de fora. A ilha não é como Nova York, não há um milhão de luzes iluminando o céu. Saímos do centro e começamos a andar por uma pequena estrada, e a escuridão aumenta. Nate liga o farol alto, mas a chuva bate no vidro dianteiro, tornando impossível enxergar.

— Cuidado — digo, após algum tempo. — Precisa diminuir a velocidade. Está dirigindo muito rápido.

— Não estou dirigindo muito rápido — replica Nate. — Estou bem.

— Não sabe o que aconteceu a Teddy Kennedy? — retruco. — Aliás, vocês são parentes?

Nate fica impaciente.

— Pare com isso, está bem?

Minha paciência acaba.

— Não, eu não vou parar — grito acima do som dos limpadores de para-brisas, que batem furiosamente. — Diminua a velocidade!

— Meu Deus, eu tinha esquecido o quanto você é chata — resmunga Nate.

— E eu tinha esquecido como você dirige mal — murmuro, lembrando-me de quando éramos adolescentes. Nate me levou de Veneza a Florença para passarmos o fim de semana e quase bateu porque insistiu em apostar corrida com os motoristas italianos.

Ele desvia para evitar uma poça gigante, derrapa na estrada, e o cinto de segurança me joga para trás no banco.

— Está tentando me matar?

— Seria uma forma de me livrar de você — grita ele, olhando de lado para mim.

— O que você está fazendo? Mantenha os olhos na estrada! — grito de volta.

— Meus olhos *estão* na estrada!

— E vá mais devagar!

— Lucy, quem está dirigindo, eu ou você?

— Você, mas está rápido demais!

Um imenso raio aparece no céu iluminando a escuridão, seguido de uma trovoada ensurdecedora. Cada terminação nervosa do meu corpo estremece, e eu me agarro ao assento. Merda, agora estamos mesmo no olho da tempestade. A chuva cai violenta, batendo forte no carro e inundando a estrada. As rodas traseiras derrapam.

— Cuidado! Você vai aquaplanar! — alerto por cima do barulho.

— Claro que eu não vou aquaplanar! — grita em resposta.

— Nate, tenha cuidado, olhe para onde está indo.

— *Argghhh!*

Tudo acontece muito rápido. Só tenho consciência de nossas vozes soando em estéreo, eu gritando, Nate berrando, quando ele de repente perde o controle do volante. Agora, estamos sendo lançados no outro lado da rua. O carro gira, fora de controle. Estamos saindo da estrada para a escuridão... Ouço os pneus chiarem... Vejo flashes de campos, arbustos... Tenho a sensação de ser jogada para a frente.

E então... *bum!*

Capítulo 29

Muito confusa, abro os olhos e logo sou ofuscada por luzes fortes. Ah, meu Deus, então é o fim. Tudo acabou. A qualquer instante ouvirei um instrumento de sopro tocando música de fundo, chegarei aos portões branco-pérola e verei minha avó esperando por mim com um monte de seus biscoitos caseiros de coco.

— Merda!

Eu me viro, mas, em vez de encontrar minha avó e seus biscoitos, vejo Nate.

Sério, não tenho como me livrar dele. Nem mesmo na vida após a morte.

— Você está bem?

— Bem? — Eu me volto contra ele, sem acreditar. — Você me matou!

— Ah, pare de bancar a dramática — comenta ele com desprezo. — Você está bem. Nós batemos numa árvore, só isso.

Faz-se um breve silêncio enquanto eu registro a informação. Se não estou morta, então...

— Só isso? Você dirige como um louco numa tempestade, bate numa árvore, quase nos mata, e acha que é *só isso*? Provavelmente estou com os braços e as pernas quebrados por sua causa!

— Você está com alguma coisa quebrada?

Balanço os braços e as pernas.

— Não, mas essa não é a questão.

— Claro que essa é a questão — retruca Nate, esfregando a testa, agitado. Com um suspiro profundo, ele abraça o volante.

Relutante, me preocupo um pouco.

— Você está bem?

— Estou, não me machuquei — responde ele com firmeza. — Só não estou certo quanto ao carro.

Seguindo o olhar de Nate, olho pelo vidro dianteiro na direção das luzes fortes. Só então percebo, meio envergonhada, que as tais luzes são apenas os faróis dianteiros iluminando o tronco de uma grande árvore. E que o capô ficou todo amassado ao colidirmos com ela.

— Pelo menos ele ainda dá partida — murmura Nate, esquentando o motor. — Já é alguma coisa.

Sinto-me aliviada. Ainda bem. Em breve estarei de volta na pousada, segura, enfiada na cama.

Risco esta imagem. Melhor ficar apenas com aquela de voltar para a pousada.

A chuva ainda bate forte no teto do carro quando Nate passa a ré e pisa no acelerador. Meu alívio dura pouco. Ouço o som agudo dos pneus girando, mas não saímos do lugar. Ele pisa mais fundo. Os pneus guincham mais alto.

— Merda. — Nate dá um soco no volante, abre a porta e desaparece atrás do carro. Retorna em seguida, encharcado. — Estamos atolados na lama.

Imagens da pousada quente e acolhedora logo começam a desaparecer.

— Está ligando para quem? — pergunto quando Nate pega o iPhone. — Não me diga que é para o estúdio. Ou para a corretora de imóveis.

— Para o seguro. Precisamos de um reboque.

— Mas como eles vão nos encontrar?

Nate me olha como se eu fosse uma completa idiota.

— O carro tem GPS. Direi exatamente onde estamos. — Ele começa a procurar na tela.

— Ah, certo... ótimo! — Passei o tempo todo odiando aquele maldito iPhone, mas agora volto atrás. Sinto uma imensa gratidão. Graças a Deus pelo iPhone de Nate!

— Só que tem um pequeno problema.
— *Problema?* — Eu o fito com cautela.
Nate encara o aparelho e parece tenso.
— Estou sem sinal.

Após uma caminhada penosa de vinte minutos por uma estrada vazia sob uma chuva torrencial, na mais completa escuridão, avistamos luzes à distância. Sinto uma alegria imensa quando nos aproximamos e vejo uma placa: "Hospedaria Irlandesa de O'Grady." Nunca me senti tão feliz por ver um pub irlandês. Abrimos a porta e entramos cambaleando, encharcados e congelando de frio. Somos recebidos por um ambiente aquecido, iluminado, com "Fisherman's Blues" tocando no *jukebox*.

Ao ver um telefone público, na mesma hora Nate dirige-se a ele, enquanto eu vou para o bar, com os pés cheios de lama. A hospedaria não é muito grande. Ao fundo, há mesas e cadeiras, em torno das quais estão reunidas algumas pessoas que aparentam morar ali — começo a reconhecer o uniforme de jaquetas amarelas de navegação e as calças cáqui surradas. Ao longo de todo o comprimento de uma das paredes, há um bar com um bom suprimento de bebidas, atrás do qual estão centenas de polaroides desbotadas. Noto que sem dúvida foram tiradas em celebrações anteriores do Dia de São Patrício, pois todos estão usando verde e há muitos trevos de quatro folhas. Ah, a sorte irlandesa.

Não me faria nada mal uma dose dessa sorte agora, penso, cansada, sentando-me com dificuldade num banco do bar, onde uma poça logo começa a se formar.

— Meio molhado lá fora, hein? — observa o barman bigodudo, um motoqueiro na casa dos 50 anos, com uma camiseta cavada e os antebraços tatuados, fazendo uma pausa na mastigação de um palito.

— Só um pouco. — Dou uma fungada e apoio os cotovelos no balcão.

Ele se abaixa e retorna com uma toalha de bar, que estende para mim.

— Pode usar isso aqui.

— Obrigada. — Sorrio para ele agradecida e enxugo o rosto. Depois, abaixo a cabeça e começo a secar os cabelos.

— Vai demorar um tempo.

Ao ouvir a voz de Nate, ergo a cabeça de novo. Ele está de pé ao meu lado e mais parece ter acabado de tomar um banho de chuveiro vestido. Nem mesmo o blazer conseguiu escapar, penso com certa satisfação. Fico tentada a deixar que ele seque ao natural, mas, com pena, termino por lhe passar a toalha.

— Quanto tempo?

— Parece que aconteceram vários acidentes — resmunga ele, esfregando o rosto —, e só existe uma droga de reboque. — Com uma expressão ameaçadora, senta-se no banco ao lado do meu.

— Talvez a gente possa chamar um táxi.

— Ah, como eu sou idiota! Por que não pensei nisso? — Ele soca a testa num sarcástico momento "eureca".

— Eu só estava tentando ajudar — explico em tom irritado.

— Pois não tente — retruca Nate, impassível. — A ilha só tem um serviço de táxi, e está ocupado. Teremos que esperar.

— E então, o que posso servir para vocês? — interrompe o barman num jeito alegre.

— Uma vodca com tônica, por favor — peço, grata pela interrupção.

— Duas — diz Nate num tom irritado.

Quando o barman se afasta, faz-se um silêncio desagradável. Procuro algo para dizer.

— A propósito, uma mulher telefonou para o quarto à sua procura hoje de manhã. — Com tudo o que aconteceu hoje, eu tinha me esquecido daquilo. — Não deixou recado.

— Ah, devia ser Jennifer, minha corretora imobiliária — comenta ele com desprezo. — Aquela mulher vive me caçando.

Fico tentada a perguntar se ele está falando da mesma Jennifer que cumprimentou mais cedo e com quem conversava sobre pisos aquecidos, mas não quero me meter. Ao contrário, mantenho-me longe de seu mau humor e, ao notar que "Fisherman's Blues" terminou e o bar está em silêncio, pergunto:

— Tem uma moeda para o *jukebox*?

Por um instante, Nate aparenta estar pronto para fazer um comentário sarcástico. Depois, parece pensar melhor e, relutante, procura nos bolsos e estende a mão com algumas moedas de 25 centavos.

— Obrigada. — Forço uma voz alegre e, deixando-o sentado no bar, encaminho-me para o *jukebox*. Sinto uma onda de alívio por estar longe de Nate. Ele está de péssimo humor.

Pelos cinco minutos seguintes, estudo a lista de músicas e escolho algumas. É bem divertido. Alguns clássicos de primeira: The Eagles, Fleetwood Mac, Sister Sledge... e "You're So Vain" de Carly Simon. Adoro essa música! Cantarolando baixinho, escolho alguns dos meus eternos favoritos e volto para o bar.

Nate está sentado a sós, bebendo seu drinque devagar e brigando com o iPhone, como se assim ele fosse funcionar.

— E então, o que escolheu? — pergunta ele em um resmungo.

— Ah, um monte de coisas — respondo de modo vago pegando meu drinque. Ah, como preciso disso. Dispenso o canudo e tomo um bom gole... e quase engasgo quando a vodca atinge a garganta. Nossa, eu sempre esqueço que os drinques nos Estados Unidos são muito fortes comparados aos da Inglaterra.

— O que, por exemplo? — insiste Nate.

— Espere para ver — digo, me recusando a cair na pressão dele. Sem dúvida ele odiará todas as minhas músicas e terá um grande prazer em dizê-lo. Eu também não sou chegada ao gosto musical dele. Da última vez que estive na cobertura dele, Nate estava ouvindo Hootie and the Blowfish.

Espero ansiosa o *jukebox* começar a tocar. Não sei ao certo em que ordem as músicas entrarão. Ah, vai começar. Ouço os acordes iniciais de uma música. Começa com violinos. Ótimo. The Verve, "Bittersweet Symphony". Uma das minhas preferidas. Só que, espera aí, isso não é The Verve. Isso é...

— INXS? — comenta Nate, zombando.

— O quê? Eu não escolhi isso — protesto, confusa, quando Michael Hutchence começa a cantar.

— Deve ter escolhido.

— Não, eu não escolhi — declaro, negando com a cabeça. — Houve alguma confusão. O *jukebox* deve estar com defeito.

Nate me fita, obviamente sem acreditar.

— Ah, odeio essa música — reclama ele.

— É mesmo? Pois eu adoro — retruco. Ainda assim, é mesmo estranho. Na verdade, não escolhi essa música... De repente, um pensamento me vem à cabeça. — Ei, qual é o nome dessa música?

— Hum... — Nate franze o cenho.

— "Never Tear Us Apart" — diz o barman do outro lado do balcão. Nate e eu trocamos olhares, e sinto calafrios nos braços.

— Muito apropriado — murmura Nate.

— Não é mesmo? — sussurro de volta, e um tremor sobe por minha coluna quando Michael Hutchence começa a cantar. Como assim? Até o *jukebox* está nisso agora?

— Estou começando a sentir que nada pode nos separar — comenta Nate, com a boca cheia de gelo.

— Eu também.

— É como se estivéssemos presos um ao outro, obrigados a ficar juntos. — Nate suspira com ar de tristeza olhando para o drinque.

— Até o fim dos tempos.

Minhas orelhas ficam em pé.

— Você disse "fim dos tempos"?

— Ao menos é o que parece, não? — diz Nate, tomando um gole de seu drinque.

Olho para ele. De repente, meu coração bate forte como um tambor. Quero lhe contar. Quero contar tudo.

— Hum, é engraçado você mencionar isso...

— Você acha? — questiona Nate com ironia. — Eu não estou rindo.

Hesito, mordo os lábios, pergunto-me se devo continuar. Nate vai me achar uma idiota. Ora, dane-se, ele já acha isso.

— Você se lembra da ponte? — indago de supetão.

— Que ponte?

— Em Veneza. A Ponte dos Suspiros. Nós nos beijamos sob ela, numa gôndola.

— Desculpe, Lucy — fala Nate, impaciente —, mas não estou no clima de reviver o passado.

Chego a travar os músculos. Nate às vezes é mesmo um merdinha arrogante. Fico em silêncio, quase tentada a não me dar ao trabalho de explicar. Mas, lamentavelmente, estamos nisto juntos, penso, indignada, e o problema é tanto dele quanto meu.

— Não é nada disso — retruco, tentando manter a voz equilibrada. — É sobre a lenda. Você não lembra? Sobre aquela história de que quem se beija sob a ponte ao pôr do sol, quando os sinos tocam, tem amor eterno garantido.

A música ainda está tocando... *"You can never tear us apart."*

Nate me fita como se eu estivesse louca. Bebe o resto do drinque e se vira para o barman.

— Mais um, por favor. Duplo.

O barman olha para mim.

— Mais um também?

— Sim, por que não? — respondo, esvaziando o copo.

— E então, o que você estava dizendo? Que tudo isso é por causa de alguma lenda? — O semblante de Nate é um misto de descrença e desprezo.

— Veja bem, sei que parece uma maluquice. Achei a mesma coisa. Aliás, por muito tempo — confesso. — No fundo, ainda acho que é uma loucura...

Nate me interrompe.

— Porque é mesmo uma loucura.

Eu suspiro.

— Está bem, então é uma loucura — concordo, contrariada. — Mas você não acha que é muito doido nós estarmos aqui agora? Nós nos encontrarmos o tempo todo? Recebermos a roupa do outro da lavanderia? Nossos telefones ligando sozinhos um para o outro? Termos reserva para o mesmo quarto? E para poltronas vizinhas no mesmo voo? Dividirmos a mesma cama?

O rosto de Nate fica vermelho.

— Nada disso foi ideia minha.

— Você não acha que é muito estranho nós não conseguirmos nos livrar um do outro? Nós termos terminado o namoro, mas não conseguirmos terminar de verdade? O fato de que, de algum modo, alguma coisa fica nos reaproximando? — Ofegante, ouço minha voz se elevar. — Até mesmo *esse maldito* está participando disso!

— O quê? — Nate olha para mim, confuso.

— Ouça! — comando, gesticulando com as mãos para o ar. INXS terminou, e agora outra música começou a tocar. — Pode acreditar, eu não escolhi essa música.

— Velvet Underground. "I'm Sticking With You" — cantarola o barman, colocando no balcão os nossos drinques. — Um verdadeiro clássico.

— Viu?! — exclamo, impaciente.

Nate demora um pouco avaliando a verdadeira enxurrada de informações jogada em cima dele.

— Vamos ver se entendi... — Apertando os olhos, ele me encara. — O que você está me dizendo é que aquele beijo, *dez anos atrás*, nos colocou nessa confusão?

— Isso mesmo. — Tomo um bom gole do meu drinque.

Nate me observa por um momento, depois se recosta no banco do bar.

— E você espera mesmo que eu acredite nisso?

Sinto meu rosto arder.

— Por acaso você tem uma explicação melhor?

— Qualquer explicação é melhor que essa! — Ele esfrega a testa, agitado. — Convenhamos, Lucy, fale sério.

Suspiro e tento descobrir um meio de convencê-lo, o que não é fácil, pois eu mesma ainda tenho dificuldades para me convencer. Até que sou distraída por algo que soa como alguém gritando como uma gata no cio.

— Meu Deus, que barulho é esse? — reclama Nate, olhando ao redor. — Não me diga que é mais uma música que você não escolheu.

— Noite de karaokê. Toda quinta-feira — diz o barman com evidente alegria.

— Não brinca. — Nate dá um riso tenso. — Isto está ficando cada vez melhor.

— Sim, aquela é a minha namorada, Shiree. Ela não é fantástica? — O barman sorri, orgulhoso.

— Hum, sim, claro! — concordo, entusiasmada, chutando a canela de Nate.

Ele faz uma careta e me lança um olhar furioso.

— Por que vocês não vão lá? — continua o barman. — Nós gostamos de ver gente de fora se arriscando com o velho microfone.

— Ah, não acho uma boa ideia. — Balanço a cabeça e bebo meu drinque com avidez.

— Ela não canta, tem uma voz péssima — confidencia Nate ao barman.

— Minha voz não é péssima — nego, indignada, apoiando o copo vazio no bar.

— Ah, é, sim — afirma Nate, sinalizando para o barman pedindo outra rodada. — Eu ouvia enquanto você cantava no chuveiro.

— Hah! Eu no chuveiro! E você?

O barman deixa dois drinques na nossa frente. Pego o meu e tomo um bom gole.

— Tenho uma voz ótima — afirma Nate. — Até fiz parte de uma banda.

— Está falando de quando tocava pandeiro na faculdade? — provoco, citando lembranças do que ele me contava em Veneza quando éramos adolescentes.

— Eu também cantava de vez em quando — retruca com firmeza.

Soltando o ar pelo nariz como quem diz um "claro que sim" carregado de ironia, balanço a cabeça, e logo seguro o balcão do bar para me apoiar. Nossa, estou começando a ficar meio tonta.

— O quê? Você acha que canta melhor do que eu?

— Claro que sim — respondo meio embolado. Caramba, o que aconteceu com a minha língua? Ficou toda mole.

— Está bem, então prove — diz ele, desafiando-me.

— Não tenho que provar nada — retruco, lançando um olhar furioso na direção de Nate. Na verdade, dos Nates. Parece que estou vendo duplo.

— Hah!

— Hah? — Tento colocar a visão em foco e endireito os ombros. — Que diabos isso significa?

— Que você sabe que eu tenho razão — declara ele, arrogante.

Pronto. Cheguei ao meu limite. Não sei se é a vodca, o ar presunçoso de Nate ou as mais de 24 horas com ele em Martha's Vineyard, além das últimas semanas e dos últimos dez anos, mas algo finalmente explode.

Sério, essa é a gota d'água. Ele vai ver.

— Está bem, combinado — digo, levantando-me para o desafio. — Ouça e chore. — Sem olhar para trás, levanto-me do banco e, corajosa, dirijo-me ao microfone e aos alto-falantes que foram colocados no canto da hospedaria. Atrás de mim, ouço o barman exclamar "Boa, garota!". Ergo o queixo e abro caminho entre as mesas.

É claro que sem querer esbarro em algumas.

— Opa, desculpe. — Sorrio quando as pessoas seguram seus copos para evitar derramar as bebidas. Ai, meu Deus, estou um pouco tonta. Aliás, muito mais que tonta, estou mesmo bêbada. O chão oscila sob meus pés, e respiro fundo algumas vezes. *Completamente torta*.

Quando chego aos alto-falantes, uma mulher de seios grandes num tomara que caia pergunta o que quero cantar e me entrega o microfone. Em geral, a esta altura, eu estaria nervosíssima, mas tenho a impressão de estar em uma daquelas experiências de sair do meu corpo e não ter mais o controle de mim mesma. Algo mais está movendo minha mente e meus membros, algo que não tem medo, cheio de autoconfiança.

O algo em questão são três doses bem generosas de vodcas.

Caminho sem muito equilíbrio em direção ao estrado provisório e me coloco sob o refletor.

— Hum, testando, um, dois, três. — Começo a dar tapinhas no microfone. Não é isso que as pessoas sempre fazem? Tem um efeito imediato. As pessoas param de conversar e se viram para mim, interessadas. — Essa é para meu ex-namorado, Nathaniel.

Nas sombras, vejo Nate fazer gestos desesperados de "não, não, não".

— Ele está ali, sentado no bar.

Todos se viram para olhá-lo. Tornando-se de repente o centro das atenções, Nate fica sem ação.

— É aquela clássica de *Grease: Nos tempos da brilhantina* — continuo. — Acho que todos vocês conhecem. — Ouve-se alguns murmúrios de aprovação, e protegida pela minha recente autoconfiança, cortesia da Smirnoff, apresento meu número. — Chama-se "You're The One That I Want".

Ouve-se um murmúrio de aprovação.

— Mas hoje quero cantar uma versão pouco diferente... — Faço uma pausa e observo a pequena plateia. Vejo que as pessoas me olham com expectativa e grande curiosidade. — Hoje será "You're The One That I *Don't* Want".

Ouvem-se algumas risadas e alguém assobia. No bar, vejo Nate se encolher no banco, humilhado, e os acordes iniciais da música começam a soar nos alto-falantes ruidosos.

E lá vou eu!

Inspiro fundo e começo a cantar. No início hesito um pouco, mas logo pego o embalo. Na verdade, percebo que é bem divertido, quando começo a cantar para Nate a plenos pulmões. Ainda mais quando o pessoal começa a se juntar a mim no refrão com o "ooh--ooh-honey". Sinto-me como Leona Lewis, ou Mariah Carey, ou uma dessas outras grandes divas, e fecho os olhos como fazem os concorrentes do *X-Factor*. Com muita satisfação, agarro o microfone e vou com tudo.

Uau, agora a plateia está enlouquecendo. Posso ouvir os assobios e aplausos e *alguém mais cantando*. Abro os olhos. *Isso foi o Nate?*

Vejo-o sendo empurrado para o estrado. Um microfone é colocado em sua mão e, quando o obrigam a cantar, uma expressão de pavor surge em seu rosto. Nate me lança um olhar sufocado ao fazer o papel de John Travolta para minha Olivia Newton-John: "You're not the one I want, ooh, ooh, honey..."

A plateia enlouquece quando fazemos caretas um para o outro no palco. Esqueça essa de fazer um dueto, nós estamos fazendo um duelo. O equivalente no karaokê a lutar até a morte. Eu vou mostrar a ele. Tome esta! Cheia de adrenalina, canto um verso para ele. Vou mostrar a ela. Ouça esta! Segurando bem o microfone, ele me ataca com outro verso.

Cá e lá, cá e lá...

— Com licença.

Até que, no meio da nossa luta-música, a música para, e ouço uma voz. É o barman.

— Ei, vocês. O reboque chegou.

Capítulo 30

— Bem, acho que é hora de nos despedirmos.

Ao sairmos para o movimentado terminal de chegada do aeroporto JFK, em Nova York, é com essas palavras que Nate se despede.

— É o que você espera — advirto.

— Ah, não me diga que a lenda vai me pegar — ironiza ele, balançando os dedos como se fosse uma assombração, murmurando a música-tema de *Além da imaginação*.

— Ha-ha, muito engraçado.

— Ah, convenhamos — diz ele com ar de desprezo. — Você acha mesmo que eu acreditaria nisso?

— Claro que não. — Dou de ombros. — Você nunca acredita em nada do que eu falo.

Nate faz um aceno com a cabeça como se dissesse *Sim, é verdade*, em seguida franze o cenho, apertando a testa. Depois, pega uma cartela de ibuprofeno, tira duas pílulas e engole com a água da garrafa de Evian que traz consigo.

— Por que diabos você tinha que me fazer tomar aquelas vodcas?

— Por que você tinha de bater com o carro? — retruco, pegando a água e as pílulas dele e engolindo mais duas. Com estas já são seis, e minha cabeça ainda lateja da ressaca.

— Por falar nisso, prefiro que você não conte a ninguém sobre... você sabe. — Ele abaixa a voz — *Cantar num karaokê*.

— Ah, você não estava tão mal assim.

Nate me olha furioso e abre a boca para revidar, quando seu iPhone toca.

— É meu motorista — diz ele, olhando para a tela. — Está me esperando do lado de fora.

— Tchau. — Aceno em despedida. — Espero não ter que ver você outra vez.

— E não vai — diz Nate determinado. — Vou tomar o cuidado de não me lembrar de enviar um cartão de Natal. — Ele joga a bolsa de viagem sobre o ombro, depois se vira, categórico, e se afasta, engolido na confusão de pessoas.

Observo por um instante e mal ouso acreditar que chegou ao fim, que Nate se foi para sempre, desaparecendo como num toque de mágica. Uma alegria toma conta de mim. Depois de tantas falsas esperanças e tantos falsos começos, é difícil acreditar que ele finalmente tenha me deixado em paz. Mas examino a multidão e me tranquilizo. Ele de fato desapareceu. Não voltará.

Meu corpo relaxa de alívio. Talvez Nate tenha razão, e eu tenha me deixado levar pela lenda, por toda essa coisa de magia e abracadabra. Cheia de otimismo, resgato minha mala na esteira e, sem perder tempo, dirijo-me para a rua a fim de pegar um táxi para casa. Talvez este seja mesmo o fim.

De volta ao apartamento, abro a porta e me deparo com Robyn, correndo como uma louca pela cozinha.

— Ei, você voltou! — Ela sorri para mim e me dá um abraço de urso. — Como foi?

— Interessante — respondo, me jogando em uma cadeira e tirando a sandália. — Você não vai acreditar no que...

— Droga, você viu as minhas chaves? — me interrompe Robyn.

— Hum... — Procuro ao redor, em especial na bancada da pia. — Não.

— Droga! — repete ela, ofegante, batendo o pé com impaciência. *Robyn está usando salto alto.*

Olho para os pés dela, em choque. Nunca a vi usando outra coisa que não fossem chinelos, dos quais tem uma dúzia de pares de todas as cores do arco-íris. Ela é muito alta e muito magra, e sempre disse que não precisa usar saltos, mas esta noite está usando um *peep toe* dourado fantástico, que está para um chinelo como um Matisse está para uma pintura feita a partir de um daqueles exercícios de ligar os pontos.

— Vai sair? — pergunto, surpresa. Tiro os olhos dos pés de Robyn para de fato a observar pela primeira vez, e percebo que está toda produzida. Está usando um vestido longo tie-dye cujo decote a favorece muito, pois exibe o colo impressionante, e prendeu os cabelos no topo da cabeça para deixar à mostra uma gargantilha maravilhosa. É com certeza de uma de suas viagens exóticas para algum lugar distante, feita de centenas de pedrinhas minúsculas que brilham e piscam sob os refletores da cozinha.

E aqui estou eu usando uma bijuteria vagabunda.

— Uau, você está fantástica! — exclamo.

Por um momento, Robyn para de correr para lá e para cá e fica parada na minha frente, para que eu possa ter uma visão adequada.

— Você acha? — Ela mexe nos cabelos de nervoso. — Eu não sabia se estava exagerado.

— Não, você está maravilhosa — afirmo. Nunca entendi por que Robyn tem mania de cobrir o corpo com roupas largas, mas hoje não há dúvidas de que ela caprichou. — Muito sexy.

Robyn fica vermelha.

— Obrigada. — Ela sorri, e então, lembrando-se da busca às chaves perdidas, corre para a bancada e pega a pilha de correspondência. — Droga, onde elas podem estar?

— Não se preocupe, vou deixar meu molho de chaves em algum esconderijo. — Ao ver um saco de batatas chips, encho a mão. — Esconderei sob o vaso de plantas no topo da escada.

— É mesmo? — Robyn me olha agradecida. — Ah, obrigada, você é um anjo. — Ela corre para a porta.

— Ei, mas você ainda não me disse aonde vai!

A porta bate quando ela sai, e alguma coisa cai de cima da geladeira com um estrondo. Eu me abaixo e pego. É o quadro de visualização de Robyn.

— Ou com quem — murmuro, olhando para as fotos coladas de estranhos morenos e bonitos e para as letras recortadas que formam as palavras "alma gêmea" e "Harold". Algo me diz que não é com ele.

Devolvo o quadro de visualização para o topo da geladeira e pego a mala. Preciso me aprontar para meu encontro com Adam, embora ainda não saiba qual é a surpresa ou onde nos encontraremos, e estremeço só de pensar. Pego o celular para verificar de novo se há alguma mensagem, e percebo que está sem bateria. Droga, onde está o carregador? Encontro-o ao lado da torradeira, onde deixei, e plugo o celular nele. No mesmo instante ouço o bipe de uma mensagem. É de Adam.

Ele informa a hora e o lugar. Ansiosa, examino o relógio sobre o micro-ondas. Ah, não, já está tão tarde assim?

Corro para o banheiro, pulo para dentro do chuveiro e passo os trinta minutos seguintes fazendo o que chamo de "a transformação". Vão-se os cabelos encrespados, o rosto suado, a camiseta larga e a calça legging, e surgem a maquiagem natural, um vestido vintage que comprei num brechó, um pouco apertado embaixo dos braços, mas que me deixa sem barriga, e os cabelos que, bem, nunca serão como os da Jennifer Aniston, mas também não são como os do Donald Trump.

Quando fico pronta, eu me olho no espelho. Agora sei como Jesus deve ter se sentido com essa história de fazer milagres. Então ele transformou água em vinho? Grandes coisas. Posso transformar um bagaço de ressaca em algo vagamente apresentável. Aliás, talvez até um pouco sexy, penso, ao me examinar no espelho e sentir uma pontada de euforia.

Uma ideia me passa pela cabeça e pego na cômoda minha lingerie "especial": uma calcinha de renda e um sutiã que levanta os seios e que me custou uma verdadeira fortuna. Resolvi esbanjar no ano passado depois da ceia de Natal, ainda meio de porre, e acabei gastando mais do que pretendia em lingerie sensual que quase não usei.

O que me preocupa é se não vai parecer que estou *preparada para isso*. Parecer sexy é uma coisa, mas premeditada é outra, como se eu estivesse *esperando* fazer sexo com ele. Quero dar a impressão de que esta é a minha roupa de baixo de sempre, penso, enquanto visto a lingerie. Olho minha imagem no espelho.

Ah, por favor. Como se eu tivesse o costume de usar um sutiã de cetim cor-de-rosa e preto que aperta e junta os seios, levantando--os a ponto de formar uma fenda no colo. Uso sutiãs confortáveis e normais, cor da pele, baratos, que combinam com tudo.

Mas não posso usar um desses, penso, horrorizada, ao ver o que acabei de despir e deixei sobre a pia. Parece um bolor bege e gelatinoso, nada poderia me desfavorecer tanto.

Mantenho os olhos nele enquanto uma luta interna de sutiãs se trava dentro de mim, e tomo enfim uma decisão. Não, eu não posso usar o sutiã bolor gelatinoso no meu encontro surpresa. Um homem nunca entenderia a desculpa do conforto do sutiã sem costuras. De fato, lembro-me de ter mencionado uma vez esse mesmo motivo para um antigo namorado e ele ter se espantado. "Como assim, você precisa usar um sutiã invisível?", que não era bem a questão, mas mesmo assim.

No fim das contas, pelo sim, pelo não, decido-me pelo de cetim e vou para o metrô. Adam me passou o endereço, fica na rua 12, próximo à Union Square. Entro num vagão. Estou cada vez melhor quanto a usar o metrô, penso ao me sentar, observando os rostos à minha volta. Quando cheguei, eu me achava muito diferente, uma estranha, mas agora começo a me sentir como um deles, e a ver esta cidade como minha.

Mas quanto tempo isso ainda vai durar? Fico preocupada quando penso na galeria e nos problemas financeiros de Magda. Só posso esperar que a reunião com Artsy dê frutos. Qualquer que seja o resultado, descobriremos em breve, digo a mim mesma. Olho pela janela e afasto minhas preocupações. Ao menos por esta noite.

Quando saio da estação, procuro o endereço. Admito que preciso pegar meu mapa — embora já pareça a minha cidade, ainda me perco com certa frequência. Ando pelas ruas até ver um pequeno cinema de filmes independentes. A luz de neon da placa ilumina a calçada onde algumas pessoas aguardam, inclusive Adam.

Eu o vejo primeiro, encostado numa parede, fumando um cigarro enrolado à mão e lendo uma revista. É como se meus olhos fossem atraídos por ele. Por que será que antes eu mal reparava nele? Na inauguração da galeria naquela primeira noite, Adam só chamou minha atenção porque parecia destoar do contexto. Agora é como se um holofote brilhasse sobre ele, e não houvesse ninguém mais *além* dele ali.

E percebo *tudo* nele: aquele triângulo de pele suave e peludo na garganta mostrado pelo decote em V da camiseta; o músculo do braço bronzeado que aparece quando ele vira as páginas da revista; um cacho escuro de cabelos caindo sobre a testa como uma criança travessa que reluta em se comportar. Observo enquanto ele afasta o cacho com a mão.

— Adam?

— Oi. — Seus olhos se franzem quando ele sorri ao me ver. — Então você conseguiu chegar.

— Desculpe o atraso. O avião atrasou, meu celular ficou sem bateria, e só recebi sua mensagem faz mais ou menos uma hora...

— Não se preocupe. Eu estava colocando minha leitura em dia. — Interrompendo-me com um tranquilo dar de ombros, ele apaga o cigarro, enrola a revista e a enfia no bolso traseiro. — Estou feliz por você estar aqui. — Adam parece contente e absolutamente adorável, e eu me derreto como se fosse um chocolate. Toda a minha vida fui repreendida por ser imprestável e atrasada, sempre fui recebida com exclamações de impaciência, desprezo ou suspiros de irritação. Adam é a primeira pessoa que fica feliz por eu estar aqui, como se o atraso não fosse nada de mais.

— Eu também. — Sorrio e me aproximo para beijar-lhe o rosto. Não quero ser agressiva, apesar da minha escolha de lingerie, penso, ignorando o incômodo do fio dental. Em vez disso, tropeço numa pedra do calçamento e aterrisso na boca de Adam. Estremeço da cabeça aos pés.

Afasto-me sem graça.

— Ah, desculpe... — começo de novo.

— Ei, não se preocupe — repete ele. — Eu estava guardando essa jogada para depois, mas se você quer começar agora... — Seus olhos brilham divertidos, e acabo rindo, mesmo sem graça. Esta é outra qualidade de Adam: se estou caindo aos prantos em delegacias ou me jogando para cima dele em locais públicos, ele sempre consegue me deixar à vontade. — Então... — Ele sorri para mim, e nós ficamos por um momento de frente um para o outro na rua.

— Então... — digo, erguendo os braços, e depois os deixo cair, mais ou menos como um pinguim. Quando me dou conta disso, enfio as mãos nos bolsos da jaqueta, antes que ele pense que saiu com o Pingu, do desenho animado de massinha.

— Vamos entrar?

— Vamos.

Adam me dá o braço e me conduz através das portas de vidro para o saguão de carpete marrom desbotado com estampa em espirais douradas e com marcas em zigue-zague do aspirador de pó. Nas paredes, pôsteres antigos emoldurados anunciam O *poderoso chefão*, um filme antigo com Bruce Lee e *Um corpo que cai*, de Hitchcock, ao lado de espelhos art déco. O lugar cheira a pipoca com manteiga e purificador de ar e precisa muito de uma pintura, mas passa a sensação de um ambiente aconchegante, surrado, quase como uma casa, o que nunca se consegue num cinema grande e moderno.

Dá para ver que todos os frequentadores adoram este lugar. E percebo que eu também começo a sentir um carinho repentino por ele.

— Este prédio já foi um corpo de bombeiros — informa Adam ao cruzarmos o saguão. — É o cinema de filmes independentes mais antigo e que funciona há mais tempo na cidade. Ele exibiu o primeiro filme falado em 1927, com Al Jolson como ator, O *cantor de jazz*. Veja, há um pôster ali. — A voz de Adam é animada, e seu entusiasmo, contagiante. — A reação da plateia foi imediata, eles não conseguiam acreditar. Imagine só! Eles se levantaram e começaram a bater palmas quando aconteceu. Foi no meio do filme, durante uma cena numa boate, que Jolson de repente falou.

— O que ele disse? — pergunto, curiosa.

Adam faz uma voz idiota.

— "Espere um instante, espere um instante. Você ainda não ouviu nada!" — Ele ri. — Meio profético, não é?

Fico extasiada com ele.

— Como sabe tudo isso?

— Não sei. — Ele dá de ombros. — Acho que é porque amo isso. Os filmes me fascinam. — Ele para e olha para mim. — É como você com a arte. As coisas pelas quais nós temos paixão, certo? É a mesma coisa.

Olho para Adam. Trinta anos. Um diretor de cinema do Brooklyn. Seus hábitos incluem fazer vozes idiotas e bancar o penetra em galerias para comer e beber de graça. Somos tão diferentes, no entanto... Olho para ele novamente e tenho a mesma sensação que tive naquele dia no MoMA, de que por dentro somos basicamente iguais.

— É, sim — concordo, fazendo que sim com a cabeça. — É a mesma coisa.

Continuamos a andar, passamos por uma porta que diz "Sala Um", e nos dirigimos para outra.

— E então, qual é seu filme preferido de todos os tempos? — pergunto, quando chegamos à sala dois. Paramos do lado de fora. Passa rapidamente pela minha cabeça que não compramos os ingressos.

— Espere e verá. — Adam sorri de forma enigmática e abre a porta.

— Essa é a surpresa? — Claro que Adam deve ter comprado os ingressos com antecedência.

— Mais ou menos.

Ele escancara a porta e nós entramos no cinema escuro.

— Nossa, não há ninguém aqui — comento, observando as fileiras de poltronas vazias.

— Eu sei. — Ele me leva por um corredor.

— Droga, esqueci as pipocas — comento, lembrando-me naquele instante. — Era parte do acordo, não era? Você se encarregaria dos ingressos, e eu da pipoca... — Fico quieta ao ver algo brilhando no escuro.

Um balde prateado. *Um balde de gelo.*

— Aquilo é...? — Volto o olhar para Adam. Na escuridão do cinema, é difícil distinguir a expressão de seu rosto, mas quando meus olhos se acostumam, vejo que ele olha para mim e sorri, nervoso.

— Espero que goste de champanhe — diz ele, tirando uma garrafa do nada.

— Mas como? — Estou embasbacada. De verdade. Pela primeira vez na vida estou sem palavras.

— Meu amigo é responsável pela projeção. Ele me devia um favorzinho... — Adam começa a tirar a folha metálica que cobre a rolha.

— Você quer dizer que essa sala inteira é nossa? — pergunto, sem acreditar.

— Pode chamar de uma exibição exclusiva. — Ele ri quando a rolha de repente sai num estouro. — Ah, merda! — O champanhe espuma para todo lado, e ele se esforça para aparar num copo de plástico. — Desculpe, eu me esqueci das taças. Em vez delas, arrumei copos de plástico — explica, pesaroso, entregando-me um.

— Eu sempre achei que champanhe fica melhor no plástico — comento, sorrindo, tocando meu copo no dele, em um brinde.

— Também combina com pipoca — acrescenta ele, mostrando um pacote grande.

— Você é um mágico, por acaso? — Sorrio, sem acreditar no que vejo.

— Algo assim. — Adam sorri de volta quando encho a mão de pipoca bem quentinha, salgada e amanteigada.

Fico mais feliz ainda.

— Humm, está...

Adam me silencia com um beijo suave em meus lábios.

— Shh... O filme vai começar.

Acaba que o filme predileto de Adam é 8½, de Fellini, e pelas pouco mais de duas horas seguintes fico absorta na história de Guido, um diretor de cinema italiano cujos flashbacks e sonhos são entremeados com a realidade.

— Foi incrível. Mesmo sem eu entender muita coisa — confesso depois, enquanto termino minha segunda fatia de pizza. Ao sair do cinema, nós compramos fatias para viagem e estamos comendo a caminho da minha casa.

— É exatamente como me sinto com a arte que você me mostra — comenta Adam, quando subimos a escada para o meu apartamento.

— Dá para gostar de algo que não se entende de verdade? — reflito em voz alta.

— Com certeza — afirma Adam, fazendo que sim com a cabeça, ao dar uma grande mordida na pizza. — A pessoa tem a vida inteira para entender. Meu avô me contou que passou a vida inteira tentando entender minha avó.

— E conseguiu? — Quando entramos, paramos na cozinha.

— Ainda não. Segundo ele, minha avó é um mistério que ele não consegue desvendar. — Adam deixa a caixa de pizza vazia sobre a mesa e se vira para mim. — Toda vez que meu avô acha que conseguiu, ela faz alguma coisa que o surpreende, e ele a enxerga de outro modo. Às vezes, tenho isso com filmes. Já assisti dezenas de vezes, e, se assisto de novo, vejo algo diferente.

— É a mesma coisa com as pinturas. Posso olhar para uma num dia, e no outro... — Não termino a frase. Não é preciso explicar a Adam. Sei que ele compreende. *Ele me entende.*

— Ei, tem um pouco de gordura no seu queixo — comenta, indicando o lugar.

— Ah. — Eu me preparo para limpar, mas ele chega primeiro com seu guardanapo.

— Você faz uma lambança para comer, não é? — brinca Adam.

— Faço uma lambança em tudo.

Dou uma risada, e, pela primeira vez, não parece importar que eu seja lambona ou atrasada, que esteja comendo pizza e sujando o queixo de gordura, que fale alto demais ou que meus cabelos ainda estejam naquele tom arroxeado esquisito da tintura malfeita da outra semana. Porque, para Adam, nada disso importa.

— Acho que esse é o melhor primeiro encontro que já tive. — Sorrio para ele meio inebriada.

— Não, a delegacia foi nosso primeiro encontro — corrige Adam, também sorrindo.

— Aquilo não foi um encontro — retruco.

— Bem, foi quando demos nosso primeiro beijo — lembra ele.

Com a lembrança do beijo, todas as minhas terminações nervosas começam a formigar.

— Então, se esse é o nosso segundo encontro, quer dizer que teremos um segundo beijo? — replico, jogando charme.

Ora, eu não estou sofrendo nesta lingerie a noite toda para nada.

— Acho que sim. — Adam acena a cabeça, envolvendo a minha cintura e me puxando para si. Antes que eu me dê conta, ele me beija. E correspondo. E a mão dele vai para o alto das minhas costas. E...

De repente, a campainha toca.
Ignoro e continuo beijando Adam.
Ela volta a tocar.

— Você acha que deve atender? — murmura Adam.

— Deve ser minha colega de apartamento. Ela perdeu as chaves. — Estico o braço, pressiono o botão que abre a tranca da porta principal. Nossa, Adam beija muito bem mesmo.

Ouço passos subindo a escada.

— Vamos, é melhor nós irmos para o meu quarto — sussurro, puxando-o pela camiseta, preocupada de Robyn entrar e nos ver aos beijos e abraços na cozinha.

— Só mais um beijo — murmura ele, e a barba curta, porém macia, roça meu rosto quando ele me puxa para mais perto ainda.

De repente, ouve-se um barulho, e a porta se escancara. Dou um pulo.

— Caramba, Robyn! — exclamo, rindo, quando Adam e eu nos afastamos.

Só que não é Robyn. É Nate.

É como ser arrancada de um sonho para um pesadelo.

— Por que cargas d'água... — digo, horrorizada, quando a figura de Nate num terno cinza adentra explodindo pela porta.

— O que você disse a Beth? — pergunta ele sem nenhuma explicação.

Olho para ele incapaz de falar de tão chocada. Jamais o vi tão irado.

— Quem é você? — pergunta Adam totalmente confuso.

— O quê? Quando? — É minha vez de perguntar, quando recupero a voz.

— Em Martha's Vineyard!

— Você também estava em Martha's Vineyard? — Adam franze a testa.

De repente eu entendo. Eu não falei com Jennifer, a corretora de imóveis, mas com Beth, a ex-mulher de Nate. *A* Beth.

— Ah, inferno, foi ela que ligou para o nosso quarto?

Adam vira-se para mim, chocado.

— *Nosso* quarto?

— Ela não deixou nenhum recado. Eu não tinha ideia — começo a explicar, mas minha cabeça dá voltas. Durante todos esses anos, eu construí a imagem de Beth como uma supermulher, a garota com quem Nate se casou, que ele escolheu ao invés de mim, no entanto, ela pareceu tão normal ao telefone.

Não é para menos que tenha desligado na minha cara. Deve ter pensado que...

— Vocês estavam juntos? — Adam me fita, abismado.

— Por favor, eu posso explicar. — Eu tento, virando-me para ele, mas Nate fala mais alto.

— Nós estamos *sempre* juntos! — exclama ele, exasperado. — Nunca estamos separados.

— Não é por culpa minha — revido, virando-me para Nate. — A culpa é tanto sua quanto minha.

— Agora minha mulher pensa que nós estamos tendo um caso.

— Você é casado? — pergunta Adam com a voz baixa, e olha para Nate, olhos faiscando, a mente acelerada.

— Eu pensei que você estivesse separado — comento.

— Nós estamos, mas... temos conversado. — Nate interrompe a frase, constrangido. Por um momento, ele baixa os olhos, depois me fita. — Queremos tentar de novo. Pelo menos ela queria. Antes de...

Faz-se um silêncio. Ninguém fala nada. Creio que ninguém sabe o que dizer, muito menos eu. Sinto-me entorpecida, aliviada, de repente esperançosa. Se Nate quer voltar para Beth...

— Você está tendo um caso com um homem casado?

A voz de Adam me traz de volta de maneira brusca.

— O quê? Não! — Dou meia-volta, balançando a cabeça, negando com veemência. — Não, não é nada disso.

Encontro o olhar dele, mas a confiança, o calor, o afeto por mim se foram. Em seu lugar vejo desconfiança, frieza.

— Não precisa falar nada, Lucy.

— Não, por favor, não é nada disso. — Sinto o pânico crescer. Ele pensa que sou como a ex-namorada, que o estava traindo, que estava sendo infiel com o marido de outra mulher. — Por favor, posso explicar — digo, desesperada. Lágrimas começam a brotar dos meus olhos. Estendo a mão para segurá-lo. — Confie em mim.

Mas ele me afasta.

— Como confiei antes? — pergunta ele, com o semblante dividido entre a raiva e o desprezo.

— Adam, por favor — imploro, mas ele se limita a olhar para mim, e é o olhar mais frio e duro que já vi.

Ele dá meia volta e se dirige à porta.

— Não vá embora — chamo por ele, mas, mesmo ao pronunciar as palavras, sei que é inútil. Adam já se foi.

Por um momento fico paralisada na cozinha, olhando para a entrada vazia. Depois, tomo consciência da presença de Nate. Ergo os olhos e encontro os dele, mas, se penso que verei algum tipo de satisfação, estou enganada.

— Sinto muito. Eu estava irritado por causa de Beth — diz Nate, consternado. — Não era minha intenção...

— Eu sei. — Balanço a cabeça, cansada. Minha noite maravilhosa com Adam foi destruída, e não faz sentido culpar ninguém. Nate também está sofrendo. É provável que tenha perdido Beth de novo, assim como eu perdi Adam.

Um soluço se forma na minha garganta. Tudo é uma grande confusão.

Nate e eu não dizemos mais nada; não sobrou nada para nenhum de nós dois falar. Ele se vai, e, ao fechar a porta, eu me amparo nela, e deslizo até o chão.

E só então choro.

Choro até me acabar.

Capítulo 31

— Telefonei um milhão de vezes e deixei mensagens de voz, mas ele não liga de volta.

No dia seguinte, estou sentada num café no Upper West Side, almoçando com minha irmã. Enquanto como ovos à florentina, relato o que aconteceu, conto sobre Martha's Vineyard, sobre a noite de ontem, sobre tudo.

— Mandei e-mails, mensagens, tudo que você possa imaginar, mas nem sinal dele; já não sei mais o que fazer. — Dou um suspiro profundo e desmorono na cadeira. — Não acredito no que Nate fez. Ele sabotou tudo com Adam. E pensar que segui tudo que estava listado na Estratégia. — Tenho um leve arrepio. — É como se nada funcionasse.

Olho com tristeza para os resquícios do meu *latte*. Na noite anterior, depois que Nate saiu, fui deitar, mas não consegui dormir. Passei a noite toda revirando na cama e acordei esta manhã ainda me sentindo péssima.

— Mas não estou culpando Nate. Quero dizer, deve ser ruim para ele também. Pelo que parece, ele queria voltar com a esposa e tentar de novo, mas agora isso também ficou complicado. — Suspiro mais forte e afundo na cadeira. — É uma grande confusão. Nós estamos condenados a ficar juntos para sempre.

— Sorte a sua.

— O quê? — Tiro os olhos da xícara de café e olho para minha irmã. Ela mal disse uma palavra desde que nos encontramos, e quase não tocou na salada. Em vez disso, passou o tempo todo olhando para o nada, como se estivesse com a cabeça bem longe. É provável que esteja divagando sobre em fusões de empresas, aquisições ou no seu treinamento para a maratona.

— Algumas pessoas adorariam estar juntas para sempre. Seria maravilhoso se Jeff e eu tivéssemos essa sorte.

— Não era você quem chamava o casamento de uma sentença perpétua? E a sua sentença diminui por bom comportamento? — Olho para Kate esperando que ela dê uma boa gargalhada, mas seu semblante permanece apático.

— Jeff está com câncer.

Bum. Assim, sem avisar.

Encaro Kate, incrédula.

— O *quê*?

— No testículo. O médico enfim descobriu por que ele anda perdendo peso e se sentindo tão mal. Ele terá de fazer uma radiografia de pulmão e um exame de sangue para ver se espalhou. — Kate diz tudo isso sem rodeios, no mesmo tom de voz que usou para decidir o que escolher para almoçar. — Eles vão cortar fora o testículo, claro, mas isso não faz mal, dá para funcionar muito bem só com um.

Olho para minha irmã, ouço-a falar com calma, mas não consigo absorver o que estou ouvindo.

— Ah, meu Deus, Kate, não acredito! — consigo dizer passados alguns instantes. — Eu nunca poderia imaginar. — Estendo a mão para segurar a dela, mas Kate se afasta. Sinto-me péssima. Cá estava eu tagarelando sobre Nate e Adam, e o tempo todo minha irmã tinha essa novidade terrível.

— Eu sei, nem eu. Achava que ele só precisava de antibiótico. — Ela vacila por um instante, tão breve que eu não notaria se tivesse piscado, mas logo recupera o autocontrole e continua. — A parte boa é que há uma grande chance de o câncer ter sido detectado no início e não ter se espalhado e, com a operação de retirada do tumor, ele deve ficar livre de tudo. Não sabemos ao certo ainda, mas ele está fazendo exames, e logo descobriremos. — Kate permite-se um sorriso, ainda que tenso, e toma um gole de água. — Segundo o oncologista, é o melhor tipo de câncer que se pode ter. Eu não sabia que havia uma lista dos dez melhores, mas parece que se aprende algo a cada dia.

— E se... — Eu me interrompo. Não quero fazer a pergunta, mas Kate a faz por mim.

— E se tiver se espalhado? — pergunta ela, ainda calma.

Eu a fito em silêncio, meio envergonhada, pois me sinto desleal por ter pensado uma coisa dessas.

— Bem, se acontecer, vamos ter que lidar com isso — diz ela, pragmática. — Vamos passar por tudo: radioterapia, quimioterapia. Tenho lido sobre tudo, mas até para mim, com meu conhecimento médico, é um novo aprendizado. — Kate parece estar incrivelmente calma. De uma forma assustadora, que não é natural.

— Você está tão tranquila com relação a tudo isso — comento, impressionada.

Kate dá de ombros.

— Não faz sentido trazer nossas emoções para o problema. Precisamos lidar com os fatos. Quando se trata de assuntos médicos, o corpo é como um carro que não está funcionando, e precisamos descobrir qual é a melhor maneira de consertá-lo.

— Mas não estamos falando de um carro, e sim de Jeff — protesto, passional.

— Sei muito bem disso, Lucy — replica Kate com brusquidão, a tensão aparecendo pela primeira vez.

Acabo me calando. Não sei bem o que fazer ou dizer para confortá-la. Sei que está preocupada, mas se recusa a demonstrar. Kate se nega a abandonar o papel da irmã mais velha e forte e deixar qualquer pessoa entrar no seu íntimo, muito menos eu. É muito frustrante. Sinto-me impotente.

— Como Jeff está lidando com isso? — pergunto após algum tempo.

— Ele agora está melhor. Parece que sua preocupação principal é que depois da operação ele só vai contar com metade do time. — Ela ergue uma sobrancelha. — Mas o médico explicou que é possível fazer um implante.

— Um implante?

— Pelo visto. Não sei se eles vêm em tamanhos diferentes, como no caso de seios. Meu marido com testículos GG. — Ela sorri com pesar tentando fazer uma piada. — O próximo passo vai ser passar a chamá-lo de Jordan.

Rimos as duas, mas é um som vazio. Estamos falando de câncer, de Jeff, de algo que ameaça o resto da vida deles em comum, mas minha irmã recusa-se a ir ao âmago da questão, portanto, eu também não posso.

Após o almoço, despeço-me de Kate, que insiste em dizer que está bem.

— Não se preocupe — protesta ela. — Vai ficar tudo bem.

— Eu sei, claro — apresso-me em concordar. — Eu não quis dizer... Olhe, se precisar de qualquer coisa, qualquer coisa mesmo, é só chamar. Se quiser que eu vá com você para o hospital, que passe o tempo todo servindo café ruim da máquina...

— Eu chamo você. — Com um breve aceno de cabeça, Kate dá a entender que não tem a menor intenção de me chamar ou qualquer pessoa que seja.

Quando ela pendura a bolsa no ombro e está prestes a ir embora, eu me aproximo de maneira instintiva e a abraço. Não consegui evitar. Apesar de sua atitude dura, sinto-a pequena e frágil sob o blazer de algodão.

Kate se enrijece e estranhamente se afasta.

— Ah, e Lucy, não diga nada a mamãe e papai. Sabe como eles se preocupam com tudo.

— Ah, claro — concordo, pensando como isso é típico de Kate. Nunca querer ser problema ou dar trabalho. Sempre determinada a cuidar de tudo sozinha. — Não vou dizer uma palavra.

Depois que nos despedimos, volto para o metrô e começo a descer a escada, mas paro no meio. Não tenho vontade de ir para casa, quero caminhar. Dou meia-volta e subo a escada. Não tenho nenhum plano em mente, nenhuma ideia de para onde estou indo. Apenas começo a andar sem destino, sem prestar atenção nos arredores, nas pessoas que passam por mim, nas lojas por onde passo, nas vizinhanças. Sigo olhando para o chão, focada em colocar um pé na frente do outro, o ritmo me impulsionando para a frente, como um músico com seu metrônomo.

Penso em Jeff e Kate. No estoicismo de minha irmã, em suas observações irreverentes, no humor sarcástico que esconde o amor profundo que sente por ele, mas que não pode ocultar a sombra do medo que vi em seus olhos; em Jeff e em como deve estar se sentindo. Tento imaginar, mas é óbvio que não consigo. Como eu poderia? Estamos falando de vida ou morte, e não de alguma lenda tola sobre almas gêmeas. Fico envergonhada agora que coloco as coisas em perspectiva.

Não sei por quanto tempo perambulei por aí, mas chega uma hora em que tenho a vaga consciência de que minhas pernas começam a doer. Diminuo o passo e me vejo em frente a uma grande galeria de arte: a Whitney, na Madison Avenue. É uma sorte. É nas galerias que sempre busco conforto e acabo me sentindo melhor. Até hoje elas nunca me decepcionaram. Neste momento, preciso delas mais que nunca.

Em busca desse conforto, entro na galeria como que no piloto automático, ansiosa por mergulhar na arte e me perder, bloqueando todo o resto. Só que hoje as pinturas não melhoram meu humor; as esculturas não me animam; até mesmo o *Fom Darks in Red*, de Rothko, não exerce sua magia costumeira.

Recordo-me da última vez em que estive numa galeria. Foi depois da briga com Nate, quando encontrei Adam por acaso no MoMA. Ao pensar nele, sinto um aperto no coração. Eu daria tudo agora para entrar numa exposição dessas e me deparar com ele.

Perambulo de sala em sala, esperando vê-lo a cada instante, e logo me desapontando ao perceber que ele não está ali.

Vou embora quando a galeria fecha. É o fim do dia, o céu sem nuvens está vermelho-arroxeado, e pela primeira vez sinto o verão se transformar em outono. Como se, durante as horas que passei na galeria, tivesse acontecido uma troca, uma mudança, um fim anunciado. Começo a caminhar. Meus pés estão doloridos, e não sei muito bem onde fica a estação do metrô, mas de algum modo a sensação de estar perdida combina com meu humor.

Decido continuar caminhando até me deparar com uma estação. Sigo ziguezagueando entre os quarteirões e ando em linhas sinuosas ao atravessar o parque.

Até que, sem perceber, chego ao Village, com suas ruas de restaurantes e bares lotados, um ao lado do outro, e as pessoas do lado de fora formando uma multidão confusa sem destino, fumando cigarros e conversando, suas vozes enchendo o ar da noite. Continuo andando, e, distraída, capto fragmentos de conversas, até que me deparo com outra galeria.

Diminuo a marcha. O tilintar de taças, o zumbido das conversas, sopros de perfume e de loção pós-barba vêm flutuando na minha direção. Do lado de fora da galeria há reunido um pequeno grupo de pessoas.

Por um instante meu coração acelera. Um vernissage numa galeria. Talvez Adam esteja aqui.

Com a respiração presa, em expectativa, olho ao redor examinando a multidão.

E então avisto um rapaz de costas para mim. Ele usa uma camiseta, jeans largo, e os cabelos são escuros e despenteados. Meu coração dispara. É ele. *Adam.*

É como uma injeção de adrenalina. Uma mistura de pensamentos passa pela minha cabeça enquanto me aproximo: alívio, apreensão, esperança, temor.

— Adam. — Ouço uma voz ansiosa dizer seu nome e percebo que é minha. — Eu preciso explicar.

Ele para de falar e se vira para mim.

Só que não é Adam. É um estranho um pouco parecido com ele, que me fita sem entender nada.

— Ah. — Fico desapontada. — Eu achei que você era outra pessoa.

— Quem você gostaria que eu fosse? — Ele brinca, bem-humorado, e seus amigos riem.

Tento sorrir, mas meu rosto não acompanha minha vontade. Lágrimas acumulam-se nos meus olhos.

— Desculpe. Eu me enganei — gaguejo, viro-me e vou embora.

Se ao menos eu pudesse dizer aquilo a Adam. Mas vejo, apavorada, que talvez nunca tenha essa chance. Há mais de oito milhões de pessoas morando em Nova York. Qual a probabilidade de voltar a vê-lo algum dia?

E, tentando conter as lágrimas, vou embora correndo.

Capítulo 32

Já é tarde quando volto para o apartamento com um saco gigante de batatas chips e uma garrafa de Pinot Grigio. Em geral, quando estou mal, isso ajuda a me tirar da fossa e me animar. Hoje, porém, ao entrar na cozinha e deixar o saco já pela metade em cima da mesa, percebo que nem mesmo batatas sabor cheddar conseguem me animar.

Talvez o vinho se saia melhor.

Tiro a rolha. Uma vez li um artigo sobre a razão de os vinicultores começarem a usar garrafas com tampas de rosca no século XXI. Dizia algo sobre ser a melhor maneira de selar o vinho, pois parece que as rolhas podem mofar. Considero tudo isso um monte de asneiras. As tampas de rosca tornaram-se uma necessidade por causa de todas as garotas solteiras e de coração partido que têm urgência de *abrir o vinho*.

Encho uma taça, bebo metade, em seguida pego as batatas que descartei antes, resignada como quem diz "tudo bem, vamos tentar de novo", tipo um casal entediado que decide fazer mais uma tentativa, vou para a sala e acendo a luz.

— Aaarrgh.

Ouço um grito estrangulado e vejo um casal deitado entrelaçado no sofá. No mesmo instante, eles me veem e se separam num alvoroço apressado para ajustar alças de sutiã, afivelar cintos, e ajeitar os cabelos.

— Ah, hum, oi, Lucy — murmura Robyn. Com o rosto vermelho, ela passa a mão no vestido para desamassá-lo. — Não achei que você fosse voltar tão cedo.

— Hum, não, imagino que não — digo, paralisada na porta. Agora sei como meu pai deve ter se sentido quando me encontrou na estufa com Stuart Yates aos 15 anos.

— Você já conhece Daniel. — Ela faz um sinal indicando Daniel, que já está sentado no sofá como se estivesse pronto para tomar chá com o vigário.

— Sim, claro. Oi, Daniel.

— Oi, Lucy. — Ele se levanta para me cumprimentar com educação, e não dá para não notar sua braguilha aberta.

— Hum... — Indico a situação com os olhos.

Daniel parece não entender e olha para baixo. Ao ver o zíper, fica cor de beterraba. Não sei quem está mais sem-graça, ele ou eu. Ou Robyn, que agora soca as almofadas com muita força para afofá-las, como minha mãe quando nossos parentes vão visitar.

— Nós estávamos assistindo a um DVD — explica ela.

Olho para a tevê desligada.

— Ótimo — observo com um aceno de cabeça, fingindo que acredito.

— E você? Como foi seu dia? — pergunta Robyn num tom alegre.

A conversa soa tão artificial que mais parece uma terrível peça de teatro amador.

— Ah, você sabe... — Penso em contar sobre minha irmã e Jeff e sobre Adam, mas mudo de ideia. Não é momento para desabafos.
— E como foi o dia de vocês dois?

— Incrível — responde Daniel com um sorriso entusiasmado.

— Bom — afirma Robyn com a voz mais alta que a dele e uma indiferença forçada. Eles trocam olhares, e percebo que muita coisa está acontecendo nas entrelinhas. Aproveito a deixa.

— Acho que agora vou para a cama, já é tarde. — E me dirijo para a porta.

— Ah, não se vá por nossa causa — diz Robyn, como se nada de estranho estivesse acontecendo. Noto que continua afofando a mesma almofada. Daniel também percebe e, com toda delicadeza, pega a almofada das mãos dela.

— O problema é que estou exausta — explico, abrindo um grande bocejo para não deixar dúvida. E logo percebo que é a pura verdade. Foi um dia e tanto. — Boa noite.

— Boa noite — respondem ambos ao mesmo tempo, de lados opostos do sofá, onde estranhamente se posicionaram, como que para provar que não existe nada entre eles.

E, no entanto, provando que sem dúvida existe.

Entro no meu quarto, acendo os abajures e o pisca-pisca. Esse sempre foi um jeito de melhorar meu humor. Não sei por que, mas o brilho suave e cintilante dessas luzes nunca falha em me animar.

Menos hoje. Percebo com tristeza que esta noite elas não surtem efeito. Acendo uma vela de aromaterapia e ligo uma música alegre, mas de nada adianta. Nem mesmo a vela perfumada, um absurdo de cara, que só acendo em ocasiões especiais, ou a trilha sonora de *Mamma Mia!*, que minha mãe me deu de presente, conseguem melhorar meu humor.

Por fim, resignada, vou para debaixo das cobertas com meu vinho, as batatas e o laptop. Talvez Adam tenha respondido minhas mensagens no Facebook. Quem sabe agora ele tenha tido tempo para pensar em tudo o que aconteceu... Uma esperança sem firmeza, fraca como a chama da vela, e por um breve instante surge uma leve ansiedade, um vestígio de possibilidade. Talvez, apenas talvez.

Tomo um bom gole do vinho para ganhar coragem e examino a caixa de entrada. Tenho três e-mails novos. Um é da minha mãe, querendo saber se tenho notícias de Kate, pois não está conseguindo se comunicar com ela, e diz: "Aqui está muito quente. Todos estão usando camisetas." Desde que me mudei para Nova York, minha mãe e eu temos uma batalha contínua sobre o tempo. Por algum motivo, ela está determinada a provar que Manchester é mais quente que Manhattan. "Você não acreditaria em como tem feito sol desde que foi embora!"

Não, mãe, eu não acreditaria mesmo, penso, saindo de seu e-mail e entrando no seguinte, um convite para uma festa de noivado de um amigo em Londres. "Ótimo. Parabéns!" — digito com dois dedos, enquanto tomo mais um gole de vinho. "Lamento não poder comparecer." Estou em Nova York, me transformando numa alcoólatra, acrescento mentalmente, e pressiono a tecla "enviar".

O último é do eBay, lembrando-me de que o leilão on-line para o ingresso que tenho sobrando para a peça da Broadway termina amanhã e informando que recebi vários lances. Isso me anima um pouco. Pelo menos é alguma coisa.

E é só. Nenhum e-mail de Adam. Fixo os olhos na caixa de entrada vazia, e entro no Facebook. Nunca se sabe, pode ter havido um erro, deixando a resposta dele sem uma notificação. Isso aconteceu uma vez a uma amiga minha. Aliás, não era bem uma amiga, e sim a amiga de uma amiga ou talvez tenha sido um artigo que li. Não me recordo. O importante é que aconteceu.

Mas logo percebo que comigo não foi assim, ao entrar no meu perfil. Nenhuma mensagem. Nada, além de uma atualização de status de Nathaniel Kennedy:

À procura de imóveis!

Desta vez, nem me dou ao trabalho de retirá-lo da lista de amigos. Afinal, que sentido teria uma providência dessas? Resignada, saio do Facebook. De algum modo, já não parece importar tanto assim.

Penso no almoço com Kate e em seu comentário sobre desejar que ela e Jeff pudessem estar ligados para sempre. Fico meio ansiosa e tomo um gole de vinho, tentando afastar a sensação de mau pressentimento que ameaça me contagiar. Jeff vai ficar bem, digo a mim mesma com firmeza. Segundo Kate, é o melhor câncer que se pode ter, e ela estudou medicina, portanto, deve saber. Kate sabe tudo. Ela nunca entende errado. Por que seria diferente agora?

Acordo no domingo pela manhã com uma única pergunta: por que tomei aquela quarta taça de vinho? No entanto, a horrível dor de cabeça vem acompanhada de uma nova decisão. É isso. Chega de me afogar nas tristezas. Vou esquecer tudo sobre homens e relacionamentos. Não vou mais perder meu tempo com essa idiotice de amor. Em vez disso, me concentrarei no que é mesmo importante. Como família e amigos, saúde, arrecadar dinheiro para caridade...

E uma supercaneca de café.

Entro na cozinha com os olhos meio turvos e encontro Robyn preparando um chá de ervas. Robyn é a rainha dos chás de ervas, e não estou falando apenas de chás comuns de camomila ou hortelã que vêm em saquinhos comprados no supermercado. Ela tem toda uma *técnica* para chá de ervas. Coloca colheradas de ervas secas com nomes exóticos em seu pequeno bule de chá, ferve, peneira, passando por vários filtros e pedaços de gaze de algodão que ela mesma prepara. Tudo para fazer uma bebida com o pior sabor já conhecido pelo homem.

Agito o bule e pego três xícaras no armário.

— Uma para mim, uma para você e uma para Daniel — digo com clareza, dirigindo-lhe um sorriso de quem está sabendo de tudo.

— Obrigada — agradece Robyn, acrescentando uma quantidade generosa de ervas secas ao pequeno bule de cerâmica —, mas só vou precisar de uma xícara.

— Um homem sensato. Então ele também detesta esse negócio? — pergunto, com uma leve risada. Começo a desenroscar a tampa da minha pequena cafeteira italiana. — Talvez ele queira um café então.

— Ele não está aqui.

Jogo o pó velho fora e enxáguo rapidinho.

— Ah, ele foi comprar croissants?

Robyn e eu moramos uma rua depois de uma pequena padaria fantástica que faz os melhores croissants. Toda vez que passo por lá penso no comentário de Nate e digo a mim mesma: "um segundo na boca, uma vida inteira nos quadris." E toda vez é a mesma coisa, não consigo resistir e entro para comer um de amêndoas. Prefiro "um segundo nos quadris, uma vida inteira na boca".

— Não, ele foi embora — responde Robyn. O bule ferve e desliga, e ela começa a despejar água sobre as ervas.

— Foi embora?

Ela falou como se ele tivesse desaparecido. Quase fico tentada a procurar debaixo da mesa da cozinha para ver se é ali que ele está escondido. Até que de repente entendo que ela falou no sentido de "ele não vai mais voltar".

— Mas como? Por quê? — Confusa, observo-a agitar o bule com um olhar perdido no rosto. — Ontem à noite vocês pareciam tão... — Tento encontrar a expressão adequada. Prestes a fazer sexo? Não. — Aconchegados.

Robyn para de agitar o bule e olha para mim.

— Acabou.

— Acabou? — Tenho a mesma sensação de quando perdi um episódio de *X-Factor* e não percebi que um dos meus participantes preferidos tinha sido eliminado, e passei os dez minutos iniciais confusa, tentando descobrir o que acontecera.

— Não que nós estivéssemos namorando ou algo assim — acrescenta Robyn de pronto.

— Não, claro que não — concordo, entrando no jogo dela.

— Éramos apenas amigos.

— Bons amigos — sugiro.

— Isso, exato — confirma Robyn, desviando o olhar.

— Então, o que aconteceu?

Faz-se um silêncio e depois Robyn suspira.

— Harold. Foi isso que aconteceu. Você me contou que o conheceu em Martha's Vineyard.

Sou tomada de uma culpa imensa. Sou a responsável por isso.

— Eu não queria que você terminasse com Daniel — protesto. — Quero dizer, não que vocês tivessem alguma coisa... — Tento voltar atrás, mas Robyn me interrompe.

— Eu não terminei. Foi Daniel. Ele acha que é melhor não nos vermos mais.

Fito Robyn sem entender nada.

— Mas eu pensei... — hesito, confusa. — Eu achei que vocês estavam se divertindo muito juntos... A banda de percussão africana, o restaurante vegano, a noite de ontem... — Interrompo a frase no meio ao me lembrar deles juntos no sofá. — Acredite, Daniel não parecia um homem com vontade de terminar nada.

— Nós estávamos mesmo nos divertindo — confirma Robyn. — Foi muito bom. — Ela dá uma fungada, seus grandes olhos verdes começam a brilhar, e ela pisca para evitar as lágrimas. — Mas agora que achei Harold, Daniel não quer ficar entre mim e minha alma gêmea.

Demoro um tempo para registrar o que acabei de ouvir.

— Espera, rebobine a fita um pouco. — Encaro Robyn com um olhar duro. — Como ele soube que você... Quero dizer, que *eu* encontrei Harold?

— Eu contei.

— *Você contou a ele?*

— Claro — afirma Robyn. — Contei a ele sobre Harold desde o começo: que eu estava procurando por ele, que ele era minha alma gêmea.

— Você nem o conheceu ainda! Ele pode ser o Harold *errado!* — exclamo, gesticulando com a cafeteira na mão. — Quero dizer, deve haver mais de um pobre diabo no mundo chamado Harold.

Robyn se retesa um pouco.

— E mesmo se, por algum milagre, ele for o certo, pode ser que você acabe odiando ele.

— Não odeio ninguém — me repreende Robyn com veemência. — Ódio é emoção perdida. Só traz amargura para o nosso coração.

— Não foi isso que você disse a respeito do homem que deixou o cachorro no carro.

Na semana passada, Robyn viu uma reportagem no noticiário sobre um homem que quase matou seu dálmata de calor por deixá-lo trancado num jipe ao sol do meio-dia. Felizmente, o cão foi encontrado por um passante a tempo de ser salvo.

— Não odeio ele. Quero trancar o sujeito no carro num calor de quarenta graus sem água nem ar, e deixar que ele sofra por muito tempo e implore por ajuda, até chegar bem perto de morrer. — Robyn aperta o rosto com os dedos amassando-o até parecer assustadora. — É diferente.

— E agora, o que você vai fazer? — Logo mudo de assunto. — Quero dizer, sobre Daniel, não sobre o homem do dálmata — explico antes que ela liste uma série de instrumentos de tortura. Para uma mulher cuja vida é toda voltada para curas, Robyn conhece uma quantidade enorme de maneiras de provocar dor.

— Nada. — Ela dá de ombros e olha para o bule com tristeza. — Eu teria que terminar de qualquer maneira. Era inevitável. É o destino.

— Por quê? Por causa do que alguma vidente idiota falou? — pergunto, com uma sensação de frustração.

Robyn comprime os lábios e ergue o queixo.

— Wakanda é uma médium de cura que consegue se comunicar com guias espirituais. Ela tem um dom fantástico. Seu nome sioux significa "possuidora de poderes mágicos".

Abro a boca para argumentar, mas percebo que é inútil. Suspiro.

— Ah, Deus, por que eu não fiquei de boca fechada? Eu nunca deveria ter contado sobre o artista. Era para ser segredo.

— Mas contou — retruca Robyn, estendendo a mão para acariciar meu braço, dando a entender que eu não deveria me culpar.
— Você me contou e o conheceu. É o destino.
— Eu pensei que isso era coisa de filme, não da vida real — ironizo com pesar.

Robyn sorri e, voltando ao bule de chá, agita-o mais uma última vez e se serve.

— E o que você vai fazer agora?

Por um instante, um olhar de tristeza domina a expressão dela, mas não demora a ser substituído por outro de determinação.

— O que sempre faço — responde ela com firmeza, e, colocando os cabelos atrás da orelha, dirige-me um de seus sorrisos luminosos.
— Deixar que o destino resolva.

Capítulo 33

Tenho um problema a resolver com o destino.

O destino gosta de se apresentar como um personagem simpático, uma alma generosa, um anjo da guarda com quem podemos contar quando a situação fica difícil. Não sabe o que fazer? O destino pode decidir. A vida está uma confusão? Deixe o destino colocar em ordem — ele é que sabe. Está sozinha e infeliz? O destino tem algo maravilhoso reservado para você.

Não é para menos que todos estão ansiosos para descansar e deixar o destino cuidar de seus problemas. Ele é mais ou menos como um avô. Ou uma pessoa muito organizada que participa de maneira ativa da sua vida, uma espécie de assistente pessoal.

Só que, segundo a minha experiência, o destino não é nada disso. Muito menos sua irmã mais nova, a sorte. Sendo sincera, no meu caso, eles fizeram uma confusão tremenda. Portanto, de agora em diante, eles podem cair fora e parar de se intrometer. Vou assumir o controle da minha própria vida e, no que se refere a amor, o destino pode cuidar de si e me esquecer.

Além do mais, como já disse, não perco mais tempo pensando sobre amor. Página virada, agora estou em outra.

Assim, quando chega a manhã de segunda-feira, é uma nova pessoa que acorda antes de o alarme tocar, veste roupas que já estão separadas e sai para trabalhar com tempo de sobra.

— Página virada, agora estou em outra — repito para mim mesma baixinho quando começo a caminhar pela rua. — Página virada, agora estou em outra. — Segundo Robyn, devo ficar repetindo isso para mim mesma como um mantra.

Robyn é excelente em mantras. Quando me mudei, os encontrava em pedaços de papel por todo o apartamento e ouvia Robyn andando pela casa, repetindo suas anotações. Devo admitir que a coisa me pareceu meio esquisita.

— A questão é substituir um pensamento negativo por um positivo — explicou ela. — Por exemplo, se você está preocupada com algo e quer melhorar a situação, faz uma afirmação.

— Estou preocupada com essa conta do cartão de crédito — repliquei, acenando minha fatura atrasada e acima do limite para ela. — Você tem um mantra para isso?

Fechando os olhos, Robyn apertou o nariz como se estivesse em concentração profunda, depois abriu os olhos e respondeu, solene:

— Pago minhas contas com amor, pois sei que a abundância flui por mim.

Não é preciso dizer que recebi uma multa pelo atraso e uma tonelada de juros.

Mas isso foi antes, agora é diferente. Embora eu ainda tenha minhas reservas, e ainda ache que Robyn é meio louca, do meu ponto de vista, alguns mantras não fazem mal. É tudo parte de minha determinação de virar uma nova página, uma página em branco, além de tudo mais que surja, ficando livre para me concentrar no que é importante.

Como Kate e Jeff. A operação dele está marcada para esta tarde, por isso me organizei para trabalhar meio período e encontrar minha irmã no hospital.

— Não, eu estou bem, de verdade — protestou ela. — Não precisa vir.

Pela primeira vez na minha vida, enfrentei minha irmã.

— Mas eu vou.

Antes, porém, tenho que lidar com o resultado de meu encontro com Artsy. Chego à galeria, abro as portas de vidro e me preparo para a verdadeira inquisição de Magda. Exceto pelo rápido telefonema após o encontro, não nos falamos, e, se a conheço bem, ela pedirá todos os detalhes. E quem pode culpá-la? Se ele concordar em fazer a exposição, a galeria estará salva. Mas e se não concordar?

Meu nervosismo deixa meu estômago embrulhado. Nem quero pensar nisso. Pelo menos não ainda.

Entro na galeria e espero Magda aparecer com seu habitual "Luzy!". Só que ela não faz isso. Olho ao redor. A galeria está vazia. Valentino surge apressado do fundo da sala, farejando e latindo, e pula nas minhas pernas.

— Ei, rapaz. — É óbvio que ela está aqui, mas onde? — Magda? — chamo, passando pela mesa da recepção em direção ao escritório que fica nos fundos da galeria. Meus passos ecoam no chão de concreto. — Você está aí?

Estou pronta para entrar no escritório, quando a porta se abre de repente e vejo Magda sair. Ela usa um terninho branco e, com a pele bronzeada, está surpreendentemente parecida com um Oompa-Loompa de *A fantástica fábrica de chocolate*.

— Ah, meu Deus. — Dou um passo atrás, derramando o café e largando Valentino, que dá um ganido bem alto. — Você me assustou!

— Sinto muito. Eu estava... hum... meio ocupada. — Ela fica à porta, toda nervosa. — Não ouvi quando você chegou.

— Ah, não importa — digo, sorrindo. — Só vou pendurar o casaco.

Faço menção de entrar no escritório, mas Magda barra meu caminho com um braço estendido como se estivesse fazendo alongamento no batente. O que é muito estranho. Magda não se alonga. Parece que nem mesmo na academia. Uma vez ela me contou, sem nenhum constrangimento: "Vou lá para usar aquela jacuzzi maravilhosa e admirar os professores mais maravilhosos ainda."

— Desculpe, eu preciso passar — insisto, fazendo um gesto com meu casaco.

— Deixa que eu mesma penduro. — Magda sorri para mim e pega meu casaco.

Agora estou mesmo confusa. Ela não pendura o casaco de ninguém. Nem sequer pendura o dela, temendo estragar as unhas.

— Você está bem? — pergunto, analisando-a meio em dúvida.

— Quem? Eu? — devolve Magda levando a mão ao peito, demonstrando uma surpresa exagerada. Acredite, ela é uma atriz pior que eu. — Só estou um pouco preocupada — explica, pulando do salto de um sapato para o outro. — Estou com muita coisa na cabeça.

— Ah, claro — concordo, de repente compreendendo. Ela deve ter passado o fim de semana sem dormir, aflita com a galeria, preocupada em saber se minha viagem para Vineyard teve o êxito esperado. — Você está falando do Artsy.

Sua reação não é a que eu esperava. Em vez de concordar comigo, Magda parece espantada.

— Como assim? O que aconteceu? — pergunta ela na defensiva.

— Imagino que você queira saber tudo sobre o nosso encontro. Em Vineyard — lembro. Nossa, Magda está agindo de um jeito muito estranho mesmo. Mais ainda que o normal.

— Ah, sim, sim, claro — concorda ela com veemência. — A sua ida a Vineyard. — Pela maneira como se refere à minha viagem, dá a impressão de que havia se esquecido por completo e estava pensando em outra coisa. — Sou toda ouvidos. — Abraçando minha cintura, Magda leva-me para o balcão de recepção.

Basicamente me afasta o quanto pode do escritório. É impossível eu não perceber. Encaro-a, séria. O que diabos está acontecendo aqui? Por que Magda está agindo dessa maneira tão estranha?

— Vamos, conte-me tudo — diz numa voz teatral, sentando-me num banco.

— Ah, ele foi muito simpático, bem diferente do que eu esperava — começo, lembrando-me do dia do encontro —, mas até aí, não sei bem o que eu *esperava*.

— Hum.

— Imagina, quando cheguei lá, ele estava cuidando da horta. — Sorrio ao me lembrar. Parece tão surreal, agora que estou de volta em Nova York. — Depois me mostrou seus trabalhos mais recentes, que eram mesmo muito... — Olho para Magda. Ela nem sequer me ouve. Em vez disso mexe nos cabelos e olha ao redor, de maneira evasiva. — Sra. Zuckerman? — chamo numa voz firme.

Isso atrai sua atenção.

— Hum, sim, Luzy? — Magda tenta fazer uma expressão inocente, que não poderia parecer mais culpada.

— Você parece preocupada — digo, em tom de pergunta.

— Eu? — Com os olhos arregalados, ela hesita antes de falar. — Um instante. Esqueci algo. — Magda atravessa de novo a galeria e desaparece dentro do escritório.

Observo-a perplexa e um bocado irritada. Convenhamos, ela nem sequer está interessada. Fui até Martha's Vineyard para encontrar Artsy; até dividi a cama com Nate por causa dele, isto é, mais ou menos, e tudo porque, na opinião de Magda, isso seria um grande negócio, o único meio de salvarmos a galeria. Agora estou aqui de volta e ela nem se dá ao trabalho de...

— Surpresa!

Olho para trás de repente e vejo Magda ressurgir pela porta do escritório, chegar para um dos lados e exibir uma figura alta usando uma roupa típica alemã, uma camisa branca com babados e um chapéu de aba larga. Seu rosto está em parte no escuro, mas só conheço uma única pessoa que usaria esse tipo de roupa.

— Artsy? — pergunto, pega de surpresa. — O que você está fazendo aqui?

— Ele fará uma exposição! — anuncia Magda, feliz, antes que ele consiga abrir a boca para responder. — Não é?

É uma afirmação, não uma pergunta, e fico boquiaberta diante de Artsy. Um grande alívio, alegria e Deus sabe o que mais passa pela minha cabeça e ameaça explodir como um grande fogo de artifício. É verdade? Procuro os olhos dele sob a aba do chapéu. *É?*

— Creio que seja isso mesmo — responde Artsy com uma formalidade fingida, e depois olha para mim e dá uma piscadela.

É como se fogos de artifício explodissem em silêncio dentro de mim. Assobiam e depois caem sobre meu corpo como uma chuva de milhões de faíscas.

Eu consegui. Ele aceitou. Estamos salvas.

Quero dar um soco no ar, demonstrar para Artsy minha aprovação, levantar Magda do chão e rodá-la no ar, fazer cócegas na barriga de Valentino, mas em vez disso me forço a assumir o estilo profissional.

— Que ótimas notícias — comento num tom uniforme, procurando silenciar minha voz interior que grita de alegria. — A galeria ficará muito honrada, e estou certa de que você se sentirá em casa e muito feliz aqui na Number Thirty-Eight.

Magda me olha agradecida, com evidente aprovação. Algo me diz que ela andou gritando "maravilhoso, maravilhoso" desde que ele lhe contou a novidade.

— Tenho certeza de que sim — concorda Artsy com um aceno de cabeça demorado, mascando chiclete. — Ainda mais agora que conheci a Sra. Zuckerman pessoalmente.

— Por favor, chame-me de Magda. — Ela cora e dá uma risadinha tímida como uma colegial.

Melhor dizendo, uma colegial apaixonada, é o que percebo olhando para ela.

— Desculpe, a ideia foi toda minha — diz Artsy para mim.

— Como? — Olho para ele confusa.

— A surpresa — explica. — Achei que poderia ser divertido. Sou meio brincalhão.

— Mas não está brincando agora — me apresso em conferir.

Artsy sorri e alisa a barba que cortou um pouco e trançou com pequenas continhas.

— Não, essa parte é verdade.

Magda e eu trocamos olhares. Ela parece ter morrido e ter ido para a Gucci.

— Depois que você foi me ver em Vineyard, fiz algumas pesquisas, perguntei a algumas pessoas e gostei do que ouvi. — Ele olha para Magda, que infla mais ainda o peito já inflado. — Muitas galerias se venderam. Deixaram de ter as obras como centro de suas atividades. Não se preocupam em dar arte às pessoas. Só pensam em dinheiro e lucros e em tornar os ricos mais ricos.

— Sim, é verdade — concorda Magda. — Cem por cento.

— Mas você pareceu diferente — reflete ele olhando para mim. — Você pareceu se importar com o que eu estava fazendo, a arte, o processo.

— Gostei da sua história sobre as meias. — Abro um sorriso e ele ri.

— Tenho tudo a ver com a sua filosofia — continua ele, virando-se para Magda. — Todos deveriam poder apreciar a arte. Ela deveria transcender todas as classes sociais, falar ao proletariado, não apenas aos banqueiros de Wall Street.

— Claro — concorda Magda, entusiasmada. — Esses banqueiros. — Ela faz um som de desaprovação com a língua indicando sua repulsa. — Só pensam em dinheiro. Não se preocupam com as pessoas, suas vidas, suas esperanças e seus sonhos.

Percebo que Magda está pensando em seu próprio apartamento sendo tomado pelo banco e na galeria lhe sendo arrancada.

— Isso mesmo — afirma Artsy. — Foi por isso que me animei tanto em expor com vocês. Eu nunca tive necessidade de mostrar meu trabalho, nem queria, mas agora sei que aqui é o lugar certo, a coisa certa a fazer — declara, entusiasmado, gesticulando com os braços.

— Ótimo. — Abro um sorriso. Deus, isto é incrível. Finalmente algo está dando certo.

— Sim, estou muito empolgado com a ideia de ter uma exposição e não vender minha arte, e sim distribuí-la de graça.

— Como? — Magda de repente parece confusa. — De graça?

— Sim, como a sua filosofia, certo? A arte deve ser para todos, não importa se a pessoa tem um milhão de dólares no bolso ou se não tem sequer uns centavos.

Sinto um calafrio de pavor. Ele não pode estar dizendo o que penso que está.

— Você quer distribuir a sua obra de graça? — pergunto com cautela, o sorriso paralisado no rosto. Mal ouso repetir as palavras. — *De graça?*

Artsy faz o formato de um revolver com os dedos apontados para mim e finge puxar o gatilho.

— Na mosca! — Ele sorri. É evidente que está feliz consigo mesmo.

— *Na mosca?* — repete Magda numa vozinha sufocada.

— Em vez de vendê-la? — insisto, ainda sem acreditar.

— Pode apostar — confirma Artsy ainda sorrindo. — É o futuro da arte. Arte para as massas.

Tento ficar calma, mas, por dentro, sou aquela figura na ponte do quadro O *grito*, de Munch. Engulo em seco. Tudo bem, nada de pânico, Lucy. Você precisa virar esse jogo, mudar a ideia dele. Pense, droga. *Pense.*

— Sim, é uma ideia incrível, genial mesmo. — Reúno minha coragem e respiro fundo. — É só que...

— Só que...? — Artsy para de ficar pulando de alegria nos tênis Nike vermelho-escuros, olha para mim e franze o cenho. A cara amarrada com beicinho e tudo parece gritar "artista temperamental".

Demoro a responder. A questão é que isso significa que Magda perderá tudo, porque ela está contando com a publicidade que a exposição trará e a comissão nas vendas para salvar a galeria, seu meio de vida, e sua casa. Olho para ela. Está mais pálida e parece um pouco desnorteada, como minha avó quando meu avô morreu, como se não conseguisse compreender o que está acontecendo.

Olho de novo para Artsy. Como posso contar tudo isso a ele? Não posso, certo?

— É só que essa sua ideia é incrível — digo enfim, forçando um amplo sorriso. — Coisa de gênio mesmo.

É como ligar o interruptor do elogio.

— E não é? — O sorriso de Artsy logo retorna ao seu rosto. — Bem, se tudo está resolvido... — Ele se aproxima para dar um tapinha na minha mão e na de Magda. — Depois nos falamos. — Dito isso, atravessa a galeria em sua roupa alemã e desaparece pela porta nas ruas de Manhattan.

Por um momento, nenhuma das duas abre a boca. Ainda tento absorver o que aconteceu. Num instante tudo parecia ir tão bem, e no seguinte...

Apreensiva, viro-me para ver como Magda está. Encolhida numa cadeira, ela parece menor do que nunca, quase como uma criança.

— Magda, sinto muito — começo a dizer, hesitante.

De início, ela me dá a impressão de não ter ouvido. É como se estivesse a quilômetros de distância, olhando para o espaço, até que inclina a cabeça um pouco e olha para mim.

— Sobre a galeria, sobre tudo. — Balanço os braços num sinal de impotência.

Magda passa os olhos muito maquiados pela galeria, como se estivesse assimilando tudo, antes de se virar para me olhar.

— Não lamente — diz ela quase num sussurro.

— Eu sei, mas...

— *Nunca* lamente. — A voz de Magda continua baixa, mas tem uma certa frieza, e, ao se levantar, ela parece ter invocado uma força interior. — Então perderei a galeria? O apartamento? — Seus olhos brilham de determinação. — Que problema há nisso? Meus parentes perderam tudo na guerra. Eles perderam uns aos outros.

Nossos olhos se encontram, e de repente vejo uma profundidade em Magda que jamais percebi antes. Já a vi falar alto e ser escandalosa, presenciei seus exageros e dramas, ouvi suas histórias loucas e me diverti com o humor que lhe é natural, mesmo quando ela não percebe. Mas isso agora é outra coisa. Algo diferente, nobre.

Algo muito especial, e sinto um grande respeito por ela. Aparentemente estimulada, Magda respira fundo e se levanta.

— Isso não é motivo para se entristecer. É razão para comemorar — declara, começando a andar pela galeria. — Vamos fazer uma exposição com o artista mais notável da cidade. Talvez do mundo inteiro! — Ela abre os braços e se vira para mim, os olhos brilhando de alegria. — Isso é maravilhoso, Luzy, maravilhoso!

Seu entusiasmo é contagiante e, apesar de tudo, sou levada por ele. Magda tem razão. Artsy é o artista mais interessante do momento. Não importa o que aconteça depois, o fato de ele ter escolhido nossa galeria para realizar sua primeira exposição é uma grande realização. A publicidade será fantástica.

— Teremos de fazer um verdadeiro vernissage — digo com um sorriso —, e desta vez será com champanhe de verdade. — Mesmo que isso signifique colocar no meu cartão de crédito, digo a mim mesma, determinada.

— Champanhe de verdade, tudo de verdade! Será incrível! — exclama Magda. Ela se abaixa para pegar Valentino no colo e o abraça apertado. — As pessoas falarão da exposição para sempre. Essa galeria não fechará sem ninguém perceber. Ah, não, vamos acabar de cabeça erguida! Como o Titanic!

— O Titanic? — pergunto sem entender.

— Ele estava afundando, mas os músicos continuaram tocando — diz ela com os lábios trêmulos. — Eles tocaram até o fim. — Magda me fita com os olhos turvos de lágrimas e, pegando minha mão, me puxa para um abraço de grupo: eu, Magda e Valentino. — É isso que faremos, Luzy. Nós tocaremos até o fim.

Capítulo 34

Passamos o resto da manhã discutindo ideias e sugestões para a exposição que acontecerá dentro de seis semanas. Isso se Magda conseguir segurar o banco até lá. Pelo que parece, eles lhe enviaram um aviso de execução de hipoteca por estar atrasada com o pagamento há meses.

Não é só isso. Agora que suas finanças deixaram de ser segredo, Magda me conta tudo sobre o que está fazendo com a dívida do cartão de crédito, hipotecando mais uma vez o apartamento para liberar capital, acumulando juros sobre juros sem nenhuma esperança de algum dia conseguir pagar o empréstimo. Como se isso não bastasse, durante o tempo todo em que passava por isso, Magda escondeu os fatos de todo mundo. Não queria preocupar ninguém. Não queria admitir que tudo estava desmoronando, nem sequer para si mesma, e por isso aguentou tudo sozinha.

— Já contou aos seus filhos? — pergunto, quando ela termina de me colocar a par de tudo.

Pela primeira vez, Magda titubeia.

— Ainda não — confessa, balançando a cabeça. Está sendo bastante otimista em sua determinação, mas posso ver em seus olhos que contar aos filhos é o pior, e isso me entristece. Tenho um grande afeto por Magda e a respeito. Gostaria de poder fazer alguma coisa, ajudar de alguma forma.

Mas a única coisa que posso fazer é apoiá-la e ser positiva. Assim, faço uma expressão feliz, tento me espelhar em seu humor e ser otimista, mas é difícil. Quando a galeria fechar, perderei meu emprego e, com ele, o visto para ficar nos Estados Unidos. Terei de voltar para Londres e dar adeus a Nova York.

Diante dessa ideia, sinto uma imensa tristeza, e minha mente voa para — não, eu a interrompo antes que possa chegar lá. Como eu disse, não penso mais nessas coisas. Acabou. Chega.

Com as bênçãos de Magda, saio do trabalho na hora do almoço e me dirijo para o hospital, na parte nobre da cidade, onde combinei de encontrar Kate. Segundo ela, é um dos melhores, e não duvido. Conhecendo minha irmã, logo que a doença de Jeff foi diagnosticada, ela deve ter se voltado de corpo e alma para a pesquisa do melhor tratamento, o melhor hospital e o melhor médico. Deve ter transformado numa missão se tornar uma especialista em tudo ligado a câncer de testículo.

Encontro Kate no saguão agarrada a vários arquivos separados por cor e uma pasta entupida de papéis.

— O que você tem aí? — pergunto ao me aproximar para abraçá-la.

— Pesquisa — responde Kate, seca, recebendo meu abraço com sua costumeira rigidez de estátua.

O marido de minha irmã pode ter câncer, mas é óbvio que ela não tem nenhuma necessidade de ficar carinhosa em razão disso.

— Onde está Jeff? — pergunto olhando ao redor.

— Foi ao banheiro. Está nervoso — diz ela de uma maneira que não poderia parecer *menos* nervosa. — Já falei para ele que isso é rotineiro. Tenho todas as estatísticas. — Kate acena um arquivo verde para mim. — Segundo um estudo recente feito pelo Instituto Nacional do Câncer, se a doença não se espalhou para além do testículo, a chance de sobrevida relativa de cinco anos é de 99 por cento.

Mas e o um por cento?, pergunta aquela vozinha assustadora na minha cabeça que gosta de me assustar com frases do tipo "e se...". Determinada, ignoro-a.

— Ele ficará bem — digo.
— Claro — concorda Kate. — Sem dúvida.
— Ei, meninas.

Nós duas nos viramos e vemos Jeff se aproximar pelo corredor. Ele perdeu mais peso ainda desde a última vez em que estivemos juntos. Procuro não deixar transparecer a sensação de choque diante de sua aparência quando me aproximo para abraçá-lo.

— E então, você vem sempre aqui? — ironiza ele, como sempre injetando seu humor agradável nas situações.

Dou uma risada.

— Foi esse o tipo de cantada que você passou na minha irmã?

— Não, foi ela que me cantou — responde ele sorrindo para Kate com malícia.

Ela estala a língua, indignada.

— Não fui eu, não. Lembro muito bem. Foi numa festa do Dia das Bruxas, e você me perguntou se eu já tinha beijado um irlandês.

— E o que você respondeu? — Divertindo-me com a discussão deles, viro-me para minha irmã. Eu não conhecia essa história.

— Respondi: "Sim, vários, quando trabalhava no escritório de advocacia McGrath's, em Dublin."

Ela diz isso impassível, e sou obrigada a cair na gargalhada. Isso é tão típico de Kate. Tem resposta para tudo. Até mesmo para esse tipo de cantada barata.

— E então, qual foi a sua reação? — Olho para Jeff, que está adorando isso.

— Ah, você sabe, bati na cabeça dela com um porrete e a carreguei para minha caverna.

— Você não fez nada disso! — exclama Kate, mostrando que seus princípios feministas estão vindo à tona.

— Não, ela tem razão, não fiz — concorda Jeff com um sorriso. — Eu disse que nunca tinha beijado uma loura inglesa bonita assim antes, e perguntei se podia.

Faz-se um silêncio e eles trocam olhares.

— Seu velho romântico — diz minha irmã baixinho, abraçando-o de leve.

Observo o casal. É um momento delicado. Ela, mantendo tudo estável com seus arquivos coloridos, o terninho impecável e a atitude conservadora de sempre; ele, parecendo pronto para desmoronar, o rosto sem barbear, os olhos denunciando seu medo. Duas pessoas perdidas num momento, enquanto ao redor a grande máquina do hospital não para.

— Por falar em gente do tipo manteiga derretida. — Jeff se volta para mim. — Ouvi dizer que você tentou salvar um gato uma noite dessas e teve um probleminha.

Ah, droga.

— Problema? Que tipo de problema?

Juro que os ouvidos de minha irmã são como um detector de metais. Eles detectam a coisa mais insignificante e pronto, lá vai ela dando o alarme.

— Ah, não teve problema nenhum — digo depressa.

— Tenho alguns amigos que trabalham na Nona DP. Um deles reconheceu o sobrenome, disse que se tratava de uma garota inglesa e quis saber se era parente de Kate. — Ele pisca para mim. — Não sabia que tínhamos uma criminosa na família.

— Lucy, o que diabos você andou aprontando? — pergunta Kate, já com ar acusador. Ela me olha do mesmo jeito de quando me pegou "dando um corte" nos cabelos de sua boneca. Ora, como eu poderia saber que eles não voltariam a crescer? Eu tinha 4 anos!

— Nada — protesto, lançando para Jeff um olhar assustado. — Houve um mal-entendido. A polícia não me fichou.

— Ah meu Deus, você foi presa? — Kate está quase aos berros.

— Hum, mais ou menos... mas fui solta sem nenhuma acusação — acrescento na hora.

— Lucy, eu sou advogada! Se meu CEO descobre, isso pode atrapalhar minha proposta de virar sócia! Meu Deus, você *sempre* se mete em confusão. — Ela balança a cabeça e me fita furiosa. — Sempre foi assim, eu salvando você, eu recolhendo seus pedaços, eu sendo quem...

— Ei, querida, não foi nada de mais — interrompe Jeff, entrando na discussão para me defender —, meu amigo me contou. Ninguém se meteu em apuros, está bem? — Ele pousa a mão no braço de Kate, e vejo quando ela se acalma. Minha irmã é como uma mola muito tensa, o que, nas circunstâncias atuais, é compreensível, mas mesmo assim fico magoada. — Ele disse que um tal de Adam foi pegá-la — acrescenta Jeff, virando-se para mim, de sobrancelhas erguidas.

Ouvir esse nome me dói.

— Quem é Adam? — pergunta Kate, franzindo a testa.

— Contei a você sobre ele outro dia — respondo com calma, referindo-me ao nosso almoço da semana passada. — Talvez não lembre. Eu falei muito, mas você tinha coisas mais importantes na cabeça. — Volto os olhos para Jeff e depois para minhas sandálias.

— Namorado novo, hein? — pergunta Jeff, simpático.

— Não, nós só saímos algumas vezes. Não deu certo. — Dou de ombros. Vejo que Kate me fita e dá para ver que quer me perguntar alguma coisa, mas logo me viro para outro lado. Não quero falar de Adam, ainda mais agora. — Nem todo mundo tem a sorte de vocês dois — acrescento com um sorriso.

— É óbvio que ele não usou a cantada irlandesa — diz Jeff, rindo.

— Não — confirmo, lembrando-me do cinema em que ficamos sentados juntos no escuro, ele segurando minha mão com certa timidez. — Ele não usou nenhuma cantada.

— Está na hora de subirmos para o seu quarto. — Kate examina o relógio, e eu logo me recupero. — Você tem uma consulta com o Dr. Coleman daqui a dez minutos.

— Está bem, chefe — diz Jeff batendo continência, procurando levar na brincadeira, mas percebo que empalidece. Ele olha para mim. Dirijo-lhe o mais encorajador dos sorrisos, e ele me devolve uma piscadela. — Então, senhoras, vamos lá.

O Dr. Coleman é um homem de rosto amável, que usa óculos sem armação, guarda umas dez canetas diferentes no bolso da camisa e tem alguns fios de barba branca no lado do queixo, que por distração escaparam da lâmina.

É estranho como percebemos esses detalhes triviais, como se procurássemos nos distrair concentrando-nos nas minúcias, evitando encarar a situação como um todo.

Ele é o oncologista de Jeff. Um médico que atende casos de câncer e que só está aqui agora, na minha frente, cumprimentando Jeff e socializando com Kate, porque Jeff tem câncer.

Saio do quarto e sento-me na área de espera para que eles possam ter alguma privacidade. O médico veio para falar da operação que está marcada para o fim da tarde, e, conhecendo minha irmã, ela vai querer que ele responda a todas as suas perguntas. Quando a deixei, já estava tirando maços de papel de várias pastas e lhe pedia que "esclarecesse alguns pontos", como se discutisse uma fusão de empresas muito importantes e não a doença do marido.

Passo os olhos em um monte de revistas, sem prestar atenção. Não estou interessada em ler sobre celebridades e ver suas fotos usando biquínis. Deixo-as de lado e observo os arredores, e meu olhar pousa nas outras pessoas que aguardam seus amados e familiares. Eu sabia que haveria muita espera e pensei em trazer um livro para ler, mas no último instante alguma coisa evitou que eu pegasse um dos inúmeros que ainda não li na estante, e acabei trazendo comigo um dos meus velhos cadernos de desenhos.

Tiro o caderno da bolsa. Tem muitas bordas dobradas, e metade das páginas está cheia de desenhos de anos atrás, mas abro uma página em branco. Fito sua brancura, um pouco nervosa. Faz tanto tempo que não desenho que talvez tenha esquecido como e não consiga desenhar mais. Contudo, a mesma coisa que me fez pegar o caderno me faz procurar no fundo da bolsa até encontrar um lápis. Essa coisa me faz olhar em volta para os diferentes rostos e suas expressões, as diferentes emoções: esperança, medo, tédio.

E me leva a começar a desenhar outra vez.

Não sei ao certo quanto tempo passou. Percebo vagamente o médico saindo do quarto, mas Kate continua lá, e então eu também permaneço do lado de fora.

Por fim, vejo duas enfermeiras empurrando uma maca vazia para o quarto de Jeff, e logo em seguida ele é levado nela. Deve estar a caminho da sala de cirurgia. Não me levanto. Não quero que me vejam. Em vez disso, observo quando Kate o segue pelo corredor até o elevador, com a cabeça inclinada sobre ele, os espessos cabelos louros funcionando como uma cortina de privacidade quando ela o beija. E então ele se vai, desparece no elevador, sendo levado para a sala de operação.

Logo estou ali, bem ao lado dela, como prometi, sugerindo um passeio lá fora e dizendo-lhe para não se preocupar, que ele ficará bem.

— Ele vai ficar bem — digo pela milésima vez, quando estamos sentadas no pátio externo tomando um café. Isso é universal: café ruim e hospitais, iguais no mundo inteiro, penso, ao tomar a parte mais amarga do café da xícara de plástico.

— Eu sei — concorda Kate também pela milésima vez. — Claro.

Ela fita o fundo de sua xícara em silêncio, mordendo o lábio, e então, me surpreendo ao perceber uma lágrima solitária rolar pelo rosto e pingar no café. Uma lágrima, apenas isso, mas diz tanta coisa. Não lembro quando foi a última vez que vi minha irmã chorar. Na verdade, nem sei se consigo me lembrar de minha irmã chorando *alguma vez*.

Olho para Kate surpresa, e ela soluça.

— Ah, Luce, e se ele não ficar bom? E se tiver se espalhado? E se... — Ela se interrompe, incapaz de completar a frase.

— Vai dar certo — afirmo, tranquila. — A operação vai ser um sucesso.

— Como você pode saber? — Ela se volta contra mim, irritada. — E se ele não ficar bom? E ele estiver nesse percentual que não se recupera?

Hesito por um instante, mas continuo firme.

— Jeff é forte. Ele não é só um percentual — afirmo, determinada, forçando a voz a continuar estável. — Não se esqueça de que ele é casado com você. Tem que ser muito durão para isso.

Kate suspira, mesmo sem querer, e me dirige um leve sorriso.

— O caso é que não me permiti pensar nisso nem por um instante — confessa ela quase com culpa. — Preciso ser capaz. Preciso ser a que cuida de tudo e de todos.

— Você não precisa — corrijo-a com firmeza mas também com suavidade. — Ninguém espera isso.

— Sim, esperam. Você, mamãe e papai esperam, meu trabalho espera, todos esperam. — Kate adota uma voz diferente. — Pergunte a Kate. Deixe por conta de Kate. Pode contar com Kate. — Ela solta um suspiro profundo.

— É verdade que nós contamos com você — digo, com certa culpa —, e não é justo. Não deveríamos contar tanto, mas isso também depende de você — acrescento. — Precisa nos dar limite, precisa parar de assumir tanta coisa.

— Mas, se eu não assumo, tudo dá errado.

— Você não pode ter certeza disso.

— Ah, mas eu tenho — retruca ela, obstinada.

— Está bem, então deixe dar errado.

Kate me fita curiosa.

— É sério, Kate. E se isso acontecer? Não é uma questão de vida ou morte. — Tão logo as palavras saem da minha boca, quero engoli-las de volta. — Ah, Deus, me desculpe, eu não queria dizer isso, eu e minha boca grande...

Kate me interrompe com uma firme sacudidela da cabeça.

— Não, você está certa — diz ela, com os olhos azuis nos meus. — Não é uma questão de vida ou morte. Nada disso importa de verdade. Nem tentar me tornar sócia de um escritório idiota, nem treinar para uma maratona imbecil, nem escolher o vaso pequeno cinza ou o grande verde para a cozinha... — Ela se interrompe e balança a cabeça como se não acreditasse. — Tudo bobagem, Luce — diz ela mais para si mesma que para mim. — Tenho sido tão idiota e cega. Esse tempo todo, eu achava que tudo isso era importante, ficava ansiosa, preocupada em conseguir coisas, mas, sem Jeff, tudo não passa de bobagem sem sentido. O importante é ele. Sem ele, nada importa. Sem ele, não tenho nada.

Ela me encara e seus olhos brilham, seu rosto coberto de manchas avermelhadas.

— A minha vida inteira, nunca fracassei em nada. Fui uma aluna brilhante. Trabalho duro, sou muito dedicada e obtenho resultados, passo nos exames, corro maratonas e sou promovida. É simples. Quase chega a ser fácil. *Faz sentido*. Mas não funciona assim. É muito aleatório. Câncer não tem motivo ou explicação, e não importa o que eu tente ou faça, não posso resolver isso. Estou totalmente impotente. — Ela balança a cabeça. — Pela primeira vez na vida não sei o que fazer.

Eu nunca vi Kate tão perdida e amedrontada, e isso me deixa angustiada. Desde que me lembro, ela sempre foi a irmã forte e capaz. Jamais a vi com medo por alguma razão ou sem estar no controle, e, até agora, assumia isso como verdade. Ela sempre foi quem cuidava de mim, e dava uma segurança inconsciente saber que podia me meter em encrencas, ter medo e me angustiar, pois, apesar de tudo, ela sempre estava ali para me levantar, aliviar meus problemas e pôr tudo em ordem. Mesmo se fosse de cara feia e com um suspiro impaciente.

De repente, percebo o quanto me ressenti de Kate por isso. Por sua vida parecer perfeita e sempre sob controle. As coisas nunca deram errado para minha irmã. Tudo sempre deu certo. Ela nunca fracassou em nada e sempre conseguiu o que queria, desde os cabelos bonitos às notas de provas. Perto dela, me sinto uma confusão, uma bagunça, uma desordem. A vida dela parecia tão ordenada. Suas emoções estavam sob controle. Não acho que algum dia Kate tenha sofrido de verdade. Conheceu Jeff, eles se casaram e viveram sempre felizes. Tudo parecia muito fácil.

Agora percebo que não é fácil; *nunca* foi. Kate apenas achava que precisava ser forte para me apoiar e me ajudar, e durante minha vida inteira agiu assim. Agora, porém, é minha vez de ser forte para ela. Preciso oferecer ajuda e apoio à minha irmã.

E vou fazer isso.

Envolvo Kate num abraço, e, pela primeira vez, ela não se retesa ou se afasta.

Durante algum tempo, ficamos assim, sob o sol do fim da tarde, sem dizer nada, antes de enfim voltarmos para dentro do hospital para esperar. Depois de algum tempo, o Dr. Coleman vem nos dizer que a operação de Jeff terminou, que foi tudo bem, e que ele ficará internado esta noite devido aos efeitos da anestesia.

— Enquanto isso, sugiro que vá para casa e descanse um pouco, minha jovem — sugere o médico a Kate, num tom firme. — Eu vejo você amanhã.

Ele se vira para ir embora, mas Kate o impede.

— Quando vamos saber se tiraram tudo?

— Devemos receber o resultado da patologia dentro de uns dois dias.

— Então vão poder determinar o tipo e o estágio do câncer?

O médico parece assustado por um momento diante da maneira direta com que ela fala, mas Kate exibe sua faceta médica, não a de esposa amedrontada.

— Sim — confirma ele. — E se vai ser necessário algum tratamento, e de qual tipo.

— O senhor acha que ele ficará bom?

Mas a esposa amedrontada também está aqui. Por baixo de seus arquivos e de sua franqueza, ela está bem aqui, e sua esperança é quase palpável.

O Dr. Coleman não responde de imediato. Ele deve ter ouvido a mesma pergunta um milhão de vezes.

— Vamos pensar positivo, não é? — Ele pousa a mão no ombro de Kate e em seguida se vai.

Ofereço-me para ir para casa com Kate, e desta vez ela não discute ou protesta, apenas aceita com um aceno de cabeça e deixa que eu assuma o controle quando chamo um táxi e dou o endereço. Já no apartamento, preparo-lhe um banho de banheira quente, faço uma xícara de chá, em seguida troco por algo muito mais forte. De quem foi essa ideia idiota de fazer chá em ocasiões como esta?

Sem dizer nada, ela faz o que mando. A velha Kate teria feito algum comentário sobre os saquinhos de chá que deixo cair acidentalmente na pia, a escolha da toalha que peguei para ela no armário ou a sujeira do sapato que esqueço de tirar antes de pisar no tapete dela.

A antiga Kate foi substituída por uma menina com uma expressão desprotegida, indefesa, que, com os cabelos lavados e de pijama, parece ter cerca de 10 anos de idade, e se senta, obediente, no sofá, com seu copo de uísque.

Passado um tempo, ela olha para mim.

— Acho que agora vou dormir, Luce. Estou muito cansada.

— Eu vou junto — digo.

— Ah, não precisa. Vou ficar bem sozinha... — responde ela no automático, e logo interrompe a frase no meio, como se percebesse que não é verdade, que ela não está bem.

— Vai ser como quando éramos pequenas — insisto para persuadi-la. — Você lembra que às vezes dormíamos juntas?

— Para dividir segredos debaixo do edredom com uma lanterna. — Ela sorri.

— Você me chutava para fora no meio da noite. — Acho graça ao me lembrar. — Eu tinha de voltar para minha cama gelada.

— Eu era uma irmã mais velha terrível, não era?

Ela se vira para mim envergonhada, e dou uma risada.

— Eu era uma irmã mais nova muito chata.

Entramos no quarto dela e de Jeff. É o oposto do meu. Sóbrio, pintado de um bege suave, os lençóis são perfeitos e os travesseiros, bem fofos.

— Agora só precisamos de uma lanterna — sussurro, aconchegando-me sob o edredom.

— E de alguns segredos — acrescenta ela no mesmo tom. Kate se vira para mim, buscando meus olhos no escuro. — Quer ouvir um?

Respondo com um aceno positivo de cabeça.

— A vida pode mudar num piscar de olhos. Tudo o que você tem é o agora. Então nunca deixe para contar depois o que sente por alguém, não suponha que ele sabe, porque pode não saber, e depois pode ser tarde demais.

É evidente que ela está falando dela, de Jeff, mas aquilo ecoa em mim.

— Eu amo você, Kate.

— Eu também amo você, Luce.

Ela se vira e eu a aconchego com meu corpo, como costumava fazer, e, quando sua respiração fica mais pesada e ela adormece, continuo acordada pensando em seu segredo. Penso nele por muito, muito tempo.

Capítulo 35

— Você precisa me ajudar. Eu preciso falar com Adam.

É a manhã seguinte, e depois de deixar Kate no hospital para pegar Jeff, corro para ver Robyn no trabalho dela.

— O quê? Quem é Adam? — pergunta Robyn em um sibilo, toda afobada.

E com toda a razão. Acabei de aparecer de repente em sua sala de terapia, onde ela enfiava agulhas num homem seminu. Não sei quem estava mais surpreso, eu, Robyn, ou o homem seminu, que de repente recebeu uma agulha em algum lugar que não esperava.

— O cara da galeria, aquele que foi me pegar na delegacia.

Robyn para, indignada, balançando os braços cheios de pulseiras, e duas manchas vermelhas tingem suas maçãs do rosto. Ainda se sente culpada por quase causar minha prisão.

— Nós saímos outro dia e deu tudo errado... Quero dizer, não a saída, isso foi perfeito. Enfim, aconteceu um horrível mal-entendido por causa de Nate...

— *Nate?*

— Ah, eu não contei, não foi? Ele estava em Vineyard. Dormimos juntos...

— *Vocês dormiram juntos?* — Robyn fica perplexa.

— *No sentido literal*, sim, mas só, e Adam entendeu tudo errado, e nós tivemos uma briga horrível, e ele não responde mais meus telefonemas nem meus e-mails, e eu fui ver minha irmã no hospital...

— *No hospital?*

Robyn não acha as palavras, o que é algo muito raro, e acaba sendo só um eco.

— Kate me disse que eu nunca devo esperar para contar a alguém o que sinto de verdade porque talvez nunca volte a ter a mesma chance, e quero dizer a Adam o que sinto de verdade. — Paro de falar, ofegante.

— Uau — diz alguém atrás de nós. — Isso é profundo.

Desviamos a atenção para o homem coberto de agulhas. Deitado na cama de cueca, ele nos observa curioso.

— Desculpe, não vai demorar — dizendo isso, Robyn fecha a porta e se vira para mim. — Lucy, por que não me contou nada disso? — Ela cruza os braços e me encara muito zangada.

— Você tem estado tão ocupada! Aliás, nós duas. — Suspiro e baixo os olhos.

Robyn mostra impaciência, em seguida, culpa, depois, compaixão, e, por fim, determinação.

— Veja bem, eu quero ajudar, sabe que sim, mas o que posso fazer? Da última vez que tentei, o resultado não foi nada bom — diz ela, referindo-se ao feitiço.

Olho para Robyn, o peito arfando, a cabeça dando voltas.

— O problema é esse, eu não sei. Não sei o que fazer. Ele não fala comigo nem responde meus e-mails.

Nós nos fitamos por um momento, perdidas.

— Se ao menos eu pudesse vislumbrar uma maneira de resolver isso... — murmuro.

— Eu sei — concorda Robyn, entendendo minha agonia. — Em momentos como esse eu gostaria de ter uma bola de cristal.

— É isso! — exclamo, ao ter uma ideia inesperada. — E a sua vidente?

— Você não acredita em videntes.

— Mas você disse que ela consegue se comunicar com guias espirituais e que tem um dom incrível — retruco, incisiva. — Nesse caso, ela pode me orientar sobre como agir, o que fazer.

É verdade, eu estou aceitando qualquer coisa, mas é porque estou desesperada.

— Não sei se é uma boa ideia — diz Robyn, preocupada. — Já sei: que tal uma sessão de ventosas?

— *Ventosas?* — pergunto.

— Ou algumas tinturas? — continua ela, animada. — Os efeitos podem ser incríveis.

— Você não vai me enrolar com essas ervas velhas — aviso, determinada. — Trate de se lembrar de que encontrei Harold para você.

— Mas isso é chantagem! — reclama Robyn.

— Eu sei — concordo sem nenhum constrangimento.

Robyn empurra para trás da orelha um cacho de cabelos soltos e me analisa por algum tempo, até que pergunta, quase num murmúrio:

— Você gosta mesmo desse cara, hein?

— Sim — respondo no mesmo tom de voz. — Eu gosto mesmo dele.

Satisfeita, ela diz:

— Vou pegar uma caneta.

Passo o resto do dia num estado de nervos contido, ansiosa quanto ao que Wakanda me dirá. Em geral, é preciso marcar hora, mas nas emergências ela faz alguns encaixes entre um cliente e outro. Assim, o plano é eu ir lá depois do trabalho e implorar que ela me dê uma consulta ou o que quer que seja o que os videntes costumam fazer. Robyn não tem o número do telefone de Wakanda, mas me fornece o endereço, com um discurso sobre como eu devo manter a mente aberta e não me assustar quando ela começar a receber a entidade e falar em "vozes".

— Vozes? — pergunto, curiosa. — Que tipo de vozes?

— Apenas vozes — responde Robyn com naturalidade. — Você sabe, diferentes guias espirituais.

Na verdade, não, eu não sei, mas estou preparada para deixar a descrença e o cinismo de lado e descobrir. A esta altura, estou disposta a tentar de tudo.

— Para que lado é?

Saí do metrô e estou na esquina da rua. Apesar das orientações detalhadas, incluindo um mapa, estou perdida, falando com Robyn ao telefone.

— Ande para leste — tenta explicar.

— Leste? Para que lado fica leste? — pergunto, frustrada. — E não diga que é o oposto de oeste.

Giro o mapa, giro de novo, desisto e começo a andar, ainda com o telefone ao ouvido.

— Achou? — indaga Robyn após algum tempo.

— Mais ou menos — minto, cruzando os dedos e torcendo para encontrar o lugar.

— Tem uma lavanderia no fim da rua e, logo depois, uma sapataria com um toldo violeta meio estranho.

— Ah, estou vendo! — Ao avistar o toldo violeta, aperto o passo.

— Número 43 — diz Robyn do outro lado. — Tem um letreiro prateado.

— Sim, estou quase lá. — E muito ansiosa. Se alguém me dissesse alguns meses atrás que eu me consultaria com uma vidente, nunca teria acreditado. Mas alguns meses atrás eu nunca teria acreditado em muitas coisas, penso, ignorando as pontadas de protesto do tornozelo, que continua meio ruim desde o acidente na academia.

Meio ofegante devido à pressa, alcanço uma lojinha com uma vidraça, na qual estão pintadas muitas estrelas e um "Consultas mediúnicas" em letras prateadas.

— Encontrei! — digo, vibrando de alegria. Estou mesmo muito animada.

— Ótimo! — exclama Robyn, entusiasmada.

— Só não parece estar aberta — lamento, desapontada, ao tentar abrir a porta e descobrir que está trancada.

— Wakanda deve estar numa consulta — explica Robyn. — Toque a campainha.

— Está bem. — Quando me dirijo para a campainha, vejo uma folha de papel presa à janela. — Espere, tem um aviso.

— Um aviso? — Robyn parece surpresa. — O que ele diz?

Eu me aproximo.

— E então? — insiste Robyn.

— "Fechado devido a circunstâncias imprevistas."

Faz-se um silêncio no outro lado da linha.

— Nossa, ela era uma vidente e tanto, hein? — comento, com voz de desprezo.

— Tem certeza de que está no lugar certo? — Robyn está desconcertada.

— Absoluta. Número 43. Ao lado da sapataria de toldo violeta — repito as orientações dadas por ela.

— Só não consigo entender — murmura Robyn para si mesma. — Tem alguma coisa errada.

— O único erro foi eu vir aqui — retruco, me achando uma idiota. Dou meia-volta e sigo pela rua em direção ao metrô. — Você estava certa, foi uma péssima ideia. Não sei o que eu estava pensando.

— Você estava pensando em Adam — diz Robyn querendo ajudar.

Ao ouvir o nome dele, sinto um aperto no coração.

— Acho melhor desistir de pensar nele — comento, resignada. — Ele deve me odiar mesmo...

— Não fale merda! — protesta Robyn.

Seguro o celular longe do ouvido e olho para ele, pasma.

— Você disse "merda"? — pergunto, reaproximando-o do ouvido. Esse tempo todo, eu nunca soube que Robyn falava palavrões.

— Hum, sim, eu disse — confirma ela, sem graça. — E repito. Porque ele não odeia você. E você não pode desistir.

— Obrigada — agradeço com um sorriso. — Sei que está sendo maravilhosa comigo, mas acho que o perdi — digo com tristeza.

— Nesse caso, o que você faria se fosse outra coisa que tivesse perdido? — pergunta Robyn, recusando-se a deixar minha negatividade desencorajar sua positividade inabalável. — A sua chave, por exemplo, como aconteceu comigo outro dia.

— Hum... — Pega de surpresa, preciso pensar um pouco. — Voltar passo a passo pelo caminho que fiz.

— Certo, então vamos repetir o seu caminho com Adam — sugere Robyn sem perder tempo. — Quando o viu pela última vez?

— Depois do nosso encontro, quando tivemos a briga.

— E por que brigaram?

— Porque Nate entrou no apartamento e Adam teve uma impressão errada.

— Nate. Isso mesmo — diz Robyn. — Ele é a causa de tudo isso. Então vamos começar pelo início. Você precisa quebrar o elo com Nate de uma vez por todas.

— Isso eu já percebi — suspiro.

Eu havia recebido outro telefonema dele naquele dia. E tive que desistir de uma vez por todas de assistir a tevê. Toda vez que eu ligava, estava passando *Muita grana.*

— Sério, Lucy. Do contrário, isso nunca se resolverá, e nesse caso talvez seja melhor você desistir agora. — Robyn suspira. — É como na medicina chinesa. Você não deve tratar o sintoma e sim a causa: *você e Nate.*

Enquanto ouço Robyn, sigo caminhando pela rua, e devo admitir que, para alguém que acredita em anjos, ela às vezes fala com muito bom senso.

— Você precisa encerrar essa história — afirma ela, determinada.

— E como você propõe que eu faça isso? — suspiro, desanimada. — A Estratégia não funcionou. Nada funcionou.

— É verdade — concorda Robyn, relutante. Faz-se uma pausa e chego a ouvir a tevê aos berros.

— O que você está assistindo? — pergunto, distraída.

— *CSI*. Estou me arrumando para o encontro com o meu novo grupo de percussão, mas resolvi assistir uns 15 minutos. Estou na parte em que eles saíram para a cena do crime para obter algumas respostas... — De repente ela interrompe a frase. — Ah, é isso!

— O que é isso? — pergunto, confusa.

— Você precisa voltar à cena do crime! A resposta está lá. Deve ser como Catherine Willows. É lá que encontrará sua resposta.

— O que quer dizer com isso? — Meu tornozelo começou a latejar de toda essa correria, e consigo parar um táxi.

— Quero dizer que você precisa voltar a Veneza.

Quase deixo cair o telefone.

— Não seja tão ridícula!

— É o único jeito. Do contrário, esqueça, diga adeus a Adam.

Quando o táxi para junto ao meio-fio, eu me aproximo da porta.

— Está louca? Não posso viajar para a Itália do nada. — Quando abro a porta, alguém também abre a porta do outro lado e entra.

— Ei, esse táxi é meu! — exclamo, indignada.

— Lucy, você tem que ir — insiste Robyn, tentando me encorajar do outro lado da linha.

— Robyn. — Suspiro junto ao celular ao me sentar no banco de trás. — Eu não vou a Veneza!

Neste instante, fico cara a cara com o estranho que tenta me roubar o táxi. Só que não é um estranho. É Nate.

Capítulo 36

— Eu vou a Veneza.

Ao entrar na cozinha na manhã seguinte, encontro o rádio ligado, o chá em infusão, e Robyn sentada de pernas cruzadas à mesa da cozinha em seu pijama de tie-dye.

— Vai mesmo? — Ela tira os olhos da torrada integral com passas em que passava manteiga e sorri para mim. — Excelente.

— Não sei se eu diria "excelente". — É mais para desespero, penso, e me sento a seu lado. Depois de dar de cara com Nate na noite passada, vendo-me ao lado dele no banco de trás de um táxi, estou decidida.

— Quer uma fatia? — oferece Robyn.

— Huummm, sim, obrigada — aceito, e ela me passa.

— E então, quando você viaja? — Robyn me encara cheia de expectativa.

— Hum... — Interrompo o que ia dizer. De repente me vem à cabeça que talvez eu ainda não tenha pensado nessa parte. Na verdade, agora que *estou* pensando nisso, percebo que há muito a resolver. Por exemplo, como conseguirei dinheiro para pagar um voo para a Itália e o hotel em Veneza, ou como poderei tirar uns dias no trabalho para viajar... Isso me deixa ansiosa. — Não sei ainda — respondo de uma maneira vaga e dou uma mordida na torrada.

— Precisa ir o mais cedo possível — instrui Robyn. — Não pode adiar.

— Certo, sim, não posso adiar — murmuro, mastigando devagar, com a cabeça girando. Deus, isso começa a parecer opressivo demais.

— E claro que Nate precisa ir também.

Eu quase engasgo com a torrada de passas.

— O quê? Você quer dizer que Nate *e* eu temos que ir a Veneza *juntos?* — Viro-me para ela espantada. — Eu pensei que o plano era eu me livrar dele, e não ir para a Itália com ele!

Robyn pega outra fatia de torrada de uma pilha grande que colocara em seu prato e começa a passar manteiga com toda a calma.

— Só funcionará se os dois forem — diz ela sem rodeios.

— Quem disse? — pergunto, balançando minha fatia, exasperada. — Existe um livro de regras para lendas?

Robyn para de passar a manteiga e olha para mim.

— Veja bem, se você e Nate fizeram isso acontecer juntos, precisarão estar juntos para desfazer. — Ela dá de ombros. — É uma questão de bom senso.

— No seu mundo, talvez — observo, envolvendo os joelhos com o roupão e abraçando-os junto ao peito. — Eu não vivo num mundo de magia, encantamentos e lendas antigas.

— Ah, é mesmo? — Robin ergue as sobrancelhas e me dirige um olhar cético. — Você quase me enganou.

Indignada, abro a boca para discutir, mas suspiro, largo a torrada e enterro a cabeça nos joelhos.

— Ah, Deus, estou perdida, não tem jeito — resmungo com a voz abafada nas dobras do roupão. — Tentei de tudo e nada deu certo. Nós continuamos arruinando nossas vidas. Adam nunca mais vai falar comigo, e provavelmente Beth também nunca mais vai querer saber do Nate. Ir a Veneza não vai funcionar. É uma ideia idiota.

— Ouça, Lucy — diz Robyn, de repente dura. — Faça a única coisa que você acha que não consegue fazer. Fracasse. Tente outra vez. Faça melhor na segunda vez. As únicas pessoas que nunca tombam são aquelas que nunca sobem na corda alta. Esse é o seu momento. Agarre ele.

— Hein? — Olho para Robyn, que está olhando fixo para mim, com o rosto corado de determinação.

— Oprah — explica ela.

— Mas de que forma devo tomar posse do meu momento? Nate nunca vai concordar em ir a Veneza, nem em um milhão de anos. — Ao fundo, ouço uma música no rádio: Neil Sedaka canta alegremente "Breaking Up Is Hard To Do". Eu me aproximo e desligo.

— Como pode saber?

Algumas imagens misturadas me vêm à mente: nós dois dividindo a cama em Martha's Vineyard, cantando karaokê, gritando na minha cozinha quando ele me acusou de sabotar seu relacionamento com Beth.

— Acredite, a última coisa que Nate quer agora é fazer uma viagem à Itália comigo. Aliás, é provável que prefira que lhe arranquem os olhos com uma vareta afiada.

— Bem, você vai ter que convencer ele — diz Robyn.

Olho para ela, perdida.

— Mas como?

— Não sei. — Ela inclina a cabeça para um lado, pensativa. — Precisa pensar em alguma maneira.

— E se eu não conseguir? — pergunto, ansiosa, fitando-a.

— Vocês vão continuar unidos para sempre — responde Robyn e, terminando a torrada, pega outra.

Com as palavras de Robyn nos ouvidos, reúno coragem para telefonar para Nate a caminho do trabalho. Como eu esperava, ele não fica muito feliz ao ouvir minha voz. Traduzindo: Nate desliga na minha cara várias vezes, me chama de um nome que não posso repetir, e por fim concorda em me ouvir "por trinta segundos". Quando chego aos dez, ele me interrompe. Não, ele não vai a Veneza. Sim, sou mesmo louca, e eu não sei que o Festival de Cinema de Veneza vai acontecer dia desses, e eu nunca conseguirei um hotel para ficar, pois todos estão reservados, portanto boa sorte com isso.

E então ele desliga.

— Então, estou ferrada.

Na hora do almoço, estamos Robyn e eu na fila da Katz's, aguardando para fazer o pedido.

— Tem certeza de que ele disse a verdade? Talvez seja uma artimanha para fazer você desistir — sugere Robyn, otimista, enquanto desembrulha um brownie que tirou do bolso e dá uma mordida.

— Não, ele tem razão. Eu pesquisei no Google — digo, num suspiro. — Está na época do festival, então os voos estão caríssimos. Eu não tenho condições de pagar.

— Isso é fácil. Você pode usar as minhas milhas. Tenho milhares de todas as minhas viagens ao exterior.

— Nossa, Robyn, é muita bondade sua. — Olho para ela num misto de gratidão e espanto, e logo franzo a testa. — Mas mesmo que eu consiga um voo, não terei onde ficar. Todos os hotéis estão lotados.

— Todos?

— Todos. — Fiz uma pesquisa on-line naquela manhã na Expedia, na Travelocity e em todos os outros sites de viagem de que consegui me lembrar. Até inventei uma história sobre alguém que eu conhecia querendo pedir a namorada em casamento em Veneza e consegui que Magda perguntasse à amiga da filha na agência de viagens, mas nada.

— Hum, verdade, está difícil — concorda Robyn, pensativa.

— De qualquer modo, não importa. Nate não vai, portanto não faz sentido.

Robyn fica pensativa.

— Você sabe o que isso significa, não sabe?

— Não resta esperança?

— Não, é o universo tentando mantê-los unidos pelo poder da lenda — explica Robyn com ar de quem sabe das coisas. — Ele não quer que você e Nate façam essa viagem para Veneza e quebrem o encantamento de amor eterno. Está colocando obstáculos no seu caminho para impedi-los. — Robyn parece orgulhosa de seu trabalho de detetive.

— Ótimo. — Dou de ombros enquanto nos adiantamos na fila. — Agora, quando penso que parece que o mundo está contra mim, eu sei que ele *está* mesmo contra mim. E não é só o mundo, é o *universo* inteiro.

— Onde há amor, há esperança — opina Robyn, dando outra mordida no brownie.

— Oprah?

— Não, acho que li num para-choque — diz ela acompanhando-me na fila. — Mas é verdade. Se você ama Adam, existe esperança. Você só precisa lutar por ele.

— Assim como você lutou por Daniel? — pergunto, erguendo uma sobrancelha.

Robyn assume um ar determinado e fica em silêncio.

— O que você está fazendo, Robyn?

— Eu? — pergunta ela meio irritada.

— Andando à toa pelo apartamento, ouvindo o CD de música de percussão africana que ganhou dele, afogando as mágoas em comida...

Robyn fica vermelha e guarda o resto do brownie no bolso.

— Por que está deixando ele ir embora assim?

— Daniel não é minha alma gêmea — afirma ela.

— Quem disse? — Eu quase grito. — A médium que não conseguiu sequer enxergar o próprio futuro? Que grande vidente ela era!

Robyn fica nervosa e inquieta e começa a remexer a pilha de pulseiras de prata que tem no braço, querendo evitar o meu olhar.

Agora que comecei, não posso parar.

— Eu já fui como você. Estava convencida de que saberia quando encontrasse minha alma gêmea, que eu simplesmente *sentiria*.

Todos dizem: "Você simplesmente vai saber." Amigos bem-intencionados, livros, filmes, poemas. E embora você não saiba o que está buscando, e não tenha uma pista do que deve sentir ou de como deve se sentir, se convence de que, quando chegar a hora e encontrar sua alma gêmea, algum sino ou campainha mágica soará na sua cabeça e você simplesmente vai saber.

"Quando conheci Nathaniel, tive todos esses sentimentos intensos, incríveis, e pensei: encontrei. Ele é o homem da minha vida. Acreditei naquilo de verdade, e foi por isso que fiquei arrasada quando terminamos o namoro. Eu tinha perdido a única pessoa no mundo cujo destino era ficar comigo, e, sem ele, eu jamais poderia ser feliz de verdade outra vez. Tudo bem, eu teria outros caras legais, engraçados, simpáticos, atraentes, mas não outro Nate. Eu o havia perdido, ponto.

"Então, durante anos eu fui levando a vida. Saí com uns caras, fiquei, me diverti, tive alguns namorados, mas ninguém se comparava. Nate sempre estava lá, no fundo do meu coração. Até que, por algum milagre, nós nos encontramos de novo e tivemos outra chance. E o que aconteceu?"

Encaro Robyn, forçando-a a pensar nas palavras que acabo de dizer. Ela está ao meu lado, parecendo mais em estado de choque, e não a culpo. Derramei tudo, uma década de sentimentos, no meio de um pequeno restaurante movimentado de Nova York.

— Percebi que já não sentia o mesmo, e nem ele. Eu havia entendido tudo errado, assim como todos os outros milhões de pessoas que se casam e terminam se divorciando. Mas tive sorte. Se não tivesse tido uma segunda chance com Nate, ainda estaria obcecada por Nate. Eu teria passado a vida inteira olhando para trás iludida e jamais teria notado Adam. Eu o teria perdido. Porque no momento em que eu deixei de me concentrar em Nate e no que acreditava que era o amor, eu vi Adam.

— Ei, moça.

Ouço uma voz, mas a ignoro, e suspiro.

— Talvez o que eu falei não faça sentido, mas acho que o que eu quero dizer é que muitas pessoas perdem a oportunidade do verdadeiro amor por estarem ocupadas demais esperando a alma gêmea aparecer, essa figura ilusória que deve completá-las, mas provavelmente nem existe. À espera de um sinal que indique "É este". Assim como você fez. Você fixou seu coração em Harold, sua alma gêmea perfeita, o desconhecido moreno e bonito do seu quadro de visualização. Está tão focada nele que não consegue enxergar que já tem algo muito bom mesmo.

Robyn parece quase se encolher, como se eu a tivesse sensibilizado.

— Não é preciso haver sempre um sinal, Robyn. Nem sempre a gente *simplesmente sabe*. Às vezes, demora um pouco para ver o que estava o tempo todo na nossa frente. — Paro de falar e percebo que estou quase sem ar de emoção. Mesmo que seja tarde demais para mim e Adam, não quero que também seja para Robyn e Daniel.

Ela olha para mim como se um milhão de coisas lhe passassem pela cabeça e, em seguida, diz, sem emoção:

— O que tiver de ser, será.

— Aí! Isso é que é fugir do problema! — exclamo, sem paciência.

— Não, não é — protesta Robyn com veemência.

— É sim, e a sua lógica está toda distorcida — argumento. — Está me dizendo que eu devo enfrentar o universo, como se eu fosse uma super-heroína, mas você vai ficar de braços cruzados esperando para ver o que acontece?

— Ei, moça. Você é surda ou algo assim?

Uma voz alta grita bem atrás de mim, e quando me viro, meio irritada, logo me dou conta de que se trata do homem mal-humorado que sempre anota meu pedido na hora do almoço.

— Ah, sim, desculpe. Vou querer *kneidlach* e um...

Ele não me deixa concluir o pedido.

— Não, esqueça o *kneidlach* — diz ele com rispidez. — Ouvi vocês falarem de Veneza.

Olho para ele boquiaberta. Durante todo esse tempo eu nunca ouvi esse homem dizer mais que umas duas palavras, e agora está falando comigo? Sobre Veneza?

— Hum, sim, é verdade — respondo, vacilante, perguntando-me aonde isso poderá levar.

— Acho que posso ajudá-la.

Não acredito. Não só ele está falando comigo, mas quer *me ajudar*?

— Pode? — Robyn entra na conversa e fala por mim.

— Meu tio tem uma pequena pensão em Veneza — explica ele, dando de ombros. — Com certeza deve ter quartos vagos... Se quiser, posso ligar para ele.

Ainda o encaro, pasma. Mal consigo acreditar no que estou ouvindo.

— Nossa, isso seria fantástico! — exclama Robyn, entusiasmada.

— Hum... sim, ótimo — murmuro, ainda perplexa.

— Está bem, me dê seu número de telefone, e eu ligo ainda essa tarde. — Ele tira uma caneta de trás da orelha, pega o bloco de notas no bolso da camisa e me passa ambos por cima do balcão. Em seguida, pela primeira vez na vida, sorri para mim.

Capítulo 37

Passo o resto da tarde na galeria ainda me recuperando dessa recente guinada nos acontecimentos. Não sei o que é mais surpreendente, o fato de ele ter sorrido para mim ou seu telefonema naquela tarde para dizer que o tio de fato tem um quarto disponível e que não é caro.

O verdadeiro nome do Sr. Mal-Humorado é Vincent, e, quando o conheci melhor, vi que na verdade ele é bastante simpático. Agradeci muito, anotei todos os detalhes e prometi aparecer para almoçar na volta para lhe contar como foi tudo. Então isso está resolvido, penso, ao desligar. Tenho o voo e o hotel. Agora só falta conseguir que Nate vá comigo.

É um pouco como dizer "Agora eu só preciso de um bilhão de dólares", concluo, melancólica.

Atrás do release de imprensa que escrevi sobre Artsy, rabisco uma lista de opções:

1. *Sequestrá-lo? Não. Impossível contrabandear gente num avião. Daria prisão perpétua se me pegassem.*
2. *Ameaçá-lo? Com o quê? O salto do meu sapato? Uma revista de noivas? Armas de destruição em massa? Não. Não tenho armas de destruição em massa. Aliás, isso nunca impediu ninguém de agir.*
3. *Suborná-lo? Não. O mesmo que acima. E com o quê? Depois de pagar o quarto de Veneza, não vou ter mais um tostão.*

Tento pensar em outra opção quando ouço um barulho na porta. Olho para saber o que é e vejo Daniel entrar.

— Ah, oi, Daniel. — Cumprimento-o com um aceno de mão e logo escondo a lista. — Tudo bem com você?

É uma pergunta desnecessária. Sua aparência é a pior possível. Ele está com um terno azul-marinho todo amassado que aparentemente não tirou para dormir, não se barbeou e tem olheiras sob os olhos.

— Oi, Lucy. — Ele força um sorriso. — Minha mãe está aí?

— Sim, lá atrás. — Faço um sinal indicando o escritório. — Vocês vão sair?

— Não. — Ele faz que não com a cabeça. — Eu vim aqui para levá-la para o apartamento dela. Estou ajudando a encaixotar as coisas para a mudança.

— Ela vai se mudar? — indago, surpresa. — Já?

— Creio que sim.

— Ela não me contou — murmuro.

Uma onda de tristeza me invade. Magda passou o dia inteiro agindo como sempre, incansável, me divertindo com histórias horrorosas, animada com a exposição de Artsy. No entanto, o tempo todo, lá no fundo, ela sabia que estaria encaixotando suas coisas naquela mesma noite. Para se mudar do lugar onde morou nos últimos vinte anos.

— Para onde ela vai? — pergunto, preocupada.

— Vai morar comigo — diz Daniel, com um sorriso pesaroso.

— Pelo menos é alguma coisa. Você sabe que o sonho de toda mãe judia é morar com o filho.

Apesar de tudo, sou obrigada a sorrir.

— E então, como está Robyn? — pergunta ele, passado um tempo, tentando parecer indiferente, sem conseguir.

— Bem. — Não sei o que dizer. Devo falar a verdade? Que para mim ela está cometendo um grande erro, que tentei conversar e colocar um pouco de juízo naquela cabeça, mas não consegui? Ou fico distante e não interfiro? Sigo o exemplo dela e aceito que o que será, será?

— Ela deve estar muito feliz por ter enfim encontrado Harold — comenta Daniel, tentando provocar alguma reação minha.

Nós nos olhamos e nenhum dos dois diz o que de fato está pensando.

— É, acho que sim. — Dou de ombros sem me comprometer. Tento me controlar. Ah, meu Deus, isto está me matando. — Daniel, acho que vocês dois deveriam conversar — falo sem pensar.

Ah, sinto muito. Não dá para deixar tudo por conta do destino. Se eu tivesse seguido a regra do que será, será, teria cabelos oleosos sem graça e sobrancelhas grossas e peludas. Às vezes, é preciso dar uma mãozinha, seja com produtos de cabelo, pinças ou sendo a melhor amiga que interfere na vida amorosa.

Se estou pensando que Daniel exclamará "Você tem razão!" e correrá para declarar seu amor eterno, estou muito enganada.

— Não. — Ele balança a cabeça, resignado. — Ela está apaixonada por outro. Seria injusto de minha parte interferir e separá-la de sua alma gêmea.

— Mas ele não é a alma gêmea de Robyn! — exclamo, com uma sensação de desespero cada vez maior. — Robyn não está apaixonada por Harold. Ela acha que sim, mas não é verdade. Ela está apaixonada por...

— Daniel, meu menino!

Sou interrompida por Magda, que aparece com um grito de alegria.

— Oi, mãe. — Daniel fica vermelho quando ela se lança para cima dele, enterrando a cabeça em seu peito como se fosse um último adeus.

— Meu filho, meu filho lindo — geme Magda agarrada a ele. Em seguida, o afasta para ter uma visão melhor. — O que há de errado? Qual é o problema? Por que está tão triste?

— Não estou. — Ele força um sorriso. — Está tudo muito bem.

— Excelente! — Magda sorri de alegria e seu rosto chega a corar. — E como está Robyn?

Ao vê-los juntos, percebo que o filho ainda não lhe contou nada.

— Ótima. Ela está ótima. — Daniel me dirige um olhar como que dizendo *"Por favor, não diga nada"*.

Corro os dedos sobre a boca, como se um zíper a mantivesse fechada.

— Está vendo, se você tivesse confiado nas minhas habilidades de casamenteira... — diz Magda, lançando-me um olhar significativo.

— E então, onde está Robyn? Ela nos encontrará no apartamento?

— Ah, não, ela está ocupada.

— Ocupada? — Magda começa a pegar suas inúmeras bolsas e embrulhos. — Não, você tem que esperar — diz ela a Valentino, que começa a abocanhar-lhe os calcanhares querendo colo. — Mamãe está ocupada. — Magda volta a se dirigir a Daniel. — O que ela está fazendo?

— Eu... hum... — Daniel parece muito sem graça. — Ei, quer ajuda? — Ele se abaixa, mas Magda o afasta.

— Não com esse seu problema na coluna, Daniel.

— Mãe, eu estou bem.

— Lembra-se do que o Dr. Goldstein disse sobre a sua ciática?

Valentino continua pulando para cima e para baixo atrás de atenção. Daniel se abaixa para pegar uma sacola, e não sei ao certo o que acontece, mas de repente ouve-se um uivo ensurdecedor, Daniel sai voando com as sacolas e Valentino, que sai de baixo dele como uma bala, e Daniel aterrissa numa massa confusa no chão.

— Ai! — grita Magda, correndo em auxílio do filho. — Você se machucou?

— Estou bem, mãe. — Ele lança um olhar furioso para Valentino e começa a se levantar e a esfregar as mãos na roupa, enquanto Magda não sai de cima dele, ansiosa. — Sério, não aconteceu nada. Não se preocupe... — De repente, ele para. — Ah, merda.

— O que é? — pergunta Magda, ofegante, os olhos arregalados de preocupação. — É a sua coluna? Ah! Eu sabia que você machucaria a coluna, eu sabia!

— Não, mãe, não é a minha coluna.

— Então o que é? — Ela está quase berrando. — Ah, não, é o coração? É o coração, não é? Você vai puxar ao seu pai.

— Não, é a pintura. — Ele está pálido.

Magda para de gritar e franze a testa, confusa.

— Que pintura?

Evidentemente arrasado, Daniel aponta para o embrulho que estava apoiado de lado com algumas das sacolas. É a pintura que a tia de Magda lhe deixara. Ela a trouxera do escritório dos fundos para levar de volta para o apartamento de Daniel, mas agora o embrulho se rasgou, e a tela que ele protegia também.

— Puxa, mãe, sinto muito. Deve ter sido quando eu caí... — começa a se desculpar, mas Magda o interrompe.

— Ah, não se preocupe com isso. — Ela logo tranquiliza o filho. — Era um horror.

— O que era? — pergunto, curiosa. Eu havia observado todo o desenrolar, e agora, quando Daniel pega a pintura, com o papel de embrulho em pedaços, olho para a tela com interesse.

— Parece um palhaço — diz Daniel, examinando-a.

— Odeio palhaços. — Magda tem um leve arrepio. — Eles são sinistros.

— Talvez possamos consertar — comento. — Podemos pedir a um restaurador. — Eu me aproximo e, com cuidado, descasco a parte rasgada da tela.

— Não, não me importa. Jogue no lixo. — Magda torce o nariz. — Eu não gostava mesmo.

— Mas foi da tia-avó Irena — protesta Daniel. — Ela queria que fosse sua.

— Ei, espere aí.

Eles param de discutir e se viram para mim para saber do que se trata.

— O quê? — pergunta Magda. — O que é?

— Veja, embaixo — digo, ansiosa. — Há outra tela escondida por baixo dessa.

— Ah, uau, é mesmo, você tem razão — concorda Daniel. — É outra pintura.

— Ora, quem diria — comenta Magda, espantada. — Tia Irena sempre disse que as aparências enganam.

— Eu me pergunto o que é — diz Daniel.

— Só existe um meio de descobrir. — Olho para Magda. — Posso?

Ela leva as mãos para o ar, como que para dizer *Claro, vá em frente*. Eu então respiro fundo e removo a tela rasgada do palhaço, com suas cores berrantes e as pinceladas de amador, para revelar uma pintura nova. Um nu de uma mulher reclinada sobre uma almofada, e querubins dançando ao seu redor.

— Até que é bonito — murmura Daniel em aprovação, mas não consigo responder. Meu coração bate tão alto em meus ouvidos que chego a me sentir tonta.

As cores brandas características. O tema religioso familiar. Não pode ser. Não pode ser... Com dedos trêmulos, viro a pintura para a luz e examino as iniciais bem no canto da tela. Mas é.

— Ah, meu Deus — digo, ofegante, a voz quase um sussurro.

— O que foi? — pergunta Magda.

— Sua tia tinha razão, as aparências *podem* enganar. — Viro-me para ela e mal consigo falar. — *É um Ticiano*.

Depois disso, tudo vira uma loucura. Daniel vai direto para o telefone e fala com um renomado especialista numa casa de leilões, Magda precisa se sentar antes que caia, e eu apenas fico muda, admirando a obra de arte que não tem preço. Não posso acreditar que ela estava ali todo esse tempo, apoiada na parede do escritório dos fundos, completamente ignorada, e é bem provável que continuasse guardada em algum lugar escondida durante anos, não fosse Daniel cair por cima dela.

É como descobrir que você tem um bilhete de loteria premiado. Se for verdadeiro, vale milhões. Imagine, será a resposta para todos os problemas de Magda. Ele mudará tudo!

Com toda a animação na galeria, perco a hora e somente no último minuto lembro que a peça para a qual Robyn me deu os ingressos é esta noite. Quase havia me esquecido. Saio do trabalho e vou para o teatro.

Apesar de tudo, na verdade estou ansiosa por isso. Consegui vender por uma boa soma o outro ingresso ontem, por 150 dólares. Deve ser uma ótima peça, está esgotada, portanto será uma boa distração. Será bom me esquecer da vida por algumas horas num outro mundo.

Um mundo que não envolve Nathaniel Kennedy, penso, olhando para meu celular e brincando com a ideia de tentar mais uma vez. Examino o relógio. Tenho alguns minutos antes de a peça começar. Vale a pena tentar. Teclo seu número, aguardo a ligação completar. Ele provavelmente não atenderá, digo a mim mesma, ouvindo tocar. Deve estar filtrando as chamadas.

— Se isso é para me pedir para ir a Veneza de novo, a resposta ainda é não — diz Nate ao atender de mau humor.

Já faz algum tempo que dispensamos os "alôs" e os "como vais".

— Nate, por favor, apenas ouça... — tento persuadi-lo, mas ele me interrompe.

— Lucy, quantas vezes mais?

Suspiro, fazendo de tudo para continuar calma.

— Nate, eu sei que você acha que é uma má ideia.

— Eu acho que talvez seja a pior ideia que você já teve. — Ele bufa de raiva ao telefone — E isso é dizer muito.

Fico muito aborrecida.

— Eu acho que você deveria mesmo pensar nisso.

— Já pensei, e a resposta é não.

Examino o relógio. Droga, a peça vai começar. Preciso entrar.

— Espere um pouco — sussurro ao celular e, escondendo-o sob o blazer, entrego o ingresso ao porteiro e entro no teatro. De início, me impressiono. Uau, é surpreendente. Fico entusiasmada. Uma peça na Broadway de verdade. Emocionante.

— Desculpe, onde eu estava mesmo? — Volto a falar, pegando de novo o celular.

— Você estava desligando — responde Nate sem emoção.

— E é só isso? Não vai mudar de ideia? — Começo a descer o corredor examinando a letra de cada fileira.

— Que parte de "Eu não irei a Veneza" você não entende?

Quando encontro a fileira, começo a caminhar por ela em direção ao número da minha poltrona. Eu tenho de fazê-lo mudar de ideia, mas como? *Como?*

— Escute, eu tenho de desligar — diz Nate, ríspido.

— Não, espere. E o táxi naquele dia? — Peço licença às pessoas que já se sentaram e me dirijo ao meio, onde há dois lugares vazios.

— O que tem ele?

— Temos que fazer com que isso pare de acontecer de uma vez por todas, do contrário você e Beth...

— Lucy, pare com isso. Você precisa começar a ter noção.

— Eu tenho noção — retruco, examinando os números atrás das poltronas. Vinte e dois, vinte e três, vinte e quatro... Faz-se silêncio do outro lado da linha. — Nate, você está aí?

— Sim, estou.

Ai, que estranho. Por um instante, a voz dele pareceu não estar vindo do meu celular e sim do meu lado. *Achei*. Esta é a minha poltrona. Ergo os olhos e fico cara a cara com alguém que tentava chegar ao seu lugar pelo outro lado da fileira.

— Nate! — Olho para ele em estado de choque. — O que você está fazendo aqui?

É de se supor que, a esta altura, eu já deveria ter superado a parte da surpresa. Mas não, aqui estou eu, fitando-o boquiaberta.

— O quê? — Ainda ao telefone, Nate olha para mim confuso. — Eu vim assistir à peça. Este é o meu lugar. — Ele indica a poltrona vazia ao lado da minha.

Olho para a poltrona, espantada, depois volto a olhar para ele, e de repente cai a ficha.

— Foi você quem comprou a entrada extra no eBay?

— Era a sua entrada extra? — Nate me fita perplexo.

Faz-se uma pausa enquanto nos encaramos, paralisados, até que as luzes se apagam, e somos forçados a nos sentar. A plateia faz silêncio, esperando que a cortina suba e a peça comece.

É nessa hora que ouço um sussurro ao pé do ouvido.

— Então, quando partimos para Veneza?

Capítulo 38

Veneza, Itália, 2009

Nada mudou. O calor do verão cria um brilho que faz Veneza parecer uma obra de Canaletto. O domo da basílica de São Marcos se ergue acima dos prédios em tom pastel, com suas pinturas descascadas e uma elegância que é resultado da passagem do tempo. Os *vaporetti* passam zunindo. Os turistas se amontoam. Em meio à multidão, crianças correm pela praça, dispersando os pombos. Nos cafés, homens em ternos elegantes e óculos escuros de grife fumam seus cigarros. Um guia carregando um guarda-chuva fala de história para um grupo de turistas alemães.

E mais à frente, num labirinto de vielas, numa velha e pequenina *pensione*, num quarto com uma colcha cor-de-rosa de babados e um quadro da Santa Virgem Maria, estão duas pessoas. Um americano de terno, muito estressado, que esfrega a testa, e uma inglesa que se esforça para manter a calma.

Somos eu e Nate, de volta em Veneza, dez anos depois.

E desta vez *tudo* mudou.

— E então, qual é o plano? — pergunta Nate sem querer perder tempo.

Após deixar a mala no chão e pendurar o paletó numa cadeira de madeira de aparência frágil, ele se vira para mim. Seus poros gotejam suor e tensão. Ele poderia ter escrita na testa a frase "Não quero estar aqui", com um hidrocor escuro.

— Hum, esse é o problema... — Eu me aproximo da janela e abro as venezianas. A luz entra no quarto iluminando as partículas de pó que dançam no ar. Paro para me debruçar sobre a janela e ter uma visão geral da pequenina fatia de vida veneziana na estreita viela ali embaixo.

É também uma boa tática de enrolação. Pois, veja bem, não sei muito bem como contar isto a Nate, mas ainda não terminei de formular meu plano. Estou quase lá. Só que...

Ah, a quem eu estou querendo enganar? Não existe nenhum plano. A verdade é que não sei o que devemos fazer agora.

— Lucy?

Viro-me e vejo que Nate continua me fitando, só que agora seu semblante está mais rígido, como a comida quando fica fria e congela no prato.

— Por favor, diga que você tem um plano.

Sua voz é dura e impaciente, mas consigo detectar um tom de preocupação.

— Hum, não exatamente um plano. — Penso nas minhas desculpas enquanto os olhos de Nate me perfuram como lasers. — Está bem, eu não tenho um plano — confesso.

— Você não tem um plano? — repete Nate com a voz calma.

Uma calma *assustadora*. O tipo de calma de mau presságio que se tem quando se abre o extrato do cartão de crédito, desdobrando a folha aos poucos, antes que a inevitável frase "Ah, meu Deus, *quanto*?" nos atinja como um caminhão de dez toneladas.

É *esse* tipo de calma.

— Ainda — acrescento, forçando um tom de voz positivo. — Eu *ainda* não tenho um plano!

Nate fica irado.

— Que diabos? — grita ele irritado, jogando os braços para cima. — Você me trouxe até Veneza, na Itália, e não tem um plano?

— Pronto, acho que nós dois entendemos. Eu não tenho um plano! — grito, impaciente. — O que você vai fazer? Atirar em mim?

Com um suspiro, Nate senta-se na borda da colcha cor-de-rosa rendada e aperta as têmporas.

— Pelo menos isso seria um plano — murmura ele.

Olho para ele, furiosa. Morrer em Veneza não era o que eu tinha em mente.

— Escute... — Respiro fundo e tento me concentrar. O que Robyn disse? Ah, sim, algo sobre a cena do crime. — Apenas me encontre na Ponte dos Suspiros na hora do pôr do sol — digo, tirando a ideia do nada.

— E depois?

— Você vai ter que esperar para ver — afirmo, demonstrando o máximo de confiança que consigo. — Pensarei em alguma coisa.

Enrolando as mangas, Nate enxuga a testa com um lenço.

— É melhor que seja assim, pois vou cair fora desse lugar no primeiro avião amanhã de manhã.

Pego meus óculos escuros e jogo a bolsa por cima do ombro.

— Não se preocupe. — Estendo a mão para abrir a porta. — Tudo está sob controle.

Mas é óbvio que não é verdade.

Saio da pensão para a luz do sol italiano com o coração martelando no peito e a mente disparada. Merda. Puta merda. O que diabos devo fazer agora? Não tenho *a menor ideia*. A ansiedade crava suas garras no meu estômago como se fosse um ladrão me arrancando a bolsa. Sob controle? Do que eu estava falando? Tudo está totalmente *fora* de controle. Minha vida está girando fora do eixo. Caio de aparelhos de musculação e quase quebro o tornozelo, faço feitiços e por pouco não sou presa, quase me mato num acidente de carro, até acabo em um karaokê.

E agora estou aqui em Veneza, com Nate.

E continuarei com ele por mais cem anos se não pensar em algo, e rápido! Tenho uma sensação de medo quando começo a caminhar pelos becos calçados de pedras. Continuarei presa ao meu ex-namorado para a eternidade. Acabarei uma solteirona encalhada que continuará tentando se livrar do ex até seu leito de morte.

Passa pela minha cabeça uma visão repentina na qual estou resmungando "Não quero mais saber de você!", e Nate, um velho solteirão enrugado, sem dentes, careca, usando cueca samba-canção estampada, resmunga de volta "Não, eu é que não quero saber de você!".

Estremeço e tento ignorar. Quero dizer, assim ele sabotará minha vida para sempre. Surge na minha cabeça uma lembrança do rosto de Adam, de como ele estava feliz naquela noite no cinema, logo seguida por outra, do quanto ficou triste depois, na minha cozinha, quando Nate entrou fazendo um estardalhaço. Também acabarei sabotando a vida de Nate, suspiro, ao me lembrar do telefonema de Beth, sua ex-mulher. Ele nunca conseguirá recuperar seu casamento, porque ela jamais o aceitará de volta.

Porque ele ainda será meu.

Um arrepio frio aperta meu coração. Nós estaremos presos um ao outro como gêmeos siameses.

Eu não poderei ir a lugar nenhum sem ele. Ele não poderá fazer nada sem mim. "Você me completa" deixará de ser a frase mais romântica e passará a ser a mais sinistra. Nós seremos como esses casais sobre os quais se lê, que estão juntos há sessenta anos e nunca passaram uma noite longe um do outro e que nos fazem pensar: "Uau, que história de amor incrível."

Exceto que ninguém saberá a verdade: que esta não é uma história de amor, e sim uma *história de horror.*

De repente, me vem à cabeça que talvez seja assim também com esses outros casais. Talvez esses casais tenham passado os últimos sessenta anos *tentando* desesperadamente passar uma noite separados e sonhando um dia ter o edredom só para si. Talvez esses casais tenham se beijado sob uma ponte em Veneza e passado a vida inteira tentando se separar.

Está bem, agora chega, Lucy. Você está ficando paranoica.

Viro uma esquina e me vejo mergulhada numa multidão de turistas. Percebo que estou na Praça de São Marcos. Paro para olhar ao redor, e esqueço tudo exceto quão linda e majestosa Veneza é. A maneira como a luz do sol ricocheteia nas pedras do chão, o espaço vazio na multidão que revela a água brilhando, o cheiro forte de café espresso, de loção pós-barba e de cigarro, a briga passional do italiano que sempre soa para meus ouvidos desacostumados como alguém tocando num piano a escala musical.

Nossa, eu amo Veneza. Não me lembrava do quanto porque fazia muito tempo. Como um retrato antigo, desbotado, minhas recordações da cidade esmaeceram. Com o passar dos anos, elas se tornaram um simples pano de fundo que serviu de cenário para a história mais importante, a minha e de Nate, e de como nos conhecemos. No momento em que fomos embora, foi como se Veneza tivesse parado, deixado de existir. Como se estivesse ali só para nós, até o dia em que voltamos para a faculdade, quando ela se embrulhou de volta para ser guardada.

Sorrio com ternura de minha tola arrogância. Na minha mente de adolescente, fui a primeira pessoa a descobrir Veneza, e Nate e eu fomos as duas únicas pessoas a se apaixonar em meio a seus canais, *piazzas* entrelaçadas e labirintos de vielas. Ninguém jamais se sentira ou viria a se sentir como nós.

Percebo agora, caminhando pela praça, como estava errada. Veneza tem vida própria, uma sensação de história que ofusca qualquer coisa que Nate e eu tenhamos criado, uma mágica que atrai os amantes. Observo as dezenas de casais que passeiam de mãos dadas, sem dúvida sentindo-se da mesma maneira que nós dois um dia nos sentimos. Esta é a mágica de Veneza: ela faz com que cada um se sinta especial.

Virando outra esquina, entro no labirinto de alamedas. É a primeira vez que volto aqui em dez anos, e embora eu tenha mudado, a cidade continua a mesma. Começo a caminhar, sem nenhuma direção em particular, curtindo a sensação de redescobrir a confusão de canais, *piazzas* sombrias, sons e cheiros que é Veneza.

Eu estava tão concentrada em Nate, em conseguir que ele viesse, que nós dois viéssemos, que não parei para pensar sobre o fato de que *estaria* aqui de novo. Na minha cabeça, a cidade era apenas a cena do crime, a vilã perversa, causa de toda essa confusão, mas agora é impossível não me apaixonar outra vez.

Só que desta vez não é por Nate; é por Veneza em si, reflito, ao admirar mais um belo prédio cujo nome não sei, mas que está cercado por um grupo imenso de paparazzi. É o festival de cinema, e em todos os lugares há faixas penduradas, pôsteres anunciando filmes, turistas com suas câmeras prontas na esperança de avistar uma estrela. Parece que Penelope Cruz foi vista mais cedo na ponte Rialto, e o homem que nos registrou na pousada jurou de pés juntos que Tom e Katie estão hospedados no quarto 12.

Embora de certa forma eu duvide. Todas as celebridades estão hospedadas no magnífico Gritti Palace. Passamos por ele mais cedo, de *vaporetto*, na vinda do aeroporto, e haviam estendido um grande tapete vermelho do cais ao bar da varanda, no canal. Havia milhares de atividades, e dezenas de garçons uniformizados em preto e branco, como um exército de pinguins, andavam para lá e para cá aprontando tudo para a grande festa da *première* de um filme que acontece esta noite. Embora eu nem imagine qual seja.

Adam saberia, diz uma vozinha na minha cabeça.

Sinto um aperto familiar no coração. Tenho procurado não pensar nele, mas de repente a imagem de seu rosto aparece na minha mente, e volto àquela primeira vez em que o vi na rua, com uma câmera e um microfone felpudo; àquela vez no MoMA, falando animado de sua paixão por filmes; à noite em que nos encontramos no cinema de filmes independentes, com sua alegria por estar dividindo comigo o seu preferido. Olhando ao redor, contagiada pela agitação do festival, tenho certeza de que ele adoraria esta cidade.

Por um instante, penso em lhe telefonar, contar que estou aqui.

Mas é óbvio que não faria o menor sentido. Acho que ele não atenderia. E ainda que o fizesse, como eu poderia explicar o que está acontecendo? *Ah, oi, estou aqui no Festival de Veneza com Nate, tentando quebrar o encanto de uma lenda antiga. Queria muito que você estivesse aqui!*

Sim, Lucy, que ótima ideia.

Continuo caminhando. A tristeza dói e tento me iludir. Talvez, quando tudo isso terminar, nós possamos recomeçar de onde paramos... Mas sei que isso não acontecerá. Ele nunca mais confiará em mim, e por que deveria? De qualquer modo, a verdade é que tudo terminou antes mesmo de ter começado. Foram alguns beijos, dois encontros, e só. Ele seguirá adiante, e eu também. Não é nada demais.

Só que *pareceu* especial. Não foram apenas alguns encontros; foi muito mais que isso. Foi ouvi-lo falar, notar que me lembrava alguém e perceber que esse alguém era eu. Foi ter a sensação de vê-lo chegar à delegacia naquela noite e descobrir que era a única pessoa com quem eu queria estar naquele momento. Foi encontrá-lo sentado de pernas cruzadas no chão do meu quarto, examinando, entusiasmado, meus cadernos de desenho, sugerindo que eu seguisse meu sonho. Coisas pequenas, simples, fugazes, mas que me marcaram tanto. Na ocasião não percebi, mas agora...

Agora é tarde demais. Por mais que eu consiga resolver meu problema com Nate, Adam e eu não temos mais nada. Desta vez, não há uma segunda chance.

Continuo caminhando com as mãos nos bolsos do short. Ao meu redor, só ouço risos de alegria que servem para evidenciar o contraste com meu próprio humor.

Depois de algum tempo, entro numa viela escura, calma e silenciosa, sem galerias bonitas, quiosques de *gelato* ou lojas de lembrancinhas para tentar os turistas. Vejo apenas um gato sentado na soleira de uma porta e um varal de roupas pendurado bem alto.

Lembro-me de Artsy com seu varal de pinturas e a exposição que se aproxima. E com certeza acontecerá agora. Falei com Magda do JFK, quando já estávamos embarcando. A pintura fora examinada e era de fato um Ticiano.

— Claro que eu sabia desde o início! — declarou ela. — Eu disse a Daniel: "Eu sabia que tia Irena não me deixaria sem dinheiro, eu sabia!"

O que não é verdade, mas que importa? Magda estava tão contente que fico feliz por ela. O quadro irá a leilão e, com o dinheiro da venda, ela sem dúvida poderá pagar suas dívidas e salvar a galeria. Além do mais, conseguirá usar peças de grife genuínas pelo resto da vida. Ao que parece, tudo deu certo.

Chego a uma pequena *piazza*. No centro há uma fonte com um peixe esculpido com primor, de cuja boca jorra água. Numa área banhada pelo sol, há um banco de madeira. Estou cansada, e as sandálias, com o calor, começam a incomodar. Apesar de estarmos no início de setembro, ainda parece verão. Decido me sentar. Ah, está muito melhor. Tiro as sandálias e movimento os dedos dos pés. Fecho os olhos por um instante e me deleito com a paz e o silêncio. Tudo que ouço é o ruído da água da fonte.

— *Scusi*.

E uma voz.

Abro os olhos de repente e vejo um homem a me espreitar. Ele está bloqueando a luz do sol e tem o rosto na sombra, portanto não consigo ver suas feições, mas identifico o contorno do chapéu. Um chapéu fedora branco.

Lá no fundo me vem uma lembrança, e sinto um arrepio na espinha. Algo nesse homem me é familiar. Sei que o conheço, mas como?

Ele faz um sinal para mim como se dissesse *Importa-se de eu me sentar?*, e eu respondo na mesma linguagem: *Claro que não*. Quando ele se senta ao meu lado, seu rosto fica virado para a luz.

E logo o identifico.

— É o senhor! — exclamo, mais para mim mesma que para ele. O homem me fita sem entender.

— Foi o senhor que me vendeu o pingente e contou sobre a Ponte dos Suspiros. — Examino-lhe o rosto de pele áspera, enrugado, em busca de um sinal de reconhecimento. — Está lembrado? — Olho para ele ansiosa, esperando a resposta. Pode ser isso. Esta pode ser a resposta que venho procurando. Começo a me encher de esperança e inspiro fundo.

— Conto essa história a muitas pessoas — confessa ele num sorriso pesaroso que faz rugas nos olhos.

— É mesmo? — Fico meio desapontada e baixo os olhos para que ele não veja. Durante todos esses anos imaginara que Nate e eu tínhamos sido especiais. No entanto, agora percebo que não passávamos de um dos milhares de casais a quem ele contava a história. A sensação de estupidez me incomoda. Ali estava eu, pensando que de algum modo ele poderia conhecer o segredo e me dar a resposta.

— E então, a magia da lenda funcionou? — pergunta ele, curioso.

— Mais ou menos. — Dou de ombros, infeliz.

Ele franze o cenho diante de minha expressão.

— Lamento... meu inglês. — Ele abre os braços com as palmas das mãos para cima. — Não compreendo.

— É uma longa história — desculpo-me com um sorriso.

O senhor me fita por um momento, os olhos avaliando meu rosto, como se quisesse entender o sentido das minhas palavras.

— Vocês dois se apaixonaram por outras pessoas? É isso?

— Isso mesmo — confirmo, pensando em Nate. Mais cedo, no aeroporto, eu o ouvi falar ao telefone com Beth, ainda tentando convencê-la a tentar de novo, e tive muita pena dele. Nate era apaixonado por ela, e estava muito evidente que só agora começava a percebê-lo. O velho ditado "a gente não dá valor ao que tem até perder" nunca pareceu tão verdadeiro. Mas até aí, ele é verdadeiro para muitas pessoas, reflito com tristeza, pensando em Adam.

— E quanto a você?

Volto à realidade.

— Eu? Não — protesto, balançando a cabeça, determinada. — Não, não estou apaixonada... — As palavras ficam presas na garganta enquanto imagens do meu breve relacionamento com Adam passam pela minha mente. Não era amor. Claro que não. Como eu poderia estar apaixonada por alguém que mal conhecia? No entanto...

No entanto, é possível passar uma vida inteira com alguém e ainda continuar sendo um estranho para essa pessoa, mas também é possível conhecer alguém que em pouco tempo consiga enxergar a sua alma. Dá para medir o amor pelo tempo? Por qualquer coisa? Ou ele é algo inexplicável que não tem rima ou razão, nenhuma explicação científica? Algo que simplesmente acontece, *como mágica*.

Ao pensar isso, percebo que não estou convencendo ninguém, muito menos a mim.

— Sim, estou — digo, em voz baixa, mas firme, ao me virar para o velho. — Estou apaixonada por alguém.

— Ora, então não se preocupe. — Ele me dirige um sorriso tranquilizador. — A lenda de fato é poderosa, mas sabe o que é mais poderoso? — Ele me encara e seus olhos escuros parecem mais escuros ainda. Sinto meus braços se arrepiarem, assim como aconteceu muitos anos atrás.

— O *amor* — diz ele. — O poder do amor.

Um milhão de perguntas atravessam minha mente.

— Mas...

— Adeus, Lucy. — Antes que eu termine a frase, ele se levanta e, levando a mão ao chapéu, inclina-o num sinal de despedida. — Mande minhas lembranças a Nathaniel.

— Sim, claro. — Retribuo o gesto com um aceno de cabeça e observo enquanto ele se vira e se afasta. Mas eis que uma dúvida me toma de assalto. — Como o senhor se lembrou dos nossos nomes?

Mas ele já se fora, desaparecera por uma alameda, deixando-me numa confusão de pensamentos e de perguntas não respondidas.

Capítulo 39

Continuo sozinha no banco, tentando entender tudo aquilo, quando o celular toca. É minha irmã, Kate. Atendo.

— Como está Veneza? Já se livrou dele? — pergunta ela com a objetividade que lhe é característica.

— Ainda não — respondo com a voz alegre, mas, ao ser relembrada do motivo de estar aqui, fico um pouco preocupada. — E você, como está? — pergunto, deixando de lado minhas preocupações.

— Ah, você quer as boas notícias... ou as boas notícias?

— Ahn?

Faz-se um silêncio e então...

— Cura total! — gritam Jeff e Kate em uníssono do outro lado da linha, tão alto que preciso afastar o celular do ouvido.

— Ah, meu Deus, isso é maravilhoso! — exclamo, com uma emoção devastadora, de alívio, de alegria... Quero dar um soco no ar, comemorar com um estranho, abraçar alguém, mas não há ninguém aqui, apenas eu, num banco, numa pequena *piazza* de Veneza, ouvindo minha irmã e Jeff falarem como duas matracas, contando tudo sobre os resultados. Estava na fase bem inicial, e ele não precisou de quimioterapia.

— Só de umas férias — diz Kate, animada —, umas férias bem compridas.

Ouvindo-a falar, não posso deixar de sorrir, e não é porque Jeff recebeu o resultado de que está bem. É por causa da mudança em Kate. Ouvi-la falar tão animada sobre tirar umas férias é como ouvir uma nova Kate. Foi-se a irmã que passava todos os seus momentos livres no escritório ou na academia, se preocupando tanto com ser sócia ou correr a maratona que perdeu a noção de quem e do que é importante na vida. Essa Kate ficou para trás naquele dia no hospital, e, de certa forma, não espero que algum dia retorne.

— Nós estávamos pensando em fazer um safári, ou talvez até mergulhar na Grande Barreira de Corais, na Austrália. Quem sabe não fazemos uma maluquice, como Jeff sugeriu, e tiramos um período sabático para fazer as duas coisas...

Enquanto Kate fala, sou distraída por um casal que, passeando, chegou até a *piazza*. Observo-os tirar fotos um do outro ao lado da fonte, até que me veem e se aproximam.

— Por favor — começa ele, mas logo percebe que estou ao telefone e hesita. — Ah... desculpe.

— Não faz mal. — Sorrio para eles. A alegria que a notícia de minha irmã me trouxe parece ser contagiosa. Veja bem, aqui está um casal apaixonado, numa das cidades mais românticas do mundo, e eles querem uma foto juntos. — Espere um pouco, Kate — digo à minha irmã, que agora já está se perguntando se eles devem comprar passagens de volta ao mundo e incluir as pirâmides. — Eu só vou tirar uma foto.

— Tudo bem, nos falamos mais tarde — responde ela alegre, despedindo-se, e desliga.

Tudo bem? Olho para o celular por um instante, pasma. Algo me diz que levarei algum tempo para me acostumar a essa nova irmã.

— Muito obrigada.

Viro-me e vejo a garota sorrindo para mim e estendendo a mão com a câmera. É uma daquelas excelentes, com lentes de foco manual, não como a minha pequena digital que é só apertar o botão para tirar a foto e pronto.

— Você se importa de tirar aqui, contra o pôr do sol? — pergunta ela.

— Nenhum problema. — Sorrindo, pego a máquina e olho para a lente.

E de repente eu paro. Ela disse...

— *Pôr do sol?* — pergunto.

— Sim, não é maravilhoso? — Seu rosto se ilumina ao mostrar a beleza do fim do dia. — Parece que o céu está pegando fogo.

Quando olho para o céu e vejo, a voz dela é abafada pelo som das batidas fortes e rápidas do meu coração nos meus ouvidos. De fato, o sol está se pondo. Como um imenso pano de fundo de cenário cinematográfico. Um céu de romã raiado de tons de vermelho, laranja e cor-de-rosa, e o sol é como uma bola de fogo que aos poucos se põe por atrás dos prédios.

Ah, meu Deus.

A lenda. Preciso encontrar Nate.

Olho para o casal que ainda sorri para mim posando para uma fotografia, mas agora estou muito desajeitada com as mãos. Não consigo sequer focalizar.

— Sinto muito, preciso ir embora. — Tiro uma foto rápida e lhes devolvo a câmera. — Espero não ter cortado fora as cabeças de vocês. — Sorrio com pesar, deixando-os confusos a me olhar sem entender nada, e saio correndo pela viela.

Não posso me atrasar. Pelo menos uma vez na minha vida eu não posso me atrasar. Tenho de chegar lá na hora. Tenho que...

Merda, para onde estou indo? Paro, com o coração acelerado e a mente confusa. De repente, percebo que não tenho a menor ideia de qual direção devo tomar. Nem imagino para que lado fica a Ponte dos Suspiros.

Pior, não sei sequer onde estou. Estou perdida, sem um mapa, e não falo italiano.

O pânico aumenta e por um momento fico paralisada. Nem mesmo meu versinho me salvará agora. Pense, Lucy, *pense.* Mas não consigo pensar, minha mente fica em branco, e, no desespero, saio correndo pelas ruelas, passando por lojas e restaurantes, por multidões de turistas e de paparazzi.

— Por favor, sabe para onde fica a Ponte dos Suspiros? — pergunto, ofegante, a outros turistas, mas eles balançam as cabeças lamentando.

Avisto um grupo de homens que parecem ser italianos.

— *Ponte dei Sospiri* — peço, desesperada, quase sem ar.

— Ah, *si, si.* — Eles explicam com uma série de gestos de mãos e indicam a direção certa.

Aliviada, agradeço-lhes e parto correndo pelas ruas movimentadas. Agora elas estão de fato muito cheias. As festas do cinema estão sendo preparadas para a noite, e os paparazzi e as equipes dos filmes espalham-se por todos os lugares. A cidade inteira está alegre. Até os canais. Quando alcanço a água e avisto uma gôndola mais adiante, percebo as luzes fortes de uma equipe de filmagem a bordo fazendo uma celebridade qualquer brilhar.

E, atrás da gôndola, está a ponte em arco sobre o canal. A Ponte dos Suspiros. É linda. O mármore branco parece uma tela vazia, refletindo as cores do pôr do sol e as ondulações da água abaixo. Por um instante admiro-a, extasiada. O efeito é quase mágico.

Mas não posso ficar aqui a noite toda. Preciso encontrar Nate. Procuro-o nas multidões, e por fim o encontro. A algumas centenas de metros de distância contra a corrente, lá está ele à minha espera, ao lado de uma das pontes menores de onde se pode pegar a gôndola. Até mesmo desta distância consigo enxergar sua expressão, e ele não parece muito feliz. Quando me avista, me olha furioso e lança os braços no ar como que dizendo: *Onde diabos você andava?*

Apresso-me para chegar onde Nate está. Droga, o tempo está acabando. Será tarde demais. *Tarde demais para quê?* Surge uma voz na minha cabeça. *Você ainda não tem um plano.* Ignoro-a. Ainda não terminou. Ainda tenho alguns minutos, digo a mim mesma, quase histérica. Ainda há tempo para um milagre.

Passo pela multidão pedindo licença e sigo em direção a Nate, mas é difícil. São tantas as pessoas ali, tirando fotos da Ponte dos Suspiros, do pôr do sol, da equipe de filmagem no canal.

— Ah, olhe, é aquele ator! — murmura uma voz quando tento passar.

— Ele está numa gôndola! — exclama outra voz, quando consigo passar por um espaço vazio.

Olho por um instante para ver de quem eles estão falando e consigo ver a mesma gôndola de antes. É algum ator bonito de Hollywood iluminado por luzes fortes. Um homem jovem de boné de beisebol o entrevista.

Ah, meu Deus.

Minha respiração fica presa no fundo da garganta. Não pode ser...

Quando a gôndola passa por mim, vejo o seu rosto.

— *Adam?* — Meio tonta do choque, ouço minha voz chamar o nome dele. E vejo quando ele olha para mim.

— Lucy? — Adam parece perplexo.

Nossos olhos se encontram por um milésimo de segundo, e, sem ver onde estou indo, perco o equilíbrio e sinto o pé escorregar. Lanço os braços para o ar procurando segurar alguma coisa, mas não há nada em que eu possa me apoiar, e começo a cair...

Ouço alguém gritar quando atinjo a água. Ou sou eu que estou gritando? Não dá para saber. Acho que bati a cabeça. Tudo ficou confuso, estou meio tonta. Agora estou engolindo água e tento nadar, mas os braços não me obedecem, e começo a afundar. Ouço o coração bater nos meus ouvidos, o pânico cresce em meu peito. Ah, meu Deus, vou me afogar. Eu vou me...

De repente, do nada, dois braços me seguram e sou puxada para fora da água e para dentro da gôndola. Cuspindo água e tossindo, procuro respirar, mas é como se tudo virasse um sonho, como se eu visse o mundo através de um filme embaçado de vaselina. Ao meu redor, vejo as bocas das pessoas se moverem, ouço vozes abafadas, mas não consigo reagir. Minhas pálpebras ficam pesadas.

Meus braços e pernas não parecem me pertencer. O mundo parece estar desaparecendo.

— *Fare la respirazione bocca a bocca!* — grita o gondoleiro, várias e várias vezes. — *Fare la respirazione bocca a bocca!*

— O beijo da vida — traduz uma voz. — Dê a ela o beijo da vida.

O rosto de Adam surge em frente ao meu, banhado do brilho dourado do pôr do sol. Vejo seus cabelos molhados pingarem no rosto e sua expressão ansiosa. Percebo que a gôndola cai na sombra quando passamos por baixo da Ponte dos Suspiros. Estou tão cansada que quero dormir. Exausta, fecho os olhos...

De repente, sinto os lábios de alguém nos meus, a boca pressionando a minha. Acordo, abro os olhos e vejo Adam. Seus olhos demonstram alívio, e ele para de me beijar. Por um instante, nos limitamos a olhar um para o outro, em silêncio, com um milhão de perguntas suspensas no ar.

E então eu ouço, à distância, o suave repicar. Ouço mais forte. Será? Pode ser?

— *Sinos* — murmuro quando Adam me fita com olhar questionador.

— Já ouviram falar na lenda? — pergunta alguém com um forte sotaque italiano. Quando nos viramos, vemos o gondoleiro sorrir para nós.

— Que lenda? — indaga Adam, ainda me abraçando apertado.

Abro o maior dos sorrisos.

— Ah, é uma longa história. — E, abraçando-o, me curvo para mais um beijo.

EPÍLOGO

Agasalhada em meu grosso mantô de inverno, com o chapéu de pelúcia e uma echarpe e luvas de lã, corro pela rua coberta de neve. Minha respiração forma nuvens brancas, como o vapor que é soprado do trem. Anoiteceu e está muito frio. Pingentes de gelo penduram-se como candelabros das escadas de emergência, e flocos de neve giram ao meu redor, como se eu estivesse num globo de neve da vida real.

Tremendo de frio, aperto mais o mantô junto ao corpo. Talvez eu devesse pegar um táxi, mas gosto de caminhar. Adoro esta época do ano. No inverno, Nova York se transforma numa terra da fantasia com decorações festivas e luzes piscando nas janelas. Sente-se a expectativa no ar gelado. Não posso acreditar que faltam poucas semanas para o Natal. Parece que faz dois minutos que eu estava em Veneza, e minha mente volta ao calor do sol italiano.

Faz três meses que Adam me beijou sob a Ponte dos Suspiros, e desde então não foram somente as estações que mudaram. Ainda não consigo acreditar que ele estava lá para me salvar quando caí no canal. Depois, Adam me levou para seu hotel para me secar e nós ficamos acordados durante horas conversando sobre tudo.

Ele contou que recebeu um convite de última hora para ir a Veneza e filmar algumas entrevistas. Também admitiu que nunca parou de pensar em mim. Segundo ele, de tanta saudade, acreditou estar imaginando quando me viu na ponte. E me falou como se sentiu quando me viu cair no canal. Ele desabafou tudo.

Depois foi a minha vez de explicar por que estava em Veneza com Nate, o que estávamos fazendo juntos em Martha's Vineyard, e que não tínhamos um caso. Adam demorou algum tempo para se convencer.

Três dias inteiros em seu quarto de hotel em Veneza. Eu não sabia que convencer alguém podia ser tão divertido.

O salto do sapato escorrega numa pedra gelada da calçada e por pouco não perco o equilíbrio. Este é o problema do salto alto, penso, voltando os olhos para meu novo sapato vermelho de cetim com imenso prazer. Nada prático, ridiculamente alto e absolutamente bonito. Mas eu não poderia usar botas para uma exposição badalada das obras do renomado Artsy, certo?

— Luzy, você chegou!

Ao chegar à galeria, sou recebida na porta por um flash de câmeras de paparazzi e por Magda, resplandecente, de Gucci da cabeça aos pés, com Valentino no colo.

— Desculpe o atraso — digo, abraçando-a.

Pois é, nem tudo mudou.

No interior, a galeria está cheia e muito animada. A primeira exposição de Artsy provocou um grande alvoroço, e uma multidão de pessoas, inúmeros jornalistas, e até mesmo algumas celebridades vieram admirar suas obras. A exposição tem sido o assunto central do mundo das artes, e recebemos muita publicidade. Magda foi entrevistada pelo *New York Times*, a galeria apareceu na *Vogue*, e há rumores de que a *Vanity Fair* talvez publique um artigo.

Fico na ponta dos pés e examino a multidão. Meu Deus, aquela é a Madonna? Chego a me emocionar, mas passo por ela à procura de uma pessoa. Até que o vejo num canto, esperando por mim.

Adam.

— Que surpresa ver você por aqui. — Ele sorri, abraça minha cintura e me beija.

Estremeço de prazer.

— O que achou das obras?

— Hum, não sei se gostei da roupa suja. — Ele indica os varais de roupas de Artsy — Mas as pinturas são fantásticas — comenta, dirigindo-se para uma série de esboços em carvão pendurados nas paredes.

— Verdade? — Analiso seu rosto com interesse. — E por quê?

— Gosto da maneira como eles captam as expressões das pessoas, suas emoções, suas esperanças. — Ele aponta para um esboço grande de uma mulher meio sonolenta, na sala de espera de um hospital, tendo entre as mãos as contas de um rosário. — Esta aqui conta uma história completa, e foi capturada num momento fugaz, com apenas alguns traços de carvão.

— Você sabe muito sobre arte. — Faço um sinal de aprovação.

— Tive uma boa professora. — Ele sorri, virando-se para mim. — Além do mais, o fato de conhecer o artista também ajuda.

Fico toda orgulhosa e abro um amplo sorriso. Pois ele se refere aos meus esboços que estão na parede da galeria. A exposição de hoje não é apenas de Artsy, embora, é claro, ele seja a atração principal. É também uma oportunidade para exibir um novo talento. *Novo talento.* Meu coração perde o compasso e quase preciso me beliscar.

Foi Adam quem me encorajou a seguir meu sonho de ser artista, e, quando retornamos de Veneza, retomei a atividade de desenhar. Foi como se eu nunca tivesse parado. Logo não conseguia ir a lugar nenhum sem meu caderno de desenho, e passava as noites e os fins de semana explorando a cidade, capturando expressões, estados de ânimo, momentos. Até que um dia tomei coragem e os mostrei a Magda, que jogou os braços para cima e exclamou: "Maravilhosos!", censurando-me por ter me ocultado e me oferecendo minha primeira exposição.

Aliás, ela não me ofereceu. Ela insistiu, e eu fiquei rindo como uma boba, sem conseguir dizer nada. Às vezes, estou andando pela rua e de repente me lembro de que faço parte de uma exposição, e*u*, Lucy Hemmingway, e começo a rir sozinha. Tenho feito umas caras estranhas nos últimos tempos. Estou certa de que os nova-iorquinos devem me achar meio louca.

Mas não me importo. Agora sim estou correndo atrás do meu sonho e nunca estive tão feliz. Até penso em passar a trabalhar meio expediente na galeria para me concentrar na minha arte. Quem sabe o que poderá acontecer. É assustador, mas também estimulante. E aquela sensação incômoda de alguma coisa estar faltando passou. Porque eu finalmente encontrei. Encontrei isso e muito mais, como percebo ao olhar de esguelha para Adam, que analisa um dos meus esboços, ainda me abraçando apertado. Prova de que os sonhos se tornam mesmo realidade.

— Parabéns, irmã!

Ao ouvir uma voz, viro-me e vejo Kate e Jeff. Pelo menos penso que é minha irmã, pois ela está quase irreconhecível. Foi-se a palidez cinzenta — seu rosto está bronzeado do sol e coberto de sardas —, e seus cabelos curtos imaculados estão despenteados, com mechas de um louro quase branco. Mais impressionante ainda é que o terninho sério e o salto alto foram substituídos por um vestido de seda azul-claro e sandálias de dedo. E aquilo nas unhas dos pés dela é *esmalte prateado*?

— Você voltou!

— Chegamos de Bali hoje de manhã. — Eles riem felizes.

— Como foi tudo?

— Incrível. Você precisa ir lá em casa ver as fotos — convida Jeff, entusiasmado, irradiando saúde e felicidade. — A que sua irmã está fazendo *bungee-jump* na Nova Zelândia é incrível.

— Kate? Fazendo de *bungee-jump*? — Olho para eles espantada. — Aliás, pensando bem, tem *certeza* de que você é a minha irmã?

— brinco, fitando-a com ar desconfiado, e Kate me responde com um tapinha carinhoso.

— Espumante? — Somos interrompidos por Magda, que nos aborda com uma bandeja de taças de champanhe. Apesar da quantidade de garçons, ela insiste em servir as bebidas pessoalmente. — Quem quer espumante?

Não é o tipo de pergunta que exija uma resposta, e ela coloca uma taça nas mãos de cada um de nós. Não me recordo de tê-la visto tão feliz. Além de ter salvado a galeria, ter comprado um apartamento novo luxuoso, e estar promovendo a exposição mais badalada da cidade, ela está se cuidando, fez um lifting nas pálpebras, uma lipo e um implante nos lábios.

Ao que parece, Dr. Rosenbaum tinha um preço muito bom para o pacote. Magda pode ser milionária, mas também gosta de uma boa pechincha.

— Como você está? — pergunta Kate com educação. — Parece muito bem.

— Estou maravilhosa, maravilhosa! — Magda sorri de alegria e começa a contar a história do incrível resgate do Ticiano, que, como todas as suas histórias, agora ficou tão exagerada que passou a envolver a Máfia e um possível sequestro.

— Uau, que incrível! — exclama Robyn, que, ao chegar, me salva de ouvir a história de Magda pela milésima vez. Ela me cumprimenta com um grande abraço apertado. — Estou tão orgulhosa de você!

— Obrigada — agradeço, sorrindo, e meu rosto enrubesce.

— Eu não sabia que tinha uma colega de apartamento tão talentosa. Aliás, em breve ex-colega de apartamento — corrige-se ela, com um olhar significativo para mim e Adam. Estremeço um pouco de alegria. Como eu disse, desde a volta de Veneza aconteceram algumas mudanças drásticas na minha vida, e uma delas foi que Adam e eu decidimos morar juntos. — E então, como vai a procura por apartamento?

— Temos condição de pagar por um apartamento apertadíssimo em Hell's Kitchen — respondo, sorrindo com tristeza.

— Pelo menos é a escolha de vocês. —Robyn sorri. — Isso é o mais importante.

Adam revira os olhos.

— Acho que vou deixar vocês colocarem a conversa em dia. Vou pegar mais champanhe.

Dou uma risada. Algumas coisas nunca mudam.

— E então, o que achou de Artsy, agora que o conheceu? — pergunto animada logo que nos vemos a sós. Passei a noite toda louca para fazer essa pergunta.

— Acho que ele é gay — responde Robyn num tom calmo.

— O quê? — Olho para ela confusa, e sigo seu olhar para onde Artsy está, abraçando com firmeza um homem alto de cabeça raspada e antebraços tatuados. Naquele mesmo instante, ele se inclina e o beija.

— Aquele é o namorado dele — diz Robyn.

Por um segundo, nós nos fitamos, nenhuma das duas dizendo nada, e então caímos na gargalhada.

— Harold tem um namorado? — pergunto, rindo, e balanço a cabeça diante da ironia.

— Sim, e eu conversei com ele mais cedo. Ele está interessado em participar do meu grupo de percussão quando eles estiverem aqui em Nova York. — Robyn parece animada. — Parece que ele é muito bom no djembê.

Olho para ela sem entender.

— É um tambor de uma tribo africana — explica.

— Então você admite que ele não é sua alma gêmea? — Ergo as sobrancelhas com um olhar significativo.

Robyn para de sorrir e faz uma expressão envergonhada.

— Então, sabe, a questão é a seguinte — explica ela devagar, enroscando um cacho em volta do dedo. — Quando ouvi a fita da minha leitura psíquica de novo, percebi que Wakanda não disse que

Harold *era* minha alma gêmea. Ela disse que eu encontraria minha alma gêmea e que eu tinha que prestar atenção em um estranho moreno e bonito chamado Harold. Há uma grande diferença. — Ela para de falar de repente e a vejo empalidecer.

É Daniel num sobretudo azul-escuro, com flocos de neve ainda brilhando nos cabelos. Ele acabou de chegar e conversa com a mãe e Artsy. Não o vejo ou falo com ele há meses. Aliás, ninguém. Ao que parece, ele estava "viajando a trabalho". Ao menos é essa a explicação oficial. Embora, a julgar por sua expressão quando ele olha para nós e vê Robyn, eu não saiba ao certo.

— Você está bem? — pergunto, virando-me para ela preocupada.

— Sim — responde Robyn, embora seja visível que não está nada bem. — Eu sabia que o veria esta noite. Tenho me preparado para isso.

Olho para ela, agitada, revirando as pulseiras no braço. Não parece nem um pouco preparada.

— Por que não se aproxima e diz oi? — sugiro.

Ela balança a cabeça.

— Não acho que ele queira falar comigo — diz com tristeza. — Faz três meses que não me procura.

— E você queria que ele procurasse você? — pergunto, baixinho.

Seus olhos brilham.

— Fui uma completa idiota, Lucy. Você estava certa. Tenho sentido muita falta dele, mas agora temo que seja tarde demais.

Ela parece arrasada, e eu aperto sua mão num gesto de apoio.

— Não dá para ter certeza disso.

Robyn suspira e seus olhos encontram os meus.

— O que poderia nos aproximar de novo?

Tão logo ela pergunta, Artsy vem na nossa direção e, depois de uns beijinhos no ar, anuncia em voz alta:

— Robyn, quero que você conheça alguém. — Antes que eu saiba o que está acontecendo, vejo uma figura familiar num sobretudo azul ao lado dele. — Robyn, este é Daniel.

Por um instante eles se olham e ficam vermelhos.

— Oi. Prazer em conhecê-la, Robyn. — Entrando na brincadeira, ele estende a mão.

Ela hesita por um instante e logo faz o mesmo.

— Prazer em conhecê-lo também, Daniel.

Os olhos deles se encontram, ainda segurando as mãos um do outro, e trocam um sorriso. O tipo de sorriso que se vê entre duas pessoas que acham que são as únicas num ambiente.

E, de repente, eu percebo.

Não se trata do que poderia uni-los. *Mas de quem.*

Artsy.

Também conhecido como Harold.

Claro. Harold nunca esteve destinado a ser a alma gêmea de Robyn; ele foi apenas a pessoa que a aproximou de sua verdadeira alma gêmea: *Daniel.*

Olho para eles agora, ambos sorrindo um para o outro. Talvez aquela médium soubesse mesmo o que estava dizendo...

Saio de fininho de perto de Robyn e Daniel. A sós, tomo um gole de champanhe e curto o momento. Percorro os olhos pela galeria, vejo Artsy, Magda, Daniel e Robyn, Kate e Jeff, Adam... Uma emoção de contentamento me invade. Depois de tudo, deu certo.

E Nate? Não o vejo desde Veneza. Percebi no Facebook que ele alterara o status de relacionamento para "casado com Beth" e mudara o endereço para Los Angeles, mas isso já faz tempo. Desde que ele me excluiu da lista de amizades, parei de dar de cara com ele, e não recebi mais nenhum telefonema misterioso.

Talvez seja porque ele se mudou para L.A., ou talvez de fato por nós termos voltado a Veneza e quebrado o encantamento. Jamais saberei ao certo, mas se você acredita em destino como Robyn, então tudo tinha que acontecer assim. Eu estava destinada a beijar Nate em Veneza dez anos atrás, a encontrá-lo de novo, a terminar o namoro, depois a *não* terminar, o que me obrigou a retornar a Veneza, porque foi assim que fiquei com Adam. Todos esses acontecimentos me levaram a Adam. Estava escrito nas estrelas desde o início.

Ou talvez você seja como minha irmã e pense que tudo isso é um bando de bobagens. Que não existe magia, nem lendas, nem destino, que tudo não passou de uma série de coincidências que me aproximavam de Nate, e que deixei minha imaginação viajar.

Pessoalmente, gosto de pensar que o velho italiano estava certo, que nada é mais poderoso que o amor, e, ao me apaixonar por Adam, consegui enfim quebrar o encantamento que Nate tinha sobre mim. E pude seguir adiante.

E a lenda? Ela é real? Ninguém sabe, mas se é, Adam e eu agora estamos unidos pela eternidade e nunca poderemos nos separar. Teremos de passar o resto de nossas vidas juntos.

Olho para ele e, quando me vê, ele sorri para mim.

E eu não poderia estar mais feliz.

Este livro foi composto na tipologia Berling LT Std Roman, em corpo 11/16, e impresso em papel off-white no Sistema Cameron da Divisão Gráfica da Distribuidora Record.